Placer

Nicole Jordan

Placer

Traducción de J. G. Monforte

Círculo de Lectores

A mis maravillosos lectores,
cuyo disfrute de mis historias
me mantiene en marcha

Con agradecimiento especial a
las encantadoras damas de la Alta Sociedad,
especialmente a esa fuente de sabiduría del período
de la Regencia,
Nancy Mayer

Prólogo

Kent, Inglaterra, agosto de 1807

El perfume de las rosas impregnaba el atardecer de verano, pero Julienne Laurent apenas advertía la dulce fragancia mientras aguardaba ansiosa a que llegara su amante. ¿Qué le estaría reteniendo?

Con los nervios de punta, comenzó a pasear por la casa de campo, más inquieta a cada momento que transcurría. Aquel día, Dare se había propuesto informar a su abuelo de su compromiso y ella temía que las objeciones del anciano noble hubieran sido insuperables.

Julienne, al oír finalmente el sonido de cascos de caballo, acudió a la ventana abierta para mirar hacia el exterior. La diminuta casa de campo donde tenían lugar sus encuentros amorosos estaba situada en un cerezal, oculta a la vista directa del sendero. Cuando por fin distinguió el lustroso caballo y su elegante jinete olvidó momentáneamente su ansiedad.

Dare. El corazón se le estremeció al verlo, mientras sus muslos se apretaban con expectación. Casi podía sentirlo moviéndose dentro de ella...

Julienne se sonrojó y trató de reprimir su vergonzoso apetito. En lo que se refería a él, era una libertina. Había entregado su inocencia a su experta seducción con escandaloso entusiasmo. Pero ¿qué mujer podría habérsele resistido?

Observó cómo saltaba ágilmente del caballo y avanzaba decidido por el sendero a través del jardín de rosales cubierto de matojos. Se movía con una combinación de refinada elegancia e intensa virilidad que conmovía todos sus instintos femeninos, mientras que su hermosura le quitaba el aliento. Poseía finos y aristocráticos rasgos y unos cabellos rubios que brillaban dorados a la luz del sol; estaba dotado de una belleza física que impresionaba a primera vista.

Pero eran su inmenso encanto y su penetrante ingenio más que su atractiva apariencia o elevado título lo que había atrapado su corazón. Asimismo, su magnetismo era estimulante. Había una pizca de rudeza en él, un impredecible impulso que lo hacía peligrosamente apasionante. Incluso su nombre, Dare[1], una versión abreviada de su segundo nombre, Adair, le sentaba a la perfección. Era llamado así por sus amigos porque estaba dispuesto a enfrentarse a cualquier desafío.

Incluida ella, a la que había vencido con implacable persistencia.

Pese a todos sus escrúpulos y recelos, Julienne había arriesgado su corazón y encontrado el amor en brazos de un perverso libertino al que en otro tiempo se había jurado resistirse.

La puerta se abrió bruscamente y Jeremy Adair North, conde de Clune, entró en la pequeña casa de campo escudriñando con impaciencia con sus vívidos ojos verdes. Cuando fijó su mirada en ella, la fogosa llama de las profundidades color esmeralda de sus ojos era inconfundible.

–¿Me has echado de menos? –preguntó, acariciándola con una voz grave y dulce como el terciopelo.

–Terriblemente.

–Bien.

En tres zancadas cruzó la sala hasta alcanzarla. Sólo entonces Julienne vio la tensión que ardía en él. Podía distinguir en sus ojos el fuego de la ira, sentirla en su contacto.

–Dare, ¿qué sucede...? –comenzó, pero él la interrumpió.

–No quiero hablar.

Ella se encontró al instante entre sus brazos, estrechada

1. Atrevido. *(N. del T.)*

con fuerza contra su cuerpo. Dare hundió las manos en sus cabellos mientras aplastaba sus labios con su boca.

Su fogosidad la cogió desprevenida. Por lo general, era un amante sorprendentemente tierno, que la hacía sentirse mimada y adorada. Sin embargo, su apremiante apetito de aquellos momentos despertaba en ella una respuesta similar. Transportada, Julienne olvidó sus preguntas y se rindió a su ardiente abrazo.

Al cabo de unos momentos, Dare concluyó su fogoso beso y desvió la atención a su cuerpo. Ella no llevaba corsé, por lo que liberó fácilmente sus senos del ajustado corpiño de muselina. Con su cálida boca succionó enérgicamente sus pezones mientras la recostaba contra la puerta.

Julienne sofocó un grito ante las deliciosas sensaciones que la inundaban. Sin más preliminares, él le subió las faldas y arremetió con sus inquisitivos dedos entre sus muslos. Ya estaba húmeda para él.

Ella oyó su gemido de aprobación y luego su ronco susurro:

–¡Dios, cómo te deseo!

Tiró de la abertura de sus calzones, como si estuviera desesperado por poseerla. Su penetración fue dura y profunda; su cuerpo tembló bajo el impacto. Nunca se había comportado con tan primario apremio; sin embargo, ella no protestó. En lugar de eso, Julienne gimió con increíble satisfacción mientras él la llenaba, excitado y desorientado.

La tomó contra la puerta, arremetiendo con fuerza contra ella, con la arrolladora y descarnada necesidad de aparearse. Su apetito sexual era casi frenético; su violento ardor, aplastante. Ella se envolvió en torno a él, intentando aliviar la violencia de su deseo, la cruda intensidad de su necesidad, pero también se vio arrastrada por la oleada de calor, por la ardiente fiebre. Se aferró a él jadeante, levantando las caderas mientras se tensaba para admitirlo aún más profundamente en su cuerpo.

La liberación de Dare llegó rápidamente. Ella sintió el estremecimiento de su cuerpo justo antes de que su propia frenética explosión la inundase. Julienne profirió un ronco grito mientras sucumbía al placer con abandono.

Cuando se disiparon las abrasadoras secuelas, ella se dio cuenta de que Dare se había desplomado contra su cuerpo, sujetándola contra la puerta con su esbelta solidez. Aún estaba jadeante y sin aliento mientras hundía el rostro en la curva de su cuello.

–Mi Joya encantadora –dijo finalmente con voz áspera–. ¿Te he hecho daño?

–No –mintió ella, ignorando la protesta de sus palpitantes tejidos femeninos, satisfecha de saborear las consecuencias de su exquisito embeleso.

Por fin, él se separó. La levantó en sus brazos y la transportó con gentileza y suavidad al lecho que se encontraba en la habitación contigua, donde la desnudó con su habitual atento cuidado.

Cuando también él estuvo desnudo, se tendió a su lado y la atrajo hacia sí; luego cerró los ojos.

Durante un tiempo reinó el silencio.

Julienne ansiaba saber qué era lo que provocaba su sombrío talante. Sin embargo, temía preguntarle si había hablado con su abuelo. Aunque al fin ya no pudo seguir soportando la incertidumbre.

–¿Qué te ha dicho?

Ante el persistente silencio de Dare, el corazón le dio un vuelco. El marqués de Wolverton no deseaba que su único nieto y heredero se casara con una emigrada política francesa, aunque su linaje fuese casi tan distinguido como el de ellos. Ella aún seguía siendo considerada una extranjera por muchos, a pesar de que llevaba viviendo en Inglaterra desde que tenía cuatro años.

Julienne se incorporó sobre un codo para poder escudriñar el rostro de Dare. Su ceño fruncido le resultó más expresivo que cualquier palabra.

–Tu abuelo se niega a aceptarme, ¿no es eso?

–Él no tiene ni voz ni voto en esto –repuso Dare inflexible.

Ella trató de armarse de valor contra el vacío que sentía

en su pecho. Era de noble cuna, hija del difunto conde de Folmont, que había sido guillotinado en Francia durante el Terror. Pero poseía una sombrerería y el hedor del comercio se había aferrado a ella, dificultando cualquier pretensión de acceso a la aristocracia que hubiera podido albergar. Sin embargo, nunca había lamentado la pérdida de sus derechos de nacimiento tanto como en aquel momento.

–Nunca aprobará nuestro matrimonio –afirmó en un tono sombrío.

Dare apretó la mandíbula.

–Los deseos de mi abuelo no significan nada para mí.

Y le asió la cara suavemente mientras la observaba con sus ardientes ojos verdes.

–Fuguémonos, Julienne.

–¿Fugarnos? –repitió ella dudosa.

–Sí, fugarnos..., saltarnos las convenciones..., huir a Gretna. Está a sólo tres días de la frontera con Escocia y podríamos casarnos la semana que viene.

–Dare...

–Si me amas, vendrás conmigo. ¿Me amas, mi preciosa Joya?

Ella le amaba con locura, era un dolor en su interior. No obstante, la angustiaba pensar que iba a interponerse entre Dare y su abuelo, que era prácticamente su único familiar.

–Desde luego que te amo. Mi corazón te pertenece. Pero la fuga... No es un paso muy serio. Tu abuelo aún se enfurecerá más por ello, ¿no es así?

–Confío en que así sea –repuso Dare sombríamente.

–Tal vez sería mejor dejar que se fuese haciendo a la idea de nuestro matrimonio.

Su gélido estallido de risa le hizo comprender cuán improbable era su sugerencia. Luego él negó con la cabeza.

–Deja de preocuparte tanto por mi condenado abuelo.

–No es tu abuelo quien me preocupa –explicó Julienne escogiendo cuidadosamente sus palabras–. Eres tú, Dare. Si nos lanzamos a una fuga, algún día puedes lamentarlo. Incluso puedes llegar a despreciarme.

Él mantuvo la mirada fija en ella.

–Eso nunca sucedería.

Rodó sobre Julienne y sujetó su bello cuerpo desnudo bajo el suyo.

–Sé lo que quiero, y es tenerte como esposa. Para siempre. Nada podría cambiar lo que siento por ti.

Pese al calor de su apasionada declaración, un repentino escalofrío recorrió a Julienne con suficiente fuerza como para hacerla estremecer. No podía apartar el temor de que su felicidad no duraría.

Sin embargo, cerró los ojos y se entregó al abrazo de Dare, confiando con todo su corazón en que él nunca tuviera motivos para revocar su ferviente promesa.

Capítulo uno

Londres, marzo de 1814

La fluctuante luz del fuego proyectaba un dorado resplandor sobre el cuerpo desnudo de Dare mientras éste permanecía ante el hogar del dormitorio. Sin embargo, ninguna llama podía caldear el frío de su corazón. Con la mente inundada por los recuerdos de una engañosa y hermosa hechicera, contemplaba el folleto que anunciaba su última actuación en el teatro Drury Lane.

Julienne Laurent no necesitaba el pincel del artista para estimular su recuerdo en Dare, porque todo lo referente a ella estaba grabado a fuego en su memoria. Al instante le asaltaron las imágenes: su exquisito cuerpo arqueado por la pasión. Sus esbeltos miembros envolviéndolo. Su voluptuoso cabello como una capa de marta sobre los hombros. Su piel, tan impecablemente blanca que parecía porcelana fina. Su risa y su sonrisa. Su agudo ingenio. Sus negros y luminosos ojos con su increíble sensualidad...

Todo aquello estaba grabado en su memoria con una intensidad y claridad que aún le abrasaban.

–Qué gran necio fuiste –murmuró con ronca acusación en el silencio del dormitorio.

Dare apretó la mandíbula, irritado porque la repentina aparición de Julienne hubiera despertado en él emociones que suponía muertas desde hacía largo tiempo. Se creía liberado de ella desde hacía años. Libre de los angustiosos recuerdos, libre de los pesares y de la soledad que lo atormentaba, sin cesar.

Sin embargo, en vista del feroz dolor que lo acosaba en aquellos momentos, comprendió que aún no se había recuperado plenamente de su historia con Julienne. Al parecer, el adagio era cierto: un hombre nunca olvida su primer amor.

Él no se había propuesto entregarle su corazón. Era joven, ardiente y seguro de sí mismo, y estaba plenamente convencido de su poder de seducción. Pero la muchacha a la que se había propuesto conquistar, se había convertido en la mujer que le había enseñado el amor y la traición.

La primera vez que puso sus ojos en la hermosa emigrada política francesa, Dare comprendió que tenía que hacerla suya. Era junio, él había acudido a Kent para la boda de una prima y se alojaba en la finca de su abuelo, en Wolverton Hall, cerca del pequeño puerto marítimo de Whitstable, donde estaba la sombrerería de Julienne. Acabó quedándose todo el verano, con el propósito de cortejarla.

Le sorprendió sentirse tan atraído. Había tenido montones de mujeres igual de atractivas en infinitas aventuras que nunca habían afectado a su corazón. Para él, el amor nunca había sido tan fogoso y apremiante como con Julienne.

La había deseado más allá del flirteo o del arrebato casual. Ansiaba poseerla, dárselo todo. Su corazón, su cuerpo, su propia alma.

No se dio cuenta de que ella mentía tan fácilmente como respiraba.

Lo invadieron los amargos recuerdos de su último y escandaloso encuentro con ella. La expresión consternada de Julienne tras ser descubierta en brazos de otro amante, la propia angustia de Dare al comprender la intensidad de su engaño. No quiso creerlo hasta que lo vio con sus propios ojos, hasta que escuchó el reconocimiento de los propios labios de Julienne.

Contra su voluntad, Dare recorrió el dibujo de Julienne con las yemas de los dedos. Su abuelo le había dicho que el conde de Ivers era su amante, pero él se había mofado del anciano en su cara. Tras evitar altanero otra violenta discusión con el marqués, Dare había ido al encuentro de Julienne a su sombrerería, donde la había sorprendido con Ivers.

En los patricios rasgos de Julienne sólo había aparecido una mínima sombra de remordimiento cuando Ivers confirmó que eran amantes desde hacía tiempo, y ningún remordimiento cuando ella misma bruscamente dio por finalizado su compromiso.

Con aquella sencilla declaración, Dare sintió como si le arrancaran el corazón del pecho. Comprendió que su pretendido aire de inocencia había sido una vergüenza desde el mismo principio.

El amor que había dicho sentir por él era simplemente una farsa.

Sólo después de atar cabos, comprendió hasta qué punto lo había tratado como a un completo necio: Julienne deseaba mayores riquezas que las que él podía ofrecerle si su abuelo lo desheredaba. Incluso era probable que hubiera tramado casarse con él desde el principio, pero que lo hubiese reconsiderado cuando la ira de su abuelo hizo peligrar su herencia. Tal vez hasta había planeado compartir el botín con su amante.

A Dare se le hizo un nudo en la garganta con el afilado dolor del recuerdo.

Aunque, sin duda, prefería haber descubierto la verdad antes que desperdiciar todo su futuro.

–Es una intrigante y una despreciable francesa –había dicho su abuelo, pero Dare no le había escuchado.

Había sido increíblemente estúpido al enamorarse de sus manifiestas virtudes, o al creer que ella podía ser fiel. Precisamente él no debería haber caído en la trampa con tanta ingenuidad. Su propia madre había tenido numerosos amantes y había convertido en una burla la palabra *fidelidad.* Sin embargo, creyó que Julienne era diferente, y aun así lo había decepcionado enormemente; nunca sospechó su traición hasta que sintió el cuchillo deslizándose entre sus costillas.

Dare maldijo otra vez entre dientes. Julienne había prometido amarle, y sin embargo había destrozado aquellas promesas con mentiras y engaños.

Se preguntaba si ella lamentaría ahora su elección. Ahora por fin estaba en posesión del título de marqués de Wolverton, junto con la vasta fortuna de los Wolverton, pues su detestado abuelo había fallecido el año anterior.

Pero más de media década era demasiado tiempo para una intrigante cazadora de fortunas. Al parecer, entretanto se había dedicado a consolidar una carrera de actriz de éxito.

Y sin duda a tener otros amantes. Dare la había visto aquel mismo día en el parque cortejada por sus rendidos admiradores.

Esa visión le había impactado enormemente, porque dos días antes, ni siquiera sabía que ella estuviera en Londres. Dare había estado ausente durante meses, primero en una misión en el norte y luego en otro cometido en Irlanda. Al regresar, había descubierto que Julienne Laurent era la heroína de la ciudad, pretendida por una multitud de varones y dandis. «La nueva y más brillante Joya de Londres», así era como se la llamaba. Según se decía, todos los hombres deseaban tener como amante a la deslumbrante actriz.

Dare disimuló el inesperado dolor que le atenazó el pecho al verla y devolvió su atención a su amiga, lady Dunleith. Hacía unos momentos, la encantadora viuda le había hecho señas desde su carruaje mientras él cabalgaba entre la multitud reunida en Hyde Park para el paseo diario.

Cuando interrogó a lady Dunleith sobre las últimas novedades de la alta sociedad, ella se mostró alegre y amable.

–¿La señorita Laurent? Creo que procede de York. Es la última moda, pero considero que se lo merece. Canta como un ángel y es una actriz maravillosa. Tal vez no de la clase de la señora Siddons, pero el propio Edmund Kean elogió su actuación dramática cuando interpretó el papel de Desdémona en su *Otelo*.

Dare tensó los labios. Estaba totalmente de acuerdo en que la señorita Laurent era una consumada actriz aunque todavía no la hubiera visto en el escenario. Durante su encantador verano juntos, él jamás había sospechado, ni por un momento, que los mismos dulces labios que le prometían amor lo traicionarían como lo hicieron.

Lady Dunleith le dirigió una mirada especulativa.

–Si estás pensando en perseguirla, querido, deberías reconsiderarlo. He oído decir que es bastante fría como amante.

Dare no estaba seguro de si la hermosa viuda se expresaba de ese modo por celos, rencor o un caritativo deseo de ahorrarle un esfuerzo inútil. Pero podía dar fe de que la mujer se equivocaba: Julienne Laurent era tan fría como los carbones encendidos.

–Y en cualquier caso –añadió lady Dunleith en un tono divertido–, la señorita Laurent ha anunciado que no elegirá protector hasta el final de la temporada. Ya están circulando apuestas acerca de quién ganará.

Dare pensó, resentido, que aquel a quien ella eligiese sin duda tendría los bolsillos repletos. Las actrices solían aumentar sus escasos ingresos a través de ricos mecenas, pero él sabía por dolorosa experiencia que la mercenaria mademoiselle Laurent sólo se conformaría con el más acaudalado de todos ellos.

Sin embargo, lo que más le interesaba era el caballero concreto que poseía la atención de la Joya en aquellos momentos. Al parecer, el vizconde Riddingham se había ganado el privilegio de llevar a la señorita Laurent en su carruaje. Se habían detenido en el Row y al instante se vieron rodeados por media docena de entusiastas admiradores a caballo...

–¿Querido...?

La soñolienta voz devolvió a Dare al presente. Tras él, lady Dunleith lo reclamaba.

–¿Por qué no vuelves a la cama?

Sobresaltado por la pregunta, se estremeció de frío, y eso le recordó que estaba desnudo, que había abandonado un cálido lecho para mirar un folleto que exhibía la imagen de su antigua amante; como una lengua que tanteara un diente dolorido.

Ese mismo dolor le había impulsado horas antes a acompañar a la viuda Dunleith a su casa y a pasarse la noche entregándose a los placeres carnales. Sin embargo, Dare había ejecutado la tarea simplemente como un aburrido ejercicio más, con su habitual habilidad fruto de la práctica. Su lujuria de aquella noche había sido decididamente voluntariosa, un intento de exorcizar su inquieta pasión y los dolorosos recuerdos de otra mujer.

Desde que Julienne Laurent le había destrozado el corazón tras la ruptura de su compromiso, él había regresado a Londres y se había entregado a una vida de libertinaje, incluido el liderazgo de la Liga del Fuego del Infierno, un famoso club que reunía a los principales crápulas de Inglaterra.

Sus escandalosas hazañas y decididas búsquedas de gratificaciones sexuales habían añadido un nuevo lustre de atractivo y mala fama a su reputación, haciéndole ganarse el apodo de Príncipe del Placer.

A Dare le desagradaba admitir, incluso ante sí mismo, que su libertinaje no había sido más que un modo de ahogar sus penas, de enmascarar el vacío de su vida. Noche tras noche buscaba perderse en un cálido cuerpo femenino, alejar los recuerdos de Julienne con un exceso de gratificaciones sexuales.

No obstante, incluso cuando estaba sumergido dentro de una mujer, unido a ella del modo más íntimo posible, se sentía solo. Peor aún, no podía evitar ansiar el sabor de otra carne femenina. Julienne aún le tentaba, aún le atormentaba.

¡Maldita sea!

Volver a verla aquella tarde le había hecho comprender que la herida que le había infligido no había sanado realmente. Aún no estaba libre de Julienne. Incluso después de todo aquel tiempo, su corazón se negaba obstinadamente a abandonar su obsesión.

–¿Dare? –imploró la viuda, esta vez con una nota de impaciencia en la voz.

–Perdóname, querida –se esforzó por responder.

Arrugó el folleto en su puño, resistiéndose al apremio de arrojarlo al fuego. Al día siguiente por la noche, habría una nueva representación de la que la famosa actriz, Julienne Laurent, sería la protagonista. Pero él aún tenía que decidir si asistiría.

Se dijo a sí mismo que lo mejor sería que se mantuviera lo más lejos posible. Sabía cuán letal podía ser. Nunca volvería a permitir que le hiciera daño. Se había esforzado intensamente para no volver a sentirse nunca tan afligido. Aun así, en su mente había comenzado a trazarse un plan.

Impaciente de pronto por entrar en acción, dijo por encima de su hombro:

–Me temo que debo irme, Louisa.

–¿Ahora? Pero es muy tarde.

–Todavía no es medianoche.

Se vistió en silencio, haciendo caso omiso del mohín de la exuberante y desnuda dama que estaba en el lecho. Luego se acercó a ella y empleó sus maneras más encantadoras para rogarle su perdón, besándola hasta quedar sin aliento, pero eludiendo sus ruegos de que regresara pronto.

Cuando bajó de la habitación, se dio cuenta de que todos los sirvientes se habían retirado ya, y la montura en la que había paseado por Hyde Park aquella tarde se hallaba cómodamente estabulada en las antiguas caballerizas situadas tras la mansión de lady Dunleith. En lugar de despertar a los mozos de cuadra, Dare salió y recorrió a pie la breve distancia existente por las oscuras calles de Mayfair hasta la casa de Lucian.

Lucian Tremayne, conde de Wycliff, era uno de sus amigos más íntimos, así como uno de los jefes de una de las más importantes redes de espías de toda Inglaterra. Lucian prefería que no se sospechara que había comprometido a Dare en la persecución de un traidor a muerte, de modo que habían acordado limitar la frecuencia de sus encuentros. Sin embargo, tenían que hablar sobre los últimos acontecimientos.

Encogiéndose ante el frío aire nocturno, Dare se envolvió bien en su gabán. Aquél era el invierno más frío que recordaba, y el país seguía en gran parte congelado. En Londres, incluso el Támesis se había helado. Y en Yorkshire, que Dare había visitado recientemente, durante varias interminables semanas, los montones de nieve más altos que un hombre interceptaban carreteras e interrumpían totalmente el comercio y los viajes.

Aquella noche sería su primera oportunidad de poner al corriente a Lucian de sus gestiones clandestinas. Le había enviado un mensaje aquella mañana para concertar un encuentro e informarle de todo.

Había varias luces encendidas en las ventanas de la regia mansión de los Wycliff. Dare fue recibido sin problemas y conducido al estudio de Lucian, donde el conde estaba trabajando en su escritorio.

Ambos hombres se saludaron con el afecto fruto de su antigua amistad.

–¿Cómo está tu bella esposa? –preguntó Dare, mientras Lucian servía brandy para ambos.

–Floreciente. Brynn está redonda como un melón, aunque aún faltan casi dos meses para que dé a luz.

–Lamento no haber podido verla –dijo Dare instalándose en un cómodo sillón–. Creí que estaba en Londres.

–Sí, y lo estaba, pero volví a acompañarla a casa. Está más segura en el campo.

A la espera del parto, Brynn se había retirado a la mansión familiar de Lucian, en Devonshire, donde podía ser más fácilmente protegida. El pasado otoño, ella y su hermano habían sido amenazados por un criminal que se hacía llamar lord Caliban, como el personaje de *La tempestad* de Shakespeare. Lucian había desbaratado la operación de contrabando del oro que Caliban utilizaba para financiar a los ejércitos de Napoleón, dejando al lord inactivo durante un tiempo, pero el traidor aún andaba suelto. Razón por la que Dare se había implicado en el asunto.

Lucian le tendió un brandy a su invitado y luego se instaló en el sillón contiguo.

–Bien, cuéntame de qué te has enterado en Yorkshire.

–Me temo que de no mucho. Me instalé en la finca de un amigo, a apenas diez kilómetros de la casa de Riddingham, pero la condenada nieve me dificultó llegar hasta allí. Aun así, conseguí disfrutar de dos cenas con sus correspondientes veladas de cartas con Riddingham y sus invitados. Todo normal y corriente. Él llevaba el anillo en todo momento. Cuando le hice una observación sobre la calidad única del diseño, Riddingham dijo haberlo ganado jugando a los dados, pero que no podía recordar a quién. Podía ser perfectamente mentira.

Dare hizo una pausa para tomar un sorbo de brandy y elogiar de modo ausente su calidad.

–No obstante, sigue llevando el anillo. Aunque si no tiene idea de que sospechamos que él sea Caliban, parece estúpido ostentar tan llamativo ornamento. Pero para ser sincero, cuanto más veo a Riddingham, más me pregunto si es lo bastante brillante como para ser un traidor.

–Tal vez no, pero tenemos que asegurarnos. –Lucian endureció el gesto de su boca–. Podría ser un error fatal subestimar la astucia de Caliban. Riddingham podría estar embaucándonos con su perfecta simulación de afabilidad. Por otra parte, estaba aquí en Londres en enero, cuando nuestro hombre fue asesinado.

Un diplomático de Asuntos Exteriores había sido encontrado muerto hacía dos meses, según se sospechaba, a manos de Caliban, aunque no había pruebas de ello. Pero volvería a actuar, Dare y Lucian no tenían ninguna duda. Sólo podían confiar en desenmascarar al traidor antes de que éste pudiera causar aún más daño.

Lucian maldijo entre dientes y soltó un enérgico puñetazo en el brazo de su sillón.

–Siento exactamente lo mismo –convino sombríamente Dare.

Comprendía perfectamente la frustración de su amigo al perseguir a un asesino que era poco más que un susurro y una sombra. Hasta el momento, sólo tenían dos claves sobre la identidad de Caliban, ambas de un testigo que lo había vislumbrado momentáneamente el año anterior: se creía que Caliban era un noble inglés. Y poseía un insólito anillo decorado con una cabeza de dragón con ojos de rubí.

Dare había descubierto el anillo hacía varios meses en el dedo de lord Riddingham. Desde entonces, había seguido discretamente el rastro del vizconde tratando de averiguar si éste podía ser Caliban. Esa posibilidad era la que había conducido a Dare a pasar un tedioso intervalo en Yorkshire, donde pudiera investigar mejor la teoría.

Su falta de éxito lo indignaba. Sin embargo, no podía esperar conseguir de la noche a la mañana lo que se les había escapado a los mejores agentes de la nación. Lucian solía recordarle que su licencioso pasado no lo había preparado exactamente para una carrera en el espionaje al servicio del gobierno.

De hecho, Lucian lo había reclutado el pasado otoño. Precisamente por su conocida tendencia al libertinaje, Dare resultaría un muy improbable candidato a espía. Caliban nunca sospecharía del Príncipe del Placer como dirigente de su caza y captura.

Dare accedió a colaborar, no sólo porque estaba familiarizado con la mayor parte de la sociedad, tanto alta como baja, sino porque se sentía inquieto y aburrido de la vida. Le estimulaba bastante el desafío de medirse con un astuto asesino. Se había reído ante la observación de Lucian de que tener un objetivo serio podía servirle para salir de su hastío.

Ahora ya no se reía.

Dare tomó otro trago de brandy, vacilando mientras debatía si contarle a Lucian el nuevo giro de la jugada.

–¿Qué sabes de Julienne Laurent, la nueva actriz del Drury Lane? –dijo al fin–. ¿La Joya que tiene conmocionada a toda la alta sociedad?

Lucian le dirigió una penetrante mirada.

–¿Debo suponer que tienes un nuevo interés amoroso?

–Difícilmente. Riddingham es uno de sus pretendientes.

–¡Ah! –exclamó Lucian, recostándose en su asiento con aire pensativo–. La semana pasada llevé a Brynn a ver actuar a la señorita Laurent. Ambos la encontramos sorprendentemente buena. ¿Estás sugiriendo que su asociación con Riddingham va más allá de lo simplemente amoroso?

–Es posible. Por lo menos merece que lo investiguemos. Después de todo, es francesa. No sería imposible que estuviera al servicio de Napoleón. Dados sus escasos ingresos y dudosos valores morales, las actrices son enormemente susceptibles de soborno.

Al ver que Lucian enarcaba una ceja, Dare comprendió cuán irónico era que precisamente él hablara de dudosos valores morales.

Sin embargo, no era la primera vez que se había cuestionado la fidelidad de Julienne Laurent a Inglaterra. Siete años antes, el abuelo de Dare la había calificado de traidora, afirmando que estaba conspirando con bonapartistas y amenazando con que iba a hacerla arrestar por traición.

En aquella época, Dare había tenido el convencimiento de que las acusaciones eran infundadas, un intento del viejo bastardo de obligarle a dar por finalizado su compromiso. Entonces, su principal preocupación había sido proteger a Julienne de las coléricas maquinaciones de su abuelo. Pero ahora estaba más dispuesto a creer que, después de todo, hubiera cierta verdad en aquellos cargos.

–Tal vez me esté precipitando en mis conclusiones –reconoció–, pero podría estar aliada con Riddingham.

–¿Por qué dices eso? –preguntó Lucian curioso–. ¿No regresó Riddingham a Londres la semana pasada? Apenas han tenido tiempo de encontrarse.

–Pero podrían mantener una asociación anterior. La mansión de Riddingham está en Yorkshire, y de la señorita Laurent se dice que pasó los últimos seis años pisando las tablas de la ciudad de York.

–Tal vez fuese su amante.

–Tal vez. Cuando los he visto hoy paseando por el parque parecían más bien amigos íntimos que simples conocidos. –Forzó una sonrisa–. Si él no está ya compartiendo su lecho, ciertamente parecía ansioso de ello. Estaba pendiente de todas sus palabras, lo mismo que media población masculina de Londres, por otra parte. –Confió en que su sarcástico tono ocultara los celos que tan difícil le resultaba contener–. Pero de cualquier modo, ella podría ser su cómplice.

–O quizá Riddingham solamente la persigue pensando en una relación carnal –contestó Lucian–. Circulan rumores de que ella está buscando un protector.

–He oído esos rumores. Al parecer, la bella Laurent hizo

una declaración pública de que efectuaría su elección al concluir la estación. Una inteligente táctica –añadió cínicamente Dare–. La mejor para mantener a sus admiradores rivalizando por sus favores. A pesar de todo, merece ser observada. Y tú quizá pudieses utilizarla para que se aproximase más a Riddingham.

–¿Yo? ¿No querrás decir tú?

–Tal vez yo no sea el mejor hombre para esa tarea. Tuve una... breve relación con la señorita Laurent hace algunos años.

Lucian lo examinó durante largo rato, mientras Dare se esforzaba por permanecer imperturbable ante aquellos perspicaces ojos. No se proponía revelar su desgraciada historia con Julienne. Cómo había descubierto a su prometida en brazos de otro amante. Cómo su corazón y su orgullo se habían visto destrozados por su traición. Ni cómo le dolía aún aquel recuerdo.

Por fin, Dare se encogió de hombros.

–La aventura concluyó infelizmente.

–¿De modo que crees que la dama no deseará tener nada que ver contigo?

–Así es. Dudo seriamente que ella quisiera.

Lucian le dedicó una seca sonrisa.

–Tú, amigo mío, nunca has sido derrotado por ninguna mujer. Sin duda, sólo tendrás que hacer gala de tu vasto encanto para convencerla de que cambie de opinión sobre ti.

Dare se quedó mirando el ambarino líquido de su copa deseando refutar aquella declaración. Era cierto: mujeres más altaneras y reacias habían caído voluntariamente en sus brazos. Pero, en aquel caso, él comenzaría con una gran desventaja, posiblemente insuperable.

Lucian interrumpió sus sombríos pensamientos.

–Comprendo tu reticencia a volver a relacionarte con ella, Dare, pero está claro que deberías ser tú quien investigara su relación con Riddingham.

Dare sonrió sin ganas.

–Temía que pudieras decir eso.

La expresión de Lucian era grave mientras se inclinaba hacia él.

–Estoy seguro de que no necesito recordarte que el futuro de Inglaterra puede estar en juego.

–No, no necesito que me lo recuerdes.

–Esta condenada guerra puede que esté llegando a su fin... Casi cada día recibimos nuevos informes desde el campo de batalla sobre las victorias de los aliados. Pero aunque Napoleón sea vencido, no espero que Caliban se retire. Un hombre como ése no desaparece y ya está.

–Soy muy consciente del peligro que Caliban representa.

–¿Lo harás entonces?

Dare tomó un largo trago de brandy y sintió cómo el escozor le abrasaba la garganta para ir a mezclarse con el fuego que ya le corroía las tripas.

–Sí –aceptó finalmente, exhalando un suspiro desganado–. Supongo que lo mejor que puedo hacer será unirme a los que van tras los favores de la Joya. Simular ser uno de los rivales de Riddingham. Eso me facilitaría una legítima excusa para estar más cerca de él. Para atizar el fuego, por así decir. Tal vez él mostrará sus cartas si consigo hurgar lo bastante profundamente bajo su piel.

–Bien. Y si descubres que tus reticencias personales interfieren en tu misión, sólo tienes que recordar cuántos inocentes han muerto de resultas de la traición de Caliban. Entretanto, puedes aprovechar la oportunidad para comprobar la lealtad de la señorita Laurent. Acaso tengas razón. Podría perfectamente estar trabajando para los franceses.

Dare sonrió para sí. Sería una maravillosa venganza que no sólo pudiera desenmascarar a Caliban, sino que descubriera que la tentadora que había destrozado su corazón estaba ayudando al traidor más peligroso de Inglaterra.

La tensión que lo había invadido desde que había visto a Julienne aquella tarde se alivió con la sensación de haber tomado una decisión.

Se prometió que usaría a la deslumbrante actriz para acercarse más a Riddingham. Y si ella era realmente una espía francesa, se lo haría pagar muy caro.

Capítulo dos

Los empalagosos aromas de mondaduras de naranja y el sebo de las antorchas de las candilejas y candeleros del escenario resultaban casi abrumadores aquella noche; sin embargo, Julienne sabía que la iluminación habitual del teatro no era la causante de su sensación de mareo. Una causa totalmente distinta había trastornado sus sentidos.

Él estaba entre el público, viendo su representación.

Descubrió que le temblaban las rodillas. Ni siquiera los petimetres del foso, que la devoraban con los ojos, podían distraerla de su inquietante mirada. Estaba sentado en uno de los palcos de lujo, con sus rubios cabellos destellando bajo el resplandor de la enorme araña del teatro.

Dare North. El legendario amante que le había robado el corazón y después había dejado su vida tambaleándose.

Sometida a su atento escrutinio, Julienne había interpretado su papel principal en la tragedia de John Webster como aturdida, apenas capaz de recordar su parlamento. En una ocasión, incluso había llegado a perder la entrada, ganándose un ceño desaprobador de Samuel Arnold, el augusto director del teatro.

«No pensaré en él», se prometió inútilmente Julienne por enésima vez mientras aguardaba su entrada final entre bastidores.

El Teatro Real de Drury Lane era uno de los dos principales teatros de Londres, y aquella noche, el local estaba totalmente lleno. De hecho, repleto a rebosar, una distinción normalmente reservada al actor dramático por excelencia en Londres, el notable Edmund Kean. Sin embargo, se decía que Kean estaba «enfermo», un eufemismo para ocultar la verdad de que se estaba recuperando de una feroz reyerta de borrachos.

Aquella noche Julienne ostentaba pues el primer puesto de la compañía, un éxito espléndido para una actriz de provincias hasta entonces desconocida. No podía permitirse desaprovechar aquella oportunidad ni dejarse perturbar por recuerdos que tan duramente había luchado por superar.

Le había costado años eliminar de su alma el dolor que sentía por Dare, superar su anhelo por él. Se había arriesgado a ir a Londres aun sabiendo de su presencia allí, y, sin embargo, confiando en evitarlo.

Una idea estúpida, como comprendía ahora. El marqués de Wolverton, su actual ilustre título, era uno de los personajes principales de la alta sociedad, pese a su escandalosa reputación o tal vez precisamente a causa de ella. Se movía en los círculos más elitistas de Londres, así como en los de más mala fama. Difícilmente podría haberle evitado, como tampoco podía reprimir los dolorosos recuerdos que volvían a su mente al verlo.

Otra estúpida idea creer que podría olvidar a alguien tan inolvidable, una pasión tan maravillosa. Había amado a Dare con un apetito temerario que no había sentido jamás por ningún otro hombre, ni antes ni después de entonces. Pero su amor había resultado catastrófico.

Se le nublaron los ojos al recordar la última vez que había visto a Dare, cuando no le quedaba otra elección que traicionarle. En un fugaz momento, la mirada de él había pasado de la sorpresa a la desolación, y de ésta al más frío desprecio.

Incapaz de explicar sus razones, Julienne lo había observado a través de una neblina de ardientes lágrimas mientras él salía de su vida. Perderlo la había dejado devastada. Sola. Abocada al desastre...

Un quedo siseo del director le hizo comprender que se había perdido otra entrada. Armándose de valor, se deslizó hacia el escenario para representar las escabrosas escenas finales de *El diablo blanco.*

Era un papel codiciado por cualquier actriz, el de una intrigante cortesana veneciana, y consiguió representar la sombría historia de crímenes y venganzas sin más graves lapsus. Pero se sintió aliviada cuando la muerte de su personaje llegó por fin, y la compañía pudo agradecer finalmente con sus reverencias los gritos, silbidos y sinceros aplausos.

A Julienne le sorprendió que la mayor parte de los elogios recayeran sobre ella, teniendo en cuenta su desgraciada actuación. Sin embargo, curvando los labios con una encantadora sonrisa, aceptó graciosamente los aplausos, efectuando una profunda reverencia para la multitud que la aclamaba en el gallinero, luego al más salvaje gentío del foso y, por último, a los nobles y alta burguesía de los palcos.

Estaba precisamente incorporándose cuando cometió el error de mirar al noble al que tan desesperadamente llevaba tratando de ignorar durante toda la noche. Dare se había acercado hasta la parte frontal del palco para situarse ante la barandilla.

Julienne se quedó inmóvil, capturada por el hipnótico poder de su mirada; incluso a aquella distancia, podía sentir su abrasador impacto. Entreabrió los labios en una profunda aspiración mientras él curvaba la boca en tenue sonrisa, lenta, perezosa y provocativamente libertina.

Ella vio entonces moverse sus sensuales labios, pero debido a una oleada de sangre que trastornó sus sentidos, tardó un momento en comprender qué era lo que le había dicho.

Casi sin darse cuenta, alzó una mano de modo ausente, pidiendo silencio por señas. Lentamente, el silencio se fue haciendo entre la multitud mientras innumerables cabezas se volvían hacia la dirección en la que ella fijaba la mirada.

Dare volvió a pronunciar su nombre, en esta ocasión lo bastante fuerte como para que todo el teatro oyera sus palabras.

–Mademoiselle Laurent –dijo Dare, dirigiéndose a ella como si estuvieran completamente solos–, permítame alabarla por una muy excelente actuación.

Julienne no sabía muy bien qué se proponía, pero sintió una inconfundible tensión recorriendo su cuerpo y tirando de sus nervios.

–Gracias, milord –repuso, esforzándose por mantener la voz firme.

–¿Es cierto? –preguntó él.

–¿El qué? –inquirió ella a su vez.

Dare posó una cadera despreocupadamente en la barandilla y se apoyó en ella mientras la observaba con indolencia.

–Que pretende hacer su elección de protectores al final de la temporada.

Desconcertada, Julienne recordó con nerviosismo la declaración que había hecho la semana anterior, medio en broma. Estaba en la sala de espera de los actores, tras una representación, rodeada por ansiosos enamorados, rivalizando todos ellos por sus atenciones y apremiándola a aceptar sus no deseadas invitaciones. Cuando un persistente petimetre declaró toscamente su determinación de mantenerla, ella disimuló su consternación y fingió una carcajada, alegando que no podía decidirse precisamente entonces, entre tantos encantadores caballeros.

Su indecisión fue sólo una estrategia defensiva. No tenía la intención de aceptar la protección de ningún hombre, pero tampoco podía arriesgarse a rechazar a sus admiradores ni a ganarse la antipatía de cualquiera de aquellos acaudalados espectadores del teatro. Tenía que pisar con sumo cuidado, manteniendo a sus cortejadores cautivados mientras los retenía a distancia, conservando su admiración pero sin comprometerse.

Al verse entonces presionada, se comprometió a hacer su elección al final de su temporada teatral, que coincidiría con la temporada londinense. En breve, descubrió que mantenerse inasequible le producía un beneficio añadido. Que se la disputaran admiradores ricos y con título aumentaba su valor en el teatro, porque comportaba más negocio.

Si lord Wolverton se había enterado del episodio, eso daba una medida de la eficacia de las habladurías en Londres.

Tratando de recobrar la compostura, ofreció a Dare una respuesta cortés.

–No alcanzo a comprender por qué pueden preocuparle mis intenciones, milord.

–Me gustaría participar en la competición.

Un sonoro murmullo de sorpresa e interés surgió de la multitud.

Entonces, para su consternación, Dare se puso en pie sobre la barandilla del palco. Julienne no estaba segura de si los gritos sofocados que oía procedían del público o de su propia garganta. Sospechó que de ambos. Durante todos sus días en el teatro, nunca se había sentido más confundida; su mente se quedó en blanco, y experimentó el mismo tipo de pánico que se producía al olvidar un párrafo crucial.

Excepto que, en esta ocasión, no había líneas escritas que aprender. No había ninguna obra.

Sin embargo, el público asistente se estaba comportando como si la escena fuera una continuación de la anterior representación, manteniendo un expectante silencio. Julienne se quedó asimismo callada, incapaz de sospechar qué era lo que se había propuesto Dare.

Totalmente cómodo al parecer en su precaria postura, apoyó un codo contra la columna que sostenía un lado del palco.

–He hecho una apuesta respecto a su elección, mademoiselle –anunció con voz clara–. He apostado que me escogería a mí.

La ruidosa multitud del foso reaccionó con un coro de risitas y carcajadas, mientras que el resto aguardaba la respuesta conteniendo el aliento.

–¿Realmente ha hecho usted eso? –consiguió decir Julienne tratando de ganar tiempo–. Al parecer, tiene una opinión muy elevada de sí mismo.

–Una opinión con una sólida base. –Desvió bruscamente la mirada hacia el público–. ¿Alguien de los aquí presentes duda de que yo pueda ganar el corazón de esta Joya encantadora?

Se produjeron ayes y gritos desde la gentuza del foso y un

arranque de aplausos en el piso superior. Dare esbozó una grácil inclinación para agradecer la aprobación general.

Julienne pensó alarmada que era una maniobra peligrosa. Si llegara a caerse desde aquella altura podría lesionarse gravemente. Pero siempre había sido el más temerario que había conocido. Temerario, osado, escandaloso. No parecía preocuparle en absoluto estar representando semejante espectáculo ante una multitud de torpes espectadores.

Y era evidente que el público disfrutaba con su audaz táctica, respondiendo con excitación y regocijo.

Julienne, con los dientes apretados, se movió a lo largo del escenario, acercándose más a su palco, mientras trataba de recuperar su ingenio. Él la había puesto astutamente entre la espada y la pared con su declaración pública. Ella no tenía intención de aceptar un amante, y con toda seguridad, menos aún al famoso libertino que tan contundentemente le recordaba su atormentador pasado; alguien que todavía tenía el poder de herirla. Pero no se atrevía a rechazarlo de pleno sin arriesgar todo aquello por lo que tanto se había esforzado. Su medio de vida dependía de que lograra complacer a su público.

Por fortuna, hacía años que actuaba, y tenía muchísima práctica tratando con libertinos y obstinados perseguidores.

Recuperándose, Julienne puso los brazos en jarras y miró a Dare de arriba abajo; lo contemplaba con actitud crítica, como si estuviera observando a un caballo en Tattersalls.

–Tal vez su altiva opinión sobre sí mismo tenga una sólida base –convino pensativa–. Ciertamente, su reputación le precede. El escandaloso lord Wolverton, un libertino famoso por su encanto, su labia y su afición a la depravación. El Príncipe del Placer, ¿no es ése el nombre que he oído que le dan? También conocido como el azote de los corazones femeninos.

–No obstante, usted se ha convertido rápidamente en el azote de los corazones masculinos, *ma belle.*

–No era ésa mi intención –replicó ofreciendo una tentadora sonrisa que desmentía sus palabras–. Pero puesto que usted insiste... voy a aventurarme a hacer también yo una apuesta. –Se puso de cara a su público, actuando entonces para la multitud–. Se me acusa de romper los corazones de los caballeros. Bien, me propongo pues estar a la altura de la acusación. Apuesto a que puedo conseguir poner de rodillas al Príncipe del Placer.

El rugido de aprobación fue casi ensordecedor, interrumpido por el retumbar de los pies pateando el suelo y los bramidos de regocijo. Transcurrieron varios minutos antes de que el teatro se silenciara lo bastante como para permitir proseguir el espectáculo.

La propia sonrisa de Dare era diabólica.

–¿De modo que cree poder romperme el corazón?

–Estoy segura de ello.

–Su intento será bien recibido. –Efectuó otra inclinación sin apartar la mirada de ella–. Estoy ansioso por que se produzca nuestro primer encuentro, mi hermosa Joya.

La multitud, previendo una deliciosa batalla, prorrumpió en una entusiasta ronda de aplausos. Apenas Julienne hubo hecho una profunda reverencia y desaparecido del escenario, comenzaron a prosperar las apuestas acerca de quién ganaría.

El director, Samuel Arnold, la estaba aguardando. Ella apenas podía distinguir sus palabras por encima del latido de su pulso y el clamor ensordecedor que dejaba atrás, pero comprendió que estaba expresando su aprobación. Forzó una sonrisa y huyó entre bastidores.

Había dos habitaciones de descanso en el teatro, una destinada a los miembros en general de la compañía y otra, más elegante, indicada para los principales actores. Allí, éstos se reunían con el público que acudía a rendirles homenaje y recibían a sus admiradores.

Julienne se dejó caer débilmente en una otomana para aguardar a la habitual multitud de admiradores y hundió el rostro en las manos sin acordarse de su maquillaje de escena. La oleada de emoción que se agitaba en ella amenazaba con ahogarla.

Se había creído preparada para enfrentarse con Dare,

pero nunca había imaginado circunstancias tan inquietantes; compitiendo en ingenio en un foro tan abierto, y con un tema tan escandaloso como a qué amante se proponía escoger como protector. No acertaba a imaginar qué le había impulsado a hacer público su desafío, a menos que se tratase de un merecido castigo por sus pasados pecados.

Podía comprender su deseo de venganza. Hacía siete años que Julienne había puesto fin a su compromiso con tal contundencia que Dare dejó de desearla como novia. Lo había ahuyentado intencionadamente, por su propio bien. Sin embargo, aquello no había hecho que su renuncia a él fuese menos dolorosa... ni tampoco, al final, la había salvado de la ruina.

Había sido la experiencia más aterradora y desoladora de toda su vida. No sólo había perdido a Dare, sino que, como consecuencia, se había encontrado completamente indefensa, a merced de un libertino codicioso y de las maquinaciones de un malvado viejo noble. Entre los dos, el conde de Ivers y el marqués de Wolverton, habían destruido su buen nombre, y casi la habían destruido a ella.

Julienne se había quedado destrozada y con los sueños hechos añicos. Todo el mundo le había dado la espalda, a su tienda no acudía ni un cliente, por lo que había perdido sus ingresos, y su querida madre se había visto obligada a compartir su vergüenza.

Aquello era lo que más lamentaba, porque el escándalo había debilitado la salud ya precaria de la condesa. Para ahorrarle a su madre más angustias, Julienne había decidido abandonar su vida familiar y, aturdida, había comenzado a buscar otro lugar de residencia y otra ocupación.

Por pura casualidad, una compañía itinerante de actores de York regresó al condado durante la etapa más sombría en la vida de Julienne. Ella los conocía levemente porque los había ayudado con el vestuario en años anteriores. Cuando se enteraron de su situación, le ofrecieron un medio de huir del escándalo, así como refugio, consuelo y amistad.

Con pocas posibilidades de encontrar cualquier clase de

empleo respetable, Julienne se unió a la compañía, y acabó instalándose en York. Pasó años perfeccionando su nueva profesión, con el único pensamiento de sobrevivir... y obtener algún ingreso tanto para ella como para su madre.

La mayor parte de sus pocas ganancias las enviaba a casa. Y de la sombrerería, que continuaba funcionando bajo la supervisión de una vendedora, en principio conseguía lo suficiente para pagar las facturas del médico de la condesa. Sin embargo, la situación se agravó al empeorar su madre, lo que obligó a Julienne a tomar algunas importantes decisiones para que los últimos días de su madre fueran más soportables.

Aun así, no había dejado de amar a Dare. No al principio. Durante años, él había estado presente en sus sueños más entrañables y en sus más sombrías pesadillas. El recuerdo de sus encuentros amorosos había prevalecido intenso, desesperado, salvaje. Añoraba sus caricias, el penetrante placer que él le había dado.

No obstante, al final había asumido el control de su vida y se había labrado un nuevo futuro. Desde la muerte de su madre hacía casi cuatro años, Julienne se había esforzado por alcanzar algo de paz, e incluso había hallado una cierta satisfacción.

Cuando, recientemente, le habían ofrecido un atractivo contrato en el teatro Drury Lane de Londres, con un salario sustancioso, había aceptado diciéndose a sí misma que no podía permitir que la presencia de Dare allí destruyera su oportunidad, tan duramente trabajada, de conseguir independencia financiera. La fama no le interesaba; la fortuna, sí. Si lograba éxito suficiente como para obtener los ingresos de una actriz preeminente, tendría libertad para elegir por sí misma y decidir su propio futuro. Nunca más volvería a ser vulnerable e indefensa, ni a depender de los caprichos de un hombre.

Había vuelto al mundo de Dare con el deseo apremiante de demostrarse a sí misma que había acabado totalmente con él. Ansiaba cerrar del todo aquella puerta de su pasado para así poder seguir adelante con su vida.

Sin embargo, volver a verlo había reabierto una herida latente y despertado un dolor en su interior que le hacía dificultoso incluso respirar.

Inspiró resuelta varias veces, lenta y profundamente, practicando las técnicas de relajación que le habían enseñado al comienzo de su carrera interpretativa.

Lo peor estaba superado. Pese a cualquier juego que Dare estuviera intentando llevar a cabo, ella se sentía capaz de proteger sus emociones.

«Puedo mantenerlo a distancia», se dijo, aunque el débil temblor de sus miembros desmentía tal resolución.

Se sintió aliviada cuando los demás actores principales de la compañía se reunieron con ella. En breve, se les sumó una multitud de admiradores y, al cabo de unos momentos, la sala de espera estaba llena a rebosar, bullendo de conversaciones acerca de cierto noble escandaloso.

Simulando que el espectáculo no la había afectado en lo más mínimo, Julienne esbozó una radiante sonrisa para los caballeros que se agrupaban en torno a ella.

Sabía muy bien cuál era la intención de todos ellos: abrirse camino hasta su lecho. Gente como aquellos hombres esperaban que cualquier mujer de su profesión estuviera disponible por el precio adecuado. Pero aunque Julienne estaba decidida a seguir con la cama vacía, debía mantener una imagen. Y aquella noche tenía una tarea adicional: asegurar a aquellos caballeros que, pese a la audaz declaración de Wolverton, él no iba a ser un rival para sus propósitos.

Uno de sus más destacados galanes era Hugh Bramley, vizconde de Riddingham. Alto y ligeramente desgarbado, poseía unos anodinos cabellos castaños y rasgos del montón, pero era afable, divertido y en extremo educado, y Julienne sentía más inclinación por él que por cualquiera de los demás.

Sin embargo, Riddingham estaba claramente descontento con el giro de los acontecimientos y mostraba unos celos innegables.

–¡Qué desfachatez la de ese granuja, exhibiéndose de tal modo! Señorita Laurent, confío en que no estará dispuesta a permitir que ese insufrible individuo la tome como objetivo de sus depravadas diversiones. Su degeneración es legendaria.

–No representará ningún peligro para mí si usted está dispuesto a protegerme –replicó ella suavemente, tratando de tranquilizar el agitado talante de Riddingham mientras, nerviosa, mantenía la vista en la puerta, esperando que Dare hiciera su aparición en cualquier momento.

Hacía todo lo posible para ocultar su tensión y fingir interés en las agudezas de sus galanes. Cuando una docena de ellos la invitaron por separado a una cena tardía, declinó gentilmente los ofrecimientos pretextando cansancio.

Cuarenta y cinco minutos más tarde, los pretendientes menos insistentes se habían retirado y la multitud se había reducido en parte. Tras recuperar ligeramente la compostura, Julienne comenzó a confiar en que aquella noche no debería enfrentarse todavía con el famoso marqués, y que podría retirarse a su camerino y luego a su alojamiento.

Estaba riéndose de una de las ocurrencias de Riddingham cuando vio que el vizconde se quedaba rígido. Un notable silencio se apoderó de los reunidos, y cuando el mar de caballeros se separó, Dare North se encontraba ante ella.

El corazón de Julienne dio un violento salto en su pecho.

A primera vista, parecía seguir poseyendo la misma refinada elegancia que ella recordaba, la misma ágil gracia, la misma esbelta dureza. Sin embargo, advirtió que bajo su chaqueta azul exquisitamente entallada, sus hombros eran más anchos, y sus muslos, enfundados en formales calzones de satén, más musculosos.

El complicado nudo de su pañuelo ponía de relieve los finos y aristocráticos rasgos que le seguían resultando tan atractivos como lo habían sido hacía siete años. El rostro de él, con sus pronunciados pómulos y noble frente, siempre había poseído la belleza del mismísimo diablo.

Julienne se esforzó al máximo por dejar de mirarlo, pero al parecer, Dare no tenía las mismas intenciones.

Su lento escrutinio pareció atravesar sus ropas, demorándose especialmente en sus senos, realzados por el bajo escote cuadrado de su complicado vestido, descendiendo hasta la estrecha cintura y descansando luego en sus caderas, ceñidas por su deslumbrante sobrefalda. Era el valorativo examen de un hombre que conocía íntimamente a las mujeres.

Julienne aspiró para tranquilizarse, tratando de calmar los latidos desbocados de su corazón.

–Por fin comprendo por qué todo Londres siente tal delirio –dijo él–. Desde lejos, su presencia en el escenario es imponente. Pero de cerca... su belleza me deja mudo.

Ella lo contempló fríamente.

–Me permito dudarlo, milord. Juraría que raras veces se queda usted sin palabras.

–Raras veces.

Su boca se ladeó esbozando una sonrisa que derretía el corazón, llena del sensual encanto que ella tan bien recordaba.

Julienne trató frenéticamente de pensar en algo sofisticado e ingenioso que decir. Sin embargo, antes de que se le ocurriera nada, Dare le cogió la mano y se la llevó a los labios para besarle lentamente las yemas de sus dedos.

El estómago se le tensó con una sacudida de puro y femenino deseo.

La débil sonrisa de él era cómplice y experimentada.

Sólo con un gran esfuerzo, Julienne logró contenerse de soltar bruscamente la mano; en lugar de ello, liberó con lentitud los dedos. Sin embargo, lamentaba su respuesta ante aquel simple contacto; deploraba cuán largamente persistían los recuerdos.

–Me sorprende que se haya dignado a honrarnos con su presencia, milord. La obra hace rato que ha concluido.

–Deseaba conceder a sus otros galanes la justa parte de su compañía, puesto que me propongo llevarla a cenar.

Se produjeron varias objeciones inmediatas de los caballeros que la rodeaban, siendo Riddingham el más inflexible.

–La señorita Laurent no le acompañará a usted a ningún lugar, Wolverton.

Dare enarcó una ceja ante el vizconde.

–Lamento haber irrumpido en territorio vedado, viejo amigo, pero después de todo, tengo que ganar una apuesta. Seguro que lo comprenderá.

Julienne intervino, dirigiéndose a Dare con una helada sonrisa.

–Gracias por su consideración, pero lord Riddingham está en lo cierto, debo declinar su invitación. Me temo que, tras la representación de esta noche, me duele un poco la cabeza.

–Sin duda por todos esos crímenes y alboroto que contiene la obra –murmuró él–. Pero confío en que me permita formularle una propuesta. Usted ha aceptado mi desafío, mademoiselle. En justicia, debe darme la oportunidad de cortejarla. De otro modo, ¿cómo puedo obtener su rendición?

–Imagino que es su problema, no el mío.

–¿Y qué hay de su promesa de ponerme de rodillas?

–Tal vez en otra ocasión. Ahora, si me disculpa, debo cambiarme de ropa.

Se levantó de la otomana regiamente y dedicó una sonrisa de disculpa que comprendía a todos menos a Wolverton.

–Confío en verlos a todos ustedes mañana, caballeros.

Julienne salió de la sala y recorrió el estrecho pasillo hasta su camerino. Estaba a punto de cerrar la puerta cuando, ante su profunda consternación, Dare entró tras ella.

Se volvió en redondo y lo miró indignada mientras éste cerraba tras él, encerrándolos juntos.

–Tus modales siempre han sido sumamente deficientes –observó–. Creí que me había expresado con claridad. Deseo estar sola.

–No, has dicho que deseabas cambiarte de ropa.

La contempló con interés con sus brillantes ojos verdes. Julienne luchó contra el apremio de cruzar los brazos sobre el pecho. La desconcertaba estar sola con Dare por primera vez desde su ruptura. Sin embargo, no estaba totalmente sorprendida por su presuntuosa invasión; Dare North era un hombre que conocía las reglas de comportamiento cortés y que las ignoraba descaradamente.

No obstante, se libró de tener que dar una respuesta al sonar un golpeteo en la puerta seguido por la preocupada pregunta de Riddingham:

–Señorita Laurent, ¿la ha seguido Wolverton hasta aquí? ¿Necesita ayuda?

Volvió a golpear.

–Será mejor que lo tranquilices antes de que eche la puerta abajo –murmuró Dare.

Julienne sintió el firme deseo de pegar a Dare mientras lo veía deslizarse detrás del gran biombo ornamentado. Siempre había hecho gala de una increíble desfachatez...

En lugar de ello, entreabrió la puerta y se encontró con un ceñudo lord Riddingham.

–¿Debo avisar al director? –gruñó él.

Julienne no tenía ningún deseo de dar más eco al reciente espectáculo, ni de despertar más los celos del vizconde revelándole que Dare estaba solo con ella en su camerino privado, de modo que, fingiendo desconcierto, dirigió a Riddingham una sorprendida y grave mirada.

–¿Por qué debería usted avisar al director?

–Creí que encontraría aquí a Wolverton.

–Debe de haberse equivocado.

Conteniendo el aliento, abrió del todo la puerta, mostrándole el pequeño camerino atestado con una amplia variedad de vestidos y accesorios que dejaban un espacio reducido para un tocador y un biombo.

–Ya lo ve, milord. No necesito ayuda, aunque se lo agradezco. Ha sido usted muy amable. Si Wolverton hubiera estado aquí dando la lata, me habría sentido extraordinariamente contenta de que usted acudiera en mi rescate.

Riddingham carraspeó y se disculpó por haberla molestado, y Julienne lo tranquilizó una vez más. Cuando se hubo despedido, cerró la puerta y contó hasta diez antes de decir en tono irónico:

–Creo que ahora ya puedes salir.

Cuando Dare apareció, ella añadió en un tono mordaz:

–Has desaparecido con tal facilidad, que sólo puedo suponer que tienes una larga práctica esquivando a maridos y amantes indignados.

–Supones correctamente –confirmó él con suavidad.

–Bien, ahora te agradeceré que te vayas y me concedas cierta intimidad.

La sonrisa que él exhibió fue lo bastante seductora como para hacer vacilar su corazón.

–No puedo marcharme hasta que esté seguro de que Riddingham se ha ido. Seguramente, preferirás que te evite una vergüenza. No desearás que te crea una mentirosa, ¿verdad?

–Muy bien –replicó Julienne–. Puedes quedarte unos momentos más. Pero si no es demasiado inconveniente, ¿te importaría salir de detrás del biombo y permitirme usarlo?

–Confiaba en que necesitaras ayuda para cambiarte –comentó Dare en voz baja y sensual mientras llevaba a cabo su petición.

–Pues no, no necesito ayuda.

–¡Qué lástima! Pero te aseguro que sólo estoy aquí para convencerte de que cenes conmigo. Una cena. ¿Qué daño puede hacerte? Puedes utilizar la oportunidad para atrapar mi corazón.

Ella le dirigió una dura mirada.

–¿Qué deseas realmente de mí, lord Wolverton?

–Ya te lo he dicho. He apostado que puedo ganarte.

–¿Cuánto? –Al ver que él enarcaba una ceja, Julienne se cruzó de brazos con impaciencia–. ¿Qué suma has apostado?

–¿Qué importa eso?

–Si no es excesiva, la pagaré yo misma; así no me veré obligada a soportar esta ridícula farsa.

Le cabía poca duda de que el importe de su apuesta estaba mucho más allá de sus medios, pero deseaba que Dare supiera cuán absurdo consideraba su juego.

–No se trata de dinero –repuso él fingiéndose herido–. Está en juego mi orgullo.

–¿Tu *orgullo*? –Hizo una mueca de disgusto–. No estarás planteando en serio esa pública competición tuya, ¿verdad?

–¡Ah, cuán poco me conoces!

Julienne pensó con repentina tristeza que era cierto. El hombre al que había amado en otro tiempo se había vuelto un completo desconocido al que no le importaba nada exponerla al ridículo.

Y, sin embargo, no podía censurárselo. Sólo podía tratar de defenderse contra cualquier venganza que él le reservase.

Con ese angustioso pensamiento, se fue detrás del biombo. Para su alivio, Dare retrocedió, comportándose lo bastante como un caballero como para permitirle una cierta dosis de intimidad. Pero aun así, la intranquilizaba tenerlo tan cerca.

–Has accedido a mi desafío –dijo él al cabo de un momento–. Creía que desearías hacer honor a ello. A propósito, me has dado una rápida respuesta. Has vuelto las tornas de una manera muy brillante.

–Lo tomaré como un cumplido –contestó ella secamente mientras se quitaba el vestido y comenzaba a luchar con sus capas de faldas y enaguas.

–Lo que se dice de tu talento no es exagerado. Eres una actriz extremadamente buena.

–A veces lo soy. La representación de esta noche no ha sido de las mejores.

–Me has parecido distraída. ¿Lo estabas?

–Da la casualidad de que sí. Temía que pudieras hacer algo y no me equivocaba.

Él no respondió a su acusación sino que, en lugar de ello, retornó al tema anterior.

–Ven a cenar conmigo, *chérie.* Podemos rememorar antiguos tiempos.

–No se me ocurre nada que desee recordar.

–¿Ni siquiera las delicias carnales que en otro tiempo compartimos?

–Muy especialmente eso.

Se puso un sencillo vestido de manga larga de lana azul oscuro, que solía vestir para ir y venir del teatro.

Julienne salió de detrás del biombo y se sentó ante su tocador para desmaquillarse. Se esforzaba lo máximo posible por hacer caso omiso de la presencia de Dare, sin embargo, ignorarlo era como intentar simular que no estaba atrapada en una jaula con un tigre hambriento.

Podía ver por el espejo cómo él se apoyaba indolentemente contra la puerta, observándola. Permaneció silencioso mientras ella se soltaba los cabellos, hasta que se hubo quitado las horquillas y peinado con los dedos la densa melena.

–Siempre has tenido un cabello precioso. Como una marta rusa. Rico, sedoso y deslumbrante.

Julienne apretó los labios negándose a responder. Recordó que él siempre había tenido un pico de oro. Dare disfrutaba sobrepasando los límites de la cortesía con su engatusamiento y sus insinuaciones excesivamente íntimas.

–Y tienes también el rostro y el cuerpo de una conquistadora.

–No soy una conquistadora –replicó ella–. Y ya no soy una muchacha inexperta sensible a tus halagos.

–No, no eres ninguna muchacha. Has florecido convirtiéndote en una mujer bellísima.

Inesperadamente, Julienne sintió un acceso de pesar. En otros tiempos, él no tenía necesidad de halagarla con sus palabras. La hacía sentirse hermosa con una simple mirada. Hermosa y querida. «Deja de darle vueltas al pasado, necia.»

Julienne sintió que Dare se movía detrás de ella. Se estremeció mientras él cogía el cepillo del pelo y comenzaba a pasárselo lentamente por los largos cabellos.

–Siempre disfrutaba haciendo esto, ¿recuerdas?

El calor de su voz pulsó una cuerda sensible en ella que la hizo estremecer. «¿Recordar? ¿Cómo podía olvidarlo?» Cerró los ojos ante el embriagador efecto de remembranza y familiaridad: la sensación de Dare a su espalda, el vibrante calor de su cuerpo, la dulce sensación de su contacto, su erótica ternura. Hacía tanto tiempo de aquello...

¡Que el cielo la ayudara! ¡Cómo lo deseaba! Sabía que si se recostaba contra él, Dare proseguiría, que la tocaría, la acariciaría, la excitaría. Pensar en que sus largas y elegantes manos acariciaran sus henchidos senos hacía que sus pezones se pusieran rígidos de anhelo.

Consternada, Julienne apretó la mandíbula resistiéndose a la traición de su cuerpo y maldiciéndose de nuevo por ser tan idiota. Estaba loca por haber consentido en quedarse a solas con Dare. Se había creído lo bastante fuerte como para reencontrarse con él después de todos aquellos años, pero estaba equivocada. Era demasiado débil. Y él excesivamente peligroso.

Incapaz de soportar su proximidad por más tiempo, se puso bruscamente en pie apartando los cabellos de las manos de él. Presa de una gran agitación, fue hacia el gancho de la pared y buscó a tientas su capa, que luego se echó sobre los hombros.

–Si tú no te vas, me iré yo, lord Wolverton. Te deseo buenas noches.

–No, no lo creo.

Avanzó a lentos y decididos pasos por la pequeña habitación hasta situarse directamente delante de ella. Julienne retrocedió, cautelosa, pero no tenía adónde ir.

Por un momento, Dare simplemente se la quedó mirando, los ojos fijos en su boca. Ella aguardó, aturdida, mientras él se inclinaba ligeramente agachando la cabeza hasta que su cálida respiración le rozó la mejilla..., los labios. Estaba segura de que se proponía besarla. Una oleada de pánico la inundó y trató de prepararse para ello...

Sin embargo, de manera sorprendente, su beso nunca llegó. En su lugar, le dedicó su famosa sonrisa que derretía los huesos. Se inclinó, le pasó una mano por detrás de las rodillas y la levantó en sus brazos, convirtiendo su oleada de pánico en sobresalto.

–¿Qué diablos estás haciendo? –preguntó, sofocando un grito ante su inesperada acción.

–Llevarte a cenar, ¿qué otra cosa iba a hacer? –le susurró él al oído–. Mi carruaje nos aguarda, querida.

Capítulo tres

Dare se removió incómodo en el asiento del carruaje, maldiciendo la ardiente sangre que agitaba sus ingles. Su feroz excitación lo había cogido por sorpresa. Se había propuesto mantener más control.

Y lo habría conseguido de no ser por la instintiva respuesta femenina de Julienne a su proximidad. Había visto la confusa perturbación del deseo en sus ojos, percibido los sutiles cambios en su cuerpo mientras ella separaba los labios esperando su beso.

Dare había tenido que disimular la cruda necesidad que lo había inundado. En un gesto de pura autodefensa, había hecho lo primero que se le había ocurrido: cogerla en sus brazos y conducirla hasta su carruaje.

Pero estar solo con ella en el aislamiento del coche había tenido un efecto aún más profundo en su cuerpo, excitando sus anhelos hasta convertirlos casi en algo doloroso.

Involuntariamente, dirigió una mirada a Julienne mientras ella permanecía sentada, mirando silenciosa por la ventanilla, dándole el perfil de su semblante patricio. Ella era todo lo que Dare recordaba y aún más. A la apagada luz de las lámparas del exterior del carruaje, sus negros cabellos brillaban flotando en densas y sedosas oleadas sobre sus hombros. Dirigió la mirada a sus senos, donde descansaban varios rizos en gracioso desorden. Tenía que luchar contra el apremio de acercarse y hundir su rostro en aquella voluptuosa cabellera, deslizar los brazos en torno a su cuerpo y acariciar aquellos apetitosos senos...

Dare volvió a maldecir en silencio sintiendo una oleada de resentimiento porque ella siguiera siendo tan atractiva..., porque aún tuviera el poder de hacerle sentir con tanta intensidad.

Había decidido firmemente resistirse a ella, sin embargo, ante su sensual respuesta, los recuerdos habían vuelto en tropel, precipitándose para abrumarle... Cada sabor, cada contacto, cada sensación, cada anhelo que él creía enterrado en lo más profundo de su corazón, muerto.

Tal vez su persecución era un error. Él había lanzado el primer envite en su juego declarando su intención de ganarla, pero Julienne había mantenido la puja cogiéndolo desprevenido con su audaz decisión de obligarlo a arrodillarse ante ella.

Apretando la mandíbula, Dare recordó que ya lo había logrado en otra ocasión. Tendría que proceder con cautela si quería salir de aquella contienda con el corazón intacto.

Su única satisfacción era que Julienne parecía estar tan agitada como lo estaba él. Lo observaba con cautela y desconfianza, a todas luces como si temiera su justo castigo. Pero él sabía perfectamente que su aprehensión no le había impedido recordar la pasión que en otro tiempo había ardido entre ambos, o evitado que ella lo desease.

A su lado, Julienne tenía pensamientos similares. La consternaba lo indefensa que había estado ante las descaradas tácticas de Dare. Tras mudar su estremecimiento en anhelo encendiendo intencionadamente su deseo con su proximidad, de pronto, él había apagado la llama que había encendido y había avivado en cambio su indignación; la había levantado literalmente del suelo y se la había llevado en brazos del teatro, ante el regocijo de muchos bobos mirones.

¡Qué desfachatez la de ese libertino al provocar tal espectáculo! Era exasperante, enloquecedor, perturbador... aunque tenía que admirar su ingeniosa determinación. Cuando se trataba de conseguir lo que deseaba, Dare era muy resuelto.

Julienne tenía que reconocer que le había ganado la primera mano. Si no la hubiera acorralado con su apuesta frente al jubiloso público londinense, si prácticamente no la hubiera raptado, ella no estaría allí con él.

Una cosa era comprometerse a una pugna pública de ingenios, y otra totalmente distinta verse a solas con Dare en la intimidad de una cena tardía. Pero se dijo a sí misma que podía arreglárselas para soportar su compañía durante una velada. Se trataba tan sólo de compartir una comida, y Julienne tenía bastante experiencia para mantener emocionalmente a raya a Dare. Aquélla era su oportunidad de demostrarse a sí misma que había terminado con él.

Debía demostrarle que podía resistírsele. Cuanto antes comprendiese que ella nunca se rendiría, antes renunciaría a su intento de venganza.

«No sucumbiré a él. No lo haré.»

Repitiéndose ese mantra una y otra vez, Julienne pudo recuperar en parte su confianza perdida. Sin embargo, no podía evitar que su corazón latiera con impaciencia mientras el carruaje reducía su marcha y se detenía.

Su brutal ansia por Dare se incrementó cuando él la ayudó a apearse. Y cuando apoyó una mano en su cintura guiándola hacia la escalera de entrada, Julienne se sobresaltó ante el calor que de repente sintió en su interior, deplorando cuánto la afectaba aquel contacto casual.

Debía haber obrado con más sabiduría si confiaba en salir airosa de aquel encuentro.

Julienne advirtió que se hallaban en un club privado de caballeros; no estaba muy segura de si eso debía hacerla sentirse aliviada. Casi había esperado que Dare la llevara a una de sus guaridas de escandalosa iniquidad donde, según se decía, llevaba a cabo sus orgías y otras depravadas diversiones.

Fueron recibidos por un mayordomo y luego conducidos por una escalera hacia arriba, a una cámara aún más privada, suntuosa pero elegantemente decorada. Las velas brillaban en dorados candelabros de pared, arrancando destellos de la porcelana china y el cristal que había sobre la pequeña mesa de comedor cubierta de damasco, mientras un fuego acogedor ardía en el hogar proyectando un íntimo resplandor por toda la habitación.

Como Julienne esperaba, el escenario estaba dispuesto para la seducción. Una de las paredes se hallaba parcialmente oculta por una cortina de brocado carmesí, pero detrás de ella pudo entrever una alcoba entre sombras, con un lecho lo bastante grande para dos personas.

El calor se extendió por su cuerpo al pensar en compartir aquel lecho con Dare.

El mayordomo la ayudó a sentarse a la mesa y luego, a su pesar, se retiró. Para mayor incomodidad, Dare ocupó la silla contigua a ella en lugar de la de enfrente.

–Debo advertirte que estás actuando basándote en un malentendido –observó mientras inspeccionaba los diversos vinos que había sobre la mesa–. Sea lo que sea lo que hayas maquinado para esta noche, no tendrás éxito.

Dare esbozó una rápida sonrisa.

–Nunca preveo el fracaso antes de haber siquiera iniciado el comienzo.

Julienne sintió un chispazo de consternación en su interior ante su suave respuesta. Su encanto era instantáneo, espontáneo y enormemente potente. Dare todavía podía afectarla sin el menor esfuerzo. Julienne se preguntaba cómo resistiría toda una velada en su compañía, teniéndolo tan próximo y tan claramente decidido a vencer.

Su tono se mantuvo burlón mientras vertía vino en una copa de cristal.

–Creo que es poco valeroso por tu parte no darme una oportunidad de luchar, *chérie.* O quizá sea simplemente cobardía. Temes que gane.

–En absoluto –repuso Julienne consiguiendo soltar una risita–. Me temo que, cuanto más me persigas, más te perjudiques.

–Prueba esta cosecha –sugirió él–. Procede del Languedoc.

Con una mueca interior de dolor Julienne pensó que allí era donde su padre tenía sus fincas antes de su ejecución. Sin embargo, hizo lo que Dare le decía, y el vino le pareció delicioso.

–La comida aquí es excelente –comentó él observando su expresión aprobadora–. Te gustará. El chef es parisino.

Ante su sorprendido semblante, añadió:

–¿Crees que he olvidado tu afición a la cocina francesa?

Ella le devolvió una mirada ligeramente zahiriente.

–La verdad es que yo no he pensado en ti en absoluto.

–No puedo decir lo mismo –replicó él lentamente.

Y se recostó en su asiento, haciendo gala de su habitual donaire y elegancia.

A Julienne en cambio le resultaba difícil mostrar la misma plácida comodidad. Era demasiado consciente de la presencia de Dare. Sus dorados cabellos brillaban a la luz de las velas, sus suaves y densas ondas se mezclaban desenfrenadamente en tonalidades áureas. Peor aún, seguía viendo imágenes de sus propios dedos deslizándose por ellas, e imágenes de los dedos de él correspondiéndole.

Sin querer, observó las manos de Dare que sostenían una copa de vino, casi acariciando el pie, y un anhelo inexplicable la invadió. Casi podía sentir aquellas cálidas y expertas manos sobre su piel...

–Ha pasado mucho tiempo –murmuró él sorprendiéndola con su perspicacia.

–No el suficiente, para mi gusto –contestó ella fingiendo indiferencia, aunque agradecida de que la oscuridad de la habitación ocultase su sonrojo.

Se sintió algo más aliviada cuando un discreto golpecito en la puerta anunció la llegada de la cena, servida por dos camareros. Había diversos platos: sopa de perdiz con trufas, jamón cocido a fuego lento, trucha con salsa de tomate y ajo, guisantes, puré de corazones de alcachofas, mollejas de ternera, gambas, *fricasé* de ternera con salsa de Madeira y, finalmente, cerezas confitadas y pudín de ciruela.

Cada plato era apetecible, pero Julienne apenas probó ninguno de ellos. Seguía con la atención fija en su compañero, en sus llamativos ojos verdes, en su boca sensual y bien dibujada...

«No pienses en su boca –se ordenó a sí misma–. No pienses en esos firmes y cálidos labios que te hacían estremecer de pasión.»

Unos seductores labios que habían dado y recibido tanto placer... Aquella perversa sonrisa que detenía los latidos de su corazón y que podía lograr que el alma de una mujer abandonara su cuerpo.

Ese gesto siempre había sido la mayor cualidad de Dare. O tal vez lo era su modo de mirar a una mujer. Lo hacía con tan emocionante intensidad, que te hacía sentir increíblemente deseable.

Julienne comprendió qué era lo que estaba haciendo en esos momentos. La observaba como absorto, pese a la presencia de los dos camareros. Ella consiguió soportar su escrutinio hasta que Dare despidió a los sirvientes, quedándose a solas con él.

–¿No te han dicho nunca que es de mala educación mirar tan fijamente? –preguntó Julienne esbozando una fría sonrisa.

Él sonrió a su vez con aire relajado.

–No puedo evitar sentirme fascinado por alguien de tan deslumbrante belleza. Me embriagas.

–Sin duda debe de ser el vino, que se te ha subido a la cabeza.

Él la examinó con una lenta y profunda mirada, evidentemente decidido a abrir brechas en la tenue fachada de su compostura.

–¿Y qué has estado haciendo durante todos estos años, mademoiselle?

La sonrisa de Julienne se borró y, reacia a responder, tomó un sorbo de vino.

–Preferiría que te dirigieras a mí como señorita Laurent. No me gusta llamar la atención sobre el hecho de que soy francesa.

–Muy bien..., querida. –El regocijo impregnaba su voz, pero en su tono apareció una cierta curiosidad–. Tu acento ya no es perceptible. ¿Lo has hecho a propósito?

–Sí –reconoció Julienne–. No era conveniente para mi carrera como actriz. Los ingleses se consideran muy superiores a cualquiera de origen francés, y les desagrada el menor recordatorio de nuestras diferencias.

–Nuestro desagrado por los franceses podría tener algo que ver con ese déspota que está empeñado en dominar el mundo –comentó Dare suavemente.

Ella podría haberle señalado que muchos de sus compatriotas franceses detestaban a Napoleón Bonaparte mucho más que los británicos, pero no estaba dispuesta a discutir el tema con Dare.

Él unió sus largos dedos y siguió observándola con aquella desconcertante mirada, aunque cambió de tema.

–Dime, ¿compartes tu cama con alguno de aquellos cachorros que jadeaban ante tus faldas esta noche?

Julienne inspiró profundamente ante la audacia de la pregunta.

–Creo que eso no es de tu incumbencia.

–Sólo deseaba saber quién es mi competidor. Es difícil discernir a cuál de entre todos esos petimetres y mentecatos que te rodean prefieres. Por lo que he observado, sospecharía que es Riddingham. ¿Es él mi principal rival?

Julienne curvó los labios graciosamente y se negó a responder.

–Imagino que preferirías que un hombre de verdad calentase tu cama –observó Dare–. Pero si no me equivoco, recuerdo que no eras especialmente exigente en cuanto a tus compañeros de lecho.

El repentino tono cáustico de su voz sugería censura.

Julienne apeló a toda su fuerza de voluntad, simuló distanciamiento y arqueó una ceja.

–Me resulta increíble que el más disipado libertino de Londres se aventure a juzgar mis preferencias. Por lo que se dice, tú nunca has escogido con rigor a las amantes con las que te diviertes. Y de hecho, al parecer ni siquiera sabes cuántas tienes.

–¡Oh, no, te equivocas! ¡Yo escojo con gran esmero! Por lo menos ahora. Hubo un tiempo, después de ti... –su mirada permaneció fija en ella destrozándole lentamente los nervios–, después de ti, Joya, en que no me preocupaba mucho con quién me acostaba. Sólo intentaba enterrar mi dolor en placeres carnales.

Dare observó que ella tampoco reaccionaba ante esa confesión.

–Tardé mucho tiempo en superar tu crueldad, *chérie.*

Entonces, en los ojos de Julienne destelló cierta emoción, demasiado fugaz para que él lo identificara. Luego, ella bajó la mirada, las negras pestañas sombreando su marfileña piel.

–En realidad, podría decir que fuiste tú quien me condujo por el sendero de la perversión.

Al oír eso, Julienne levantó la barbilla casi con sarcasmo.

–No puedes hacerme responsable de tu comportamiento licencioso. Ya eras un libertino mucho antes de que nos conociéramos.

–Tú tampoco eras demasiado casta. E imagino que desde entonces te habrás permitido alguna que otra aventura.

–Alguna que otra –repuso ella sosegadamente–. Pero sé exactamente cuántos amantes he tenido. Estoy segura de que tú no puedes decir lo mismo, lord Wolverton.

–En otro tiempo me llamabas Dare.

–En otro tiempo te llamaba muchísimas cosas. –La sonrisa de sirena revoloteó en sus labios–. Ahora se me ocurre otra elección de apelativos. Crápula, hedonista, libertino.

Él esbozó una mueca.

–Algo ha cambiado definitivamente. Tus garras se han vuelto más afiladas.

–Tal vez. Pero las necesitaré si tengo que defenderme de ti.

Él frunció ligeramente el ceño.

–Sospecho que soy yo quien tendrá que defenderse. Si la memoria no me falla, la última vez que te vi estabas recibiendo las caricias de otro hombre. Y puedo añadir que a mis espaldas. Mientras me inducías a creer que tu corazón era a mí a quien deseaba. –Curvó la boca–. ¡Oh, sí, en efecto, siempre que fuera heredero de una fortuna!

Al percibir su amargura, Julienne se quedó mirando su copa de vino. Dare creía que era una rematada embustera. Que podía hacer el amor con él apasionadamente en un momento y luego traicionarlo al siguiente con su rival.

Julienne sintió una opresión en la garganta. Hacía años había tenido una razón convincente para mentirle. No le había quedado más remedio, y no se merecía el odio de Dare. Ella había sufrido más de lo que él imaginaba. Tal vez si supiera lo que había soportado, no estaría tan ansioso de venganza.

Levantó la mirada hacia él; sus ojos se encontraron y vibró entre ambos el sombrío pasado. Julienne se sintió inundada por la fría expresión del rostro de Dare y comprendió la inutilidad de rogar su perdón.

Tal vez si él le hubiera preguntado simplemente la verdad, si dos horas antes no hubiera demostrado en público su profundo deseo de humillarla, ella podía haberse arriesgado a volver a abrir aquellas salvajes heridas.

Pero ya no tenía sentido tratar de justificar sus acciones de hacía tanto tiempo. Ya no importaba lo que Dare pensara de ella. Julienne no podía borrar la devastación, la pérdida; para ninguno de ellos. Y la verdad podía tener consecuencias no deseadas. Sin duda, Dare sentiría piedad por ella. Y culpabilidad. Incluso podría sentirse obligado a vengarse.

No podía permitirse volver a estar con Dare, desde luego, no en aquellas condiciones. El dolor la destrozaría. Le había costado años superar el pasado, y ahora sólo deseaba olvidar.

No, decidió Julienne. Lo mejor sería que Dare siguiera creyendo que ella lo había traicionado. Que nunca lo había amado. No defendería su inocencia, pese a que la acusara de cruel y mercenaria.

En lugar de ello, le seguiría el juego adoptando el papel que él le había asignado. Mantendría sus respuestas evasivas y simularía que él ya no tenía el poder de herirla.

Sonreír le costó un gran esfuerzo, pero Julienne consiguió hacerlo con descuidada elegancia, pensando en todo momento que nunca había apreciado tanto sus habilidades como actriz.

–Puedes pensar lo que quieras –dijo–, pero yo hace tiempo que he olvidado ese desagradable episodio. Y no tengo ninguna intención de hablar de ello.

Dare sintió una punzada ante su rechazo, pero decidió que insistir en el tema sólo lo haría parecer un niño malcriado. En lugar de ello preguntó:

–¿Cómo fue que te convertiste en actriz?

–Algunos necesitamos trabajar para vivir, milord.

–¿No pudiste convencer a Ivers para que te mantuviera?

Una fugaz expresión de desolación cruzó sus ojos, pero aquella momentánea vulnerabilidad se desvaneció tan pronto como había surgido.

–Se ofreció a ello –repuso sin inflexiones–, pero decidí no aceptar.

Dare se preguntó si Julienne le estaba diciendo la verdad; si habría rechazado la oferta del conde porque sus bolsillos no estaban lo bastante llenos o si él la habría abandonado después de fracasar en su objetivo de conseguir la fortuna de Wolverton.

–¿No podía él facilitarte bastante compensación?

La débil risa de Julienne contenía escasa alegría.

–Desde luego, no podía. Sus deudas de juego habían reducido muy considerablemente su bolsa. Y yo necesitaba unos ingresos seguros para mantener a mi madre. Su enfermedad empeoró al concluir el verano.

–¿Y qué hay de tu tienda? ¿No te producía suficientes ingresos? –preguntó Dare, recordando sus discusiones familiares de aquel verano.

Julienne afirmaba que la sombrerería era su único medio de ingresos y que, hasta que contrajeran matrimonio, no podía permitirse descuidarla. Dare le había ofrecido comprar la tienda y cedérsela a una empleada para que ella no se viese obligada a trabajar, pero Julienne se había negado diciendo que no aceptaría su caridad ni se convertiría en su amante mantenida, por lo que habían llegado al extremo de mantener sus citas en privado. Más tarde, él comprendió que simplemente se había estado resistiendo hasta poder asegurarse toda su fortuna.

Sin embargo, su respuesta de aquellos momentos lo sorprendió.

–El negocio ya no funcionó bien después de... –Julienne levantó la mirada casi desafiante–. Tu abuelo difundió varias acusaciones contra mí. Me marché de Kent para evitar el escándalo, y le cedí la tienda a mi empleada.

El ceño de Dare se acentuó mientras rememoraba aquellas malditas semanas tras la traición de Julienne. Él nunca se enteró de lo que le sucedía a ella. No había deseado saberlo. Se había marchado de Kent inmediatamente y nunca había regresado a Whitstable. Tampoco había vuelto a pisar Wolverton Hall hasta que su abuelo estuvo muerto y enterrado.

Y ahora no podía permitirse sentir el intenso aguijón de la culpabilidad. Julienne se había buscado sus problemas ella misma con su hipocresía y sus mentiras.

–¿Y tu madre? –preguntó por fin.

–Falleció hace varios años. –A Julienne se le ensombrecieron los ojos ante aquel triste recuerdo–. Yo deseaba que viviera conmigo en York, pero ella no quiso oír hablar de trasladarse a otra parte. Le disgustaba dejar a sus amigos.

Dare asintió recordando la unida comunidad de emigrados franceses de Whitstable. Cuando los Laurent habían huido del terror de la guillotina, se habían instalado en la costa nordeste de Kent, cerca de las bulliciosas ciudades de vacaciones de Marsgate y Ramsgate, donde podían disfrutar de la compañía de otros nobles franceses exiliados.

–Se negó a dejar su casa –añadió Julienne quedamente.

«Como había tenido que hacer durante la Revolución», completó con el pensamiento Dare. Una inesperada oleada de ternura lo cogió por sorpresa, pero la reprimió enseguida, receloso de volverse demasiado vulnerable.

–Lo siento –dijo con superficial cortesía.

Julienne escudriñó su rostro con una tenue desconfianza.

–Gracias –contestó finalmente.

Él tomó su copa y apuró el último trago de vino.

–Yo en cambio no lo lamenté cuando murió mi abuelo. El viejo bastardo resistió hasta el año pasado.

Julienne desvió bruscamente la mirada, pero Dare advirtió el ardiente resplandor de sus ojos. Comprendió que era puro y abierto odio.

No se imaginaba que ella compartiera sus venenosos sentimientos hacia el fallecido marqués. Pero quizá Julienne culpaba a su abuelo de haber arruinado su vida. Desde luego, era verdad que, de no haber sido por la amenaza del viejo de desheredarlo, el futuro de Julienne hubiera resultado muy diferente. Y Dare pensó que también el suyo. Se habría casado con ella sin sospechar su auténtica naturaleza hasta que hubiera sido demasiado tarde.

–Es evidente que desde entonces las cosas te han ido bien –dijo por fin–. Pero hay medios más fáciles de ganarse la vida que actuando. Supongo que no te propondrás ser actriz eternamente, ¿verdad?

–No, no eternamente.

–¿Es la razón por la que quieres buscar un protector? ¿Para aumentar tus ingresos?

Su sonrisa pareció forzada, aunque su tono permaneció ligero.

–Has logrado obligarme a cenar contigo, milord, pero no creo haber accedido a someterme a un interrogatorio.

–Cuando finalmente te decidas, desearía que fuera yo el elegido.

–Por desdicha –replicó ella suavemente–, no siempre puedes tener lo que quieres. Todo el mundo ha estado inclinándose y arrastrándose ante ti desde el día en que naciste, y es evidente que eso te ha dado una idea exagerada de tu propia importancia.

–Por lo menos conozco con exactitud cuál es el valor de lo que poseo. Y estoy preparado para ser en extremo generoso. Triplicaré tu habitual remuneración. ¿Qué es lo que deseas? ¿Casa, carruajes, joyas, asignación?

Los ojos de Julienne se encendieron divertidos.

–No estoy en venta, lord Wolverton. No seré el juguete de ningún hombre, y mucho menos el tuyo. Si tomo un protector, te aseguro que no serás tú.

–Me pregunto qué podría hacerte cambiar de idea.

–Me pregunto por qué estás tan empeñado en tenerme después de nuestro desagradable pasado. La venganza es un motivo muy mezquino. Imaginaba que lo considerarías indigno de ti.

–No estoy interesado en la venganza –repuso él con la más absoluta falta de honradez–. Simplemente, estoy excitado por la emoción de la caza.

–¿Quieres decir que estás profundamente aburrido con tu indolente vida y que me necesitas para facilitarte entretenimiento?

–Tal vez sea así, lo admito. Nunca he conocido un momento de aburrimiento contigo, Joya.

–Sólo porque soy capaz de resistirme a ti.

–Pero ¿por cuánto tiempo? –Le dirigió su sonrisa más encantadora–. A la larga conseguiré perdonarte por tu obstinación, amor, pero sólo estás aplazando lo inevitable. Antes o después, volveré a tenerte. –Miró con intención hacia la alcoba que estaba tras la cortina–. Podría ser incluso esta misma noche. ¿Por qué desperdiciar este escenario ideal?

El humor tensó las comisuras de su boca.

–No me iré contigo a la cama, Dare.

–¿Quién necesita una cama? Delante del fuego sería perfecto. Tú estarías muy apetitosa tumbada sobre una piel de marta, completamente desnuda.

Percibió su intensa respiración provocada por su intencionada provocación. Extendió la mano y le retiró un mechón del seno. Su cabello era glorioso, rico y de color vibrante; denso y sedoso al tacto. Su suavidad y fragante aroma lo inquietaron mientras se lo llevaba a los labios.

Julienne se quedó rígida, se echó hacia atrás y enarcó una ceja.

Dare la inspeccionó, adoptando un aire de completa inocencia.

–Circulan rumores respecto a que eres una amante muy fría, pero yo sé que no es así. Sé que esa fachada es una simulación, Joya. Sé lo ardiente que puedes ser..., lo ardiente que puedo ponerte. Cómo una sola caricia de mis dedos por tu estómago te hace estremecer. Cómo una ligera caricia sobre tu delicioso sexo te humedece.

Con un gracioso encogimiento de hombros, ella le devolvió una pícara sonrisa.

–Ya te he dicho que no soy la misma inexperta muchacha de antes... Ahora cuesta mucho más excitarme.

Sus palabras provocaron en Dare una oleada de calor que lo invadió por el desafío que implicaban. Él no podía decir lo mismo; aquella noche habría costado muy poco excitarle.

Dare no esperaba hacer el amor con ella en aquella ocasión. Simplemente pretendía reivindicar su declaración. Pero debería haber sabido el efecto que Julienne le causaría. Cuán enardecido llegaría a estar ante su desafío de voluntades. El estímulo de volver a rivalizar con ella en ingenio era un afrodisíaco más potente que cualquier droga, y la tentación de ir más allá de la provocación era abrumadora. A decir verdad, se imaginaba tumbándola sobre la mesa, quitándole la ropa y saboreando aquel cuerpo que ansiaba desde hacía mucho, muchísimo tiempo.

Apretó la mandíbula ante la encendida excitación que la imagen le provocaba. No podía recordar que nunca una mujer lo hubiese afectado tanto, o que nunca hubiese deseado más a ninguna otra. Y dudaba que Julienne fuera tan indiferente como pretendía. Reconocía su respuesta sexual con ojos de experto.

–¿Deberemos poner a prueba tu resistencia? –le preguntó suavemente.

Julienne se esforzó por mirarle a los ojos, pese a sentir en su interior una confusión de deseo y rechazo. La inquietaba profundamente la arrogante presunción de victoria de Dare. La inquietaba y la molestaba.

Pero se prometió en silencio que él no ganaría. No facilitaría su venganza permitiéndole tratarla sin contemplaciones. Haría cuanto pudiera para protegerse de sus calculadoras maquinaciones. Si se veía obligada a ello, incluso recurriría a algunas habilidades seductoras propias para defenderse.

Tomó un sorbo de vino mientras examinaba a Dare y preguntándose si podía haber algún resultado mejor. Sería enormemente satisfactorio vencer al Príncipe del Placer en su propio juego, hacer que se enamorase de ella y romperle el corazón como ella había prometido hacer públicamente. Aunque, por desgracia, no albergaba ninguna fe en su habilidad para llevar a cabo su parte de la apuesta. Dare North había permanecido mucho tiempo inmune a las intrigas femeninas como para que fuera fácil atrapar su corazón.

Pero si él se proponía atormentarla, ella le demostraría que era su igual. Era actriz, podía interpretar el papel de mujer fatal.

Desde luego, no permitiría que el asunto se le escapara de las manos. Simplemente, excitaría la lujuria de Dare y lo mantendría jadeando a la espera de más. Y cuando ella se retirara desapasionadamente, él comenzaría a comprender que nunca la haría suya.

Aliviada por haber tomado una decisión que le iba a permitir pasar a la ofensiva, Julienne esbozó una tentadora sonrisa.

–¿Por qué no?

Entonces vio llamear por un instante el calor en los ojos de Dare, y confió en no estar cometiendo un error irreparable.

Durante largo rato, se sostuvieron la mirada. Luego, Dare le tomó la mano, la volvió lentamente y le besó la parte interior de la muñeca. Su ligera caricia la hizo temblar. A continuación, recorrió con los labios su palma, rozando con la lengua la sensible piel, y Julienne tuvo que esforzarse para no retirarse.

Su aliento calentó sus dedos mientras movía los labios hacia las yemas. Cuando le chupó el dedo corazón, un denso dolor se extendió por la parte baja de su abdomen.

–Debería advertirte que he aprendido algunas cosas desde que te conocí –murmuró él con voz ronca.

–Puedo imaginarlo –repuso Julienne alterada y casi sin aliento.

Los ojos de Dare no disminuían su intensidad. Aunque, para sorpresa de Julienne, de pronto le soltó la mano y se levantó. Fue hacia la puerta, la cerró y luego regresó a su lado y depositó la llave en la mesa, junto con la copa de vino que le había quitado a ella.

El tiempo, peligroso para las tendencias ocultas de las pasiones, parecía permanecer en suspenso mientras la miraba. Con el corazón latiendo acelerado, Julienne se levantó insegura para enfrentarse a Dare, sin querer concederle aquella ventaja. Tenía las rodillas más flojas de lo que pensaba y recostó una cadera contra la mesa para apoyarse.

–¿Y bien? –preguntó él con perezoso acento lleno de desafío.

Ella mantuvo su mirada con audaz y frío aplomo, se soltó los broches de la espalda, deslizando primero el corpiño de su vestido y luego la camisola. Sus senos surgieron sobre la blanca batista. Observó a Dare con una sonrisa, se volvió y apoyó las manos tras ella, sobre la mesa, en un elegante ademán cortesano.

Él esbozó una sonrisa ladeada.

–¿De modo que te propones tentarme con tu apetitoso cuerpo?

–Veamos quién puede hacer mayor acopio de resistencia.

–Como desees –repuso él con los ojos brillando de placentero interés.

Apartó la silla de su camino con un pie y se le acercó más, paseando la mirada sobre su cuerpo con concienzuda calma. En respuesta a su tórrida mirada, el pulso de Julienne comenzó a latir deprisa e intensamente.

Consiguió ocultar su temblorosa excitación cuando él le pasó lentamente un dedo por la línea de la clavícula y luego dibujó un sendero entre sus senos. Pero cuando asió una de sus curvadas ondulaciones, Julienne sintió que el corazón le daba un vuelco.

Con cómplice mirada, Dare extendió ambas manos sobre la madura plenitud de sus senos. Sus pezones se tensaron descaradamente respondiendo a su perverso contacto. Le acarició los rosados picos con los pulgares hasta que éstos estuvieron distendidos y duros, y Julienne tuvo que morderse el labio para evitar rogarle que detuviera aquel tormento. No deseaba que lo hiciera. Lo que quería era estrecharse contra él, deseaba que Dare aliviase el delicioso dolor que estaba creando.

Como si pudiera leer en su mente, él la tomó por el brazo y la atrajo hacia su pecho. La impresión de su duro y flexible cuerpo la inundó. Era puro músculo, esbelto y fuerte... y estaba por completo excitado. Podía sentir su rígida erección pese a las capas de ropa.

Profirió un suspiro intentando tranquilizarse, aunque temblando de necesidad. Se sentía febril y ardiente allí donde su cuerpo se hallaba en contacto con el de él; insoportablemente sensible allí donde sus senos desnudos rozaban el tejido de brocado de su chaleco. Sin embargo, todos sus instintos le decían que Dare estaba enfrentándose a la misma apremiante necesidad.

Su respiración ya era rápida cuando empezó a inclinar la cabeza. Sus labios se movieron sobre su cuello y luego pasaron rozando por su mandíbula y su mejilla.

–Bésame, Julienne –susurró.

Las palabras eran como terciopelo en su piel.

Él no le dio ninguna oportunidad de negarse. En lugar de ello reclamó su boca con unos labios tan suaves como dominantes.

Su beso le era terriblemente familiar. Ella abrió la boca para él estremeciéndose bajo la cruda fuerza de su pasión, pero Dare no pareció satisfecho. Se inclinó para profundizar aún más el beso, deslizando la lengua con ardiente y sinuoso ritmo, despertando su cuerpo y su mente de la fría reserva que mantenía.

Ella sintió como si se estuviera bebiendo su respiración y se estremeció de manera incontrolable. La audaz presión de su excitación la debilitaba, su suave carne secreta se impregnaba de dulce humedad, aunque una voz de advertencia clamara en su mente diciéndole que tuviera cuidado.

Debía recordar el papel de mujer fatal que se había propuesto interpretar. Su respiración surgía en suaves jadeos cuando por fin logró apartarlo.

Vio que había conseguido el efecto que deseaba. Un sombrío rubor manchaba los pronunciados pómulos de Dare mientras sus ojos se veían brillantes y encendidos. Él enarcó una ceja, frunciendo el ceño como si pidiera una explicación.

Julienne miró intencionadamente el henchido bulto de su ingle. Sus calzones estaban tensos, conteniendo su densa virilidad. Con una sonrisa insinuante, le pasó los dedos por la abertura, acariciando con la mano su dureza bajo el blanco satén.

Oyó a Dare sofocar un gemido y vio que apretaba la mandíbula.

–Si sigues haciendo eso, tal vez no lleguemos a la cama.

–Como tú has dicho, ¿quién necesita una cama?

Sin necesidad de más invitaciones, Dare se apresuró a desabrocharse los calzones y calzoncillos. El deseo ardía en sus ojos mientras liberaba su henchida carne masculina. Al instante, su miembro saltó hacia arriba contra su vientre, latente y erecto.

Julienne se quedó sin respiración al verlo tan enorme y apremiante. Estaba fascinada. Deseaba intensamente tocarlo, acariciar su tensa y satinada longitud, la aterciopelada bolsa de sus pesados testículos...

Era evidente que Dare lo deseaba tanto como ella. Con visible impaciencia, se inclinó y empujó hacia atrás los platos y la cristalería para hacer sitio. Luego, la levantó y la sentó en el borde de la mesa.

Julienne trataba desesperadamente de ocultar su propia traicionera excitación mientras él le levantaba las faldas desnudándola lentamente con la mirada. Hacía tanto tiempo...

Un calor repentino la estremeció mientras él contemplaba los negros rizos que coronaban el vértice de sus muslos, los gruesos pliegues de carne femenina ya húmeda. La mirada de él permaneció fascinada mientras se agachaba para acariciarla.

Todos los músculos de ella se tensaron ante la lenta caricia de su mano a lo largo del interior de su muslo. Sintió que jadeaba mientras los dedos de Dare buscaban su suavidad femenina... y vaciló repentinamente cuando él los deslizó en su interior.

–Diría que ya estás totalmente excitada –murmuró.

Ella podía sentir cómo su voluntad se debilitaba, pero cuando sus dedos se movieron más audazmente, Julienne lo asió por la muñeca deteniendo su mano.

Dare la miró con los ojos entornados. La mano todavía seguía entre sus piernas, con gesto posesivo.

–¿Aún insistes en negar que me deseas?

Ella no pudo mentir.

–No –susurró.

–Separa más las piernas.

Era una orden queda y ronca que ella deseaba obedecer. Cerró los ojos brevemente ante la salvaje excitación que circulaba por sus venas, armándose de valor contra el ardiente calor que fluía de la palma de la mano de Dare. Cuando con sus dedos tanteó suavemente su resbaladiza hendidura y se deslizó en su interior, arqueó el cuerpo contra él. Luego, sus caricias se hicieron más rítmicas y Julienne imaginó que era el magnífico miembro de Dare el que arremetía profundamente en su interior.

Trató de sofocar un gemido, pero se le escapó. A modo de respuesta, Dare se colocó entre sus muslos abiertos con clara intención.

«Deberías detenerle», la apremió una desesperada voz de advertencia. Pero la sangre latía en sus venas, atizando un ardiente calor en ella. No fue capaz de protestar cuando él asió su henchido miembro e introdujo la sedosa cabeza en su carne estremecida.

Julienne sofocó un grito ante su enorme y latente tamaño. Él estaba escandalosamente duro y la llenaba hasta estallar.

Cuando Dare se dilató dentro del ceñido conducto, ella trató de retorcerse alejándose de él, pero Dare se lo impidió manteniéndola inmovilizada con las manos en sus caderas. Con una tenue sonrisa, curvando su boca sensual, retiró su largo miembro por completo hasta que ella gimió abiertamente ante la pérdida.

Entonces volvió a acometerla mientras la obligaba a susurrar su nombre.

Sólo le costó una nueva y lenta inmersión hacerla estallar en llamas. Cuando él profundizó aún más, sumergiéndose en su interior con otro exigente impulso, Julienne cedió a su apetito devorador. Impotente, comenzó a responder al movimiento apremiante de sus caderas, adaptándose a éste, a su dulce e implacable ritmo.

Un sollozo brotó en su garganta ante la primaria fuerza que se adueñaba de su interior. Era elemental, primitiva, y Dare utilizaba toda su pericia para potenciarla aún más. Lo vislumbró mientras echaba atrás la cabeza rendido: apretaba los dientes y sus hermosos rasgos estaban convulsionados de placer mientras la balanceaba contra sí.

Se dejó llevar por el arrebato. Le aferró las manos fieramente al tiempo que un incoherente sonido de pánico brotaba de su garganta, pero él capturó el grito con su boca. Julienne le hundió salvajemente las uñas en los músculos mientras estallaba en una feroz y trémula explosión, a la que Dare reaccionó separando aún más sus muslos de los suyos, para así prolongar su éxtasis.

Las poderosas convulsiones la dejaron tan aturdida que sólo pudo aferrarse a Dare mientras él se encaminaba a su propio clímax. Cuando por fin disminuyeron sus espasmos de pasión, se desplomó contra él agotada.

Los temblores fueron desapareciendo lentamente. Ella aún podía sentirlo latiendo en su propia carne saciada, podía oír su corazón palpitando bajo su mejilla.

Por fin, Dare se retiró dejándola dolorida y tierna: habría podido echarse a llorar.

Permaneció silencioso un momento mientras se abrochaba los calzones.

–Creo que deberíamos calificar esto de empate –observó impasible, con voz ronca pero sin inflexiones.

Julienne se puso tensa, comprendiendo de repente lo que

acababa de permitir que ocurriera. Con la mente aún confusa, contempló su licencioso desaliño y profirió un intenso y horrorizado suspiro. ¡Por todos los cielos!

Se sonrojó avergonzada, se bajó las faldas y buscó a tientas su camisola y el cuerpo de su vestido. Podía sentir la mirada de Dare sobre ella, sin embargo, desvió la vista para no verle. Se sentía indefensa, con las emociones desnudas y expuestas.

¿Qué había hecho, por Dios? No esperaba que su acto amoroso llegara hasta el final, no se había propuesto que su pasión la devorase de forma tan incontrolable. Sólo se proponía aguijonearlo, atormentarlo como él estaba haciendo con ella. No había deseado que Dare resultara vencedor tan fácilmente.

Se le encogió el estómago. Él había calificado aquella batalla como un empate, pero había conseguido exactamente lo que deseaba, que ella jadeara y gimiera de deseo. ¡Maldito!

Y maldita ella.

Autodespreciándose, le echó una mirada a hurtadillas. ¿Sentiría él su mismo profundo pesar?

Dare no parecía muy feliz. Su rostro era inexpresivo, no indicaba la consternación que la estaba inundando a ella, pero por lo menos tampoco se veía en él ninguna señal de triunfo.

Entonces habló.

–Vamos, querida. Te llevaré a tu casa –dijo, con un resplandor en los ojos lleno de burla.

Julienne se estremeció, incapaz de protegerse del dolor que la invadía ante sus despreocupadas palabras. Lo único que podía hacer era maldecirse por haberse comportado tan neciamente.

Tan neciamente como se comportó la insensata hambrienta de amor que había sido hacía siete años.

Capítulo cuatro

Julienne sintió cierto alivio cuatro días después, cuando fue admitida en el salón de madame Solange Brogard. Había temido constituir el tema principal de conversación en la reunión de emigrados franceses que se celebraba por la tarde. Todo Londres conocía la promesa de lord Wolverton de conquistarla, y estaban pendientes de los acontecimientos con vívido interés.

Sin embargo, en la entusiasmada charla que llenaba el elegante salón se oían palabras tales como «Chaumont» y «Castlereagh» y predicciones de que «el Monstruo pronto caerá». Por fortuna, los acontecimientos mundiales habían ensombrecido su propio aprieto y facilitado otro tema de habladurías aparte de aquel al que Dare parecía obstinado en arrastrarla.

Lord Castlereagh, secretario de Asuntos Exteriores británico, había convencido a sus reacios aliados Rusia, Prusia y Austria para que se comprometieran de manera irrevocable en la derrota de Napoleón. Tras décadas de guerra, Europa se encontraba por fin unida para aplastar a la Francia revolucionaria. El tratado de Chaumont, que acababa de ser firmado, era un triunfo político para Castlereagh, pero nadie estaba más complacido que los nobles franceses en el exilio, muchos de los cuales se hallaban en aquella habitación.

–Ahora sólo es cuestión de semanas –profetizó un anciano caballero–. Luego, veremos a nuestro amado rey Luis reclamar sus derechos de nacimiento.

Varias cabezas asintieron sabiamente, pero otro caballero lo contradijo sugiriendo que el derrocamiento del corso costaría años, lo que inició una encendida discusión.

Al otro lado del atestado salón, Julienne distinguió a la anfitriona, madame Brogard. La francesa era una de las pocas relaciones que tenía en Londres a las que conocía lo bastante bien como para llamar amiga, aunque Solange estaba más cerca de la edad de su madre que de la suya.

Adèle y Solange habían sido vecinas en su juventud y habían escapado del Terror casi al mismo tiempo, pero Solange había llegado a Londres respaldada económicamente por las joyas de los Brogard, y pronto había abierto un salón donde emigrados, intelectuales y poetas se reunían para mantener conversaciones inteligentes y compartir exquisitos alimentos, ambos más satisfactorios para los paladares franceses que la indigesta cháchara y la insípida comida de la mayoría de los ingleses. Con frecuencia, la conversación era de naturaleza literaria, pero aquel día se centraba en el nuevo tratado y en las posibilidades de derrota de Napoleón.

Julienne aceptó una copa de jerez de un lacayo y se desplazó lentamente entre la multitud sonriendo, conversando y flirteando sin esfuerzo. Se esperaba de ella que fuese alegre, fascinante e ingeniosa, aunque sus ánimos se habían derrumbado tanto que eran más propios de un cadáver andante.

Aunque, por lo menos, obligarse a estar en compañía le servía para mantener a raya su caos emocional y su congoja. Había sido una necia al permitir que Dare volviera a hacerle el amor, porque ello le había traído a la memoria el doloroso recuerdo de lo que había perdido. Para acabarlo de empeorar, no había tomado ninguna precaución contra un embarazo. Hacía siete años no sabía cómo hacerlo, pero ahora no tenía excusa. Había sido una tontería arriesgarse a concebir un hijo de Dare. ¡Menudo desastre!

Durante los últimos cuatro días, había tenido mucho tiempo para reflexionar sobre los motivos de él para perseguirla. Y sólo había logrado llegar a una conclusión: Dare North la odiaba, y estaba decidido a exigir lo que se le debía.

Esa certeza hizo que un nuevo dolor se agitase en su interior, porque no era odio lo que Dare despertaba en ella, sino deseo. Estar de nuevo con él la había dejado conmocionada al comprender el alcance de su necesidad, y agitada al revivir las fervientes ansias que había creído enterradas desde hacía largo tiempo.

Aquella noche, ella se había propuesto simplemente defenderse, y tal vez darle a él una dosis de su propia medicina..., atormentarlo un poco, como él se había propuesto hacer con ella. Pero su plan se fue al garete desde el momento en que él la tocó. Su reserva se había esfumado bajo el calor de su pasión, junto con cualquier intención de resistírsele.

«¡Qué estúpida eres!», se dijo a sí misma por enésima vez. Debería haber sido mucho más fuerte.

Desde aquella noche, ella se había asegurado de que todos sus encuentros fueran públicos. Sin embargo, tenía que admitir que Dare había ganado los primeros puntos en el juego.

Había aparecido en el teatro cada noche para verla y, en una ocasión, la distrajo tanto que olvidó una frase crucial. Cuando Dare se le dirigió desde el palco animándola, con gran excitación del público y la ira de Edmund Kean, Julienne apretó los dientes al tiempo que lo obsequió con una breve reverencia. Más tarde, al saludar, elogió a Dare por su talento dramático.

–Si me lo permite, milord –le sugirió suavemente–, le concertaré una prueba con el director del teatro, el señor Arnold. Sin duda, usted podría desarrollar una espléndida carrera en los escenarios.

Su oferta lo hizo reír a él y a los espectadores.

Se veía obligada a mantener el espíritu del juego, porque la multitud acudía tanto a ver el intercambio entre ellos como el drama teatral. Pero Julienne evitaba decididamente cualquier reunión privada con Dare. Cuando salía, se dejaba rodear por sus galanes, y el resto de su tiempo lo dedicaba a su agotador programa de trabajo: las actuaciones nocturnas y ensayar el papel de su siguiente obra.

Aun así, le quedaban demasiadas horas para pensar en Dare cada noche, mientras daba vueltas en su solitario lecho. No podía permitir que él llevase más lejos su proyectada venganza. Había pasado años tratando de curar su destrozado corazón y él podía volver a rompérselo muy fácilmente.

El saludo de su amiga la sacó de su sombrío ensueño.

–Julienne, *mon amie, bonjour* –le dijo Solange con su marcado acento–. Estoy encantada de que hayas venido. Temía que tuvieras demasiados asuntos que reclamasen tu tiempo.

–Sabes que siempre trato de no perderme tus salones de los martes –le respondió Julienne mientras se rozaban las mejillas.

Solange la apartó a cierta distancia y la examinó con penetrante mirada.

–Estás bellísima, como siempre –dijo Julienne.

Solange no protestó ante la mentira, sino que devolvió el cumplido. Madame Brogard no era considerada una gran belleza, y su atractivo se debía más al artificio y a la experta aplicación de cosméticos. Pero con su alta y elegante figura y sus cabellos rubio platino, poseía un innegable carisma que siempre atraía las miradas.

–Diría que no soy la única complacida por verte –añadió Solange. Y miró hacia un rincón alejado, donde un noble alto y rubio se hallaba conversando con varias damas–. Lord Wolverton ha preguntado por ti.

A Julienne se le heló la sonrisa en los labios. ¡Dios bendito, Dare!

Sintió que, de repente, el pánico le aceleraba los latidos del corazón aun antes de que él fijara su vista en la de ella.

Dare esbozó una breve inclinación a modo de saludo. Luego, con la mirada, llevó a cabo un lento e íntimo recorrido de su cuerpo, deslizando los ojos por su vestido de seda color bronce de abajo arriba, deteniéndose en sus senos.

Aturdida por ese descarado escrutinio, Julienne le dirigió una furiosa mirada. Dare paseó por la sala su perezosa sonrisa.

Molesta, Julienne le dio fríamente la espalda, pero era muy difícil apartar a Dare de su pensamiento, o negar el efecto que su inesperada presencia le producía. ¿Por qué tenía la repentina sensación de que su vida había vuelto al punto de partida?

–¿Qué diablos está haciendo aquí? –preguntó a su anfitriona sin considerar la prudencia de contener la lengua.

–Me convenció para que lo invitase. Le habían dicho que tú solías asistir a mis reuniones, y deseaba tener una oportunidad de hablar contigo a solas. Dice que tú lo has estado evitando, *mon amie.*

Julienne apretó los labios sin responder.

–Me he enterado de la apuesta que hizo. ¿No te sientes halagada?

–En absoluto. Me parece muy desagradable convertirme en el objetivo público de su lujuria y en objeto de su diversión. Lord Wolverton es un consumado buscador de placer, un noble aburrido deseoso de distracción. La otra noche, en el teatro, montó todo un espectáculo con sus payasadas sólo para su propio disfrute.

–Uf, eso no fue nada. Sus travesuras son legendarias, *vraiment.* ¿Sabes que una vez emborrachó a lord Lambton, le quitó la ropa y luego hizo que lo llevaran a Hyde Park por la noche con cama y todo? Lambton cogió un resfriado al tener que volver a su casa cubierto tan sólo con una sábana.

–No, no me había enterado de esta *on-dit*[1] –repuso secamente Julienne.

–Y he sabido por fuentes fidedignas que secuestró a la *chère amie* de su buen amigo el barón Sinclair para coaccionar a éste a declararle su amor. Después, lord Sin se casó felizmente con su dama, pero no sin antes desafiar a Wolverton.

A Julienne no le cabía duda de que Dare recurriría a lo que fuese con tal de salirse con la suya. Recordaba que, hacía siete años, había comprado todas las existencias de su tienda de sombreros simplemente para que ella tuviera tiempo de acompañarle en un paseo en carruaje y obtener así toda su atención. Pero no se proponía contarle a Solange su historia pasada con Dare.

1. Habladuría. *(N. del T.)*

Pocas personas estaban enteradas de su compromiso, y de su historia. Durante su cortejo, Dare había respetado su deseo de mantener su relación lo más en privado posible, y había llegado a los mayores extremos para protegerla de habladurías. Por otra parte, su abuelo tampoco deseaba estimular las intenciones de Dare de casarse con una comerciante extranjera que estaba tan por debajo de él.

Por fortuna, su amiga estaba demasiado ocupada cantando las alabanzas de Dare como para formular una pregunta incómoda.

–Me resulta muy agradable y audazmente encantador, aunque sea un *anglais* y sea tan perverso –confesó la francesa.

–¡Oh, sí, es universalmente adorado! –observó sarcástica Julienne–. Pero estoy segura de que explota a la perfección ese irresistible encanto. Y, para mi gusto, sus hazañas son demasiado escandalosas, aunque parecen conseguir la aprobación del resto de la sociedad.

–No es aprobación precisamente, pero a un rico marqués le está permitido hacer cosas escandalosas que a otros mortales no. Un hombre como Wolverton está por encima del escándalo, y se le perdonan casi todos los pecados. Así funciona el mundo, *n'est-ce pas?*

Julienne asintió en prueba de conformidad, pero no sin una cierta amargura. Si se era pobre, se carecía de títulos y se era una mujer, había que soportar el peor menosprecio de la sociedad. En cambio, un noble acaudalado podía salir impune de cualquier clase de delito... incluso, a veces, no siempre era condenado por asesinato si mataba a alguien en un duelo. Dare tenía fama de tomarse la justicia por su mano, pero sólo los mayores puritanos lo censurarían por ello.

–Aun así, sigue siendo un intrigante libertino –murmuró Julienne.

–*Tiens,* pero alguien que hace latir más rápido los corazones femeninos. Vamos, reconócelo. No se puede ser indiferente a un hombre como él. Y no se puede subestimar la irresistible atracción de un libertino.

Julienne pensó de mala gana que en efecto así era. ¿Qué

mujer podía resistirse a la tentadora sonrisa de Dare, a la audacia de su mirada, a su descarado magnetismo sexual? Era atractivo y peligrosamente excitante; todavía más ahora que cuando ella lo había conocido.

–Ciertamente, no es un hombre al que se pueda pasar por alto –admitió.

–Y he oído decir que tiene otros talentos recomendables además de su riqueza y su aspecto; por ejemplo, una pericia excepcional como amante y gran resistencia en el lecho.

Julienne, absurdamente, sintió una punzada de celos. Todo el mundo estaba al tanto de la experiencia sexual de Dare. Se debía de haber acostado con casi todas las mujeres nobles de Londres. Y todas las mujeres con las que lo hubiese hecho, probablemente, se habrían enamorado de él. Retozar era para él algo más que una costumbre: era una adicción.

–Confieso que estaría muy contenta de encontrarme en tu lugar, *mon amie* –añadió Solange melancólica–. Si fuera diez años más joven, yo misma le echaría el anzuelo.

–Puedes quedarte con él con mi bendición, Solange.

Su amiga le dirigió una mirada de curiosidad.

–¿No te propones aceptar su protección? ¿Qué habría de malo en ello? Una relación basada en el placer sexual... Y las ventajas financieras serían enormes. Se dice que Wolverton es muy generoso con sus amantes.

A Julienne no le sorprendió el práctico enfoque de Solange. Los franceses tenían una visión mucho más liberal del acto amoroso y de los acuerdos carnales que los ingleses. Pero ella no compartía los sentimientos de su amiga.

–No me propongo permitir que gane nuestra apuesta convirtiéndome en otra de sus conquistas sexuales.

Solange se encogió de hombros, con el típico gesto galo.

–Entonces te deseo *bonne chance*. Te espera una buena tarea.

Ante su cambio de tono, Julienne miró por encima del hombro y vio que Dare avanzaba hacia ella. Sintió que le daba un vuelco el corazón.

–Prométeme que no me dejarás a solas con él –pidió rápidamente.

Su amiga frunció el ceño.

–Si lo dices en serio, *naturellement*, no te abandonaré, pero Wolverton es muy persistente. Tal vez deberías escuchar lo que tenga que decirte y acabar de una vez con ello.

Al cabo de un momento, Julienne exhaló un suspiro y respondió:

–Supongo que tienes razón.

No deseaba que Dare creyese que la acobardaba, o que su apasionado encuentro de hacía cuatro noches la había afectado más que de un modo superficial.

Irguió los hombros, se metió en su papel de actriz famosa y cruzó la sala para salirle al encuentro.

Un expectante rumor creció de repente en la estancia cuando llegó junto a Dare. Julienne sabía que eran el objetivo de todas las miradas, de modo que se contuvo de retirar la mano cuando él se inclinó para besársela.

Su lengua rozó la punta de sus dedos, tan fugazmente que podría haberlo imaginado... salvo que la certeza destellaba en aquellos perversos ojos verdes, recordándole la última vez que había hecho algo parecido.

Se estremeció ante el recuerdo. Casi podía notar aún la intensa presión de sus ingles contra las de ella, sentir su intensa penetración...

Julienne conjuró la provocativa imagen y se estremeció. Como de costumbre, Dare estaba tratando intencionadamente de perturbar su calma.

Retiró la mano y consiguió articular un efusivo saludo en atención a su público.

–¡Ah, lord Wolverton..., el más brillante y nuevo talento de Drury Lane! No esperaba encontrarle aquí. Estaba segura de que se hallaría ensayando su papel para nuestro próximo encuentro.

A Dare le chispearon los ojos divertido.

–Deseaba hablar con usted, señorita Laurent. Me ha sido imposible acercarme, dada la impenetrable multitud de enamorados que la rodea.

–Da la casualidad de que yo también estaba deseosa de

hablar con usted. –Sonrió resplandeciente–. Sé que gran parte de Londres aguarda con el aliento contenido cada noche para contemplar qué nueva farsa va a representar, pero tal vez podría usted reservar sus exhibiciones para después de la representación programada. Me temo que Edmund Kean está bastante molesto con usted por eclipsarle.

–Si ello la complace, señorita Laurent, desde luego que intentaré obrar mejor.

–Me complacería muchísimo, puede estar seguro.

Él se puso una mano en el corazón y le dedicó otra galante reverencia.

–Vivo para hacerla feliz.

Dare dirigió una mirada a su casi vacía copa de vino y le preguntó si quería más jerez. Ella asintió distraída y entonces él la condujo hacia la mesa de refrigerios y luego a un rincón de la atestada sala, donde podían tener una cierta intimidad.

–Por fin –murmuró Dare.

–¿Por qué estás aquí, milord? –preguntó Julienne sin preámbulos, aunque bajó la voz para evitar ser oída por los más próximos, y mantuvo una agradable expresión en el rostro que no reflejaba en realidad su animadversión.

–Como he dicho, deseaba hablar contigo. Me dijeron que podría encontrarte aquí, y pensé que sería más fácil que separarte de tus galanes.

–Bien, ya me has encontrado, pero te agradeceré que, en el futuro, te abstengas de desnudarme con los ojos en público.

Una lenta sonrisa se extendió por los labios de Dare.

–Es que admirarte es mi pasatiempo favorito, *ma belle.* Y debes concederme cierto mérito. He sido totalmente discreto. No le he dicho a nadie que hace unas noches gritabas de pasión entre mis brazos.

Julienne estuvo a punto de atragantarse con su jerez. Maldiciéndose a sí misma mientras trataba de recobrar el aliento, lo miró con ceño acusador. Siempre la pillaba desprevenida con sus audaces observaciones.

Él enarcó una ceja.

–¿Estás bien, mi amor?

–Estaría mucho mejor si Solange no te hubiera invitado.

–He advertido que me miraba. ¿Puedo considerarme halagado porque estabais hablando de mí?

–No sé qué puedes considerar tú un halago. Me estaba contando algunas de tus más escandalosas acciones.

–¿Y advirtiéndote que desconfiaras del infame canalla Dare North?

–En realidad, no. Solange se cuenta entre tus admiradoras. –Le dirigió una pensativa mirada–. Tal vez podrías considerarla como candidata en tu búsqueda de una amante. Por el momento, está disponible.

–No deseo más amante que tú, amor.

–Yo no soy tu amor. Ya tienes más que suficiente de eso.

–¿Celosa? –preguntó con una satisfecha sonrisa.

–¿Sabes que padeces de una enorme y excesiva confianza en tu propia fascinación, milord? ¿No se te ocurre nada mejor que hacer que sacarme de quicio?

–Para ser sincero, preferiría que hiciéramos el amor. ¿Puedo sacarte rápidamente de aquí? Todavía nos queda probar en una verdadera cama.

En sus ojos bailaba la risa, y Julienne se encontró dividida entre un indeseado regocijo y el apremio de no escucharlo.

–¿No piensas nunca en nada más que en gratificaciones carnales? –le preguntó exasperada.

–Algunas veces. Los miércoles por la mañana, durante mis habituales sesiones de esgrima en Angelo's Salle. Entonces, el sexo podría ser una grave distracción.

Ella levantó la mirada al cielo, exasperada.

–Se diría que tu lujuria es insaciable.

–Sólo ha sido saciada por ti –replicó él en un tono de repente serio.

Julienne se quedó impresionada ante ese reconocimiento.

–Tú conseguiste hacer lo que ninguna otra mujer ha logrado, Joya –prosiguió mientras ella lo miraba fijamente.

–¿Y qué es?

–Conducirme al punto de la obsesión. Pese a todos mis instintos de autoconservación, no puedo dejar de desearte.

Julienne enarcó una ceja y tomó un trago de jerez, exhibiendo una actitud de frío desdén.

Para su alivio, el tono de Dare se aligeró.

–¿Sabes, amor? Interpretas bien el papel de doncella distante, pero produces el efecto contrario al que te propones. Tu frialdad hace que un hombre se encienda aún más por ti. Lo desafía a tratar de derretirte.

Al ver que ella simplemente apretaba los labios negándose a responder, Dare miró en torno al atestado salón.

–Confieso que me sorprende encontrarte en esta guarida de monárquicos. La mayoría de los emigrados que hay hoy aquí están ansiosos de ver a Luis XVIII en el trono. ¿Compartes sus inclinaciones políticas?

A esa pregunta en particular no le importaba responder. No tenía tiempo ni interés para dedicarse a las intrigas y rivalidades de los exiliados franceses.

–Trato de evitar la política lo máximo posible. Vengo aquí principalmente por las discusiones literarias.

Él volvió la mirada hacia ella con una pizca de duda y diversión.

–Nunca te habría tomado por una intelectual.

Julienne entornó los ojos, verdaderamente molesta ante la insinuación de burla en su tono.

–¿Qué hay de malo en ser intelectual? Si una mujer tiene cerebro, si es instruida o está interesada en el mundo que la rodea, ¿merece ser menospreciada por ello? ¿Una mujer sólo puede ser elogiada si es ociosa, bella y tiene la cabeza llena de pájaros?

–En absoluto. Yo siento un inmenso respeto por las mujeres inteligentes. Las considero uno de los mayores placeres de la vida. ¿Por qué crees que estoy tan deseoso de conseguir ganarme tu compañía?

Era evidente que estaba tratando de provocarla; y la verdad era que se sentía herida al verlo reírse de sus intereses.

–Siempre consideraste tu intelecto superior a cualquier otra persona.

–No –la contradijo él enfático–. Nunca al tuyo. Tu brillante ingenio era una de las cualidades que más admiraba en ti. Disfrutaba tanto con tu cerebro como con tu belleza.

Julienne, desconcertada otra vez por el giro de la conversación, fijó la mirada en su copa, pero al parecer Dare no había concluido.

–Tengo numerosos defectos, *chérie*, pero puedes absolverme de juzgar a una mujer sólo por su apariencia. Si equivocadamente te he dado la impresión de que hago ascos a las intelectuales, es sólo porque suelen tratar de conducirme a más serias búsquedas. ¿Me perdonas?

Julienne vaciló, consciente de que su reacción había sido excesiva. Con toda justicia, no podía negar que Dare siempre había admirado la inteligencia y el ingenio en cualquiera de sus conocidos –mujeres incluidas–, pese a su completa irreverencia por todo lo intelectual o lo sagrado.

–Muy bien, te absuelvo de esa culpa entre tus múltiples pecados. Es sólo que eres tan bueno provocándome que constantemente me siento obligada a defenderme. Siempre estás pensando en modos nuevos y sagaces de irritarme. –Levantó su copa a modo de homenaje y añadió–: Supongo que debería elogiarte por tu ingenio.

–Creo que acabas de hacerlo.

–Me esforzaré para que no vuelva a ocurrir –repuso Julienne seca.

Él sonrió de una manera encantadora, y ella se quedó sin aliento ante su belleza.

–Para ser sincera –dijo Julienne de repente, tratando de cambiar de tema–, entre esta multitud no estoy considerada precisamente como una intelectual. Más bien algo así como una traidora.

Ella percibió su sorpresa mal disimulada y se preguntó el porqué de aquella reacción.

–¿Una traidora? –repitió Dare lentamente.

–Soy menospreciada porque tengo un oficio. La mayoría de estos buenos aristócratas preferiría morirse de hambre antes que trabajar para vivir. –Forzó una sonrisa–. Sólo se me permite estar en su excelsa presencia por Solange. Ella me protegió por su amistad de infancia con mi madre, yo simplemente me aferro a un simulacro de refinada respetabilidad.

Hizo una pausa y miró a Dare muy seria.

–La persecución de que me haces objeto sólo sirve para hacer más difícil que me acepten, ¿te das cuenta?

–¿Te importa mucho su aceptación?

Julienne se encogió de hombros.

–Londres puede ser muy solitario.

Él paseó la mirada por su rostro, escrutándola intensamente.

–¿Pese a todos los galanes que compiten por tus favores?

En esta ocasión, la sonrisa de Julienne fue más fugaz.

–¿Acaso a ti te gustaría no ser considerado nada más que un trofeo, deseado sólo por tu cuerpo?

–¿Quieres una respuesta sincera?

Ella asintió, sorprendida de que fuera a dársela.

–Podría considerarlo algo mejor que ser deseado sólo por mi título y mi riqueza.

Ante su repentino tono rudo, Julienne hizo una mueca, recordando que Dare la contaba entre las filas de cazadoras de fortunas, codiciosas y ávidas de títulos. Podía comprender perfectamente su ira hacia ella, puesto que lo había inducido a creer que no era mejor que las demás intrigantes que lo habían perseguido.

Sin embargo, al cabo de un momento, la sombría expresión de Dare se desvaneció y agitó la cabeza.

–No he venido aquí para discutir contigo, Joya. He venido a invitarte. Estoy organizando una fiesta en mi casa de campo, cerca de Brighton, y me gustaría que fueses mi huésped de honor.

–No puedes hablar en serio.

–Totalmente.

–Y yo he estado haciendo observaciones sobre tu inteligencia –comentó Julienne sonriente–. Debes de tener el entendimiento particularmente embotado, milord, si piensas que accederé a ser víctima de una de tus infames orgías.

Él negó con la cabeza.

–Te aseguro que no será una orgía. No te niegues antes de considerar las ventajas. Imagino que disfrutarías con el respiro. Y el clima es más cálido que en Londres. Vamos, sólo te pido una semana de tu tiempo. Diez días como máximo. Había pensado que podríamos partir hacia finales de la semana próxima. Te daré tiempo para prepararte...

–Es uno de tus trucos, ¿verdad, Dare?

–En absoluto.

–Entonces, ¿por qué una fiesta en tu casa?

–Porque creo que no hay mejor modo de asegurarme una buena cantidad de tiempo en tu compañía. Francamente, no disfruto persiguiéndote, mendigando unas migajas de tu atención.

–Lo que te propones es ganar tu apuesta.

–Desde luego –repuso Dare suavemente–. Pero esos días podrían igualar nuestras oportunidades. Lo mismo podría ganar yo que tú. Y para demostrarte qué buena persona soy, he invitado a Riddingham, y estoy dispuesto a incluir a cualquier otro galán que tú escojas. Asimismo, a madame Brogard, si te sientes más cómoda. Ella puede servirte de protección. Podemos preparar varios carruajes para el viaje hacia el sur la semana próxima.

–Me tranquilizaría mucho tener a Solange allí, pero no tiene sentido hablar de ello. No me será posible asistir. Mis actuaciones en el teatro me impiden tener libres más de uno o dos días...

–He hablado con Arnold y está dispuesto a darte los días que necesites, a cambio de una remuneración importante, claro está.

–¿Pretendes decirme que le has sobornado?

–Me he limitado a ofrecerle una compensación por tu ausencia. Él no deseaba perder los ingresos que tu falta le acarrearía. Pero lo más importante es que está ansioso por apaciguar a su actor principal. Tenías razón acerca de que Kean estaba resentido porque lo eclipsaba. Arnold está dispuesto a dejarte un tiempo libre si eso significa librarse de mí.

»Vamos, amor, si te hace sentir mejor, puedes considerarlo un asunto de negocios. Eres una actriz a la que contrato para una representación privada. No puedes negarte a ganar los honorarios que estoy dispuesto a pagar.

–¿Cuánto? –preguntó ella curiosa.

–¿Qué te parecerían mil libras?

Julienne no pudo sofocar un grito. Aquella suma era más del doble del salario que cobraría por toda la temporada teatral, y eso después de renegociar su contrato con Arnold para incluir su petición de un aumento.

–No voy a aceptar un no por respuesta –le aseguró Dare mientras ella meditaba–. Insistiré hasta que decidas venir.

Ella no dudó lo más mínimo de su observación ni de su determinación. Si seguía exasperando a Edmund Kean, Dare podía destruir la carrera que a ella tanto le había costado construir. Antes que arriesgarse a perder a uno de los actores más dotados que Inglaterra había conocido, Arnold la despediría.

Una repentina oleada de amargura invadió a Julienne ante su indefensión y tuvo que esforzarse por evitar que le temblara la voz.

–Ciertamente, cuentas con recursos para obrar como un dios en mi vida, lord Wolverton, pero he trabajado durante años para poder actuar en el Drury Lane. Si me cierras esa puerta, juro que haré que lo lamentes.

Él inclinó ligeramente la cabeza ante su advertencia, pero su mirada permaneció fría.

–¿Tengo entonces tu conformidad?

–Parece que no me dejas otra elección.

Dare hizo una cortés reverencia en reconocimiento de su capitulación.

–Entonces te dejaré con tus discusiones literarias. Sospecho que ya he dado pie a bastantes habladurías por una tarde.

Mientras lo veía alejarse, Julienne se esforzó por contener las lágrimas. Se sentía inmensamente contenta de que Dare se hubiera marchado; sin embargo, también se enfrentaba a la confusión que suscitaba en ella cada vez que se encontraban.

¿Cómo podría pasar toda una semana con él, aunque estuvieran rodeados por numerosos invitados? Se sentía asfixiada por esa perspectiva. Estar con Dare era como navegar en medio de una tormenta, ser zarandeada en un mar de emociones. A estas alturas ya era una travesía violenta, pero las aguas se harían cada vez más traicioneras.

Julienne sabía perfectamente lo que él se proponía. Un peligroso juego de tentación y conquista. Dare planeaba seducirla y abandonarla... tras haber destrozado su orgullo.

Se le nubló la vista. Se preguntaba qué quedaría de ella cuando él hubiera acabado.

De pronto, al darse cuenta de cuán mórbidos estaban siendo sus pensamientos, Julienne irguió los hombros. No se rendiría tan fácilmente. No. ¡Al diablo con él! En lugar de ello, trataría de vencerlo en su propio juego. Si Dare insistía en apretarle las clavijas, ella demostraría estar a su altura en el desafío.

Había admitido que estaba obsesionado por ella. Bien, haría lo imposible por aumentar esa obsesión. Conseguiría tenerlo totalmente embelesado y luego le haría quedar como un necio cuando lo rechazase públicamente.

No permitiría que triunfase en su venganza. Los siete años transcurridos la habían endurecido y habían reforzado la coraza que protegía su corazón. Sólo tenía que mantener esa coraza intacta ante Dare...

–¿Va todo bien, *mon amie*? –le preguntó Solange apareciendo a su lado–. ¿Estás bien?

–Muy bien. Dime, Solange, ¿te gustaría acudir a una fiesta en la casa de campo del audaz y encantador lord Wolverton?

Capítulo cinco

Dare se fue del salón saboreando la victoria y, sin embargo, extrañamente insatisfecho. De manera inexplicable, se sentía como un villano al obligar a Julienne a aceptar su invitación de pasar una semana en el campo.

Mientras se dirigía al club Brook's, en St. James Street, era incapaz de dejar de pensar en Julienne. Seguía recordando su aspecto cuando la había vislumbrado por primera vez al otro extremo del salón aquella tarde: el exquisito óvalo de su rostro, su largo y esbelto cuello, los elegantes hombros, lo bien que le sentaba a su piel el vestido color bronce...

Su repentina aparición había puesto en tensión su entrepierna y acelerado sus latidos. Desde luego que había esperado que su cuerpo reaccionara, pero esa natural respuesta física no podía explicar la intensa aceleración de los latidos de su corazón.

No podía comprender por qué, después de todo aquel tiempo, seguía deseando a Julienne tan desesperadamente. ¿Por qué desear a una mujer que lo había traicionado sin remordimientos? ¿Qué había en ella que tanto lo obsesionaba?

Cierto que Julienne era hermosa, apasionada, inteligente..., la personificación de todo lo que él siempre había deseado en una mujer. De todas las amantes de las que había disfrutado, ninguna se había podido comparar nunca con ella.

Pero Julienne casi lo había destrozado. ¿Por qué le resultaba tan difícil recordar eso?

Incluso ahora, tras todo lo sucedido, no podía negar la

excitación que despertaba en él con una simple mirada. No podía evitar que su voz insinuante le sedujera con un simple susurro. Y sus besos... No podía olvidar la increíble suavidad de sus labios.

Julienne era una mujer inolvidable que lo hacía arder de deseo.

Dare maldijo lleno de rabia, ansioso por borrar el sabor de su boca y el recuerdo de su cuerpo retorciéndose debajo de él.

¡Por todos los diablos! Su deseo por ella no era nada más que lujuria. Pura, cruda y primaria lujuria. Julienne tenía el rostro de una diosa, el cuerpo de una prostituta y el corazón de una estatua de mármol. Si hacía cuatro noches él había percibido un atisbo de alguna emoción más profunda en su acto amoroso, es que debía de haberlo imaginado.

Lo peor de todo era que Dare volvía a desear aquel cuerpo apetitoso debajo del suyo. Deseaba estar cabalgando entre sus blancos muslos, hundir los dedos en su gloriosa cabellera, saborear el calor y la pasión de los que la sabía capaz.

Apenas había pensado en nada más durante los últimos días. Había dormido con desasosiego, obsesionado por sueños en los que hacía el amor con ella. Se había despertado cada mañana endurecido y dolorido, soñando aún con Julienne, tocándola todavía, oliéndola, sintiéndola, ansiándola.

Y, por un insensato momento, aquella tarde casi había dejado que su ansia se impusiera a su sentido común.

Le había sorprendido oír hablar a Julienne de su posición en sociedad, de cómo se veía atrapada entre la aristocracia y las mujeres de vida alegre, entre sus antiguos paisanos exiliados y los nativos de su país de adopción. Sus palabras habían sonado muy sinceras. Y, para su consternación, había pulsado en él una cuerda sensible. Julienne había reconocido sus sentimientos de aislamiento y él había comprendido cómo debía de sentirse, tan sola como él lo estaba, aunque por razones completamente distintas. A modo de respuesta, sólo había deseado consolarla, tomarla entre sus brazos y aliviar su dolor.

No obstante, ahora Dare se esforzaba por anular esas ansias. Julienne Laurent era una soberbia actriz. Sabía muy bien cómo emplear su arte en su beneficio. Cómo ganarse la simpatía de necios desprevenidos como él. Había perfeccionado de tal manera la combinación de sensual encanto junto con la frágil y femenina insinuación de vulnerabilidad que Dare había llegado a cuestionarse su propio deseo de venganza.

Pero Dare se prometió que, en esa ocasión, ella no lo iba a engañar. Su persecución de Julienne era sólo una tapadera, un medio para aproximarse a Riddingham. Nunca se permitiría volver a ser tan condenadamente vulnerable.

A Dare le sorprendió recibir el mensaje de Lucian, porque creía que su amigo estaba en Devonshire. Últimamente, Lucian pasaba gran parte de su tiempo en la mansión familiar, con su esposa, sobre todo ahora que se aproximaba el momento del parto de Brynn. Aunque no podía retirarse por completo de Asuntos Exteriores, pensó Dare; su país lo necesitaba demasiado.

Debían encontrarse en la biblioteca de Brook's cuando hubiese allí poca gente, aprovechando que la hora fuera demasiado temprana para comer o jugar.

Sin embargo, cuando Dare estaba llegando al club, descubrió que el lugar de reunión había cambiado. En la calle, le salió al encuentro uno de los mozos de cuadra de Lucian, quien lo condujo al instante al carruaje que éste había enviado para él.

Más curioso que alarmado, Dare realizó el corto trayecto hasta una parte menos elegante de la ciudad, donde lo dejaron ante el establecimiento de un fabricante de ataúdes. Asombrado, entró en lo que parecía un taller, lleno del olor a madera de pino recién cortada y de los sonidos de sierras y martillos. Había allí varios aprendices entregados a su trabajo, aunque el estrépito se detuvo momentáneamente cuando el propietario, de rostro solemne, recibió a Dare como si estuviese esperando su llegada.

Fue conducido de inmediato a un pequeño salón donde aguardaba Lucian.

–¿No se suponía que estabas en Devonshire? –preguntó Dare, inquieto por la grave expresión que advertía en los rasgos de su amigo.

–Me han avisado de que regresara para enfrentarme a una crisis. –Lucian bajó la voz, sin duda para no ser oído–. Es posible que Caliban haya golpeado de nuevo.

–¿Cómo?

–La acompañante de lady Castlereagh fue encontrada ayer flotando en el Támesis. Ven y verás.

Condujo a Dare a una puerta y despidió al hombre que montaba guardia allí. Dare sabía que los cadáveres solían mantenerse en habitaciones como aquélla hasta que se confeccionaba un ataúd; así se evitaba que los ladrones de cuerpos los robaran y los vendieran para fines médicos.

En la habitación sin ventanas ni ventilación, el hedor de la muerte le llegó a Dare como un mazazo.

En una mesa de madera se veía un cuerpo amortajado. Lucian apartó la sábana, mostrando a una mujer de poco más de veinte años. Vestía un traje negro, y su rostro, hinchado y macilento, así como sus manos, contrastaban violentamente con el oscuro tejido.

–Es Alice Watson –explicó Lucian escueto–. Han demorado su entierro hasta que yo pudiera examinar el cuerpo. Y entonces he decidido que deberías ver en persona a qué grave clase de problema nos estamos enfrentando.

Dare sintió que se le revolvía el estómago. En su hedonista pasado no había habido muchos muertos –incluso se había negado a asistir al funeral de su abuelo–, de modo que ver el cuerpo de Alice Watson yaciendo allí, tan absolutamente sin vida, le causó una fuerte impresión. Sentimiento que sospechaba que Lucian había pretendido provocarle.

–¿Fue asesinada?

Lucian apretó los labios.

–Así lo creo, aunque a primera vista su muerte parece un suicidio. Dejó una nota expresando remordimientos y pidiendo perdón por sus pecados. Pero no era su letra. Y hay magulladuras en su garganta que no deberían estar ahí si simplemente se hubiera arrojado al río.

–¿Qué pecados?

–Eso no está claro, pero al parecer durante algunos meses había estado saliendo a escondidas de la casa, supuestamente para encontrarse con un amante. Ahora no puedes apreciarlo, pero se dice que la señorita Watson era bella. Era una pariente pobre que había venido a Londres para hacer compañía a su señoría después de que lord Castlereagh partiese a Francia el pasado diciembre.

–¿Podría haberla matado su amante? –reflexionó Dare en voz alta.

–Posiblemente. Un día, la señorita Watson comenzó a lucir un broche de perlas con forma de rosa, según todos los indicios un regalo de su amante. Pero el broche no ha aparecido entre sus posesiones. Y mira el cuello de su vestido, está desgarrado. Puede que llevase el broche la noche en que fue asesinada. ¿Por qué iba a arrancárselo de un tirón para suicidarse?

–Podría habérselo quitado cualquiera que la recogiese en el río, golfillos, vagabundos, ladrones...

–Tal vez –admitió Lucian–. Pero hay otra coincidencia que parece muy sospechosa... y es la razón por la que me avisaron. Faltan varias de las cartas que lord Castlereagh envió a su esposa. La muchacha podría haberlas cogido con facilidad. Las probabilidades son muchas, pero Caliban podría haberla seducido en un intento de conseguir secretos de Estado y de enterarse de los planes de lord Castlereagh.

Dare frunció el ceño pensativo. Desde finales del año anterior, el secretario de Asuntos Exteriores de Inglaterra estaba en Francia, negociando con las potencias aliadas; no sólo para asegurar la derrota de Napoleón, sino para iniciar conversaciones sobre cómo estructurar Europa después... siendo la cuestión más apremiante si se colocaba de nuevo a un rey Borbón en el trono de Francia.

–A Caliban no puede complacerle el reciente tratado que Castlereagh ha elaborado en Chaumont –observó Dare.

–No. Y sin duda no habría nada mejor para él que desbaratar cualquier futura negociación. Inglaterra posee las riendas de la bolsa, pero Castlereagh controla esas riendas, lo que lo convierte en casi tan poderoso como el propio Napoleón.

–¿Crees que lord Castlereagh puede hallarse en peligro?

–Confieso que me preocupa. Le he enviado un mensaje a Chaumont advirtiéndole que se mantenga en guardia. Y he puesto a un agente mío tanto en su casa de Londres como entre su gente en Francia. Pero eso podría no ser suficiente. –Con una última mirada al cuerpo de la pobre muchacha, Lucian volvió a cubrirla–. Vamos, supongo que ya has visto bastante.

Condujo a Dare fuera de la habitación e hizo una seña al fabricante de ataúdes, que se dirigió a preparar el cuerpo para el entierro.

Ya en la calle, Dare aspiró profundamente. El aire de Londres estaba impregnado del habitual olor a hollín y basuras, pero casi parecía perfume ante el fétido hedor a carne en descomposición que dejaba tras de sí.

Sin embargo, pensó que comprendía las razones de su amigo para llevarlo allí: Lucian se proponía que se diera perfecta cuenta de la gravedad de su misión: encontrar a Caliban y poner fin a la muerte y destrucción que él generaba.

Dare aguardó hasta que se instalaron en el carruaje de Lucian y se hallaron de camino al club Brook's para formularle la pregunta que se le había ocurrido casi desde el momento en que vio el cadáver de la acompañante de lady Castlereagh.

–¿Tenía Riddingham algo que ver con la joven Watson?

–No tenemos pruebas de que la conociera, pero la semana pasada asistió a una reunión en casa de lady Castlereagh. Podría haber seducido a la muchacha durante los últimos meses, antes de su visita a Yorkshire. –Lucian miró con grave semblante a Dare–. Ésta es otra razón para confiar en que nuestra investigación acerca de Riddingham dé fruto pronto. Lo tengo vigilado, pero mis agentes no pueden dejarse ver demasiado por temor a descubrir nuestras sospechas.

Dare sabía que había llegado el momento de revelarle su propio proyecto.

–Estoy planeando celebrar una fiesta en mi casa de campo a finales de la semana próxima, y he invitado a Riddingham y a algunos de sus amigotes. Eso podría darnos algunas nuevas pistas. Por otra parte he presionado más a Riddingham sobre el anillo del dragón que lleva... Le dije que deseaba tener uno igual y le pregunté de nuevo cómo lo obtuvo. Alegó que no podía recordar específicamente a quién le había ganado el anillo, pero recordaba a algunos amigos que estaban presentes en la partida.

–¿En serio? –exclamó Lucian pensativo.

–De modo que lo he organizado todo para reunirlos. Riddingham se propone asistir, aunque sólo sea para evitar que me gane el afecto de la señorita Laurent.

–Entonces ¿está teniendo éxito tu campaña para cortejarla?

Dare esbozó una seca sonrisa.

–Yo no lo formularía de manera tan optimista, pero por lo menos será mi invitada. Me aseguré de que estuviera allí para que Riddingham tuviese un aliciente para asistir. Me propongo observarlos más de cerca..., tal vez registrar sus posesiones. Cuando estuve en la finca de Riddingham, el mes pasado, nunca estuve a solas el tiempo suficiente para examinar el lugar o tratar de descubrir algún escondrijo.

–Deberías buscar códigos, nombres, algo que pueda conducirnos a averiguar si Riddingham tiene otra identidad alternativa. E investigar también a sus amigos.

Dare asintió.

–En cuanto a tu señorita Laurent –añadió Lucian al cabo de un momento–, he estado investigando sus antecedentes. No he encontrado el menor indicio de que pudiera estar trabajando para los franceses ni de que tenga inclinaciones bonapartistas.

–Dice no tener interés en política, pero no sé si puedo creer en sus palabras ni confiar en sus declaraciones de patriotismo. Caliban podría haber encontrado algún medio de conseguir su cooperación. Me has advertido con bastante frecuencia que el chantaje es su especialidad. En realidad, tu propia esposa y tu cuñado cayeron en sus garras.

Sintió que Lucian lo estaba escrutando.

–El linaje aristocrático de la señorita Laurent me ha sorprendido. ¿Sabías que es hija de un conde?

–Mayor razón para desconfiar de ella. Los emigrados constituyen objetivos idóneos para el soborno. Forzados a vivir una existencia de exilio, con pocos o ningún ingreso, dependen de la generosidad de otros. Si Riddingham es Caliban, es posible que la haya corrompido. Desde luego, ella es lo bastante codiciosa como para venderse al mejor postor.

Dare se dio cuenta demasiado tarde de la amargura de su tono y vio cómo se agudizaba la penetrante mirada de su amigo.

–Me dijiste que una vez le habías ofrecido matrimonio a una mujer –observó Lucian lentamente–. ¿Era ella?

–Lamentablemente... sí.

Dare desvió la vista y miró por la ventanilla del carruaje para evitar el escrutinio de su amigo.

–Pero nuestro compromiso duró menos de un mes.

–Estoy sorprendido de no haber leído nunca ningún rumor sobre ello en las páginas de cotilleos. A priori se diría que la perspectiva de vuestro matrimonio sería considerada un acontecimiento extraordinario.

–Lo mantuvimos en privado.

Dare no había presumido de Julienne como había hecho con otras mujeres. En realidad, su deseo de protegerla era la razón principal que le hizo darse cuenta de que con ella iba en serio. No había deseado que su reputación se viera manchada asociándola a un hombre con su fama de libertino.

Cuán risible le parecía ahora su preocupación.

–Debiste de amarla mucho para llegar al punto de proponerle matrimonio.

«¡Oh, sí!», pensó Dare sombríamente. Era joven y estaba enamorado por vez primera en su vida; tan encandilado como un adolescente. Según los poetas, el primer amor siempre es salvaje, intenso, ferviente, pero aquel verano mágico con Julienne el sentimiento había estallado como un incendio. Cada pequeño momento había ardido profundamente en su corazón..., el placer, el tormento...

–Entonces creí amarla –reconoció Dare escueto–. Y ciertamente me habría casado con ella de no ser porque mi abuelo se interpuso.

«Y si no la hubiera encontrado con otro amante.»

–¿El «viejo bastardo»?

–Sí. –Curvó la boca mientras le devolvía a Lucian la mirada–. Tú sabes que mi padre murió en un duelo ¿verdad? Bien, pues mi abuelo siempre temía que yo me convirtiera en un libertino como mi padre, que siguiera el mismo camino de destrucción. Y casarse con una «intrigante francesa» no sólo me conduciría a la ruina, sino que habría manchado nuestro ilustre linaje. Cuando el viejo bastardo se enteró de mi compromiso con la señorita Laurent, me amenazó con desheredarme. Y la dama deseaba mayor riqueza que la que yo podía darle sin la fortuna de los Wolverton.

Lucian permaneció un momento silencioso mientras digería esa información.

–Y la experiencia bastó para hacerte renegar del matrimonio para siempre.

–Por completo.

Había escapado de innumerables trampas durante los últimos años después de Julienne. Nunca más había permitido que ninguna otra mujer ejerciera aquella clase de poder sobre él. Y siempre había sido indiferente a cualquier sentimiento de devoción que pudiera despertar en sus amantes.

–He notado tu inclinación por las morenas –observó Lucian–. ¿Tiene la señorita Laurent alguna relación con tu preferencia?

Dare experimentó una sacudida. No se había dado cuenta, pero realmente tendía a escoger mujeres que se parecieran a Julienne.

–Una observación bastante astuta, amigo mío –respondió, ocultando su consternación bajo una divertida sonrisa.

–Entonces confío en que no te ofendas si te hago otra astuta observación. Creo que podrías estar muy predispuesto contra la señorita Laurent por tu pasada historia con ella.

–No te lo discutiré. Pero eso ¿qué diablos importa?

–Importa porque tus sentimientos pueden interferir con tu misión. Y yo deseo que la reclutes para que trabaje con nosotros, Dare.

Éste entornó los ojos sorprendido mientras miraba fijamente a Lucian.

–¿Deseas que Julienne espíe para Asuntos Exteriores?

–¿Por qué no? Ella forma parte de la comunidad francesa de emigrados, y podría pasarnos cualquier información que pudiese interesarnos. Y es posible que también pudiera ayudarte a averiguar si Riddingham es o no Caliban.

–Acabo de decirte que no confío en ella.

–Y yo te he sugerido que tu juicio puede estar empañado. ¿Estás seguro de que no actúas por venganza por cualquier mal que ella pueda haberte causado?

Realmente deseaba venganza... Dare no podía negarlo. Pero no estaba dispuesto a absolver a Julienne de complicidad tan fácilmente.

–¿Y si está confabulada con Riddingham? –preguntó–. Incluso aunque no fuera así, si yo solicitara su ayuda ella podría advertirle de nuestras sospechas simplemente para fastidiarme.

–Sí, eso sería un riesgo. Pero tengo absoluta fe en tu legendario encanto. Creo que serás capaz de manejarla. Y con su propio atractivo y sus habilidades como actriz, sin duda podría aproximarse más a Riddingham de lo que tú serás capaz. Mi consejo es que trates de poner a prueba su lealtad sin comprometer tu posición. Ingenia un plan para determinar si es digna de confianza.

Dare apretó la mandíbula. Nunca estaría seguro de si Julienne era digna de confianza; aun teniéndola debajo, envolviéndole la cintura con ambas piernas. Especialmente entonces menos que nunca.

Pero Lucian no se rindió.

–Sólo necesitas utilizar tus instintos, Dare.

Ése era el problema, que no podía confiar en sus instintos porque ya le habían traicionado antes en otra ocasión. Estaba aterrado de que volviera a suceder lo mismo. Lucian tenía razón: su juicio sobre Julienne estaba empañado por el pasado. Y su feroz deseo de poseerla de nuevo sólo agravaba el problema.

Dare sabía que Lucian también tenía razón en otro punto: cualesquiera que fueran sus sentimientos hacia ella, no podía permitir que interfiriesen en su tarea. Había demasiado en juego. Y si esperaba que sus dudas respecto a Julienne fuesen tenidas en cuenta, tenía que aportar pruebas de su culpabilidad. Más aún, necesitaba demostrárselo a sí mismo. De un modo u otro, necesitaba saber.

Sin embargo, tanto si era traidora como si no, él estaba decidido. Era la segunda vez que ponía los ojos en ella.

Deseaba que Julienne volviera a estar en su lecho. Y se proponía conseguirlo.

Capítulo seis

El siguiente viernes, un gran grupo salió de Londres. Julienne se sintió sorprendida ante los invitados que Dare había escogido. Había unas veinte personas de diversas edades y clases.

De las mujeres, sospechaba que por lo menos tres eran mundanas, comprendida una célebre actriz que solía actuar en el Covent Garden. Pero también había otras damas de mayor edad además de madame Brogard, una de las cuales era una condesa viuda. Los más sorprendentes eran dos matrimonios refinados que habían sido invitados, según supuso Julienne, para dar respetabilidad al grupo.

En cuanto a los caballeros, eran sobre todo miembros de la alta sociedad. Varios eran nobles de alto rango que parecían ser conocidos íntimos de Dare –sin duda algunos de sus colegas de la Liga del Fuego del Infierno–, mientras que el vizconde Riddingham había llevado a dos de sus amigos. Cerrando el desfile de vehículos, iban tres coches llenos de sirvientes.

Julienne no disponía de doncella. Normalmente, tenía un acuerdo con varias actrices del Drury Lane y compartían los servicios de una mujer que les hacía de costurera, ayudante de vestuario y encargada del guardarropa. Pero su amiga Solange le había ofrecido a su propia doncella durante aquellos días.

Ese día de marzo era fresco, claro y muy agradable. Muchos de los caballeros, incluido Dare, cabalgaban entre los carruajes en el viaje en dirección sur, y Julienne estuvo muy contenta de no verse obligada a soportar su compañía en los reducidos límites de un coche de posta.

En lugar de ello, se encontró disfrutando de la camaradería de varias de las damas. Sorprendentemente, parecieron aceptarla sin reserva; quizás a causa de la distinguida reputación de Solange. O tal vez porque cualquiera que estuviera familiarizado con el escandaloso Dare North no rehuiría conocer a una simple actriz.

Efectuaron el viaje en cómodas etapas, deteniéndose frecuentemente para cambiar de caballos o compartir refrescos, y llegaron a la casa a última hora de la tarde.

Durante los últimos quince kilómetros, Julienne había admirado la pintoresca perspectiva de la ondulante South Downs[1], pero entonces atravesaron unas puertas de hierro de entrada y siguieron por un paseo bordeado de rododendros y a través de un parque artísticamente ajardinado.

–*C'est magnifique* –murmuró Solange.

Y Julienne tuvo que coincidir con ello: al otro lado de una amplia extensión de césped se levantaba una majestuosa mansión de piedra rojo claro que relucía a la luz del sol.

El esplendor de la finca de Dare le hizo recordar intensamente a Julienne la gran diferencia que había entre ellos: él era un rico noble que había heredado la fortuna familiar y ella una actriz escasamente respetable que tenía que luchar por ganarse la vida.

Mientras los pasajeros se apeaban, una de las damas le explicó que tras aquella zona cultivada había hermosos jardines. Y uno de los caballeros hizo un comentario sobre los soberbios establos de carreras de Dare.

–¿Establos de carreras? –preguntó Julienne al vizconde Riddingham, que había aparecido a su lado para ofrecerle su brazo.

–Wolverton cría y prepara caballos de carreras –repuso él escueto.

Lord Peter Fulbrook, amigo de Dare, añadió en tono afable:

1. Cordillera de colinas bajas del sur de Inglaterra. *(N. del T.)*

–No son meros caballos de carreras. Dare tiene algunos de los mejores ejemplares de todo el país.

–Confieso que estoy deseoso de inspeccionar sus establos –admitió Riddingham–. Se dice que tiene dos posibles Derby.

Julienne sonrió.

–¿Es por eso por lo que ha aceptado su invitación, milord? ¿Para ver sus caballos? ¡Y pensar que me sentía halagada creyendo que lo que deseaba era estar conmigo!

El vizconde esbozó una avergonzada sonrisa.

–¡Desde luego, señorita Laurent! Los establos eran simplemente un aliciente añadido.

Julienne vio la sombría mirada que Dare le dirigió, y se sintió animada. Parte de su plan consistía en animar aquella semana todo lo posible a lord Riddingham. Si la reunión en la casa debía ser una competición por sus favores, se proponía procurar que Dare tuviera un rival a su altura.

Sin embargo, la satisfizo que no la tratara de forma especial cuando encomendó sus invitados a sus empleados para que los instalaran en sus habitaciones. Se convino que disfrutarían de un breve descanso antes de cenar y que luego se encontrarían todos en el salón a las ocho.

Mientras era conducida arriba, a un elegante dormitorio, Julienne comprobó que el interior de la casa era tan magnífico como el exterior. Antes de bañarse y cambiarse con la ayuda de la doncella de Solange, aprovechó la oportunidad para admirar los espléndidos jardines que había bajo su ventana.

Llegó al salón de la planta baja unos minutos tarde, pues la mayor parte de los invitados ya estaban allí reunidos.

Cuando ella entró, Dare sintió acelerársele el pulso. Llevaba un vestido de seda de color albaricoque de corpiño escotado, que acariciaba su figura tan estrechamente como él ansiaba hacerlo.

Maldijo en silencio, deplorando no sólo la reacción de su cuerpo sino el espontáneo anhelo que inesperadamente llenó su pecho.

Todos los caballeros que estaban sentados se pusieron rápidamente en pie para apreciar su deslumbrante belleza.

Cuando Julienne se disculpó por su retraso, Riddingham respondió en nombre de todos:

–No es necesario que se disculpe, señorita Laurent. Valía la pena esperar. Es usted una visión de lo más atractiva.

Estaba mucho más que atractiva, pensó Dare, pero ¡al diablo con ella! Sin embargo, a pesar de su propósito, no podía apartar su ávida mirada de ella. Verla con aquel vestido era peor que si fuera desnuda. Estaba extremadamente femenina; exuberante y frágil al mismo tiempo.

Llevaba los negros cabellos recogidos con una descuidada maestría que hacía que Dare quisiera despeinárselos. Apretó la mandíbula mientras imaginaba esos gloriosos cabellos extendidos en espléndido desorden sobre almohadones de seda. No deseaba nada más que desnudarla, exponer aquel cuerpo a su mirada... a sus manos y a su boca. El simple pensamiento de tener sus senos desnudos en sus manos y luego acariciarlos con su lengua hasta hacerla gemir, lo endurecía al instante.

Pero primero tendría que ahuyentar a los condenados lobos que la rodeaban. Dare observó con desagrado que Riddingham dirigía la manada. Aquel maldito canalla estaba mirándole los pechos, deteniéndose descaradamente en la suave e hinchada plenitud de sus senos.

En aquel preciso momento, Julienne se echó a reír ante algo que dijo el vizconde y Dare se sintió presa de los celos.

Al cabo de un momento, ella se volvió y le dirigió una mirada; como respuesta, él enarcó burlonamente las cejas. Sin embargo, eso no la desconcertó. En lugar de ello, la expresión que Julienne le devolvió fue fría, controlada y llena de desafío.

Dare pensó que eran los ojos de una mujer que conocía su poder.

Lo atravesó una punzada de deseo tan viva, tan tórrida, que lo único que pudo hacer fue aguardar a que aquel salvaje dolor se disipara.

Entonces Julienne se volvió y le obsequió con la visión de la elegante línea de su espalda. Su evidente rechazo lo llenó de frustración. Ambos estaban jugando al juego de la seducción, pero él ya no estaba tan seguro de ganar en aquellas lides en las que era tan experto. Desde que la había tenido, había pasado incontables noches sin dormir, tendido en la cama, solo, anhelante. Pero no era sólo el cuerpo lo que le dolía. La penosa tensión que sentía en el pecho era el latido de una antigua herida que había vuelto a abrirse.

Dare apretó los dientes. Durante casi siete años se había dedicado a levantar un muro para aislar la parte de él que Julienne había dejado salvajemente lacerada y sangrante. Y volvería a hacerlo, aunque eso le costase la última pizca de sus fuerzas.

Durante las siguientes horas, Julienne tuvo dificultades para disfrutar, aunque no se vio obligada a soportar la cercana proximidad de Dare. Él acompañó a la invitada femenina de mayor rango –la condesa viuda– a la cena y se sentó a la cabecera de la mesa, mientras que Julienne se encontraba al otro extremo.

La cena fue suntuosa, con cinco variedades y docenas de cambios de platos; incluso la enormemente refinada Solange elogió la comida. Se decía que Dare había enviado días antes a su mansión a su chef londinense para que se preparase para la llegada de sus invitados. Pero Julienne era demasiado consciente del motivo de su presencia en aquella casa como para disfrutar del festín. Sabía que todos los presentes estaban enterados de la apuesta. Y tanto si ella iba o no a ser el entretenimiento de aquella semana, su relación con Dare seguro que iba a constituir el foco de todas las miradas.

No obstante, se esforzó todo lo posible por prestar atención a sus compañeros de mesa. El de su derecha era uno de los amigos de Riddingham, un caballero de voz suave llamado Martin Perrine. Sus agradables y modestos modales contrastaban intensamente con los del otro amigo de Riddingham, sir Stephen Ormsby.

Cuando la conversación retornó a las carreras de caballos, Julienne le preguntó cortésmente al señor Perrine si le gustaba apostar.

Sir Stephen entonces se echó a reír y respondió por él.

–Martin es un hijo menor sin perspectivas económicas. Apenas puede permitirse el coste del alquiler de un carruaje, mucho menos derrochar en caballos.

La apenada expresión del señor Perrine fue de aguda vergüenza, y Julienne se apresuró a responder:

–Comprendo que sólo los más acaudalados ricachones pueden permitirse apostar en las carreras. A mi modo de ver, es un despilfarro escandaloso. Supongo que por eso se le llama el deporte de los reyes.

La forzada sonrisa de Perrine contenía un asomo de gratitud, y Julienne cambió rápidamente de tema. Sin embargo, no podía evitar mirar al noble que presidía la mesa. Dare podría fácilmente haber pertenecido a la realeza por su aristocrático porte. Su frente despejada y su clásica estructura ósea parecían los de un príncipe de una historia de hadas. Y tenía fama de ser uno de los hombres más ricos del reino. Podía por tanto permitirse codearse con quien quisiera, sobornar a gente como ella y comprar su tiempo por sumas astronómicas.

Julienne sintió una aguda punzada de preocupación mientras volvía a preguntarse si le sería posible defenderse contra Dare con sus escasos recursos.

Se alegró cuando las damas se dirigieron al salón dejando a los caballeros con su oporto, pero su respiro fue efímero, porque los hombres pronto se reunieron con ellas.

Cuando alguien sugirió que disfrutaran de un poco de música, Julienne se vio abordada por lord Riddingham.

–Usted canta como un ángel, señorita Laurent. ¿Nos haría el honor?

Miró a Dare, que se había acercado a ella hasta situarse junto a su asiento. Él le había ofrecido una gran suma de dinero por asistir a aquella fiesta, pero en realidad no habían comentado las condiciones de su empleo.

Reasumiendo el papel que le había sido asignado, le dirigió una provocativa mirada.

–Bien, lord Wolverton, ¿debo cantar a cambio de mi cena? –le preguntó con un leve desafío en la voz.

–No, a menos que así lo desee.

–Entonces creo que declinaré. Prefiero dedicar mis energías a ganar nuestra apuesta.

Dare curvó la boca en su célebre y perversa sonrisa.

–Aguardo su actuación con gran impaciencia.

Riddingham miró a Dare y a Julienne y percibió claramente la repentina tensión sexual que chisporroteaba entre ambos, por lo que se apresuró a intervenir:

–Supongo que no importa. Ninguna de las damas desea verse eclipsada por usted, señorita Laurent.

Y, en efecto, varias de ellas parecieron realmente aliviadas cuando Julienne decidió jugar a las cartas. Se turnaron tocando el piano y cantando mientras el resto de los presentes se reunía alrededor de varias mesas de *whist* y una de *piquet*.

Aquella cena estableció la pauta para los futuros entretenimientos de las veladas de los allí reunidos, pero durante los siguientes días se ofrecieron también otras numerosas diversiones para su placer: cabalgar, jugar al mallo y a la raqueta sobre la hierba, pasear por los magníficos jardines e incluso realizar una excursión histórica a los fuertes locales de la antigua colina y a unos pozos de donde, en otro tiempo, eran extraídas puntas de flechas de sílex.

Los caballeros en particular estaban ansiosos por examinar la excelente cuadra de caballos de Dare, y cada mañana se levantaban temprano para contemplar a sus jinetes en sus carreras de entrenamiento. Se estaban preparando para la competición 2000 Guineas que se celebraría en Newmarket, en mayo, y para el Derby de Epsom Downs, a comienzos de junio.

La primera mitad de la semana, Julienne se esforzó todo lo posible por mantener su pública batalla con Dare, pero trataba siempre de no quedarse nunca a solas con él, decidida a evitar que se repitiera la lamentable intimidad sexual de su último encuentro privado.

Sin embargo, eludirle le resultó sorprendentemente fácil.

Él cumplía con sus deberes de anfitrión con impecable gracia y encanto. Y, para delicia de sus invitados, flirteaba con ella de forma escandalosa, manteniendo constantemente a Julienne alerta con su ingenio libertino, pero sin hacer ningún esfuerzo para seducirla ni atraerla a solas con engaños, como ella esperaba.

Su estrategia la desconcertaba un poco. Ni por un momento creía que él hubiera renunciado a la caza. Dare era un maestro de la manipulación sutil. Julienne sospechaba que se proponía proporcionarle una falsa sensación de seguridad. Sin embargo, de ser así, no estaba funcionando: su forma de actuar sólo aumentaba su tensión.

En presencia de Dare, se sentía con los nervios de punta y demasiado consciente del calor que bullía en sus venas ante su simple mirada. Y cuando él se hallaba ausente, descubría que su corazón latía de expectación por volver a verle. Peor aún eran las cargadas emociones que surgían entre ellos a la menor insinuación.

Cuando el lunes los invitados disfrutaron de un picnic, Julienne no pudo evitar comparar la formalidad del acto con las sencillas meriendas campestres que en otro tiempo había compartido con Dare. Tampoco podía olvidar los abrasadores recuerdos de la última vez que habían comido juntos al aire libre, cuando Dare se mostró mucho más interesado en devorar su piel que la comida.

Ahora, los sirvientes habían instalado una larga mesa bajo un haya y la habían cubierto con un inmaculado mantel blanco mientras los lacayos servían abundantes exquisiteces en platos de porcelana china y vino en copas de cristal. Las mantas sobre las que los invitados se sentaban sobre la hierba eran lo único en común con aquellos días, exceptuando al propio Dare.

Sus cabellos brillaban con la misma rubia viveza bajo la luz del sol, su sonrisa era igual de perversa que entonces, y su mirada igual de atractiva.

Descubrió aquella mirada fija en ella cuando Solange felicitó a Dare por la magnificencia de su finca.

–Confieso que también a mí me gusta bastante –replicó con una inclinación de reconocimiento–. Compré la propiedad hace algunos años, cuando estaba buscando un lugar donde instalar mis establos de carreras. Prefiero sin duda esta residencia a la mansión familiar que heredé de mi abuelo. Wolverton Hall conserva varios recuerdos desagradables para mí..., en especial del último verano que estuve allí.

Por un momento, clavó su mirada en Julienne y ella se sintió estremecer ante aquella tácita acusación.

Su primer pensamiento defensivo fue que él no habría heredado nunca aquella finca de su abuelo si se hubieran fugado juntos como Dare le había pedido. Pero le dolía demasiado recordar aquel verano mágico que había concluido de manera tan desastrosa.

Forzando una sonrisa, Julienne se levantó bruscamente.

–Ciertamente, la atracción de este escenario encantador es enorme. –Señaló hacia el riachuelo que serpenteaba próximo–. Me pregunto si habrá peces. Lord Riddingham, ¿sería tan amable de acompañarme hasta allí?

Se cogió del brazo que le ofrecía el vizconde, aunque no pudo desechar tan fácilmente a Dare de sus pensamientos. Julienne era demasiado consciente de su magnetismo y de la forma en que deliberadamente la ignoraba. Durante el resto de la tarde, él dedicó toda su atención a sus otros convidados y por lo menos las damas respondieron encantadas. Julienne observó su actuación con creciente frustración.

Le fastidiaba el modo en que agasajaba a todas las mujeres invitadas con su descuidado y seductor encanto. Y cómo todas lo adulaban a cambio. Sin embargo, no podía criticarlas. Dare North era el hombre más seductor y fascinante que había conocido, y deseaba ser ella el foco de su devota atención en lugar de todas las demás...

Cuando de pronto comprendió la dirección de sus pensamientos, se regañó a sí misma furiosa. No debía tener celos de sus amantes o se volvería loca.

Al día siguiente, Julienne se saltó a propósito sus planes de evitar encontrarse con él en privado. Aquella tarde, los invitados habían salido a caballo, y durante su regreso, la montura de Julienne perdió una herradura y empezó a cojear. Ella desmontó al instante, así como también Dare. Tras inspeccionar la pata y el casco del animal, declaró que se trataba simplemente de una magulladura y dijo a los demás que siguieran adelante mientras él conducía a la yegua a casa a pie.

Al ver que Julienne vacilaba, Riddingham se ofreció a llevarla con él, pero Dare intervino rápidamente ofreciéndole su propia montura.

Ella permitió que Dare la subiera a su caballo, pero luego cambió de idea, argumentando que le disgustaba dejar a lord Wolverton solo.

Cuando Riddingham se disponía a discutir, ella negó suavemente con la cabeza.

–No, por favor, Hugh, siga usted. No me sucederá nada. Confío en que lord Wolverton pueda comportarse como un caballero por un breve espacio de tiempo. Y, de todos modos, hay algo de lo que deseo hablar con él en privado.

Cuando el grupo obedeció dejándolos solos, Julienne sintió la mirada de Dare fija en ella.

–¿Hugh? ¿De modo que con Riddingham os llamáis por el nombre?

Ella se encogió de hombros fingiendo indiferencia.

–Durante los últimos días, hemos tenido excelentes oportunidades de conocernos mejor.

–No puedo comprender por qué pasas tanto tiempo con él cuando disfrutarías mucho más conmigo.

–Eso, como mínimo, es discutible.

Dare no respondió, en lugar de ello dirigió al animal herido, que marchaba a su lado, una serie de palabras tranquilizadoras. Julienne acercó su montura adaptándose a los pasos lentos y dolorosos de la yegua, mientras escuchaba asombrada. Dare podría haber estado hablándole a una amante, con una voz cariñosa y aterciopelada. En realidad, recordó que ése era precisamente el tono que empleaba con ella durante los momentos de pasión, cuando quería enfriar las llamas de su deseo para luego apremiarla a alcanzar aún mayores alturas.

Cuando al cabo de un momento Dare desvió su atención de la yegua herida y la miró, debió de advertir el rubor de sus mejillas.

–Por fin –dijo con tono despreocupado–. Estoy contento de tenerte finalmente para mí. Si hubiera sabido que lo conseguiría con algo tan sencillo como un caballo cojo, podría haber sacrificado antes a uno de mis animales. Me ha costado horrores apartarte de tus admiradores.

Dare deslizó la mirada por su cuerpo. Sus enaguas estaban subidas, y exhibían un gran trozo de pierna, puesto que Julienne cabalgaba a horcajadas en lugar de a la amazona.

–No puedo criticarlos. Todos los hombres desean gozar de tu belleza.

–No me interesa oír tus vacíos halagos, milord –repuso ella mientras se removía incómoda en la silla.

Al parecer, Dare advirtió su incomodidad.

–¿Preferirías caminar?

–En realidad sí. Nunca he sido una gran amazona.

–Lo recuerdo. Pero estás más a salvo ahí, fuera de mi alcance. –Dejó que su observación calara antes de añadir–: Así pues, ¿qué era lo que deseabas decirme que no es apto para los oídos de mis invitados?

–Me gustaría saber qué es lo que te propones.

–¿Qué quieres decir?

Julienne le examinó detenidamente.

–Te tomaste muchas molestias e hiciste un gran dispendio para forzarme a venir aquí, y no obstante, desde mi llegada, no has hecho ningún intento de seducirme. Me siento como un ratón bajo la zarpa de un gato, aguardando a ser devorado.

–Y yo que creía que merecería algún reconocimiento por controlarme y no mostrarme pesado. –Enarcó una ceja–. ¿Qué esperabas? ¿Que te trajese aquí para echarme a tu cuello? ¿Que me comportara perversamente contigo delante de todos mis invitados?

–Desde luego, no me habría extrañado en absoluto.

Dare sonrió con su sonrisa irresistible y sugerente.

–Mis más profundas disculpas si te sientes desatendida, *chérie*. Si quieres apearte de ese caballo, seré sumamente dichoso de dedicar mis mejores esfuerzos a seducirte.

Ella deseaba negar que se sentía desatendida, pero de manera absurda era cierto. Sin embargo, antes habría caminado sobre carbones encendidos que permitir que Dare lo supiera.

–No deseo que me seduzcas. Simplemente, no confío en ti. Creo que estás planeando algo, y me gustaría saber qué es.

Al oírla mencionar su falta de confianza, él tensó la boca momentáneamente, haciendo que Julienne lamentase haber elegido aquellas palabras.

Ella aspiró profundamente y matizó su queja.

–Recientemente te has comportado de un modo tan caballeroso que apenas te reconozco. Estoy esperando que muestres tu verdadera naturaleza. Creía que te proponías ganar nuestra apuesta.

–¡Oh, y así es! –exclamó con exasperante presunción–. Pero permíteme señalarte que tú tampoco has hecho ningún esfuerzo significativo para ganar nuestra apuesta. ¿Qué te ha detenido? Te costaría poco más que una mirada para tenerme babeando a tus pies como todos esos lerdos. Podrías tenerme temblando con un solo roce.

La imagen de Dare estremeciéndose en sus brazos fue tan excitante e infinitamente inquietante como su siguiente observación:

–¿Qué te parece si visito tus habitaciones esta noche? Podríamos seguir donde lo dejamos hace dos semanas, pero esta vez disfrutaríamos de un lecho cómodo. Te aseguro que eso mejoraría enormemente mi talante. Estoy descubriendo que el celibato no va conmigo en lo más mínimo. No sólo tiene un acusado efecto nocivo en mi humor, sino también en mi cuerpo. En todo momento me siento encendido.

Extrañamente, Julienne sintió cierta dosis de alivio ante su oferta. Aquél sí era el Dare North que ella conocía..., lascivo, seductor y, ¡oh!, tan tentador. Pero no importaba cuánto fortaleciera su decaída autoestima con sus inesperadas palabras, no caería en la tentación de repetir su error de hacía dos semanas permitiendo que le hiciera el amor.

–¿Sabes?, creo que después de todo cabalgaré más adelante –comentó, recogiendo las riendas.

–Cobarde –murmuró él divertido.

–En absoluto –replicó Julienne en tono armonioso–. Simplemente estoy cansada de escuchar tus tediosas propuestas.

Mientras espoleaba su montura para apartarse de él oyó la suave risa de Dare detrás de ella. Pero cualquier culpabilidad que pudiera haber sentido por abandonarle se disipó cuando, al cabo de poco, se cruzó con un mozo que llevaba una montura nueva para su amo.

En cuanto llegó a la residencia, el augusto mayordomo le informó de que los restantes invitados se habían reunido en el salón para tomar el té. Julienne subió a su habitación para cambiarse el traje de montar, pero una vez lo hubo hecho, de pronto le dio pereza reunirse con los demás.

Se desplomó en la cama y se quedó contemplando el dosel que tenía sobre la cabeza, sintiéndose inquieta, insatisfecha y más melancólica de lo esperable. Le molestaba que Dare ejerciera tanto poder sobre ella, hiciera lo que hiciese y dijera lo que dijese.

Sin embargo, tras media hora, se levantó finalmente y salió de su habitación con la intención de ir a reunirse con los invitados.

Se quedó atónita al descubrir a Dare al otro extremo del pasillo. Todavía vestía sus ropas de montar y acababa de salir de una habitación que no era la suya.

Dare también se quedó a su vez petrificado. Contaba con que Julienne estuviera con los demás. Había pagado a Fanny Upcott, la actriz de Covent Garden, para que mantuviese ocupado a Riddingham mientras registraba la habitación del vizconde buscando alguna prueba incriminatoria. Era muy inoportuno que Julienne lo hubiera descubierto justo cuando estaba en plena incursión.

Dare apretó la mandíbula. O bien trataba de escabullirse, o se arriesgaba y le contaba la verdad.

Aún sopesando su decisión, se acercó hacia Julienne.

–Supongo que tendrás una buena razón para estar saliendo de la habitación de lord Riddingham, ¿no es así? –observó ella cuando llegó a su lado.

Al encontrarse con su perpleja mirada, él enarcó una ceja.

–¿Cómo sabes cuál es la habitación de Riddingham?

–Porque le he visto entrar en ella. Y, por favor, no creas que evitarás mi pregunta cambiando de tema. ¿Puedes decirme qué estabas haciendo ahí? Eres demasiado rico como para robarle sus pertenencias. –Al verle vacilar, Julienne añadió mordaz–: Dudo que te atrevas a confesar que has estado registrando sus cosas.

Era claramente una amenaza, y a Dare le dolió. Para intimidarla, se adelantó y apoyó una mano en la pared, detrás de Julienne, con la intención de arrinconarla. Pudo sentir su suave seno contra su pecho, sus muslos duramente apretados contra los de él y el repentino dolor de sus ingles creció y se extendió al resto de su cuerpo. Aún más intencionadamente, colocó una mano entre sus senos y sintió su corazón sobresaltado contra su palma.

Y, en efecto, Julienne se sintió intimidada. El escote de su traje de tarde no era indecorosamente bajo, pero aun así maldecía la perversa sensación de la cálida mano de Dare a través del tejido, de sus dedos rozándole la piel sobre el vestido.

Estupefacta, contempló la lustrosa línea de su garganta y el pulso que allí latía. Sabía que era absurdo, pero deseaba hundir su rostro en la curva de su cuello y saborearlo.

Entonces, él inclinó la cabeza para mordisquearle el labio inferior. Cada centímetro de sus cuerpos se tocaba, abrasándola. Sin voluntad propia, ella entreabrió los labios.

–Bésame, Julienne –murmuró él con su ronca voz de amante–. Sé que lo deseas. Encaja tus labios en los míos..., sumerge tu lengua en mi boca...

Un gemido escapó de su garganta mientras él procedía a demostrarle su pasión. Sus bocas ardieron con un profundo y penetrante beso mientras el cuerpo de ella se derretía. No obstante, aun entonces su mente protestaba con violencia tratando de comprender la razón de su repentino asalto sensual.

Dare sólo trataba de distraerla... Se trataba de eso, pensó, de repente furiosa ante sus traicioneras tácticas.

El corazón le martilleaba al apartarse.

–¿Cómo te atreves...? –comenzó, pugnando por evitar su abrazo, pero la boca de Dare sofocó sus irritadas palabras.

El placer había hecho presa de su cuerpo, encendiéndola, incitándola, mientras él la rodeaba con sus brazos. Aunque, de algún modo, ella encontró la fuerza de voluntad para resistirse a su seducción. Con la cabeza dándole vueltas, puso las manos sobre el pecho de Dare y le empujó para deshacerse de su abrazo y sus besos.

–¡Basta! ¡Basta ya! –Con la respiración entrecortada lo miró furiosa–. Quiero saber qué diablos estabas haciendo en esa habitación.

Él tenía los labios aún húmedos de su beso, y Julienne vio cómo los apretaba en una tensa línea.

–Te lo diré, pero no aquí, en el pasillo.

Abrió la puerta de la habitación de Julienne, la empujó hacia dentro y cerró la puerta tras ellos.

Ella sintió de pronto timidez al encontrarse a solas con Dare, y se desplazó hasta el centro de la estancia, lejos de su alcance.

–¿Y bien? –preguntó aún jadeante.

–Riddingham podría ser un traidor –explicó él simplemente.

Ella lo miró fijamente.

–¿De qué estás hablando?

–El año pasado, un noble con el sobrenombre de Caliban causó estragos en nuestros intereses bélicos pasando oro de contrabando a Napoleón...

Julienne escuchó sorprendida mientras Dare le contaba una increíble historia de asesinatos y chantaje, de la persecución de Caliban y un anillo con un dragón de ojos de rubí. Que Dare pudiera estar implicado en tratar de liberar al país de un traidor era lo que más la sorprendía.

–¿Y tú crees que Riddingham podría ser Caliban? –preguntó al fin lentamente, cuando él concluyó su historia.

Aunque su mirada había sido cautelosa hasta entonces, los ojos de Dare estaban ahora entornados, observando su reacción.

–Él tiene el anillo... aunque dice que lo ganó jugando. Es posible que Caliban decidiera que era peligroso mantener en su posesión un adorno tan característico. Podía habérselo traspasado a Riddingham mediante el juego para desviar nuestra atención y alejarnos de su pista.

Julienne frunció el ceño, dudando de si creer tales acusaciones sin pruebas. Hacía siete años, ella había sido acusada injustamente de traición por el abuelo de Dare; después de eso, nunca se precipitaría a condenar a nadie, por muy fuertes que fueran las sospechas.

–En cierto modo, me resulta difícil creer que Riddingham pueda ser el cerebro de una trama de espionaje. Es inteligente y posee exquisitos modales, pero no le considero particularmente avispado. Pienso que un traidor del calibre que sugieres debería tener un ingenio más agudo del que él posee.

–Yo pienso como tú –repuso Dare–. Pero es mi único vínculo con Caliban, y tengo que seguir su rastro por muy inverosímil que sea.

–¿Por qué tú? Estoy francamente asombrada de que seas un espía.

–¿Por lo despreciablemente frívolo que soy?

Julienne sintió cómo se le sonrojaban las mejillas.

–No he dicho eso. Pero se te conoce como el Príncipe del Placer. Tu papel en esto parece mucho más inverosímil que el de Riddingham.

–Mayor razón para que sea yo quien lo investigue..., porque es más improbable que sospeche de mí. En realidad, le he invitado aquí para poder vigilarle de cerca.

Julienne tuvo una revelación asombrosa, como si le dieran un puñetazo que la dejó sin respiración.

–¿Es por eso por lo que has decidido conquistarme? ¿Para poder vigilar a Riddingham?

La expresión de Dare se ensombreció.

–Tal vez al principio. Pero él ya no es la única razón. En cuanto hicimos nuestra apuesta, comprendí cuánto deseaba ganarla.

Llena de confusión, Julienne se llevó la mano a la sien.

–De hecho, esta reunión me ha permitido observar también a algunos de los amigos de Riddingham –añadió Dare–. Según él, Ormsby y Perrine estaban en la partida cuando ganó el anillo. Pero hasta ahora, nada en su comportamiento permite sospechar que alguno de ellos sea Caliban. Y he registrado sus habitaciones sin encontrar nada sospechoso.

Julienne no respondió, mientras trataba de digerir la extraordinaria revelación: Dare la había utilizado para aproximarse a su verdadero objetivo. Desde el principio, su apuesta había sido una estratagema.

–¿No irás a avisar a Riddingham de mis sospechas? –le preguntó Dare al ver que ella guardaba silencio.

–Desde luego que no –repuso Julienne con aire ausente.

Él enarcó una ceja escéptico.

–Tendrás que olvidar que esta conversación ha tenido lugar. Si comienzas a tratar a Riddingham de modo diferente, podrías echarlo todo a perder.

Al oír eso, Julienne irguió la barbilla.

–No necesitas instruirme sobre cómo he de interpretar un papel. Soy una excelente actriz.

–Lo sé –repuso él burlonamente. Sin embargo, ella no pudo dejar de percibir un tono de preocupación en su voz.

Julienne le dirigió una dura mirada que él le devolvió con ojos encendidos, penetrantes y acusatorios. De pronto, se sintió insoportablemente consciente de la intimidad de estar allí a solas con él.

–No debe preocuparte que te descubra –le aseguró a Dare mientras pasaba por su lado–. Mantendré la ridícula farsa de nuestra apuesta.

Estaba a punto de abrir la puerta cuando él la obligó a volverse con sus fuertes brazos.

Julienne se quedó rígida, sin atreverse a respirar.

–Suéltame, por favor.

Pero Dare no lo hizo. En lugar de ello, le pasó los brazos

por los hombros. Con el pulso acelerado, Julienne se mordió el labio, lamentando lo mucho que la presencia física de Dare alteraba sus sentidos.

–No es una farsa –murmuró él–. Todavía te deseo, Joya.

Su aliento agitó sus cabellos y transmitió escalofríos por todo su cuerpo. Mientras ella se estremecía, Dare deslizó sus cálidas manos dentro del escote de su vestido, y comenzó a juguetear tentadoramente con sus pezones.

Julienne cerró los ojos con fuerza, luchando contra el instintivo deseo de huir para ponerse a salvo y el deseo más profundo de rendirse a sus caricias. Sentía que iba a derretirse entre sus brazos...

–Mi hermosa Joya –susurró él con aquella erótica voz masculina que siempre lograba despertar sus sentidos.

«¡Oh, Dios!», pensó Julienne desesperada mientras él reseguía con su lengua la línea de su oreja. Dare tensó los dedos sobre sus endurecidos pezones y ella apretó con fuerza los dientes mientras un feroz espasmo de placer se disparaba hacia la parte inferior de su abdomen.

Movió la cabeza, luchando desesperadamente contra su apetito tan largo tiempo contenido. Ansiaba calor físico, ansiaba a Dare.

–Te deseo –repitió él–. Te deseo cálida, salvaje y ardiendo de deseo por mí. –Su susurro le llenaba la mente, sus palabras eran una rica promesa, ronca, pródiga en sensualidad–. Dime que tú también me deseas, Julienne...

Ella le deseaba. Había estado sola demasiado tiempo. Ansiaba la intimidad del contacto de Dare, la necesitaba...

Gimoteó suavemente y se arqueó contra sus excitantes dedos. Sus seductoras caricias la estaban abrasando, haciendo tambalear su resolución, destrozando su voluntad..., recordándole lo que él podía hacerle sentir. Todo el placer que podía darle, el dolor devastador...

Su garganta se cerró ante el recuerdo de las penas pasadas.

–No –contestó finalmente con un susurro quedo y salvaje–. No deseo esto, Dare. No te deseo.

Soltó un agitado suspiro, se separó bruscamente de él, abrió la puerta y huyó.

Solo y con los brazos vacíos, Dare cerró los ojos y maldijo. Sus sentidos aún estaban impregnados de la esquiva esencia que pertenecía inconfundiblemente a Julienne; aún le dolía el cuerpo por ella. Estaba más duro y ardiente que los infiernos.

Casi podía sentir su húmedo calor rodeándolo, a ella deslizándose tensa en torno a su latente eje...

Sin embargo, pese a la incomodidad de su cuerpo, el fiero dolor de su pecho en cierto modo se había aliviado. Aparentemente, Julienne se había quedado completamente estupefacta con sus revelaciones sobre Caliban y sus razones para registrar las habitaciones de Riddingham y sus amigos. No parecía estar conchabada con ninguno de ellos.

Dare se pasó una mano por los cabellos. Si ella fuera realmente aliada de Caliban, entonces acababa de ponerse en grave peligro. Pero si ella acudía corriendo a Riddingham, demostraría su culpabilidad. Por lo menos, de un modo u otro llegaría a una conclusión sobre Julienne.

Apretó la mandíbula. Julienne era una consumada actriz, cierto, pero su instinto le decía que no estaba mintiendo. Lo que significaba que probablemente era inocente de traición.

«Una lástima», pensó Dare sombríamente, sintiendo una inesperada punzada de pesar. Su culpabilidad podría haberlo liberado de su obsesión ayudándolo a romper las cadenas del embeleso que aún sentía por ella.

¿Y si era inocente? Ya antes de aquel momento se le había ocurrido que si la involucraba en sus investigaciones, podría ponerla en peligro ante Caliban.

Por un instante, la escalofriante imagen del cuerpo de la amante muerta relampagueó en su mente...

Dare movió la cabeza negando. Julienne Laurent sabía cuidar de sí misma. Era él quien se hallaba en peligro... de sucumbir a su insidioso atractivo.

Miró con sarcasmo hacia sus calzones. Sus invitados estarían esperándole, pero no podía presentarse ante ellos en aquellas condiciones. Como mínimo, tenía que cambiarse de ropa. Y mientras salía de la habitación de Julienne, se preguntó si también tendría tiempo de tomar un baño de agua fría.

Capítulo siete

–¿Y bien? –aguijoneó Solange a Julienne al día siguiente, mientras miraban bailar a Dare con la lunática hija de un terrateniente vecino. Había contratado a unos músicos de Brighton para la velada y había abierto su sala de baile a la alta burguesía local–. ¿No te preocupa tener competencia?

–No –repuso Julienne tranquilamente–. Lord Wolverton prefiere que sus amiguitas sean menos estiradas que éstas.

Julienne sabía que Dare era un libertino demasiado experimentado como para sentirse atraído por una tímida señorita recién salida de la escuela. Era muy improbable que se viera desviado de su actual objetivo de convertirla a ella, Julienne, en una de sus conquistas.

Dare había reanudado su persecución..., con gran satisfacción para la mayoría de sus invitados.

Y, sinceramente, Julienne se sentía aliviada ahora que comprendía el juego de Dare. La razón de que él se hubiera tragado su ira y su orgullo masculino herido para perseguirla públicamente había adquirido sentido: se proponía vengarse e intentar a la vez descubrir a un astuto traidor.

Julienne comprendía al fin que aquella reunión en su casa era en atención a Riddingham. Y tal vez el papel de espía de Dare no fuera tan forzado como ella había supuesto en un principio. Ahora que sabía lo que buscaba, se daba cuenta de la atención que prestaba a las menores acciones o comentarios de Riddingham. Aunque sin demostrarlo, Dare no se perdía nada.

Y aunque sentía cierto resquemor por su propio orgullo herido sabiendo que Dare realmente no la quería, el hecho de que estuviera jugando al gato y al ratón con alguien más era algo consolador, porque podía defenderse mejor contra su seductor asalto. Su corazón necesitaba desesperadamente cualquier armadura que pudiera encontrar. Nunca sobreviviría a un nuevo enamoramiento.

El baile acabó siendo multitudinario, pues todos los vecinos de Dare se apresuraron a aceptar la invitación. Al parecer, habían oído hablar de aquella apuesta. Y Julienne estaba decidida a darles lo que habían acudido a buscar. En las pocas ocasiones en que aquella noche se cruzó con Dare, mantuvo su objetivo de intercambiar desafíos verbales en atención a sus espectadores.

–Es un bailarín maravilloso –estaba comentando Solange en esos momentos mientras observaba a Dare con sincera admiración.

Julienne convino en silencio que sí lo era, ligero, grácil y sumamente atento, concentrándose por completo en su compañera, aunque fuese una timorata e inocente joven.

–Dicen que es igual de maravilloso como amante. He oído decir que es endiabladamente inventivo en la cama.

–Sus proezas sexuales no significan nada para mí –repuso Julienne evasiva.

Justo en ese momento concluyó la danza y Julienne sintió la audaz y ávida mirada de Dare buscándola desde el otro lado de la sala.

–*Mon Dieu* –exclamó Solange con un suspiro–. Parece como si deseara devorarte.

Julienne se encogió de hombros.

–Todo es simulación. Simplemente un juego que está llevando a cabo.

–Bien –replicó su amiga–. Pero ya sabes lo que se dice acerca de jugar con fuego, *mon amie.* Deberías procurar no quemarte.

–Lo tendré en cuenta. ¿Me disculpas? Creo que es mi turno.

Julienne pudo darse cuenta, por el rumor de expectación, que se había convertido en el centro de atención, así que se abrió camino entre la multitud y le pidió un vals a Dare.

–¡Qué vergüenza! –dijo coqueta, con una sonrisa–. Me prometió bailar conmigo, pero ha estado imperdonablemente esquivo. O tal vez es que teme darme la oportunidad de ganar nuestra apuesta.

–He estado toda la noche temblando de miedo –repuso Dare tranquilamente.

–Algo increíble tratándose de usted.

Él sonrió y la tomó entre sus brazos.

Julienne dejó que se la llevara danzando lejos de allí, aguardando hasta que se hubieron adaptado al ritmo del vals, y entonces lo miró.

–Sinceramente, por un momento he creído que tal vez tuviese que rescatar a aquella pobre muchacha. Parecía que fuese a desmayarse del susto.

Dare agitó la cabeza y fingió un burlón escalofrío.

–Era yo quien necesitaba ser rescatado. Te debo mi gratitud, amor.

–No hay de qué, milord. Mi gesto no era tan desinteresado. Estoy ansiosa por tenerte de rodillas.

Él profirió una risita.

–¡Ah!, mi Joya encantadora, sabes bien que así es como me tienes desde el primer momento en que nos vimos.

–Yo no lo creo así. La primera vez que nos encontramos, yo estaba demasiado ocupada defendiéndome de las garras de tu prima.

A Dare se le encendieron los ojos con lo que parecía ser un recuerdo entrañable.

–¿Recuerdas la feroz humillación que le infligiste?

Sí lo recordaba. Dare había ido a Kent en junio, para asistir a la boda de su hermosa y joven prima, y en un momento de aburrimiento había acompañado a la altanera señorita Emerson a la sombrerería. Julienne la había atendido pacientemente, mientras la mimada joven menospreciaba tanto la calidad como la cantidad de la mercancía.

–Creo que estaba por completo justificado –replicó secamente Julienne–. Contuve la lengua hasta que se mofó de mi acento y se burló de mis orígenes, y entonces perdí el control.

Su respuesta había enfurecido a la arrogante señorita Emerson, pero hizo bailar divertidos los ojos de Dare, que al día siguiente regresó, sólo con la intención de seducirla.

–Creo que estuviste magnífica –comentó éste con un cálido murmullo–. Y aún creo que eres magnífica. ¿Por qué no nos escabullimos de aquí y buscamos una cama arriba?

Se inclinó ligeramente para acercar los labios a su oído y respiró de un modo ronco e íntimo, exactamente como habría hecho de haber estado ella sola.

Julienne se encontró temblando de repente. Aunque ya comprendía el propósito del juego público de seducción de Dare, era más difícil de lo que ella creía mantener la farsa, porque no podía negar los febriles sentimientos ocultos que aún bullían entre ellos.

Pero se negó a darle la satisfacción de creer que podía afectarla.

Esbozó una insinuante sonrisa y le susurró suavemente al oído:

–Por supuesto, sube, desnúdate y espérame.

–¿Y tú me seguirás, mi encantadora Joya?

–Desde luego. En cuanto pueda reunir suficientes invitados como para que me acompañen. Deseo testigos que te vean bailar al son que yo toco.

Sus palabras provocaron una carcajada en el marqués de Wolverton, y numerosas cabezas se volvieron en su dirección.

Sin embargo, Julienne debería haber comprendido que Dare no iba a permitirle decir la última palabra. Aquella noche, después de que hubiera concluido el baile, cuando ella ya se encontraba preparada para acostarse y se había instalado ya entre las sábanas, oyó los acordes de un violín procedentes del exterior de la ventana de su habitación.

Se puso rápidamente una bata sobre el camisón, fue hacia la ventana y la abrió. Linternas multicolores proyectaban un romántico resplandor sobre los jardines mientras los músicos tocaban suavemente sus instrumentos.

Bajo su ventana, estaba Dare de pie sobre las losas, vestido con un traje de época isabelino, apretando una rosa entre los dientes. Como Romeo, si no estaba confundida.

Al verla abrir la ventana, le ofreció la rosa con una galante floritura y una profunda reverencia.

–¡Ah, bella Julieta! –declamó con apasionada y teatral voz–. Ven conmigo y sé mi amada.

Julienne tuvo que esforzarse para sofocar la risa ante su encantadora absurdidad, pero forzó una expresión altanera.

–Lo lamento, milord, pero siento un gran desdén por los nobles presuntuosos que destrozan a Shakespeare. Si esto es lo mejor que puede actuar, no me ha impresionado.

La amplia sonrisa de Dare fue en parte astuta y en parte seductora.

–Todavía le queda por ver lo mejor. Baje aquí, querida, y se lo mostraré.

Julienne advirtió que también había otros huéspedes asomados a sus ventanas, boquiabiertos; Solange entre ellos.

–O está espantosamente embriagado –declaró Julienne mordazmente– o es que ha perdido el sentido.

–Ambas cosas, diría yo. Usted me embriaga y me induce a la locura. Encarna la tentación...

Entonces volvió su rostro hacia Solange, que estaba en la ventana contigua.

–¿No me ayudará, madame Brogard? La cruel y hermosa Julieta está decidida a rechazar mi invitación.

–Hombre perverso –lo reconvino Solange en un tono impregnado de encantada diversión–. Debería decir que lo hace bastante bien sin ayuda. Una mujer no puede resistirse a las rosas, la luz de la luna y un hermoso caballero.

–¡Ay!, pues parece que la señorita Laurent sí es capaz de hacerlo. –Se llevó la mano al pecho–. Confieso que me destroza el corazón.

En esa ocasión, Julienne respondió:

–Entonces le sugiero que avise al doctor para que se lo repare, milord, y que a mí me permita dormir un poco.

Al ver que Dare caminaba hacia atrás, tambaleándose, Solange se rió sonoramente.

Sofocando sus propias risas, Julienne cerró la ventana y volvió al lecho, pero yació allí tendida, sin poder dormir.

La música prosiguió durante otra media hora por lo menos y Julienne resistió resuelta las ganas de volver a la ventana para ver si también se había quedado allí Romeo. Pero aun cuando daba puñetazos a la almohada sintiéndose frustrada, alguna parte melancólica e insensata de sí misma deseaba que la simulación de que Dare la pretendiera fuese real.

Al día siguiente, el tiempo se presentó tormentoso y los invitados se vieron obligados a permanecer en la casa. Cuando por aburrimiento alguien sugirió que representaran una obra de aficionados, Dare desechó la idea diciendo que no tenían suficiente tiempo aquella semana para ensayar una obra, y que, por otra parte, no sería justo para las actrices presentes, pues una obra teatral sería como estar trabajando.

–Y, además –añadió riéndose–, a la señorita Laurent le desagradan los aficionados que destrozan sus queridas obras teatrales.

Se conformaron pues con pantomimas, charadas y recitados de poemas. Íntimamente, Julienne se sintió agradecida de que Dare le hubiera evitado tener que actuar, aunque estar ocupada la habría ayudado a distraerla de su proximidad.

Por fortuna, las tormentas pasaron rápidamente, y a la mañana siguiente el sol puso fin a la obligada reclusión de los invitados. Aquella tarde, la mayoría de ellos eligió jugar al mallo –un juego que consiste en hacer rodar por el suelo unas bolas de madera dándoles con un mazo–, pero Julienne, en cambio, prefirió ir a pasear por los jardines.

Había senderos convencionales delineados por majestuosos macizos de flores y setos de boj recortados, así como serpenteantes caminos que conducían por un follaje más asilvestrado hacia un bosque de abedules.

Para su delicia, Julienne se encontró con un pequeño matorral –en realidad un macizo de boj– que ocultaba un jardín de rosas. Allí el follaje se había dejado crecer de forma artísticamente salvaje.

El encantador desorden le recordó la rosaleda donde Dare y ella habían celebrado en otros tiempos sus encuentros de amantes. Aún era demasiado pronto para que las rosas florecieran, pero casi podía percibir su suave aroma. En un rincón se veía un banco de piedra, mientras que en el centro había una escultura de mármol de dos amantes entrelazados.

Julienne se dejó caer en el banco y alzó la cara hacia el sol. Por un momento, volvía a tener diecinueve años y estaba completa y salvajemente enamorada... soñando con convertirse en la esposa de Dare.

Ella nunca había imaginado que pudiera llegar a ser su esposa o ni siquiera su amante. Cuando Dare fue por vez primera a Kent, Julienne no deseaba tener nada que ver con él, porque no quería convertirse en la presa de aquel escandaloso libertino. Sabía que Dare la veía sólo como una diversión y un desafío, porque ella no estaba impresionada por su título y era capaz de defenderse tanto de él como de su altiva prima.

Desde luego, nunca había soñado con que él le pidiera que se convirtiese en su esposa. En circunstancias ordinarias, sólo había una clase de futuro para un noble libertino y una joven dependienta, y éste no implicaba el matrimonio.

Julienne hizo todo lo posible por resistirse a Dare, pero poco a poco, su clamoroso encanto y su persistencia la conquistaron y perdió la cabeza por él. Considerándolo retrospectivamente, Julienne podía ver que su corazón no había resistido ni un momento desde que Dare puso sus miras en ella. Sin embargo, fue su proposición de matrimonio la que finalmente la impulsó a creer en sus declaraciones de amor y a entregarle su virginidad junto con la promesa de casarse con él.

No obstante, demasiado pronto aquellos románticos sueños que había acariciado quedaron destrozados, hechos añicos a sus pies junto con su corazón.

Desde el momento en que se enteró de la amenaza de su abuelo de desheredarlo, comprendió que no podía casarse con él. No podía permitir que Dare sacrificara su futuro por ella. Algún día podía llegar a arrepentirse de su decisión y Julienne temía que entonces pudiera culparla de ello...

Se estremeció ante el angustioso recuerdo e inclinó la cabeza, invadida de pronto por una oleada de soledad que parecía anegarle el alma.

Trascurrieron unos momentos hasta que recuperó el control de sus emociones. Se regañó a sí misma diciéndose que debería regresar a la casa, donde no se vería asaltada por amargos recuerdos que era mejor dejar en el pasado.

Sin embargo, al levantarse, vio a Dare en la entrada del aislado jardín, recostado indolentemente sobre el seto. Por un instante, su corazón brincó de alegría, pero se esforzó por reprimir su emoción.

La propia expresión de Dare era enigmática mientras señalaba la salvaje maraña de rosas que cubría gran parte del matorral.

–Este verano quiero que esto esté lleno de rosas, por eso hice que las plantaran cuando vine a vivir aquí.

El corazón de Julienne se encogió al pensar que Dare deseaba conservar algún recuerdo del maravilloso tiempo que pasaron juntos, por lo que se alegró de que las distantes exclamaciones de alegría cuando uno de los invitados ganó el juego la distrajeran.

–Debería reunirme con los demás –dijo Julienne mirando hacia la entrada del jardín.

–¿Tan pronto huyes? –preguntó Dare mientras se apartaba del seto y avanzaba tranquilamente hacia ella.

–No tiene sentido que estemos juntos. Riddingham no está aquí para verlo.

–Pero sabrá que faltamos los dos y se despertarán sus celos. Cuanto más se comprometan sus emociones, más probabilidades habrá de que tenga un descuido y muestre sus cartas. Quédate un poco más.

Julienne asintió de mala gana, pero se apartó de él levantándose del banco, con todo su cuerpo vibrante ante la certeza de su presencia.

Dare ocupó el asiento que ella había dejado.

–¿Hay alguna razón para que estés aquí a solas? ¿No te gusta el entretenimiento que he organizado?

Julienne se encogió de hombros.

–Supongo que no estoy acostumbrada a una vida de ocio. Lo único que hacen tus invitados es jugar.

–Ésa es la idea de reunirse en una casa. Además, creía que necesitabas unas vacaciones después de lo mucho que trabajas.

–Pero disfruto con mi trabajo.

–¿Qué hay en él que te parece tan agradable? Habría dicho que eras demasiado pragmática para disfrutar actuando.

La seriedad de su pregunta la cogió desprevenida, pero apretó los labios pensativa, dispuesta a darle una respuesta honesta.

–Es interesante profundizar en un papel. Convertirte en otra persona.

Él la examinó durante largo rato.

–¿Esconderse bajo la piel de otro?

–Sí –repuso Julienne, sorprendida por la sagacidad de Dare. Simular ser alguien diferente desterraba sus demonios por un tiempo.

Al ver que ella no decía nada más, la seria mirada de Dare se desvaneció para ser sustituida por otra engañosamente apacible.

–Si sientes tal necesidad de huir, querida, entonces es evidente que soy muy negligente como anfitrión. Veo que tendré que facilitarte un mejor entretenimiento.

Se levantó y comenzó a avanzar hacia ella.

–No estoy interesada en la clase de entretenimiento que pareces tener en mente, lord Wolverton –dijo Julienne dando un paso hacia atrás.

Su réplica tenía un tono divertido.

–¿Puedes evitar que este escenario me haga ansiar sexo salvaje?

–Supongo que no –contestó ella mordaz–. A ti, cualquier escenario te hace ansiar sexo.

Dare siguió avanzando con una encantadora y depredadora sonrisa. Julienne, con el corazón palpitándole en el pecho, retrocedió hasta la escultura. Sentirle cerca le provocaba una peligrosa corriente que fluctuaba por sus nervios, lo mismo que su siguiente y provocativa declaración.

–Nada me gustaría más que desnudarte y yacer aquí contigo, Joya.

–Ya te he dicho antes que no puedes tenerlo todo.

Su mirada era cálida, carnal.

–No lo deseo todo. Sólo te deseo a ti.

Julienne se detuvo con la espalda recostada contra el frío mármol. Sin embargo, era la mirada de Dare la que la mantenía inmóvil, la que la había atrapado con sus encendidos ojos.

–¿No tendrás piedad de mí? –murmuró él–. Sólo tú puedes ofrecerme la calma.

–Dare...

Se estremeció ante el deseo que extendía por su cuerpo la mirada intencionadamente tentadora de Dare. Sin embargo, cuando él se adelantó más y acercó su boca a la suya, ella volvió rápidamente el rostro. Se negó a besarle. Sus besos eran demasiado peligrosos; la abrasaban dejándola jadeante y sin aliento.

En lugar de ello, los labios de Dare le rozaron la mejilla.

–¡Basta ya, Dare!

–Creo que tú resistes más que yo.

Deslizó las puntas de los dedos por su nuca mientras con los dientes reseguía levemente la línea de su garganta excitándola contra su voluntad. Su sensual contacto expresaba placeres inimaginables, pero Julienne luchó desesperadamente para resistirse.

–¡No volveré a hacer el amor contigo! –protestó, con la voz ya entrecortada.

Su réplica fue inmediata y ronca.

–Tú no tienes que hacer nada. Puedo arreglármelas por mi cuenta. Te excitaré sólo con mis manos y mi boca, mi encantadora Julienne. –Su voz era ya enloquecedoramente sexual–. Deseo ver cuántas veces eres capaz de correrte.

Mientras hablaba, se retiró un poco y comenzó a desabrocharse la abertura de los calzones.

–Mira lo que has hecho conmigo. –La densa hinchazón de su virilidad surgiendo libremente la dejó sin aliento–. Haces que arda de deseo por ti.

Julienne contempló su evidente erección, la sonrojada cabeza que brillaba a la luz del sol.

–¡Por todos los cielos, Dare...! ¿Es que no existen límites para tu descaro?

Él sonrió ampliamente de un modo perverso y perezoso.

–Muy pocos.

Le cogió la mano y se la guió hacia su henchido miembro. Ella sintió que el encendido deseo de él estimulaba todos sus sentidos, pero retiró la mano.

–Debes de haber perdido el juicio. Podría venir cualquiera por el sendero y...

–Puedes ver lo suficiente sobre el seto como para mantenerte alerta. Y nadie puede verme si estoy arrodillado...

Julienne reconoció que el seto era bastante alto. Sin embargo, antes de que pudiera responder, Dare hincó una rodilla en tierra ante ella.

–Dijiste que deseabas verme de rodillas. Bien, estoy encantado de complacerte ahora mismo.

Cuando él asió el borde de su vestido, Julienne comprendió sus intenciones.

Sus miradas se encontraron. Fue una pugna de voluntades en la que ella temió estar perdiendo.

Deseaba alejarse, pero no era capaz de moverse; la fascinación que Dare ejercía sobre ella era demasiado intensa. Lo único en lo que podía pensar era en el salvaje dolor que sentía entre los muslos; un dolor que sólo Dare podía aliviar.

Al ver que ella permanecía inmóvil, le empezó a levantar

el vestido con un lento deslizar de muselina. Le separó ligeramente las piernas y le besó la parte interior del muslo, sus labios como fuego contra su piel.

–Dare... –dijo ella con voz estridente.

–Silencio. Te prometo que disfrutarás con esto.

Julienne, temblorosa, se sintió incapaz de luchar. Dare era un virtuoso haciendo el amor, un experto en hacer que experimentara un alud de sensaciones. La seductora caricia de sus dedos justificaba su reputación de delicado y despertaba una latente necesidad en su interior que se consolidaba y crecía a cada instante.

Los labios de él recorrieron un candente sendero hacia arriba, lamiendo sin apresurarse la lustrosa piel de sus muslos. Julienne profirió un suspiro agitado e impotente, prendida en la red de sus propios deseos, mientras él le subía la falda hasta las caderas y dejaba su carne femenina al descubierto. Su abrasador aliento la quemó y ella se echó hacia atrás para aferrarse a la escultura.

Su humedad era explícita y latente, un hecho que Dare advirtió al instante.

–Ni siquiera he puesto mi boca en ti y ya estás terriblemente excitada –murmuró satisfecho.

Julienne admitió que era cierto. Bastaba con que la mirase para que se pusiera húmeda.

Él hundió con suavidad los dedos entre sus muslos y se los separó más, sin permitirle huir de la sensación de estar a su merced.

–Éste es tu castigo –murmuró Dare con voz ronca–. Arder como yo.

Aturdida, miró hacia abajo, hacia sus calzones abiertos. Su erección se elevaba poderosa, creciendo notablemente mientras aumentaba su propia excitación.

La tocó con la lengua con lenta deliberación, sólo acariciando el borde exterior de su carne estremecida. Julienne se sintió agradecida de que la escultura le proporcionase apoyo porque, de otro modo, pensaba que no podría sostenerse. Se apoyó contra ella y echó la cabeza hacia atrás. Dare sabía exactamente cómo tocarla para que se sintiera indefensa, cómo acariciar sus pliegues como pétalos con su fuerte lengua, cómo encontrar su anhelante capullo de placer.

Julienne gimoteó mientras él la tentaba infinitamente. Estaba excitada, más que excitada. Entonces él presionó fuertemente con la boca y las rodillas de ella se debilitaron; tanto, que prácticamente se cayó.

Dare le asió las nalgas con las manos, sosteniéndola, sujetándola para darle placer.

Su respiración se hizo desigual. La boca de Dare era pura magia, tierna y exigente. Su lengua la acosaba profundamente haciéndola retorcerse y arquear las caderas.

Era demasiado como para soportarlo. Sin embargo, rogaba que no acabara nunca. Dare la complació sin pronunciar palabra, prolongando el creciente éxtasis.

Su carne parecía arder... La sensación era tan intensa que creyó que iba a desmayarse. Cuando por fin alcanzó el clímax, él lo hizo durar prolongando la devastadora dicha, hasta que Julienne se desplomó lánguidamente contra la escultura, cerrando con fuerza los ojos.

Él aguardó un momento mientras se apaciguaba el latente arrebato. Luego, tras una última caricia erótica de sus labios, dejó caer la falda del vestido.

Julienne, aún esforzándose por regular su respiración, deslizó su mirada hacia abajo. Dare había rodeado su erección con la mano y se estaba acariciando el largo y grueso falo como ella ansiaba hacer.

Él la miró con ojos ardientes, con una pasión que no se esforzaba en disimular, el rostro sonrojado por su estado casi orgásmico.

–Si tú no te compadeces y alivias mis dolores...

Dejó la frase inacabada mientras su expresión se convertía en una agonía de placer. Julienne pudo ver sus nudillos tensos mientras acariciaba cada vez con más fuerza su excitación.

Al cabo de un momento, de lo más profundo de su garganta surgió un gemido sofocado mientras el fiero chorro de su eyaculación se estrellaba pletórico contra el macizo de rosas. Con un hondo suspiro, Dare se dejó caer sobre las rodillas, con los ojos cerrados.

–Un pobre sustituto de lo que de verdad quiero –murmuró por fin–, pero tendrá que bastar.

Miró a Julienne sin la menor señal de remordimiento ni vergüenza, sacó un pañuelo para enjugar la evidencia de su ardiente pasión y luego se cerró los calzones.

–Ahora creo que podemos regresar sin peligro –concluyó con una sonrisa muy varonil.

El resto de la estancia en la casa fue una tortura para Julienne, puesto que cuando Dare se encontraba cerca, apenas podía pensar en otra cosa que no fueran sus eróticas caricias.

Maldecía el poder sensual que ejercía sobre ella, sin embargo, la confusión emocional que le causaba era aún más peligrosa. Su alma había estado hambrienta de intimidad durante años y ahora se encontraba ansiando la complicidad y cercanía que en otros tiempos había conocido con él. Dare era el único hombre que, más allá de su rostro y su figura, había mirado a la persona que había dentro de Julienne. El único que se había preocupado alguna vez de sus verdaderos pensamientos o sentimientos, que la había hecho sentirse querida como mujer y valorada como amiga.

Ahora, sin embargo, el interés que sentía por ella sólo era para consumar su venganza, apaciguar su necesidad física y observar más de cerca a Riddingham. Le aterraba que Dare se aprovechara de su vulnerabilidad dejando después aplastadas y vapuleadas sus emociones, como había pasado ya antes.

Y, cuando llegase el golpe, ella no estaría preparada. Al día siguiente de su apasionado interludio en el jardín de las rosas, los invitados efectuaron una visita turística a Brighton para ver el desfile de la Armada y el famoso pabellón que el príncipe regente había encargado construir. Después, disfrutaron de un almuerzo tardío en las rocas que dominaban el mar.

Cuando el grupo dio un paseo por el sendero rocoso, Julienne se encontró con que Dare caminaba junto a ella.

–Hoy pareces muy atraída por Riddingham –observó él en voz baja y distante–. Tu flirteo ha alcanzado proporciones épicas.

Ella le dirigió una pícara mirada. Desde el día anterior, había dedicado toda su atención al vizconde por dos razones: en primer lugar, coquetear con él la ayudaba a neutralizar la amenaza de seducción de Dare; y segundo, confiaba en descubrir algo acerca de Riddingham que pudiera ser útil en la investigación de Dare. Su teoría era que si Dare conseguía desenmascarar al traidor, entonces dejaría de perseguirla y saldría de su vida para siempre.

–Sólo estoy ateniéndome a mi personaje –afirmó no totalmente sincera–. Te prometí que mantendría nuestra farsa, ¿recuerdas?

–Sí lo hiciste. –Sonrió con aire burlonamente agradable–. Por lo menos, me siento satisfecho de que no acudieras corriendo a Riddingham para advertirle de mis sospechas.

Ella sintió que se quedaba rígida.

–¿Creías sinceramente que lo haría?

–Digamos que no estaba seguro de poder confiar en ti, de igual modo que tú sientes que no puedes confiar en mí. Pero estás haciendo una admirable tarea excitando su lujuria.

–No es posible que estés celoso –comentó Julienne con azucarada dulzura.

La sombría llama que de pronto se encendió en los ojos de Dare le hizo comprender que había metido el dedo en la llaga con su acusación.

–Un primitivo instinto masculino, los celos. Uno debe esforzarse por contenerlos en pro del deber. Deseo muchísimo que alientes el encaprichamiento de Riddingham. Estará más dispuesto a compartir sus secretos contigo si está enamorado de ti.

–Suponiendo que tenga secretos que compartir.

–Estás en una excelente situación para descubrirlo. Él se muestra ansioso de convertirse en tu galán y tú podrías fácilmente complacerle.

Julienne dirigió a Dare una penetrante mirada.

–¿Y qué quieres decir exactamente con eso? ¿Me estás sugiriendo que lo tome como amante?

–Se me ha pasado por la cabeza.

Julienne estuvo a punto de tropezar, sin poder apartar la mirada de Dare.

–¿Deseas que me prostituya por ti?

–¿Por qué no?

Levantó la ceja cínicamente, aunque había un destello en su inquisitiva mirada que era muy poco frívolo.

–Eso no ofendería tu sensibilidad. Al fin y al cabo, tienes una amplia experiencia en seducir a caballeros ingenuos.

Esforzándose por ocultar su dolor, Julienne contempló a Dare sin expresión.

–Creo haberte dicho antes que soy yo quien escojo a quién me llevo a la cama, no tú ni nadie más.

Una gélida sonrisa distendió los labios de Dare.

–Estoy dispuesto a compensar financieramente el tiempo que dediques a ello. Podrías ser una mujer rica si jugases tus cartas con inteligencia.

El dolor traspasó a Julienne como la hoja de un cuchillo, haciendo que casi se quedase sin respiración. Por un momento, ni siquiera pudo hablar.

Pero luego hizo acopio de sus más expertas habilidades como actriz y dirigió a Dare una sonrisa atrevida.

–Tal vez tome realmente a Riddingham como amante. No tengo duda de que sería un hombre considerado... A diferencia de otros caballeros a quienes pudiera escoger.

Distinguió un fugaz destello en los ojos de Dare –¿dolor?, ¿ira?– y comprendió que había dado en el blanco.

Ignorando su abrasadora mirada, se mordió los labios pensativa.

–Aunque, pensándolo bien, no creo que lo haga. Si tuviera que aceptar a Riddingham como amante, sin duda él esperaría que abandonase mi apuesta contigo, y no tengo ninguna intención de perderla, lord Wolverton.

Entonces, Julienne dejó a Dare y se adelantó por el sendero, absolutamente decidida a ocultar su dolor y su ira. Lo consiguió por un momento, pero cuando alcanzó a Solange, estaba casi ciega de pesar. Apenas podía creer cuán violentamente estaba temblando.

Agitó la cabeza ante la interrogativa mirada de su amiga y se esforzó por aparentar calma. Sin embargo, necesitó de todo su talento para fingir que la sugerencia de Dare no la había herido hasta la médula.

La consideraba una prostituta. Y lo peor de todo era que ella no podía refutárselo.

Julienne se estremeció con un repentino escalofrío que le llegó hasta los huesos.

Se alegró cuando por fin concluyó la tarde y pudo refugiarse en su habitación. Allí se desplomó en la cama, hundió el rostro en la almohada y dio rienda suelta a sus angustiados pensamientos.

Durante un tiempo, había sido prostituta. Poco después de que su vida se hubiera visto sacudida por el escándalo y hubiera decidido dedicarse al teatro para sobrevivir, la enfermedad de su madre había empeorado mucho. Para facilitarle los cuidados que necesitaba, Julienne no había tenido más remedio que convertirse en la amante de un acaudalado lord y así aumentar sus magros ingresos.

La primera vez que entregó su cuerpo por dinero, lloró lágrimas de angustia. Pero después dejó estoicamente a un lado sus emociones, decidida a resistir. La ayudó a ello que su protector fuera un amable y anciano caballero cuya compasión y consideración se ganaron su respeto y auténtico afecto. No obstante, durante aquellos difíciles años, había habido veces en que la vida era tan dura que hubiera deseado morir.

Al recordarlo, Julienne sintió un doloroso torbellino en el pecho, como si le sangrara el corazón. Se había obligado a seguir adelante porque su madre la necesitaba. Aunque, por puro instinto de conservación, se había refugiado en un papel que había creado para sí: una mundana y sofisticada actriz que soportaba el infortunio riéndose ante las fauces del destino. Y, al hacerlo, descubrió en su interior reservas de fortaleza que nunca habría imaginado que poseyera.

Tras la muerte de su madre, se sintió agradecida de no tener que seguir vendiéndose para conseguir los fondos necesarios para cuidarla. Sin embargo, a veces no podía dejar de sentir amargura por haberse visto condenada a una existencia tan dura con tan pocas posibilidades de un futuro respetable.

Esforzándose por reprimir las ardientes lágrimas, Julienne se volvió y se quedó mirando el techo que tenía sobre la cabeza. Probablemente, nunca podría tener las cosas que muchas mujeres daban por supuestas..., marido, hogar, hijos..., amor. Desde luego, nunca sentiría por nadie la misma pasión que había sentido por Dare. El deseo que todavía sentía por él.

En una ocasión lo había intentado. Dos años después de la muerte de su madre había iniciado una relación con alguien de su nivel... otro actor. La dulce pasión del hombre la había satisfecho físicamente, pero nunca había despertado en ella el ardiente, intenso y abrumador apetito que había conocido con Dare. Y además siempre le faltó la proximidad. Ella ansiaba la emocional intimidad que va más allá del sexo, la tierna satisfacción que trasciende lo corpóreo.

Al final puso fin a la relación, ya que no deseaba conformarse con menos. Había descubierto que el amor carnal no podía aliviar la auténtica soledad del alma, ni apagar la necesidad de verdadero amor, y ya no quería seguir inventándose sucedáneos.

Desde entonces, había mantenido su corazón y su lecho vacíos, e incluso encontrado cierta dosis de paz con su decisión. Por otra parte, se había jurado que nunca más soportaría a un protector. Por eso estaba tan decidida a obtener unos ingresos sustanciales de sus actuaciones: para no tener que volver nunca a prostituirse. Para obtener la independencia que sólo puede proporcionar la riqueza. Con suficiente dinero, podría realizar sus propias elecciones.

Pero ahora que Dare le había ofrecido dinero para que se prostituyese por él, el dolor volvió a flagelarla de nuevo ante el recuerdo.

Se enjugó enérgicamente las lágrimas de las mejillas, recordándose a sí misma que Dare no era más que un egoísta y licencioso libertino. Y, en cierto sentido, estaba contenta de que le hubiera planteado esa dolorosa sugerencia, porque así la ayudaba a afianzarse en su decisión.

Se proponía ganar su condenada apuesta. Aunque le fuese en ello la vida, tendría el corazón de Dare en una bandeja.

Él estaba muy seguro de que la conquistaría, pero Julienne le demostraría lo contrario. Si Dare deseaba un pulso de fuerzas, lo tendría.

Simplemente debía protegerse. Haría acopio de toda su capacidad de seducción para dominarlo. Aguardaría a que Dare le declarara su amor públicamente y reconociese su victoria. Entonces pisotearía su corazón sin remordimientos.

Sólo entonces su dolorosa farsa llegaría a su fin y podría expulsar a Dare de su vida para siempre.

Por fin estaría libre de él. Y eso era lo que deseaba más desesperadamente. ¿O no?

Capítulo ocho

Dare nunca se había sentido tan frustrado. Había regresado a Londres hacía tres días, tras concluir la estancia en su casa de campo, y no sólo no había averiguado nada sobre la identidad de Caliban sino que además seguía muy lejos de ganar su apuesta con Julienne. Y juego o no, la deseaba en su lecho.

Aunque desearla allí no servía para nada. En realidad, Dare había sufrido un claro retroceso después de sugerirle a Julienne que utilizase sus encantos para intentar descubrir los secretos de Riddingham.

Él no había tenido intenciones de dar tal traspié, pero sus posesivos instintos masculinos habían interferido en su mente racional. Julienne lo había acusado de estar celoso, y lo estaba. Muy celoso. Aquel día en las rocas, la sangre le había hervido al ver a Riddingham provocar sus alegres carcajadas. La tierna escena lo había encendido, pues le había traído los amargos recuerdos de hacía siete años, cuando descubrió juntos a Julienne e Ivers, cuando se enteró de que eran amantes.

Momentáneamente cegado por la ira, Dare se encontró desahogándose con ella, ofreciéndole un incentivo financiero que la mayoría de las actrices habrían estado encantadas de aceptar. Sin embargo, Julienne no. Ella se había quedado estupefacta e incluso se había ofendido por la proposición.

El alivio que Dare había sentido ante su rechazo había sido abrumador. Él no deseaba que Riddingham ni ningún otro hombre la tocara. Y Dare sabía que nunca podría perdonarse que su imprudente resentimiento la condujera a los brazos de su rival.

Tampoco podía negar la enorme sensación de alivio que había sentido al comprobar que Julienne no informaba a Riddingham de su investigación. Ese hecho no demostraba por completo su inocencia, desde luego, pero hacía menos probable que fuese cómplice de un traidor.

Tras haberle propuesto que sedujese al vizconde, el cambio en Julienne había sido notable. Desde su regreso a Londres, Dare había mantenido la firme cruzada de su público cortejo –en el teatro, durante otra de las reuniones vespertinas de madame Brogard, en una visita organizada al Museo Británico para ver una exposición–, pero así como antes Dare había detectado una pizca de vulnerabilidad, de dulzura en sus negros ojos siempre que se encontraba con él, ahora Julienne se mostraba tan fría y calculadora como cualquier cortesana.

Cuando él le entregó un pagaré bancario por mil libras –sus ganancias por haber asistido al encuentro en su casa de campo–, ella se lo introdujo entre los senos con una sonrisa frágil y seductora que provocó en él una inmediata excitación.

Dare nunca la había visto actuar así, nunca había sido testigo de un comportamiento tan intencionada y licenciosamente provocativo. Julienne había coqueteado y bromeado con él sin misericordia, mientras lo mantenía a prudente distancia.

Le estaba volviendo loco.

Dare sabía que él tenía gran parte de culpa. La Joya se había puesto de moda en los medios mundanos, en buena medida a causa de su persecución. Le resultaba difícil coincidir con ella el tiempo suficiente para charlar aunque sólo fuera un rato.

Así pues, cuando consiguió convencerla de que diera un paseo con él por el parque a la tarde siguiente, Dare se sintió como si hubiera obtenido una importante victoria.

Acudió a recoger a Julienne a su residencia de Montague

Street, pero ella le tuvo esperando casi veinte minutos antes de dignarse a aparecer. Sin duda alguna, otra intencionada provocación.

El pulso se le aceleró al verla. Estaba alegre y encantadora. Su vestido de paseo de muselina color amarillo pálido y su chaqueta de manga larga de color verde hoja evocaban la primavera, aunque aquel día de abril fuese frío y nublado.

–Señorita Laurent, me deja usted sin aliento –dijo mientras la ayudaba a subir a su carruaje.

Ella le dirigió una sonrisa encantadora.

–Ésa es precisamente mi intención, milord.

–Creía que ya habíamos superado la fase de los formalismos. Me llamo Dare.

–Nunca me atrevería a tales familiaridades –repuso ella levemente burlona.

Sin embargo, desmintiendo sus palabras, recorrió su cuerpo con una sensual mirada desde su pecho hasta su estómago, demorándose después en su entrepierna. Dare sintió como si le hubiera acariciado todo el cuerpo con las manos. Todos sus músculos se tensaron ante el calor despertado por su sola mirada.

Mientras ocupaba el asiento junto a ella, Dare pensó que no estaba seguro de si le gustaba aquella nueva y seductora Joya, y no solamente porque lo pusiera a la defensiva. Su simpatía en cierto modo contenía una nota falsa que le ponía los pelos de punta. Tenía la clara sensación de que estaba tratando con una mujer enojada, y de que su ira no sería fácilmente aplacada.

Julienne habría estado de acuerdo, de haber conocido los pensamientos de Dare. Estaba más decidida que nunca a conquistar ese corazón que, según él, ella le había destrozado. Sin embargo, no se sentía tan optimista como parecía. El contacto de Dare cuando la ayudó a instalarse en el coche le había dejado los dedos hormigueando bajo el guante. Y cuando él se sentó a su lado, pudo sentir su duro muslo contra el suyo a través de las capas de ropa.

Para su consternación, cuando Dare se inclinó hacia delante para asir las riendas del tiro, le rozó el seno con el brazo, haciendo que sus pezones se tensaran al instante. Y la certeza que brilló en los ojos masculinos de Dare le hizo comprender sin lugar a dudas que aquel íntimo contacto había sido intencionado.

No obstante, se negó a dejarlo ganar. Se negaba a ser la clase de necia hembra que se derretía indefensa en sus brazos. Cuando Dare puso en marcha el vehículo, Julienne le pagó con la misma moneda: colocó la enguantada mano en su muslo como para sostener el equilibrio.

Al ver que la respiración se le entrecortaba, contuvo una sonrisa satisfecha.

–Si no deseas que dé la vuelta ahora mismo –observó él en un tono amable– y que te suba a tu habitación para violarte el resto del día, te sugiero que retires la mano de mi pierna inmediatamente.

Julienne obedeció, pero arqueó una ceja.

–¿Crees que permitiría tal acto de barbarismo cuando no tengo intenciones de permitirte siquiera que me vuelvas a besar?

Él le dirigió una divertida mirada.

–Mis disculpas si no me tomo tus palabras demasiado en serio. No tengo ninguna duda de que volveré a hacerte el amor. Y cuando lo haga, estarás más que dispuesta... Es más, me suplicarás que lo haga.

Su arrogancia le hizo desear humillarlo.

–Yo diría que ahora ya debes de ser bastante consciente del peligro que entraña ser mi amante. ¿Y si te enamoraras realmente de mí?

Dare no tuvo ninguna respuesta ingeniosa para eso, de modo que frunció el ceño y se concentró en conducir.

Era sólo media tarde cuando llegaron al parque. Julienne no había podido quedar más tarde porque aquella noche tenía una representación teatral, pero el Row ya estaba atestado de jinetes y carruajes. Por añadidura, descubrió que eran el centro de numerosas miradas.

Al parecer, todo Londres estaba pendiente de su competición.

–Me sorprende que tu ridícula apuesta haya despertado tanto interés –comentó Julienne forzando una sonrisa para disimular su exasperación–. Todo esto ha ido creciendo hasta rozar lo absurdo.

–A la alta sociedad le encanta el espectáculo –repuso Dare–. En especial, una pugna entre dos contrincantes de talla. Y yo diría que tú y yo somos buenos rivales: la deslumbrante actriz y el escandaloso libertino. Aunque, por ahora, las apuestas me dan ventaja a mí.

Por fortuna, ella no tuvo que pensar en una réplica, porque los saludaron unos conocidos.

Algo más adelante oyó maldecir a Dare entre dientes cuando se encontraron con Riddingham, que conducía otro carruaje.

El vizconde pareció muy disgustado al verlos juntos y detuvo su carruaje bruscamente. Tras los iniciales cumplidos, Riddingham ignoró a Dare y se dirigió a Julienne.

–Confío en que me permitirá llevarla de paseo mañana, señorita Laurent. Podemos probar mi nuevo par.

Señaló sus caballos, una pareja de bayos que parecían jóvenes e impacientes por reanudar la marcha.

–Son muy hermosos –dijo Julienne sinceramente.

–Son unos diablos, pero extremadamente rápidos.

–Supongo que no le importaría someterlos a una prueba –lo interrumpió Dare.

–¿Una prueba? ¿Qué está sugiriendo?

–Sus bayos contra mis grises.

–¿Me propone una carrera? –preguntó Riddingham.

–Parece sorprendido.

–Tal vez usted no sepa, Wolverton, que soy miembro del club Four-in-Hand.

Julienne sabía que ese club estaba compuesto por los mejores corredores, y que regularmente celebraban carreras para exhibir su habilidad con el coche de caballos.

–Estoy enterado –repuso Dare secamente–. Y sin duda su experiencia es superior a la mía. Pero creo poder arreglármelas para darle bastante juego, de modo que la carrera no le resulte muy aburrida. Para hacerlo más interesante, le propongo que cada uno tome un pasajero, la dama de su elección. Yo pretendo reclamar a la señorita Laurent, de modo que no se moleste en pedírselo. Pero estoy seguro de que la señorita Upcott accederá a acompañarle.

Fanny Upcott era la actriz de Covent Garden que Dare había invitado a la fiesta de su casa de campo.

–Podemos correr en Hampstead Heath, si le parece –prosiguió Dare–. La posada y casa de postas de Primrose Hill sería un buen lugar para comenzar. La distancia hasta la taberna del Jabalí Azul, en Heath, debe de ser de... ¿cuánto?, ¿ocho kilómetros? El ganador paga la cena en el Jabalí Azul. ¿Qué le parece, Riddingham?

Al ver que el vizconde vacilaba, Dare añadió con una ligera sonrisa:

–Seguro que no le intimido lo suficiente como para que rechace el desafío, ¿verdad?

–En absoluto –replicó agresivo Riddingham–. Muy bien, correré contra usted. A menos que llueva, nos encontraremos mañana a las diez de la mañana en Primrose Hill.

–¿Hablará usted mismo con la señorita Upcott o prefiere que le hable yo en su nombre?

–Lo haré yo –replicó Riddingham. Y luego dedicó su atención a Julienne–. Estoy ansioso de verla representando a Ofelia en *Hamlet* esta noche, señorita Laurent...

Dare apenas le dio tiempo a Julienne de responder antes de disculparse y poner el carruaje en marcha, en apariencia bastante satisfecho consigo mismo.

–¿De qué diablos iba eso de desafiarle a una carrera de carruajes? –preguntó Julienne, molesta, cuando Riddingham ya no podía oírles.

–Simplemente trataba de animar las cosas un poco –repuso Dare con calma.

–Estás dando mucho por sentado al suponer que te acompañaré. Te equivocas enormemente si crees que me vas a tener siempre a tu disposición.

–Te aseguro que no doy nada por sentado, *chérie.*

–Pues no lo parece. No me has dado ni la oportunidad de negarme. Tus turbias tácticas son deplorables, Dare.

–¿No conoces el refrán que dice que en el amor y en la guerra todo vale?

Su actitud la molestó.

–¡De nuevo estás destrozando una cita!

Dare le dirigió una inocente mirada.

–¿Sabes que se te pueden formar arrugas prematuras en los ojos si continúas con esa mirada de odio?

–¡Dare!

Ante el enfado de Julienne, Dare se detuvo y su expresión se volvió seria.

–Discúlpame, Joya –dijo, dedicándole toda su atención–, estoy terriblemente preocupado pese a mis lamentables bromas. Necesito desesperadamente tu ayuda con Riddingham. Te lo ruego, ¿querrás por favor acceder a acompañarme mañana en la carrera?

Julienne, ablandada hasta cierto punto por su aparente contrición, enarcó una ceja.

–¿Desesperadamente?

Un destello de humor iluminó los ojos de Dare.

–Sí, desesperadamente.

–Muy bien. Accedo. Pero la próxima vez considera pedírmelo antes de involucrarme en tus infames juegos.

–Gracias, mi amor.

Sujetó las riendas con una sola mano y se llevó los dedos de Julienne a los labios. La perezosa y abrasadora mirada de sus ojos llenó su corazón de deseo por él.

Enormemente desconcertada, Julienne retiró la mano.

–¿Estás tratando de cautivarme para que abandone el mal humor? –murmuró.

Dare sonrió con aire perverso.

–Desde luego, no se me da mal cautivar a la gente para conseguir mis propósitos.

Julienne alzó la vista al cielo y contó hasta diez antes de responder.

–Si eso es así, ¿por qué no utilizas esa táctica con Riddingham? ¿Por qué intuyo que estás tratando de sacarlo de quicio?

–Te lo dije. Para ponerle nervioso y conseguir que dé un paso en falso. –Dirigió la atención a sus caballos y puso de nuevo el vehículo en marcha–. De hecho, tenemos tan pocas pistas sobre Caliban, que he decidido cambiar totalmente de táctica. Quiero precipitar los acontecimientos.

–¿Qué significa eso?

–He hecho correr la voz de que estoy persiguiendo al traidor.

Julienne frunció el ceño ante esa afirmación.

–¿No es eso peligroso? Si Caliban es tan despiadado como dices, ¿no estarás convirtiéndote así en su objetivo?

–Valdría la pena correr el riesgo si pudiera hacerle hablar.

Al ver que ella permanecía en silencio, Dare le dirigió una pícara mirada.

–¿Es posible que te preocupes realmente por mi pellejo, amor?

Julienne estaba preocupadísima, aunque no tenía intención de reconocerlo ante él.

–Por supuesto que sí –repuso en tono ligero–. Si te sucediera algo malo, no tendría ninguna posibilidad de ganar nuestra apuesta.

Ante su sorpresa, la expresión de Dare se volvió profundamente sombría.

–Esto es bastante más serio que nuestra apuesta. Hace tres semanas, fue encontrada ahogada una joven. Era la acompañante de lady Castlereagh...

Julienne escuchó horrorizada y consternada mientras él le hablaba de la muerte de Alice Watson y de las razones para creer que había sido seducida para acceder a la correspondencia de lord Castlereagh, y luego asesinada.

Con la frente fruncida, Julienne escudriñó con atención el rostro de Dare.

–¿Crees sinceramente que Riddingham podría ser tan execrable como para matar a una muchacha inocente?

–No lo sé. Me ayudaría a descubrirlo saber si conocía a

Alice Watson y si había tenido oportunidad de cortejarla. Daría quinientas libras por saber dónde se encontraba el siete de marzo, cuando ella fue asesinada. Eso podría demostrar, o quizá refutar, su complicidad.

–¿Hay algo que pueda hacer yo? –se ofreció Julienne–. Tal vez pudiese interrogar discretamente a Riddingham y ver de qué puedo enterarme.

–No –cortó Dare secamente–. Ya me encargaré yo de ello.

Sintió que Julienne lo estaba examinando.

–Hace unos días me sugeriste que me convirtiera en su amante para intentar descubrir sus secretos.

–Hace unos días me comporté como un asno celoso.

–¿Y ahora ya no?

Él curvó la boca en una amarga sonrisa.

–Reconozco que abrigo cierto sentido de posesión en lo que a ti se refiere, pero los celos no son mi única razón para declinar tu oferta. Si Riddingham es un asesino, no deseo que estés en modo alguno cerca de él. Mañana deberás abrigarte –le advirtió cambiando de tema–. Con el ritmo que pienso imponer hará mucho viento.

Ella suspiró.

–¿A qué hora debo estar preparada?

–Pasaré a buscarte por la mañana, a las nueve y media... A menos que me invites a pasar la noche contigo para ahorrar tiempo.

–¿Es que no te rindes nunca? –le espetó Julienne exasperada.

–Nunca –confirmó Dare con risa divertida.

El resto del trayecto transcurrió en relativa armonía. Y cuando Dare devolvió a Julienne a su residencia, simplemente se limitó a besarle los dedos. Aunque deseaba hacer más. Mucho más.

Sin embargo, estaba claro que Julienne no tenía la misma intención, pensó Dare irritado mientras se alejaba. Sus poderes de seducción nunca habían sido tan lamentables.

No llegaba a ninguna parte. Ciertamente, no adonde él deseaba, a su lecho, con Julienne desnuda debajo y rodeándole la cintura con las piernas. Estaba comenzando verdaderamente a obsesionarse con la idea de volver a hacer el amor con ella.

Aunque Dare reconoció que había una ventaja en su actual estado. Desde la traición de Julienne, cometida hacía tantos años, él se había sentido interiormente aletargado, pero ahora estaba ansioso, vivo, con todos sus sentidos alerta. Cada mañana se despertaba esperando el día, contando los momentos que faltaban para volver a ver a Julienne.

Ante tal pensamiento, profirió una maldición. Ella estaba en lo cierto: era un peligro supremo para él. Estaba loco por Julienne, tanto si lo deseaba como si no.

Se reprendió a sí mismo diciéndose que necesitaba superar su creciente obsesión. Tenía que demostrarse que podía satisfacer su feroz deseo por otros medios.

Con esa intención, aquella noche visitó de nuevo a la viuda Dunleith. Su fría recepción no debería haberle sorprendido. A Louisa claramente no le agradaba verse relegada a un segundo plano por una simple actriz, y demostró sus celos con cada envenenada observación que hizo durante la cena. De modo que Dare se marchó poco después sin ni siquiera darle un beso.

Él sabía qué podía haber disipado el mal humor de Louisa. La mayoría de las mujeres le daban todo lo que quería cuando él se lo proponía.

El problema era que no deseaba a la mayoría de las mujeres. El sexo con alguien que no fuese Julienne le hacía sentirse solo y vacío. Cada vez que tocaba a una mujer, buscaba la exquisita y primitiva intensidad que en otro tiempo había conocido con ella... y no la encontraba. Por mucho que se hubiera advertido a sí mismo que debía olvidarla, persistía el dolor del anhelo.

Trató de decirse que aquel sentimiento se debía a la frustración sexual. No estaba acostumbrado a la abstinencia, y no le agradaba. Como tampoco le gustaba tener que esforzarse por abrirse paso entre los estúpidos jóvenes románticos con ojos de becerro que pululaban siempre en torno a Julienne.

Sin embargo, temía mucho más que su frustración lo condujera a cometer alguna imprudencia, como estrangular al próximo hombre que la mirara lascivamente.

Exactamente lo que había deseado hacer aquel día, cuando descubrió la mirada de Riddingham sobre sus senos prietos y maduros. Había deseado sacar al vizconde de su carruaje y aporrearlo con los puños...

No obstante, lo que más le irritaba era el afecto que Julienne parecía sentir por aquel hombre, mientras que él sólo le despertaba su instinto defensivo.

Fuese o no un astuto asesino, pensó Dare mientras daba vueltas en su solitario lecho, el vizconde Riddingham haría bien en vigilar sus espaldas.

El día siguiente amaneció claro y agradable, propio de principios de primavera. Pese a sus reservas, Julienne se encontró disfrutando del corto trayecto a Primrose Hill, al norte de la ciudad. Se había abrigado, como Dare había sugerido, con un traje de equitación de terciopelo verde. Y él le había extendido una manta de viaje sobre el regazo para protegerla de lo que quedaba del frío nocturno.

Riddingham se hallaba ya esperando cuando llegaron al atestado patio de la posada, y tenía a su lado a la señorita Upcott. La actriz iba ataviada de rojo y llevaba un tocado muy voluminoso que Julienne dedujo que opondría una amplia resistencia al viento una vez la carrera empezara.

No resultaba sorprendente que gran número de espectadores se hubieran congregado allí para mirar; Dare tuvo que abrirse paso entre la aglomeración de vehículos. Había varios carruajes repletos de damas y caballeros y más de una docena de deportivos petimetres a caballo. Las apuestas circulaban rápidas y furiosas, la mayor parte a favor de Dare.

–¿Y si nosotros dos hiciésemos también una pequeña apuesta? –preguntó Dare a Riddingham mientras detenía su carruaje–. ¿Qué tal mil libras?

–El doble –replicó el vizconde, evidentemente de mal talante–. Dos mil harán que al menos merezca la pena malgastar mi tiempo.

Julienne oyó que la señorita Upcott sofocaba un grito ante las dimensiones de la apuesta y también ella agitó la cabeza por las exorbitantes sumas que aquellos acaudalados nobles despilfarraban temerariamente.

–Como guste –convino Dare en un tono tranquilo–. El primero que llegue a la taberna Jabalí Azul, gana.

Pronto estuvieron hechas todas las apuestas, y el congestionado patio se fue vaciando de espectadores, que deseaban estar en la línea de llegada. Para darles un poco de ventaja, Dare encargó refrescos al posadero y él y Julienne se tomaron unas sidras calientes y especiadas mientras su rival se impacientaba cada vez más.

Acababan de devolver las jarras cuando el carruaje de Riddingham dio un bandazo y él tuvo que tirar de las riendas con dificultad para controlar a sus inquietos bayos. Con un cortés gesto del brazo, Dare invitó al vizconde a salir del patio.

Los dos hombres torcieron hacia la carretera con Riddingham al frente.

–¿Estás lista? –preguntó Dare a Julienne mientras llevaba a sus caballos hasta un fácil galope, como Riddingham estaba haciendo un poco más adelante.

–Sí.

–Bien. Espero que disfrutes de la carrera.

Julienne se mantuvo en silencio, para que Dare pudiera centrar la atención en sus caballos. Observando cómo hacía coincidir su velocidad con la del vehículo que llevaba delante, pensó que era un excelente conductor.

Dare necesitaba concentrarse en la carretera que seguían, pero Julienne podía contemplar el campo circundante. La vasta zona de brezales se extendía sobre colinas arenosas y apartados valles, y veía el paisaje pasar borrosamente junto a ella a medida que avanzaban. Con el viento de cara, se alegró de haberse puesto un sombrerito chacó en lugar del tocado de ala ancha que la otra actriz había escogido. Delante de ellos, la señorita Upcott se esforzaba por mantener su tocado en su sitio con una mano mientras se aferraba a la barandilla del carruaje con la otra.

Dejaron a un lado el pueblo de Hampstead antes de llegar a Heath, con sus vastas extensiones de tojos, césped y numerosos bosquecillos. Dare se inclinaba hacia delante ligeramente, con los ojos fijos en la carretera y en su contrincante, dejando que los caballos de éste se adelantaran ligeramente.

Julienne sintió una oleada de alborozo cuando empezaron a correr. La carrera suponía un riesgo, con curvas y baches y la posibilidad de que algún carruaje se les uniera para desafiarlos. Pero mientras observaba las enguantadas manos de Dare controlando magistralmente a sus caballos grises, apremiándolos a aumentar la velocidad, sentía plena confianza en su pericia.

Por delante de ellos, Riddingham también conducía con evidente habilidad. Julienne dudaba de que aquellos caballos pudieran mantener tan brutal ritmo, pero por el momento corrían con firmeza y sin mostrar ninguna señal de fatiga, mientras los de Dare iban ganando lentamente terreno.

Entonces, la carretera se estrechó con zanjas que discurrían a ambos lados, proporcionando apenas suficiente espacio para dos vehículos. Pero cuando Dare le sonrió, ella comprendió que trataría de adelantar. Julienne sabía que estaba disfrutando enormemente.

–Sujétate –le gritó por encima de los sonidos del sibilante viento y del golpeteo de los cascos de los caballos.

Ella obedeció, aunque murmurando una silenciosa plegaria.

Sin embargo, Riddingham bloqueó su intento situándose en el centro de la carretera. Julienne hizo una mueca y agachó la cabeza para evitar los terrones de tierra y barro que proyectaban los cascos de los agitados bayos.

Dare, aceptando con paciencia la táctica de su contrincante, esperó el momento oportuno, cuando apareció amenazadora una curva ciega más adelante. Entonces él la cogió con destreza, mientras el carruaje de Riddingham se desviaba. Con una apremiante mirada, Dare agitó las riendas y exigió a sus caballos otro arranque de velocidad. Los valerosos grises salieron disparados hacia delante, y sus enormes zancadas se comieron el terreno.

Estaban casi igualados cuando una rueda del coche de Dare dio con una piedra. El vehículo se ladeó peligrosamente y Julienne sofocó un grito asiéndose a su asiento con desesperación. Los caballos se resintieron de la sacudida, pero Dare los sostuvo con firmeza tranquilizándolos hasta que ellos respondieron a su férreo control.

Ante su dominio, volvieron a adelantarse lentamente, y pronto ambos pares avanzaban uno junto a otro.

Julienne no estaba muy segura de lo que sucedió a continuación, pero oyó el chirrido del metal cuando las ruedas de los dos vehículos se rozaron. Ambos carruajes dieron bandazos como consecuencia del contacto, y ella se vio proyectada contra Dare.

Le oyó maldecir, pero consiguió enderezar el coche. Sin embargo, cuando volvió a ocurrir, comprendió que Riddingham los golpeaba intencionadamente, en un esfuerzo por echar el carruaje de Dare de la carretera.

Julienne sabía que era una maniobra insensata y peligrosa. Cuando chocaron por tercera vez, las ruedas casi se bloquearon, y ambos conductores y sus pasajeras estuvieron a punto de salir volando de sus asientos. La señorita Upcott gritó y se aferró a Riddingham mientras que Dare maldecía vivamente.

Julienne le dirigió una frenética mirada y vio en su semblante una enfurecida expresión. Estaba segura de que intentaría pasar de nuevo, pero justo cuando tomaban otra curva, apareció enfrente, a su lado del camino, el carro de un granjero aproximándose.

Ante su sorpresa, Dare tiró hacia atrás de las riendas y aflojó la marcha.

–¿Qué estás haciendo? –le preguntó jadeante mientras él reducía el paso al trote.

–Deseo ganar, pero no poniendo en peligro tu vida. Y tampoco deseo perjudicar a mis caballos.

Julienne sospechó que en una simple pugna con Riddingham, Dare habría ganado con facilidad, pero no arriesgaría la seguridad de Julienne ni la suya propia. Y se sentía francamente satisfecha de su prudencia, aunque ésta le costara la carrera.

Sin embargo, Dare no tenía al parecer ninguna intención de rendirse.

–Sujétate con fuerza –le ordenó guiando el vehículo desde la carretera hacia un estrecho sendero.

Julienne vislumbró la expresión asombrada de Riddingham cuando se volvió hacia atrás para mirarlos, y reprimió su propia preocupación al comprender que Dare se proponía conducir a campo traviesa.

Pese a haber reducido el paso, era una marcha traqueteante, y Julienne temía que pudiera partirse un eje o uno de los tirantes mientras saltaban arriba y abajo por el desigual terreno. Pero se aferró decidida al tambaleante asiento, y la táctica de Dare les ahorró casi dos kilómetros de camino, permitiéndoles llegar al patio de la taberna un minuto antes que Riddingham, ante el coro de gritos y vítores de la multitud allí reunida.

Dare detuvo del todo los caballos y aguardó a que un mozo del establo corriera hacia ellos antes de estrechar a Julienne entre sus brazos, lo que la cogió completamente por sorpresa.

–¿Estás bien? –le preguntó.

Antes de que ella pudiera reaccionar, apretó sus labios contra los de ella y le robó un beso intenso.

Ella se quedó momentáneamente paralizada, mientras el calor empezaba a sofocarla.

–¡Dios! –murmuró Dare apartándose sólo un poco–. Ese condenado necio podría haberte matado.

La emoción se agitaba en sus oscuros ojos, pero Julienne no pudo determinar las causas: alivio al ver que habían superado el peligro, alegría por haber ganado la carrera o el placer de besarla. Tal vez las tres cosas.

Para regocijo de los espectadores, Dare la atrajo aún más

hacia sí e inclinó la cabeza de nuevo. Julienne deseaba protestar por su imprudente pasión, pero se quedó sin aliento ante la profunda acometida de su lengua. Separó los labios instintivamente y suspiró, entregándose a su creciente ardor.

Aún estaba besándola cuando Riddingham entró en el patio. Recordando dónde estaban con repentina consternación, Julienne se liberó del abrazo de Dare.

Ante el atisbo de triunfo que distinguió en sus ardientes ojos, se preguntó si le habría reclamado intencionadamente un beso de victoria ante la multitud para insinuar que estaba ganando su apuesta o bien incluso para zaherir a su contrincante. Aquella posibilidad la molestó infinitamente.

Sin embargo, la encendida mirada que Dare lanzó a Riddingham le hizo temer por la seguridad del vizconde.

Éste parecía asimismo furioso, aunque Julienne no estaba segura de si por haber sido superado en la carrera o a causa del beso.

Por otra parte, la señorita Upcott estaba pálida como un cadáver. Claramente alterada se apeó del carruaje sin ayuda, y se quedó temblando en el patio.

Sin dirigir apenas una mirada a su pasajera, Riddingham le espetó a Dare con el ceño fruncido:

–Ha conseguido ganar, Wolverton, pero con una táctica rastrera. Dejar la carretera ha sido poco limpio.

Dare se quedó inmóvil.

–Creo que nuestra apuesta consistía en ver quién llegaba primero a la taberna. Pero ya que hablamos de tácticas rastreras, ¿qué se proponía al intentar echarnos de la carretera? Con aquella insensata y arriesgada acción, podría habernos matado.

El rostro de Riddingham se ensombreció aún más.

–Lamentará esto, Wolverton –replicó, evidentemente reacio a reconocer que su propia falta de escrúpulos le había costado la carrera y la apuesta de dos mil libras.

Ante el asombro de Julienne, el vizconde fustigó de pronto sus caballos y partió.

La ira de Dare pareció ligeramente atenuada ante la furia de su rival.

–Por lo menos, nos espera una buena comida –murmuró secamente.

Dirigió una solícita mirada a la abandonada pasajera de Riddingham.

–¿Está usted bien, señorita Upcott?

Ella se cubrió la boca con la mano y movió la cabeza.

–Creo que no me encuentro bien...

Dio la vuelta y avanzó a trompicones hacia la posada.

Dare soltó un quejido y saltó del carruaje. No obstante, cuando buscó a Julienne para ayudarla a bajar, ella retrocedió con gesto de fiera exasperación.

–No estoy en absoluto impresionada por tus torpes tácticas –declaró con un entrecortado susurro–. ¿Nunca dejarás de pensar que atacar el orgullo de Riddingham no es el mejor modo de averiguar sus secretos?

Dare entornó los ojos sorprendido.

–¿He atacado su orgullo?

–Sí. Parecíais muchachos insensatos luchando por un premio. Sin embargo, podías haber encontrado un modo más inteligente de enfrentarte a él.

–Yo no creo que...

–Por favor, ahórrate saliva y ve a ofrecer tus disculpas a la señorita Upcott.

Julienne asió entonces las riendas y ordenó al mozo que se apartara. Inmediatamente después, hizo arrancar los caballos a un trote vivo.

Pudo percibir perfectamente la estupefacción de Dare mientras salía del patio. Él gritó corriendo tras ella, y Julienne se permitió una breve sonrisa. Tras rendirse tan insensatamente a su apasionado beso, necesitaba demostrar a los espectadores que seguía siendo una rival para él.

Lo que había hecho –apropiarse de su carruaje y dejarlo abandonado en una posada– no era más escandaloso que las usuales gamberradas del propio Dare. No le costaría mucho alquilar alguna clase de vehículo para devolver a la pobre Fanny Upcott a Londres. Y además, alguien tenía que seguir a Riddingham y tratar de calmar su agitado talante. Julienne pensó que tal vez podría aprovechar la oportunidad para descubrir qué sabía el vizconde sobre la acompañante asesinada.

Era probable que Dare temiera por sus caballos, pero ella no permitiría que les ocurriera nada malo. Sabía conducir un carruaje mejor que muchos hombres, puesto que uno de sus galanes en York le había enseñado. Y, en cualquier caso, los caballos grises necesitaban refrescarse, pues su pelaje estaba terriblemente sucio tras sus valerosos esfuerzos.

No le importaba que Dare se enfadase, pensó Julienne con cierto desafío. Ya era hora de que alguien le diera una lección.

El arrogante Dare North aprendería que podía vencer a la mayoría de sus contrincantes, pero que nunca ganaría la batalla con ella.

Capítulo nueve

Aquella tarde, cuando Julienne fue a devolverle el carruaje a Dare a su mansión de Cavendish Square, su augusto mayordomo le dirigió una severa mirada de desaprobación antes de anunciarla a su señor.

Dare apareció casi de inmediato. Ella pudo percibir su candente ira mientras descendía rápidamente la escalera principal que conducía a la calle con el fin de inspeccionar en qué condiciones se hallaban sus caballos.

Julienne le observó mientras él pasaba cuidadosamente la mano por sus patas y lomos para asegurarse de que los animales no habían sufrido daño.

–Te aseguro que no les ha pasado nada –dijo ella quedamente–. En realidad, me he tomado la libertad de hacer que les quitaran los arreos y los cepillaran mientras comía en la posada de Primrose con cierto común conocido nuestro.

Con una seca mirada, Dare ordenó a un lacayo que llevase los caballos a los establos. Luego asió a Julienne suave pero con firmeza por el brazo.

–Antes de que le encargue a alguien que te lleve a casa, señorita Laurent, confío en que me harás el honor de tomar una copa de jerez conmigo –dijo.

Su suave tono no toleraba ninguna negativa.

–Desde luego, milord –asintió Julienne disimulando una sonrisa.

Su mansión, lo poco que pudo ver de ella, era magnífica. Apenas tuvo tiempo de mirar en torno al vasto vestíbulo de entrada, elegantemente adornado con esculturas, tapices y pinturas al óleo, antes de que Dare la introdujese en un espacioso salón.

–Confío en que tendrás una explicación para haberme robado mis caballos –le espetó secamente en cuanto hubo cerrado la puerta.

–Me siento muy aliviada al ver que has conseguido encontrar el modo de llegar a salvo a casa –repuso Julienne hiriéndole intencionadamente.

Vio tensarse un músculo en su mandíbula, pero al parecer él se lo pensó mejor antes de dar rienda suelta a su ira y seguirle el juego. En lugar de ello, curvó la boca en una reacia sonrisilla.

–Supongo que me revelarás tus razones en el momento oportuno ¿verdad, mi encantadora Joya?

–Me has prometido una copa de jerez, ¿no es así? Estoy sedienta. Espiar es un arduo trabajo.

Él entornó los ojos ante aquellas palabras, pero fue a la alacena y le sirvió el jerez. Cuando regresaba hacia ella con la copa, Julienne retrocedió, poniéndose fuera de su alcance ante la posibilidad de que Dare pudiera tratar de besarla de nuevo. Dio la vuelta y se instaló en un sofá de brocado.

–He estado intentando seducir a Riddingham para sonsacarle sus secretos –dijo finalmente.

Distinguió cierto destello en los ojos de Dare, pero él se limitó a acercarse hasta la apagada chimenea y unir las manos a la espalda, como si estuviera esforzándose por controlarse.

–Por fortuna, no he necesitado llevarle hasta mi cama –añadió Julienne en tono ligero.

–¿No te has detenido a pensar que si Riddingham es un asesino podrías haberte puesto en grave peligro? –replicó Dare.

–Tal vez, pero dudo seriamente de que sea un asesino. De hecho, creo que puedo afirmar que no lo es, por lo menos en el caso de esa pobre muchacha, Alice Watson.

La expresión de Dare se mantuvo inescrutable.

–Cuéntamelo.

–Mi intención inicial cuando he seguido a Riddingham esta

mañana era atenuar su rencor hacia ti. Pero entonces he comprendido que tenía la oportunidad perfecta para interrogarle pidiéndole que comiera conmigo. Naturalmente, estaba muy enfadado contigo, Dare. Yo he fingido que simpatizaba con él.

–¿Con qué fin?

–Para descubrir dónde se encontraba cuando Alice Watson fue asesinada.

Dare enarcó una ceja, pero guardó silencio.

–Recordaba que Riddingham había faltado a alguna de mis actuaciones hacía varias semanas, más o menos por esas fechas, y que después se disculpó profusamente por haber estado ausente. De modo que hoy le he preguntado adónde había ido. Y al parecer tiene una coartada. Pasó todo ese fin de semana con su madre, en la finca de lady Smallcombe, en Richmond.

–¿Su madre es su coartada?

Ante el escepticismo de Dare, Julienne esbozó una seca sonrisa.

–Así es. Y la historia mejora. Se suponía que él simplemente debía acompañar a lady Riddingham un sábado por la tarde a una fiesta. Pero cuando llegaron, su perro faldero, al parecer, quedó aterrorizado por un gato del establo y la mujer se negó a viajar hasta que el pobre animal se hubiera tranquilizado. Incluso tuvieron que avisar al médico local para que le diera un somnífero al animal. De modo que Riddingham y su madre pasaron dos noches en Richmond, y no regresaron a Londres hasta última hora del lunes.

–La chica desapareció el domingo por la tarde –murmuró Dare–. Su cuerpo fue encontrado al día siguiente, temprano.

–Creo que eso hace imposible que Riddingham la matara, ¿verdad? Y su historia es tan extravagante... Seguramente un hombre de la astucia de Caliban no sería tan necio como para elaborar una historia que podría ser tan fácilmente refutable. Costará poco confirmar la presencia de Riddingham en Richmond aquel fin de semana. Puedes preguntárselo a lady Smallcombe... o bien al médico.

–Me propongo hacerlo. ¿Le interrogaste sobre Alice Watson?

–Temí presionarlo en exceso y despertar sus sospechas. Pero le mencioné cuán impresionada estaba por la muerte de la acompañante de lady Castlereagh, y cómo temía que Londres no fuese un lugar seguro para las mujeres. Riddingham dijo que él apenas conocía a la chica, que sólo había oído hablar de su muerte recientemente a lady Castlereagh.

–¿Y le creíste?

–Si está actuando, su representación podría rivalizar con la de Kean. No he detectado ninguna señal de artificio por su parte. Y por ahora creo conocer la mayor parte de los trucos de mi profesión.

Durante largo rato, Dare, inquisitivo, clavó sus ojos en los de ella. Luego, dándole la espalda, apoyó su bota en la campana de la chimenea y se quedó mirando pensativamente el hogar vacío.

–Si Riddingham no es nuestro traidor, entonces he estado persiguiendo sombras todo este tiempo.

Su tono era tan desolado que Julienne quiso consolarlo.

–¿Y qué hay de sus amigos, sir Stephen Ormsby y el señor Perrine? Dijiste que uno de ellos podía haber perdido el anillo en una partida, y ganarlo Riddingham. Al parecer, ambos estaban en Londres aquel fin de semana, porque Riddingham tuvo que cancelar un compromiso previo con ellos para el sábado por la noche.

–¿Te lo ha dicho él?

–Sí... Cuando se quejaba de cómo su madre le había echado a perder sus planes. ¿No es posible que alguno de ellos conociera a Alice Watson? Sir Stephen, desde luego, parece lo bastante libertino como para seducir a una muchacha inocente y utilizarla para sus retorcidos propósitos. Tal vez lady Castlereagh pueda decirte qué relación tenían esos caballeros con su acompañante.

–Puedes estar segura de que el primer paso que dé será interrogarla. Y procuraré averiguar por Riddingham cuál de sus amigos conocía a la muchacha.

–¿Cómo?

Dare exhaló un reacio suspiro.

–Por mucho que me duela, supongo que tendré que volver a ganarme la amistad de Riddingham.

–Lo mejor sería que aplacaras su orgullo herido y le hicieras creer que me está ganando.

Dare alzó la cabeza y volvió a mirar a Julienne.

–Mejor aún, le encontraré otro objetivo amoroso.

A Julienne no le agradó especialmente el repentino destello que iluminó sus ojos.

–Tendrá que ser alguien distinta de la señorita Upcott. Supongo que, en estos momentos, ella está enormemente dolida con él.

–Hay mejores candidatas –repuso él enigmático–. Creo que lo invitaré a que me acompañe a un club privado que conozco.

–Un club de pecado, quieres decir.

Al ver que Dare no respondía, Julienne frunció los labios.

–He oído historias de tus diversiones con la Liga del Fuego del Infierno y confieso que también a mí me gustaría asistir. Siento curiosidad por saber qué sucede en sitios como ésos.

Dare se apartó de la chimenea y fue hacia ella.

–¿Estás tratando de embaucarme para que te invite, querida Joya?

–¿Me llevarías?

–No, en absoluto. Estaría más que encantado de educarte en privado, pero que me maten si voluntariamente te someto a la depravación de una de nuestras reuniones del Fuego del Infierno.

–De nuevo tus celos –comentó Julienne suavemente.

–Qué reprobable por mi parte –repuso Dare–. Pero creo que será mejor que vaya solo con Riddingham, tu presencia podría complicar las cosas. Tú sólo resultarías una distracción... para ambos. Y es necesario que esta vez lo consiga.

Julienne lo miró pensativa.

–No pareces ser ya el libertino que conocí. Comprendo que seas ideal para la tarea de perseguir a Caliban puesto que pocas personas pueden moverse como tú entre la alta sociedad. Pero también me resulta sorprendente que hayas dedicado tantos esfuerzos a su búsqueda.

Julienne comprendía el significado de sus palabras a medida que hablaba. Era tranquilizador pensar que Dare no era el mismo temerario calavera que había conocido en otro tiempo. Desde su aventura amorosa, había madurado mucho. Sin embargo, el leopardo no perdía del todo sus manchas, pensó mientras él se acercaba a ella cruzando la sala.

La estaba mirando intensamente. Cuando resiguió con su mirada el contorno de sus labios, ella pudo sentir su caricia... la suavidad, el calor. Pensar en su boca moviéndose sobre la de ella transmitía un urgente y encendido deseo a sus sentidos.

Julienne se estremeció. No podía permitirse volver a verse arrebatada por su pasión destructora. Su necesidad de estar cerca de él, de tocarle, era demasiado devastadora.

–Debería irme –murmuró–. Me estoy arriesgando al escándalo, por así decirlo, visitando a solas la residencia de un conocido libertino.

–¿Tan preocupada estás por tu reputación?

–En realidad, no. Una actriz tiene poca reputación que defender, como bien sabes. Pero mi visita aquí podría dar a nuestro público la equivocada idea de que he sucumbido a tu seducción.

Por un momento, pareció como si Dare fuese a oponerse a ello, pero luego carraspeó y retrocedió un paso.

–Mandaré que alguien te acompañe a casa.

Ella depositó su copa de jerez intacta y se levantó.

–¿Me informarás de lo que descubras?

–¿Estás sinceramente interesada?

–Sí. Y hoy me he tomado gran cantidad de molestias por ti, Dare, así que creo que merezco enterarme del resultado.

–Tal vez sí. Sabes que podría besarte por esto.

Julienne le dirigió una provocativa sonrisa.

–Preferiría que, por una vez, te contuvieras.

–Muy bien, amor. Lo que tú digas. –Aunque traicionó sus palabras inclinándose y dándole un casto beso en la nariz–. Casi podría perdonarte por haberme robado los caballos.

Varias noches después, Dare estaba repantigado en un diván, en un extremo del salón, observando satisfecho cómo tres bellezas núbiles asaltaban a Riddingham con sus artes sensuales. A una breve orden, habían despojado al vizconde de sus ropas y lo habían excitado hasta que estuvo a punto de estallar.

Entonces, una de las bellezas montó sobre él mientras las otras dos seguían excitándolo con sus manos, bocas y senos desnudos.

Riddingham, con el rostro rojo por la pasión, se retorcía estimulado bajo sus eróticos servicios. Al cabo de unos momentos, su desgarbado cuerpo se agitó espasmódico, profirió un ronco grito de éxtasis y eyaculó. Finalmente, se desplomó de espaldas, debilitado y agotado.

Dare suspiró aburrido.

Había invitado a Riddingham a pasar una tarde de placer en el salón de madame Fouchet y no debería sentirse decepcionado porque su invitación hubiese sido aceptada. Se había visto obligado a recurrir a aquel medio para interrogar a Riddingham puesto que lady Castlereagh no recordaba nada sobre quiénes podían haber estado viéndose con su dama de compañía.

Le había costado algún esfuerzo aplacar al vizconde, pero Dare era muy persuasivo, y su cambio de táctica pareció favorecer el resultado. Dare se quejó de que la señorita Laurent se negaba a perdonarle hasta que hiciera las paces con su rival, y se lamentó de estar perdiendo la batalla por el afecto de la Joya.

Hacer creer a Riddingham que estaba ganándosela puso al vizconde de mejor talante. Así, tres noches después de su carrera de carruajes, ambos se encontraban en el elegante club de pecado de madame Fouchet.

–¿Cuidará bien de mi amigo? –había preguntado Dare a la francesa.

–*Mais oui, absolument* –replicó ella con su voz ronca y sensual mientras, discretamente, hacía señas inequívocas a tres de sus venus.

Dare confió satisfecho a Riddingham al cuidado de la madame sabiendo que ella no dejaría de ofrecerle oporto y sexo, y que lo haría sentir como un rey, o por lo menos como un potentado oriental con un apetitoso harén.

Entonces, Dare se instaló en un rincón de la sala, preparado para pasar una larga noche.

En sus tiempos más agitados había sido un asiduo visitante de aquel lugar, y aún conocía a alguna de aquellas ligeras damiselas por su nombre. Paseando la mirada por la sala, observó que Riddingham no era el único caballero que gozaba del libertinaje. Otra media docena de conocidos estaban disfrutando de los placeres eróticos que ofrecía madame Fouchet.

Pero él no tenía deseos de seguir su ejemplo.

Dare se levantó bruscamente, se sirvió un brandy y fue a apostarse junto a la ventana, mirando al exterior, a la negra noche. Pese a sus años, de repente se sentía viejo, agotado por la fatiga y consumido hasta la médula.

Su enorme descontento no lo había cogido por sorpresa. Durante mucho tiempo había logrado negar la realidad de su existencia, hasta hacía muy poco.

Desde luego, no era de extrañar que se sintiera aburrido y solo. Todos sus amigos íntimos se habían casado y habían abandonado sus perversas vidas en favor del hogar y sus compañeras escogidas.

Sin había sido el primero. Damien Sinclair era en otro tiempo un libertino tan escandaloso como el propio Dare, hasta que se embarcó en una seducción calculada y se encontró con una mujer sin la que ya no podía vivir.

Lucian Tremayne se había conformado con dedicarse a su magistral manera de ejercer de espía hasta que perdió el corazón por la sirena de cabellos de fuego con la que sólo se había casado para tener un heredero.

El primo lejano de Lucian, el corsario americano Nicholas Sabine, había experimentado una devoradora pasión por la hermosa hija de un duque, y la había convencido para que regresara con él a su patria.

Y la pupila de Nick, Raven Kendrick, se había casado con un extranjero para evitar el escándalo, pero poco después había descubierto el deseo de su corazón por un hombre de mala fama, propietario de una sala de juego, un irlandés llamado Kell Lasseter.

Fue debido a su turbulento matrimonio por lo que Dare había interrumpido recientemente su estancia en Yorkshire y efectuado un alocado viaje hacia Irlanda.

Dare recordaba la diversión de Lucian al conocer la historia.

–¿Supongo correctamente que has jugado a ser Cupido, Dare?

Éste había sonreído débilmente ante la ironía de que un hastiado libertino como él asumiera el papel de casamentero.

–Pensé que era preciso que alguien interviniera. Raven planeaba huir de Inglaterra sin ni siquiera informar a Kell.

–¿Así que fuiste a Irlanda a buscarlo?

–Sí. Y llegamos a los muelles de Londres con apenas tiempo para impedir la marcha de Raven.

Los Lasseter finalmente habían zarpado hacia el Caribe dos días después. Dare sabía que era demasiado pronto para tener noticias de ellos, pero no le cabía ninguna duda de que eran extraordinariamente felices juntos.

Echaría mucho de menos a Raven, aunque sus sentimientos hacia ella eran simplemente los de un protector hermano mayor. La poco convencional tunanta había ejercido una buena influencia sobre él. Sin duda alguna, su repentino viaje a Irlanda para ayudar a Raven era una de las pocas cosas buenas que podían contarse entre su disoluto pasado.

Dare se encontró frunciendo el ceño mientras tomaba un largo trago de brandy. La observación de Julienne acerca de que era un libertino lo había herido, probablemente porque se aproximaba mucho a la verdad. Durante la mayor parte de sus treinta y tres años no había sido más que un consumado buscador de placer. Excepto durante su antigua y lamentable relación con Julienne, en su vida nunca había encontrado nada que realmente mereciera su esfuerzo. En todo caso, no hasta que había aparecido Caliban.

Dare pensó que, si tenía que cambiar las pautas de su vida

decadente, Caliban era un buen motivo para empezar a intentarlo. El mejor, quizá, porque las apuestas eran muy altas.

Y, ante su enorme sorpresa, se encontró con que deseaba cambiar.

Sin embargo, por el momento, le era preciso pasar el resto de aquella velada interminable en casa de madame Fouchet y procurar que Riddingham aflojara la lengua.

Con tal fin, se esforzó por conseguir que el vizconde bebiera sin parar, de modo que cuando Riddingham entró a trompicones en el carruaje de Wolverton, estaba completamente borracho.

Dare se expresó asimismo con dificultad, simulando estar bebido, cuando le preguntó al vizconde si había disfrutado.

–¡Por Júpiter, ha sido una experiencia magníficamente espléndida! –exclamó Riddingham–. Debo confesar, Wolverton, que tienes un gusto excelente para escoger a las compañeras adecuadas. Esas pájaras de madame Fouchet me han dejado totalmente escurrido...

–Estoy seguro de que se alegrarán de verte si regresas alguna vez. La rubia me ha dicho que hace meses que no disfrutaba de un buen elemento como tú.

–¿Te ha dicho eso?

Repantigado en el asiento, con las desordenadas ropas apestando a sexo y a vino, Riddingham exhibió una estúpida sonrisa.

–He visto que admiraba tu anillo –comentó Dare–. Me pregunto si ejerce algún poder especial con las mujeres.

La sonrisa de Riddingham se intensificó mientras levantaba la mano para mirarse la alhaja. Los rubíes de los ojos del dragón titilaron a la tenue luz de un farol junto al que pasaban.

–Tal vez sí.

–Realmente me gustaría tener uno como ése. ¿Estás seguro de que no fue a Stephen Ormsby a quien se lo ganaste?

Riddingham frunció el ceño.

–No lo recuerdo.

–Bien, por lo menos tu gusto en mujeres es mejor que el

de Stephen. He oído decir que estuvo cortejando a aquella joven acompañante de lady Castlereagh hace algunas semanas. La muchacha que apareció flotando en el Támesis.

–Sí, fue una pena.

–Sí, una pena. Stephen y tú estuvisteis en casa de los Castlereagh hace algunas semanas, ¿verdad?

El vizconde hizo una señal de asentimiento, mareado.

–¿Lo viste seduciendo a la muchacha?

–Pues sí. Pero había también otro tipo..., un individuo alto, moreno... –Riddingham profirió una risita de borracho–. Ella le ponía ojos de carnera y apenas se fijaba en el viejo Stephen.

–¿Ah, sí? ¿Prefería a ese otro tipo? ¿Quién era?

–No puedo recordar su nombre, pero... creo que su título era más elevado que el de baronet. Lo recuerdo porque a Stephen le fastidió que ella le rechazase. ¡Stephen se cree el hombre más encantador del mundo!

Riddingham soltó una carcajada antes de recostar la cabeza contra los almohadones y quedarse dormido.

Dare se esforzó, a pesar de sus ronquidos, en considerar cuáles debían ser sus siguientes pasos. Dudaba muchísimo de que Riddingham hubiera matado a la muchacha, ni siquiera le creía capaz de contratar a alguien para que lo hiciera. Y la posibilidad de que él fuese Caliban ahora parecía tan inverosímil que daba risa.

Frunció el ceño. También parecía ridículo que hubiera sospechado que Julienne era la cómplice de Caliban. Ella no estaba aliada con un astuto asesino, ni tampoco era una traidora.

Ese pensamiento le supuso menos consuelo del que debería, porque ahora ya no tenía ningún pretexto legítimo para perseguirla. Por lo menos ningún pretexto que hiciese que Julienne lo tomase en serio.

Ella creía que su público cortejo era un adolescente acto de venganza... y tal vez había comenzado de ese modo. Pero se engañaba a sí mismo si creía que su objetivo no había cambiado.

El deseo lo atormentaba como carbones encendidos, y,

sin embargo, su necesidad de Julienne iba más allá de lo físico. Dare deseaba algo más que ganar su apuesta; deseaba su sincera rendición.

La entrepierna se le endurecía cuando recordaba su beso de victoria tras la carrera. El temor que había sentido a que ella pudiera haberse caído del vehículo. Sus suaves labios separándose, cálidos y húmedos, entre los suyos. Su corazón latiendo salvajemente mientras sus suaves senos se apretaban contra su pecho. La alegría que lo inundó ante su voluntad de ayudarle.

Podría haber seguido besándola para siempre por la pura dicha de hacerlo. Incluso aquel simple contacto despertaba alguna parte de él que se había mantenido dormida durante años. Pese a toda su experiencia sensual, había permanecido emocionalmente aislado de sus amantes, manteniéndose aparte incluso cuando buscaba liberarse del inmenso vacío que lo corroía.

Dare sabía que tendría que encontrar fuerzas para separarse de Julienne. Ella destrozaría su corazón de nuevo si él se lo permitía.

Volver a quererla era imposible, inimaginable.

Y aun así no podía perderla. Todavía no.

Por otra parte no podía evitar considerar lo que le iba a costar ganar su apuesta.

Se encontró con Lucian a la mañana siguiente, mientras éste estaba entrenándose en los salones de Gentleman Jackson, en Bond Street. Dare deseaba ver a su amigo antes de que éste dejara la ciudad para trasladarse a su casa de Devonshire con Brynn, su mujer embarazada.

Dare hizo una mueca mientras observaba la castigadora tanda de puñetazos, pero Lucian parecía disfrutar con aquella barbaridad física, contribuyendo con sus propios poderosos golpes con deleite. Cuando el combate hubo terminado, Lucian y Dare se instalaron en una esquina de la vasta sala y hablaron entre el estrépito del siguiente encuentro de boxeo.

Mientras Lucian se secaba el sudor con una toalla, Dare le refirió lo que había averiguado acerca de la coartada de Riddingham sobre el momento de la muerte de la chica.

–¿Y estás convencido de que Riddingham no es Caliban? –preguntó Lucian cuando él concluyó.

–Lo estoy, sin ninguna duda. Hemos estado investigando a la persona equivocada. Aunque aún es posible que estén implicados sus acólitos.

–¿Quiénes? –preguntó Lucian cuando él concluyó.

–Sir Stephen Ormsby y Martin Perrine. ¿Los conoces?

–A Stephen, sí. A Perrine sólo vagamente.

–Sir Stephen es un frívolo elegante. Perrine es un tipo apagado, que apenas dice una palabra –comentó Dare–. Ambos se encontraban en la finca de Riddingham en York el mes pasado, por lo que acudieron como invitados a la fiesta que celebré recientemente en mi casa. Los invité porque Riddingham podría haber conseguido el anillo de cualquiera de ellos. Por añadidura, sir Stephen fue visto coqueteando con la chica asesinada durante las últimas semanas.

Le contó cómo se rió Riddingham porque sir Stephen hubiera sido rechazado por la muchacha en favor de un noble alto y moreno.

–Ésa podría ser una pista importante –declaró Lucian visiblemente complacido por la información–. Me encargaré de ello inmediatamente.

–Aunque Martin Perrine no debería ser descuidado del todo –observó Dare–. Es de común conocimiento que sus bolsillos están agotados. Como hijo menor, sus perspectivas no deben de ser demasiado prometedoras. Podría haber traicionado por dinero.

Lucian frunció la frente pensando en ello mientras se ponía la camisa.

–Haré que lo investiguen, pero dudo de que Caliban se haya metido en esto sólo por dinero. Es un brillante estratega que se deleita siendo más listo que sus contrincantes.

–Desde luego que Perrine no parece muy brillante. Y no es noble de cuna.

–Aun así, sus tranquilos modales podrían ser simplemente un disfraz. Y es posible que se autodenomine lord Caliban para aumentar su importancia ante sus víctimas. Veré qué pueden descubrir mis agentes sobre él junto con sir Stephen y ese noble anónimo.

Dare se disponía a responder, pero en ese preciso momento, Gentleman Jackson, uno de los antiguos campeones de Inglaterra y propietario del salón de boxeo, se acercó para alabar a Lucian por su combate.

Cuando volvieron a quedarse solos, Lucian comenzó a atarse el pañuelo mientras le decía a Dare en voz baja:

–Tendré que pedirte que continúes con la búsqueda, puesto que desenmascarar a Caliban se ha convertido en algo aún más urgente de lo que era. Esta mañana he recibido un comunicado desde Francia. Hace algunos días, hubo un intento fallido de envenenar a lord Castlereagh.

–¿Y tú crees que ha intervenido en ello la mano de Caliban?

–Nuestro secretario de Asuntos Exteriores tiene sin duda enemigos en casa –reconoció Lucian–. Y, puesto que no está aquí para defender su política, varios miembros del Parlamento se han puesto en su contra. Incluso el gabinete está seriamente dividido. Pero no se me ocurre que nadie pudiera recurrir al crimen para librarse de él.

–Pero ¿cómo beneficiaría su muerte a Caliban? –preguntó Dare.

–Podría tratarse de una simple venganza. Si Napoleón abdica, como se espera, deberá escogerse un sucesor. Castlereagh apuesta porque sería mejor un monarca borbónico en el trono antes que un hijo de Bonaparte, y su señoría va a salir pronto de Chaumont hacia París para resolver la cuestión con nuestros aliados y el senado francés. Ése podría ser el motivo de Caliban: represalias contra el rival más importante de Bonaparte. Podría estar planeando por tanto asesinar a Castlereagh.

–De modo que deberíamos suponer que él es el próximo objetivo de Caliban –comentó Dare pensativo.

–Creo que sí. Y Caliban sin duda tendrá ayudantes. Es un maestro a la hora de reclutar conspiradores..., descubriendo sus debilidades y explotándolas. Grayson, el hermano de Brynn, es la única persona que conozco que ha escapado de la red de Caliban y sólo lo consiguió fingiendo su propia muerte. Lo que me recuerda... ¿Has llegado a alguna conclusión sobre la implicación de la señorita Laurent con Caliban?

Dare hizo una mueca involuntaria.

–Sí.

–¿Y? –lo apremió Lucian.

–Creo que es inocente. Ahora comprendo que estaba equivocado al respecto. Precisamente fue quien descubrió la prueba que exime a Riddingham. Si no fuera por ella, tal vez aún seguiría en un callejón sin salida.

–De modo que, después de todo, ¿yo tenía razón? –La pregunta contenía un cierto sarcasmo.

–Sí, maldito seas –repuso Dare con simpatía–. Reconozco que permití que mi pasado con ella influyera en mi juicio, tal como me acusaste de hacer. Desde entonces, he modificado mi opinión sobre Julienne. Creo que podría ser una buena espía para ti.

–¿Sí? Entonces, ¿puedes ocuparte de pedirle que trabaje para nosotros?

–Si tú aún estás interesado...

–Lo estoy. Se lo pediría yo en persona, pero parto hoy mismo para Devonshire. –Hizo una pausa–. ¿Conoces a Philip Barton, mi ayudante? Si descubres algo importante, contacta con él. Él sabrá qué hacer.

Dare asintió.

–Dale un abrazo de mi parte a Brynn –dijo con aire ausente, debatiendo ya mentalmente cómo abordaría el tema con Julienne–. Cuando regreses, seguramente tendré más información.

Capítulo diez

Sin embargo, Dare dejó pasar casi una semana antes de hablar con Julienne. Se mantuvo alejado por varias razones.

La primera y más práctica era que Riddingham creyera que estaba ganándose a la hermosa Joya. Un cambio de conducta demasiado rápido podría suscitar interrogantes en la mente del vizconde y hacerle sospechar del interrogatorio al que Dare le sometió borracho acerca de sus amigos y la acompañante muerta.

La segunda, pensó Dare, era incrementar la ansiedad de Julienne respecto a su próximo encuentro. Ella le había pedido que le informara de lo que averiguara, y demorar su revelación sólo despertaría su curiosidad.

Y la última, y más delicada, era concederse un tiempo para controlar su obsesión por ella. Sin embargo, Dare comprendió que su esfuerzo había sido inútil, mientras, sentado en su palco del teatro Drury Lane, miraba la obra que se representaba, *Ricardo III.*

Era una actuación brillante. Desde las primeras frases destacó el genio de Edmund Kean en su papel del perverso Ricardo, que accede al trono mediante el asesinato, para verse abocado luego a su propia destrucción. Pero Julienne, como lady Ana, era un perfecto contrapunto para él, intentando evitar la mortal telaraña tejida por Ricardo.

La escena del cortejo durante la procesión fúnebre por el difunto rey era una retorcida danza de apareamiento repleta de ocultos sentimientos casi eróticos.

Dare, como el resto del público, estaba fascinado. La escena adquirió un significado añadido a causa de su propia danza de seducción con Julienne. Se sintió a menudo centro de las inquisitivas miradas de los enjoyados caballeros y damas de los palcos contiguos.

Desde luego, conocía el final de la obra de Shakespeare: lady Ana perdía la batalla con Ricardo y también su vida, pues moría envenenada. Pero, sin embargo, mientras observaba a Dare le resultó sorprendentemente claro la deslumbrante actuación de Julienne, que en la vida real era él quien tenía la batalla perdida.

«Tu belleza fue la causa... Tu belleza que obsesionaba mis sueños.»

Había tratado de convencerse a sí mismo de que con el tiempo lo superaría. Pero Julienne se le había vuelto a meter bajo la piel, maldita fuera.

Nada podía impedir que la deseara constantemente, infinitamente. Nada le impediría perseguirla.

Ni siquiera saber el dolor que acabaría padeciendo al final.

Dare abandonó el teatro inmediatamente después de la representación con el propósito de aguardar a Julienne en su residencia. Un frío viento agitaba su abrigo mientras permanecía en la calle, aguardando a que llegara el turno de su coche en la larga fila de carruajes.

Un lacayo le abrió la puerta y Dare se dispuso a entrar. Pero entonces distinguió un pequeño objeto, situado sobre el asiento de terciopelo, que brillaba a la luz de las lámparas del carruaje.

Era una joya. Tal vez un broche. Lo cogió y lo examinó. Era una flor... con tallo y hojas de oro y pétalos hechos de perlas. ¿Tal vez una rosa?

De pronto, Dare sintió una sombría sospecha. ¿Qué era lo que Lucian le había dicho cuando ambos se encontraban ante el maltrecho cuerpo de Alice Watson? «Ella llevaba un broche con forma de rosa hecho de perlas que, al parecer, le había regalado su amante.» ¿Era aquél el broche que había sido arrancado del vestido de la muchacha muerta? ¿Y cómo diablos había llegado al asiento de su carruaje?

¿Era obra de su asesino?

Comenzó a darle vueltas al asunto y escudriñó a la multitud que deambulaba por la calle, frente al teatro. Hacía quince días que había anunciado que estaba persiguiendo a un traidor mortal llamado Caliban. ¿Era aquélla su respuesta?

¿Estaba Caliban dejándole pistas para reírse de él? ¿Lo estaba observando en aquellos mismos momentos? ¿Era Caliban el asesino de la muchacha?

Dare apretó la boca. Resultaba difícil creer que ambas cosas no estuvieran relacionadas.

Se proponía interrogar a su cochero y al lacayo, pero dudaba de que pudiera encontrar pistas acerca de quién había colocado el broche allí. Caliban era demasiado inteligente.

Sin embargo, en esa ocasión, el traidor se había excedido. Caliban tal vez disfrutara demostrando que su inteligencia era superior a la de sus contrincantes y despertando el temor en sus corazones, pensó Dare glacialmente, pero en su caso, aquel aparente intento de intimidarlo sólo reafirmaba su decisión de encontrar al traidor y conducirlo ante la justicia.

Era pasada la medianoche cuando un carruaje de alquiler depositaba a Julienne frente a su residencia y luego se iba, traqueteando por la calle inundada de niebla.

Al ver que una figura se abría paso entre las sombras, sofocó un grito y tanteó en su bolso buscando la pequeña pero mortal hoja que llevaba para protegerse.

–¿No crees que llegas muy tarde? –le preguntó Dare con aire despreocupado mientras la luz de la luna iluminaba sus hermosos rasgos.

Julienne se llevó una mano al corazón.

–¡Dare! –Su tono expresaba a un tiempo alivio y disgusto–. Me acabas de quitar diez años de vida.

–La obra hace horas que ha terminado.

Ella frunció el ceño y lo examinó a la tenue luz, tratando de entender su enigmática expresión.

–Acepté la invitación de Riddingham para cenar. –Al ver que no obtenía respuesta, bajó el tono de voz–. No puedes objetar nada cuando me pediste que pasara más tiempo con él. Además, ni siquiera te he visto desde hace días.

–¿Me has echado de menos?

–No –mintió Julienne–. Pero esperaba que contactaras conmigo..., aunque no a estas horas de la noche.

–¿Me invitarás a entrar?

Julienne vaciló.

–Es una respetable casa de huéspedes. A la casera no le gustará que reciba a un caballero a estas horas, especialmente a uno con mala fama.

–No es necesario que lo sepa.

–Nunca se le escapa nada.

–He venido a informarte de mi investigación sobre Riddingham –le dijo Dare mientras ella aún vacilaba–, pero si prefieres que me vaya...

–No –replicó Julienne con un áspero susurro–. Pero, por favor, habla en voz baja.

–Hoy he estado en el teatro –murmuró Dare mientras la seguía hasta la puerta principal.

–Lo sé. Te he visto.

No añadió que había estado escudriñando el público todas y cada una de las representaciones buscando el cabello brillante y dorado de Dare. Tampoco le confesó el brinco de alegría que había dado su corazón cuando aquella noche lo había visto en el palco, ni su decepción al ver que no acudía entre bastidores a saludarla después de la representación.

Tras abrir la puerta, Julienne encendió una vela en el vestíbulo de entrada. Silenciosamente, lo condujo por la oscura escalera y luego por un pasillo hacia las habitaciones que había alquilado para la temporada de teatro.

El salón estaba frío, porque ella prefería evitar el gasto del fuego cuando decidía acostarse pronto. Aunque en el dormitorio había carbones encendidos en la rejilla, pues pagaba a la patrona para que se cuidara de ello antes de su regreso cada noche del teatro.

Julienne se quitó la capa y le ofreció un asiento a Dare, pero él siguió de pie. Mientras ella encendía una lámpara, él abarcó con la mirada el escaso mobiliario y frunció el ceño.

–Así pues, ¿qué ha sucedido con Riddingham? –le preguntó Julienne, deseando que no mencionara nada sobre su modesto alojamiento ni sobre su decisión de no gastarse el salario en mayores lujos–. ¿Descubriste si sus amigos conocían a la acompañante?

–A sir Stephen lo vieron hablando con ella en la reunión de lady Castlereagh. Pero también había un desconocido que pareció despertar su interés. He transmitido la información para que la investiguen. Con algo de suerte, mis averiguaciones podrían situarnos un paso más cerca de encontrar a Caliban.

–¿Qué hay entonces?

–Seguimos con la investigación.

Ella le dirigió una mirada exasperada.

–¿Es eso todo lo que te propones contarme?

–Eso depende de ti, Julienne.

–¿Qué quieres decir?

–Me han encargado que te ofrezca un trabajo.

–¿Un trabajo?

–Como espía del gobierno británico.

Ella lo miró estupefacta ante su inesperada respuesta.

–El caballero que dirige el servicio de inteligencia en Asuntos Exteriores cree que podrías ser un elemento importante para el país, puesto que tienes acceso a la comunidad de emigrados políticos. Si trabajaras para nosotros, se te pediría que recabaras toda la información posible sobre los monárquicos y que la transmitieras. Desde luego, el gobierno te pagaría por ello.

Paseó la mirada por el desastrado salón y Julienne pudo imaginar lo que estaba pensando: que evidentemente unos ingresos extra no le irían mal. Recordó asimismo lo que Dare pensaba acerca de que ella era avara y codiciosa. Sin duda, la creía dispuesta a hacer casi cualquier cosa por dinero.

Apretó los labios con fuerza.

–Me asombra que tu propuesta llegue ahora –dijo fríamente–. ¿Es porque te he sido de utilidad ayudándote con Riddingham?

–Eso, y el hecho de que tus acciones parecen absolverte de culpabilidad.

–¿Culpabilidad?

Dare fijó en ella su verde mirada.

–No podía estar seguro de tu complicidad con Riddingham la primera vez que te vi con él. Según mis informaciones, él podía ser Caliban, y tú eras una persona con la que mantenía una estrecha relación.

Julienne se quedó sin respiración ante lo que implicaban sus palabras.

–¿Creíste que yo estaba confabulada con...? ¿Sospechaste que yo era una traidora?

–Esa posibilidad pasó por mi mente. –Dare sonrió con una pizca de burla–. No es la primera vez que tu nombre ha sido vinculado a los bonapartistas.

Julienne se sintió estremecer.

–¿Estás hablando de las acusaciones de tu abuelo?

Al ver que él permanecía en silencio, la invadió una viva oleada de pesar y furia. Hacía siete años había sido víctima de las malvadas maquinaciones del viejo lord Wolverton, aun siendo completamente inocente.

Notó que su tono se había vuelto gélido.

–Tu abuelo me acusó de traición, ¿tú le creíste?

Dare se encogió de hombros, un gesto elegante que no expresaba nada.

–Entonces no estaba seguro de qué creer. Teniendo en cuenta todas tus mentiras, me parece que habría estado justificado suponer lo peor. Y ciertamente no podía confiar en tu lealtad cuando muy bien podías ser cómplice de Caliban.

Su respuesta la hirió en lo más hondo y bajó la mirada para ocultar su amargo dolor. Era cierto que había traicionado a Dare y que tenía derecho a despreciarla por ello. Pero una cosa era odiarla por engañarlo falsamente con un amante y otra muy distinta considerarla culpable de traicionar a su país.

¿Cómo podía creer algo tan despreciable de ella?

Por un momento, permaneció temblorosa, recordando aquella época terrible de hacía siete años, cuando los perversos rumores la habían colocado bajo sospecha de traición; su indefensión, su total impotencia para refutar los cargos. Aquellas injuriosas acusaciones habían destrozado su vida a pesar de que ella no había hecho nada para merecerlas. Su único delito había sido amar a Dare.

¡No tenía ningún derecho a creerla culpable! Las palabras de Dare en aquellos momentos eran una traición en sí mismas. Precisamente él debería haber sabido que aquellas acusaciones no eran más que mentiras.

Julienne levantó la cabeza para mirarlo con furia.

–Tu abuelo se inventó aquellos cargos con el fin de intimidarme. Me sorprende que te dejaras engañar por él.

Un destello de dolor brilló en los ojos de Dare antes de que su mirada se volviera tan fría como la de ella.

–Tú me engañaste con tus artimañas, ¿no es cierto? Realmente fui un ingenuo contigo. En consecuencia, mi abuelo podía estar en lo cierto respecto al resto.

Su réplica desató la ira en el interior de Julienne. Miró a Dare encolerizada, deseando devolverle el golpe, ansiando castigarlo por su falta de confianza.

–Si me crees una mujer fatal hasta tal punto, me asombra que te arriesgues siquiera a estar a solas conmigo.

–Ahora tengo mejores armas que hace siete años.

–¿De verdad? –repuso Julienne en un tono peligrosamente suave. Estaba dispuesta a demostrarle que no estaba tan bien armado como creía–. ¿Te importaría entonces poner a prueba tu armadura?

Él deslizó la mirada por su cuerpo.

–¿Qué te propones?

A modo de respuesta, ella giró sobre sus talones y abrió la puerta de su dormitorio. Se detuvo y se volvió a mirarlo con ojos desafiantes.

–¿Vas a venir o no?

Por primera vez, Julienne vio con satisfacción que había dejado a Dare sin palabras. Pero él vaciló sólo un momento antes de seguirla.

Allí se estaba más caliente. Atizó los carbones en la rejilla hasta conseguir un animado resplandor y luego encendió una lámpara, que depositó sobre la repisa de la chimenea. Dare había cerrado la puerta tras él y estaba observando el escaso mobiliario de la sobria habitación: una cama estrecha, un lavamanos, un armario, el tocador y una única silla situada cerca del hogar.

–Quítate la ropa –le ordenó Julienne mientras ella se despojaba de su capa y la colgaba de un gancho en la pared.

Cuando se volvió, se encontró con que Dare la estaba observando con los ojos semientornados. El ardor y el recelo brillaban en sus profundidades.

–¿Así? ¿Tal cual? ¿Esperas que me desnude sin ningún preliminar?

Su sonrisa fue a un tiempo seductora y despectiva.

–¿Acaso tienes miedo, lord Wolverton?

–¿Contigo de este talante? –Curvó la boca en una sonrisa–. Creo que no sería descabellado tenerlo.

–Ciertamente deberías –lo provocó con una seductora sacudida de la cabeza.

Su mente le decía que estaba jugando con fuego, pero Julienne se negó a echarse atrás en su desafío. La cólera que la empujaba era demasiado fiera como para ignorarla. Deseaba castigar a Dare, herirlo tal como él la había herido a ella. Deseaba conquistarle.

Hasta el momento, ella había conseguido pocas victorias en su particular guerra, pero se prometió que eso cambiaría aquella noche. Y utilizaría su cuerpo como arma.

–¿Y bien? –preguntó impaciente, con los brazos en jarras.

Entonces, Dare se desnudó, aunque más lentamente de lo que a ella le habría gustado. Mientras Julienne lo observaba, se quitó la chaqueta y el pañuelo y los extendió sobre el respaldo de la silla y luego se desprendió de su camisa de hilo.

Su desnudo torso brillaba dorado a la luz del fuego, que perfilaba sus fuertes músculos.

Se sentó para quitarse los escarpines y las medias y buscó la abertura de sus calzones. Le dirigió una mirada, vacilante, como para comprobar si lo estaba observando.

Julienne curvó los labios en una media sonrisa y se enfrentó al sombrío desafío de sus ojos. Él se soltó los calzones, se puso en pie y, lentamente, dejó que se deslizaran, exhibiendo el duro y liso contorno de su vientre..., el tentador vello dorado oscuro de su pubis... Empujó más abajo el tejido de satén. Libre ya de opresiones, su erecto miembro saltó hacia arriba, hasta su vientre, enrojecido y congestionado por la expectación.

A Julienne se le secó la boca. Pese a su decisión de permanecer impasible, sintió que su cuerpo se estremecía. Pero se negó a permitir que Dare percibiera su debilidad.

–Diría que estás bastante ansioso por tenerme –se burló.

–Yo siempre estoy ansioso por tenerte, *chérie* –replicó Dare secamente–. Eso no es nada nuevo.

Empujó más abajo la prenda hasta dejar al descubierto la aterciopelada bolsa de sus pesados testículos, sus fibrosos muslos y las pantorrillas. Luego se liberó totalmente de los calzones dejando su esbelto y poderoso cuerpo al desnudo.

Con reacio temor, Julienne pensó que era hermoso. Ágil, fuerte y sensual, el objeto de todas sus fantasías. El deseo la arañó por dentro, insistente y vivo, mientras avanzaba hasta situarse frente a él, pero trató de ocultarlo con una burlona sonrisa.

Intencionadamente, pasó la punta del dedo por su torso musculoso y por su vientre liso hasta su henchido falo, que parecía rogar su atención.

Dare entornó los ojos, pero ella ignoró el peligro de su verde mirada mientras curvaba los dedos sobre el dardo sedoso y acerado.

–¿Quieres que comprobemos hasta qué punto puedes resistirte a mí? –preguntó ella.

–Puedes ser todo lo mala que quieras –repuso él con enloquecedora indiferencia.

«¡Oh, lo haré!», pensó Julienne sombríamente. Le haría estallar. Le haría rogarle misericordia...

Se puso de puntillas para besarle, pero no había nada tierno en su gesto. En lugar de ello, le mordió los labios arañando su carne con los dientes.

Julienne pudo oír su silencioso gruñido de sorpresa al reconocer el primario y peligroso talante de su acto amoroso, pero aparte de tensar su cuerpo, no formuló ninguna protesta.

Aún sosteniendo su miembro en la mano, Julienne le mordisqueó la mandíbula, la fuerte columna de su garganta, la lustrosa piel de su hombro y luego fue hacia su pecho, a los lisos pezones masculinos. Los mordió ligeramente y él emitió un agudo suspiro. Con una débil sonrisa de triunfo, Julienne les dedicó un largo tiempo, chupándolos, lamiéndolos y rozándolos con los dientes antes de deslizarse más abajo.

Pero cuando su hambrienta boca bajó hasta su estómago, Dare comprendió sus intenciones y la asió por los brazos, para detenerla.

–Deseo que te desnudes primero. A menos que seas tú quien tiene miedo –añadió, cuando ella lo miró.

Sus ojos centellearon de rabia, pero se volvió en silencio para darle la espalda, a fin de que le desabrochara los botones del vestido. Cuando volvió a ponerse frente a él, sus miradas se fundieron. Dos personas apasionadas decididas a no ceder.

Julienne esbozó entonces una sonrisa y se quitó las prendas lentamente, una a una, con movimientos intencionadamente provocativos.

Su erótica actuación mantuvo fascinada la mirada de Dare. No comprendía la sorda ira que la invadía, el helado desdén, pero sí percibía plenamente el efecto que su cuerpo, escasamente vestido, producía en él. Cómo lo hacía arder y cómo hacía latir su sangre.

Cuando Julienne se pasó lentamente la lengua por los labios a modo de carnal invitación, la excitación estalló por todo su cuerpo. Apenas podía ya fingir indiferencia cuando Julienne se quitó la camisa y se quedó vestida únicamente con unas medias de seda sostenidas por una liga.

Julienne se inclinó, se desató los lazos de la liga y deslizó la seda hacia abajo, por sus largas y esbeltas piernas, mientras sus maduros y plenos senos oscilaban como apetitosas frutas.

Dare sintió que el sudor lo inundaba. ¡Dios!, cómo deseaba saborear aquellos dulces pechos y chupar sus tensos pezones hasta que estuviera febril y dolorida de deseo, como había conseguido que estuviese él.

Julienne se incorporó de nuevo, y la sensual y brillante luz de sus ojos le reveló claramente que sabía cuánto lo cautivaba su cuerpo desnudo.

Contra su voluntad, Dare deslizó la mirada por todo su cuerpo..., su impecable busto, su estrecha cintura, sus caderas redondeadas, los negros rizos de su monte de Venus... Julienne embelesaba sus sentidos, por hastiados que éstos estuvieran. Tenía que luchar para no tocarla y no cogerla entre sus brazos y poner un rápido final a su tortura.

Pero ella, al parecer, no había acabado de hacerle sufrir. Observó cómo iba hacia su tocador y cogía un cofrecillo cuyo contenido reconoció al instante: esponjas y frascos de líquidos –sin duda vinagre o brandy– para evitar el embarazo. Absurdamente, sintió una punzada de pesar al ver que ella se aseguraba de no concebir un hijo suyo.

Julienne empapó una esponja y, sin el menor pudor, se la introdujo entre las piernas, profundamente, en su conducto femenino. Luego se soltó los cabellos agitando la cabeza de modo que la brillante masa negra se desparramara por sus hombros descubiertos, ondulándose en torno a sus senos desnudos.

Para Dare aquello era un canto de sirena. Casi gimió de placer, mientras todos los músculos de su cuerpo se contraían atormentados. Julienne conocía demasiado bien lo que su sedoso cabello le producía, cuán fieramente lo excitaba. Sabía que uno de sus mayores placeres era notar cómo Julienne le deslizaba sus suaves mechones por el cuerpo. Podía yacer así durante horas mientras ella lo torturaba de ese modo.

Dare sabía que estaba vencido. Podía ser lo bastante fuerte para combatir, pero no podía luchar contra Julienne cuando ella se comportaba como una diosa poniendo en juego todas sus artes de seducción.

Apretó la mandíbula mientras luchaba por mantener el control, pero no había modo de resistirse a ella. Y todavía menos cuando fue tranquilamente hacia él y cogió entre sus manos la bolsa de sus testículos. Su pene se levantó y agitó indefenso en respuesta a sus hábiles caricias.

Las yemas de sus dedos le transmitían fuego por todo el cuerpo. Dare cerró los ojos, pero el aroma de su calor impregnó su olfato.

Julienne se acercó más y oprimió su entrepierna contra la clamorosa erección de él, mientras paseaba sus endurecidos pezones por el muro de su pecho.

Entonces, Dare profirió un gemido. Deseaba lanzarla sobre el lecho y sumergirse en ella, pero era Julienne quien dominaba la situación; una salvaje criatura de fuego y luz de luna. Y él era su esclavo.

Tuvo que respirar profundamente cuando ella separó las piernas para colocarse a horcajadas sobre su muslo y deslizó su ya resbaladiza hendidura sobre su pierna, frotándose ávidamente contra él. Sus sentidos giraron vertiginosamente, frenéticos. Le cogió la cintura con ambas manos, pero ella se las retiró.

–No –le advirtió Julienne con una hiriente mirada, y volvió a inclinarse sobre él.

Entonces, le dio unos intensos y encendidos besos en el pecho y más abajo, dejando en sus músculos un rastro de fuego. Aquello era casi más de lo que Dare podía soportar.

Garras de pasión se aferraban a él arañándolo. Cuando ella empezó a descender, se estremeció previendo sus eróticas intenciones.

No se había equivocado. Una sensación delirante lo desgarró cuando Julienne le pasó la lengua por la cabeza de su dardo... humedeciendo la sensible punta..., soltando un suave y cálido aliento que lo excitaba salvajemente.

Se le tensó todo el cuerpo.

Todo ello antes de que ella ciñera su miembro con su jugosa boca.

–¡Por Cristo! –gruñó Dare en tono áspero.

Pero Julienne no mostró ninguna misericordia. Su henchido miembro se proyectaba ya descaradamente, latiendo con un dolor implacable. Cada centímetro de su piel ardía febril por ella. Pero Julienne proseguía su asalto sensual con lengua, labios y dientes, obligándolo a rendirse al exquisito tormento.

Dare apretó los dientes ante la increíble acometida de placer. Sintió que perdía la cordura mientras ella lo chupaba atrayéndolo hacia un torbellino de fuego... unos momentos antes de que se quebrantara su rígido control.

Pronunció su nombre con voz ronca, la sujetó con fuerza por los hombros y la puso en pie. Su seductora boca estaba húmeda y triunfante, pero él sintió la tensión de su cuerpo, advirtió en sus ojos las ardientes llamas de deseo y comprendió que Julienne estaba inundada por el deseo al igual que él.

La cogió por las nalgas, la levantó del suelo y le abrió los muslos, preparado para poseerla. Cuando sus ojos se encontraron, la descarga de un vivo relámpago estalló entre los dos.

Dare sostuvo su tormentosa mirada mientras se deslizaba en su interior, a través de su tierna y sedosa dulzura con violenta y agresiva urgencia.

El sorprendente calor de Julienne casi lo hizo estallar. Y el gemido sofocado que ella profirió le hizo comprender que estaba a punto de alcanzar el clímax, lo mismo que el modo en que hundía los dedos en su cabello y se arqueaba contra su cuerpo.

Incapaz de hablar, apenas capaz de respirar, la llevó hasta el lecho y se dejó caer en él con ella. Por un momento, rodaron y se enfrentaron en el estrecho colchón en un duelo de deseo que sumaba a su pasión la turbulencia de sus voluntades enfrentadas. Julienne le había rodeado estrechamente las caderas con las piernas y estaba retorciéndose y moviéndose debajo de él. Dare sintió estimulada e intensificada su propia excitación por el tempestuoso apetito de Julienne.

A punto de estallar, le cubrió la boca con un profundo y violento beso de deseo y ella respondió igual de fieramente, clavándole las uñas en los omóplatos con un fervor ardiente, abrasador.

Al cabo de un instante, él sintió la inminencia de su descarga. Julienne se retorció debajo de él en una explosión candente y su grito quedó sofocado por la boca de Dare mientras sujetaba contra la cama su cuerpo arrebatado. La sensación de su húmedo y tenso canal aferrando su dardo lo puso fuera de sí. Se encajó en ella aún más profundamente, sacudiendo las caderas en un espasmo de culminación mientras lo inundaba un placer salvaje y desenfrenado hecho de caricias de fuego.

Durante un rato, se quedó derrumbado sobre ella, demasiado agotado para moverse. Al fin la liberó de su peso y atrajo su cuerpo desmadejado contra el suyo.

En los momentos posteriores, Julienne yació rodeada por sus brazos, envuelta en su musculosa fortaleza, con el cuerpo debilitado pero los pensamientos agitándose como un torbellino. Su plan de castigar a Dare había fracasado; su solitaria y anhelante carne la había traicionado, su decisión se había disuelto mientras la cólera se convertía en ferviente apetito.

Era estúpido haber sucumbido así a sus pasiones. Y, sin embargo, se sentía bien por la liberación de furia reprimida y de dolor después de tantos años. Su acto amoroso había sido explosivo, pero ella no había deseado ternura por parte de Dare. Se había sentido salvaje y licenciosa... ardiendo por él.

Había disfrutado con la feroz tempestad. Y había anhelado asimismo la paz de después. Durante aquellos años había echado desesperadamente de menos la intimidad de yacer con Dare, sus dos cuerpos entrelazados. Los labios de él lo sabían perfectamente, así como también sus brazos, y Dare mismo. Podía sentir los latidos de su corazón como un eco de los suyos.

Y sin embargo, él la había creído una traidora.

Transcurrió un largo rato antes de que pudiera controlar su resentimiento, su cólera.

–Pese a lo que creas de mí –dijo ella al fin en voz baja y

dura–, yo nunca ayudaría al actual régimen francés. Odio a los revolucionarios porque asesinaron a mi padre y destruyeron nuestro futuro; fue por culpa de Napoleón por lo que nos hundimos en la miseria. Si hubiéramos podido recuperar aunque hubiese sido una parte de los terrenos y la fortuna de Folmont, yo nunca habría tenido que... –Se quedó en silencio, apretando los dientes, sabiendo que era inútil mencionar todos los «de no haber sido».

–¿Nunca habrías tenido qué...? –la apremió Dare, acariciándole la sien con su cálido aliento.

–Nunca me habría visto obligada a prostituirme.

Julienne advirtió que él se quedaba inmóvil. Había logrado escandalizarle, tal como pretendía.

–¿Qué quieres decir?

La pregunta contenía un tono afilado que la sorprendió.

«¿Es posible que le importe?», pensó ella desafiante.

–Las acusaciones de tu abuelo supusieron tal escándalo que no pude seguir apareciendo en público sin que se organizase un gran revuelo. Fui tachada de peligrosa prostituta incluso por mis amigos. –La ira la impulsó a proseguir–. Yo tal vez lo habría soportado, pero mi madre se quedó desolada. Dejé la ciudad, confiando en ahorrarle ese sufrimiento. Pero los ingresos de la tienda no eran suficientes... Y entonces la salud de mi madre empeoró. Necesitaba cuidados constantes y medicinas para el dolor, de modo que busqué un protector para poder pagar sus facturas.

–¿Un protector? –La voz de Dare era baja y apagada.

Al recordar, Julienne tragó saliva dificultosamente, luchando contra su antiguo pesar.

–No tenía más remedio. Mi madre dependía de mí.

Dare, con expresión indescifrable, se apoyó en un codo para mirarla.

Su imagen se desdibujó ante los ojos de Julienne, brillando trémula a la luz del fuego y de sus tontas lágrimas. Se las enjugó furiosamente. No caería en la autocompasión. Y no estaba dispuesta a tolerar sus sospechas.

–Vendí mi cuerpo, Dare, pero no mi lealtad a este país.

Ante su intenso escrutinio, ella desvió la mirada, tratando de aferrarse con fuerza a su cólera; su única defensa contra él.

–¡No estoy en venta! Nunca he vendido mi alma. No soy una traidora.

Dare guardó silencio recordando la época en que conoció a Julienne, cómo protegía a su madre, con toda la fiereza de una leona que protegiera a su cachorro. Julienne había sacrificado por su madre mucho más de lo que sacrificaría la mayoría de las hijas: había vendido su cuerpo para mantenerla en sus últimos días. Sintió una violenta punzada de culpabilidad porque hubiera tenido que caer tan bajo...

Pero, inexorable, se recuperó. No debía sentirse culpable por el pasado de Julienne. Si ella no lo hubiera traicionado, su madre habría estado muy bien atendida. Él se habría encargado de ello aunque no estuviesen casados. Pero Julienne nunca le había dado siquiera la oportunidad de ofrecérselo.

–Me duele saber que creíste las mentiras de tu abuelo –añadió ella al cabo de un momento.

«A mí también me dolió lo que hiciste –pensó él–. Me partiste el corazón.» Él no sabía que las acusaciones del viejo eran mentira. Y veía que Julienne estaba furiosa por ello. Podía distinguir el fuego en sus ojos. Una ira poderosa y candente mezclada con el dolor.

–Nunca creí las acusaciones de traición de mi abuelo –contestó con voz baja.

–Pero ahora sí me creías capaz de ello.

Dare contuvo un suspiro.

–Admito que la primera vez que te vi con Riddingham deseé que fueras culpable. Aún sentía amargura por tu traición de hace siete años.

Y pensó que nunca superaría aquella amargura, que sentía un dolor en el pecho ante lo que habían perdido. Le apartó un mechón de la mejilla rozándolo con los labios y aspirando su dulce aroma.

Aquello formaba parte de su sueño destrozado, tener a Julienne en los brazos, sentir su apetitoso calor contra él, la sedosidad de su piel bajo las manos... Había anhelado tanto aquella proximidad, aquella intimidad que sólo había conocido con ella. Ella era el único consuelo que ansiaba. Aún la deseaba, no sólo con su cuerpo sino con su corazón.

Dare cerró los ojos. Se preguntaba si era posible que aún la amara. Que Dios lo ayudase. Aquella debilidad podía destruirlo.

Y si había pensado que hacer el amor con Julienne aplacaría el dominio que ejercía sobre él, si había confiado en poseer su cuerpo y después marcharse triunfante, ahora comprendía cuán gravemente equivocado estaba. Un solo y violento acoplamiento no podía apagar su pasión por ella. Ésta nunca podría apagarse.

«Nunca estaré libre de ti –susurró su corazón–. Me atormentarás eternamente.»

Sin embargo, él podía esforzarse a su vez por atormentar a Julienne. Deseaba sentirla tan ávida y vulnerable como él.

Intencionadamente, apoyó la mano en su seno... y la sintió estremecerse.

Julienne exhaló un profundo suspiro ante su excitante contacto, reconociendo el instantáneo retorno del anhelo sexual. Cerró los ojos con fuerza tratando de no pensar, no respirar, no desear. Dare la enloquecía.

Desesperada, desenlazó sus piernas de las de él y se sentó bruscamente.

Tras ella, oyó murmurar a Dare:

–Estamos en el mismo bando, Joya. No somos enemigos.

–Sería más fácil si lo fuésemos –replicó ella con voz ronca.

Él vaciló.

–No sé qué piensas tú, pero yo preferiría hacer un alto en esta guerra.

–También yo. –Respiró lentamente–. Si tu propuesta de que espíe para ti es firme... lo haré.

–¿De buena gana?

Julienne le devolvió la mirada.

–Es el único modo en que puedo demostrarte mi inocencia, ¿no es así?

Él bajó los párpados para ocultar la mirada.

–No necesitas demostrarme tu inocencia.

–¿No?

Julienne se levantó del lecho, fue hacia el armario y sacó una bata con la que se cubrió el cuerpo desnudo.

–Como ya te he dicho –observó Dare–, serás bien remunerada.

Julienne forzó un encogimiento de hombros.

–Los ingresos serán bienvenidos, pero de todos modos habría accedido. Deseo que Napoleón sea derrotado tanto como tú, tal vez aún más. –Se ató el cinturón bruscamente–. ¿Qué quieres que haga?

–Descubrir todo cuanto puedas de la comunidad de emigrados políticos. Estamos especialmente interesados en posibles complots antimonárquicos o rumores sobre simpatizantes de Napoleón.

–¿Mientras tú sigues persiguiendo a Caliban?

–Sí. De momento, me informarás a mí.

–Muy bien. Ahora deberías marcharte.

Era una despedida y, ante el alivio de Julienne, Dare no pareció tomársela a mal. Se levantó en silencio para vestirse.

Julienne fue hacia la chimenea y extendió las manos para protegerse de un repentino escalofrío.

Haría lo que fuera que Dare le pidiera, tanto espiar a emigrados intrigantes como ayudarle a encontrar a Caliban. Estaba decidida a demostrarle su inocencia.

Y aún más decidida a conseguir que el esquivo libertino volviera a enamorarse de ella. Julienne se prometió que conseguiría la total rendición de Dare en su batalla de seducción.

Pero primero tendría que dominar sus propias emociones. Si aquella noche servía de ejemplo, corría el grave peligro de que sus propias armas sensuales se volvieran en su contra.

Si deseaba sobrevivir, tendría que esforzarse más en endurecer sus sentimientos y reforzar las defensas de su corazón.

Capítulo once

Julienne comenzó su misión como espía mucho antes de lo que esperaba, porque al día siguiente llegó una noticia que eclipsó a todas las demás: Napoleón Bonaparte había abdicado.

Durante horas, en Londres reinó el caos mientras las multitudes tomaban las calles para celebrarlo. Entre las resonantes trompetas y el estrépito de cazuelas y ollas golpeadas llegaban extáticos vítores y triunfantes gritos de «¡El monstruo corso está vencido!». Europa llevaba tanto tiempo oprimida por la bota de Napoleón que su derrota parecía casi milagrosa.

Cuando, durante los días siguientes, Julienne asistió a las reuniones improvisadas en el salón de Solange Brogard, descubrió que los emigrados no hablaban de otra cosa. Ella compartía su júbilo, aunque su futuro no dependía directamente del sucesor de Napoleón, como el de ellos. Cuando el Senado francés se declaró a favor del rey Luis, eso significó la posibilidad de que muchos de los exiliados regresaran a casa, pero Julienne no tenía allí ningún familiar cercano, y las fincas de Folmont hacía mucho que habían sido confiscadas.

Sin embargo, aquel fin de semana hizo pocos progresos de los que informar a Dare. Él la visitó en su residencia para llevarla a dar un paseo por el campo.

Aunque era un hermoso día de primavera, Julienne sentía una innegable tensión entre ellos. No obstante, Dare no aludió a ninguna de sus revelaciones sobre su vergonzoso pasado, y ella estaba decidida a mantener bajo control sus emociones, y a simular que su apasionado acto amoroso nunca había ocurrido.

Aguardó hasta que dejaron las principales calles de Londres para resumir su fracaso como espía.

–Todos a cuantos he observado estaban eufóricos con el regreso de Luis a Francia, junto con el conde de Artois, el príncipe de Conde y otros miembros de la corte exiliada. Pero no he descubierto a nadie que despertara mis sospechas o pareciera apoyar a Bonaparte. Lo siento.

Dare negó con la cabeza.

–No necesitas disculparte. Y entiendo tu frustración. Nosotros tampoco hemos tenido suerte en la búsqueda de Caliban.

–¿No has logrado identificar al amante de la señorita Watson?

Él vaciló, haciendo que Julienne se preguntase si en realidad no habría descubierto una nueva pista. Pero sólo se limitó a decir:

–No. Es demasiado pronto para esperar ningún avance en ese frente.

Entonces, la sorprendió haciéndole una pregunta totalmente al margen del asunto.

–Llevas un sombrero muy bonito. ¿Lo has diseñado tú?

Ella se llevó la mano al tocado de seda y ala ancha, adornado con pequeñas rosas.

–No, mi madre era la que tenía talento creativo.

–Mientras que tú eras la que tenía sentido de los negocios.

–Supongo –repuso Julienne asombrada por el cambio de tema.

Durante años, tras llegar a Kent, su madre y ella habían vivido de la caridad de parientes lejanos, con refinada penuria, esforzándose por pasar con lo que tenían, hasta que a Julienne se le había ocurrido la idea de vender tocados y sombreros, que su artística pero frágil madre diseñaba. Como muchas francesas, la condesa tenía un talento innato para la moda y sus creaciones eran muy solicitadas. El negocio prosperó lo bastante como para finalmente permitirles abrir una sombrerería, e incluso contratar a una empleada. Se vieron despreciadas tanto por la alta burguesía francesa como por la inglesa por ganarse la vida con el comercio, pero por lo menos podían costear los medicamentos de la condesa.

Sin embargo, Julienne no podía comprender por qué Dare había hecho esa observación, a menos que quisiera distraerla para que no lo interrogase acerca de Caliban.

–No deberías subestimar tu propio talento –añadió suavemente–. Tienes un don sorprendente para actuar.

–Gracias –respondió decidiendo no presionarle.

–Estoy deseando ver tu representación de mañana por la noche.

–¿Aunque ya hayas visto la misma obra media docena de veces?

La serie de representaciones de *Ricardo III* había sido prolongada otra semana a petición del público.

–Imaginaba que, a estas alturas, ya estarías cansado de verme.

–Yo nunca me canso de verte, querida. Y debo proseguir con mis esfuerzos para ganar nuestra apuesta.

–Desde luego.

Ante su tono mordaz, los ojos de Dare brillaron con irónica diversión.

–Hablando de nuestra apuesta, tengo otra proposición que hacerte. Voy a asistir a unas carreras en Newmarket la primera semana de mayo. Tengo dos potros que correrán en las 2000 Guineas y me gustaría que me acompañaras.

Julienne frunció el ceño.

–No puedo dejar el teatro tanto tiempo. Y menos después de pasar aquellos días en tu casa de campo el mes pasado.

–¿Aunque tu gobierno te lo exija?

–Querrás decir aunque tú me lo exijas.

–Accediste a actuar como informadora para nosotros.

–Hay pocos emigrados políticos en Newmarket –replicó Julienne–. Simplemente manipulas la cuestión en tu propio beneficio.

–Cierto –reconoció él en un tono impertinente–. Lo arreglaré con el Drury Lane para que puedas tener libre esa semana.

–Nunca te rindes, ¿verdad? –preguntó Julienne exasperada.

Dare exhibió su famosa sonrisa.

–Desde luego que no. A estas alturas deberías conocerme mejor.

–Lamentablemente, así es. No dudo de que pasarás toda la semana tratando de seducirme.

–¿Cómo no hacerlo? Pero puede venir madame Brogard para hacer de carabina si crees que necesitas protección.

–En el pasado no ha demostrado ser una protectora muy eficaz –murmuró Julienne–. ¿Qué clase de alojamiento tienes previsto allí?

–Cada primavera alquilo una residencia. No es lujosa, pero sí cómoda.

–Y totalmente inaceptable. No pienso instalarme allí contigo, Dare. Parecería que estás ganando nuestra apuesta. En vez de eso, Solange y yo nos quedaremos en una posada.

–Será casi imposible encontrar habitaciones en una posada a estas alturas. La Guineas es una carrera importante y todo el mundo de la hípica estará allí.

–Bueno, si deseas que vaya, encontrarás el modo de arreglarlo. –Le dirigió una traviesa sonrisa–. Estoy segura de que el marqués de Wolverton es un hombre de recursos, que sabrá resolver la situación y conseguir habitaciones en alguna posada de Newmarket.

–Me planteas una difícil tarea, amor, pero me esforzaré por satisfacerte.

–Satisfacerme sería toda una hazaña –le recordó con suave tono.

A la noche siguiente, mientras contemplaba la actuación de Julienne, Dare aún se seguía sintiendo frustrado. Había esquivado sus preguntas acerca del amante de la señorita Watson porque no veía motivo para alarmarla innecesariamente.

No había razón para decirle que había encontrado el broche de perlas en su carruaje, ni hablarle de la probabilidad de que Caliban lo hubiera colocado allí. Lady Castlereagh le había confirmado que la joya era en efecto la que había llevado Alice Watson, lo que le hizo reafirmarse en la idea de que Caliban se estaba burlando de él.

Los pensamientos de Dare estaban centrados en su problema más que en la obra de Shakespeare en la escena en que lady Ana era envenenada. Observó cómo Julienne tomaba un sorbo de su copa de vino y se enfrascaba en un apasionado monólogo lamentando la maldad del rey Ricardo. Al cabo de unos minutos de pronto le tembló la voz y se llevó la mano a la garganta. Consiguió proferir algunas palabras, pero luego su discurso vaciló y Dare temió que hubiera olvidado su papel.

De repente se tambaleó y lentamente se desplomó en el escenario, como desmayada.

Dare estaba seguro de que esa acción no formaba parte del guión.

Sus compañeros actores parecieron quedarse desconcertados. Uno de los «guardias de palacio» se arrodilló junto a Julienne interpretando su papel mientras lo hacía.

–¡Mi reina! ¿Estáis enferma?

Al ver que Julienne no respondía, el temor recorrió la columna de Dare. De manera instintiva, se levantó de su asiento y salió apresuradamente de su palco dirigiéndose por los pasillos hacia el foso de la orquesta.

Cuando saltó al escenario, en torno a Julienne se había reunido una multitud de actores y se distinguía el audible rumor del desconcertado público.

Dare se abrió paso entre la gente y se arrodilló junto a Julienne.

Comprobó que apenas estaba consciente. Su respiración era muy leve y su pulso tan débil que resultaba casi indetectable.

–¡Avisen a un médico! –ordenó Dare con la voz rota por el temor.

Le frotó las muñecas en vano. Alguien le tendió un frasco de sales olorosas que él le pasó por debajo de la nariz. Julienne parpadeó y dejó escapar un suave gemido, pero su cuerpo siguió desmadejado.

Dare la cogió en brazos y la transportó entre bastidores a su camerino, ignorando las preguntas que le dirigía Samuel Arnold, el preocupado director.

Una vez allí, la tendió en la otomana y le aflojó el tenso corpiño del vestido con la mirada fija en su pálido rostro y en los azulados labios, que apenas se movían mientras trataba inútilmente de hablar. La última vez que había visto un rostro tan macilento había sido en una mujer muerta.

Para su alivio, un hombre que dijo ser médico apareció casi inmediatamente de entre el público. Dare se paseó por la sala durante el examen que el doctor hizo de Julienne, sin apenas escuchar la oratoria de Kean en la distancia, mientras proseguía la obra.

Al cabo de unos momentos, el médico frunció el ceño.

–Tal vez el vino que ha bebido estuviera en mal estado... Pero me pregunto, milord, si no habrá sido envenenada.

–¿Envenenada? –repitió Dare ásperamente con una opresión en el pecho mientras Arnold repetía atónito la misma pregunta.

–Sí. Ingerir acónito produce exactamente estos síntomas.

–¿Morirá? –se esforzó Dare por preguntar.

–Dudo que haya bebido lo bastante, pero el veneno debe ser purgado de su cuerpo, de otro modo, su corazón se ralentizará demasiado.

Dare contempló a Julienne, yaciendo allí tan débil e indefensa. Su propio corazón había dejado de latir en el momento en que se había desplomado en el suelo, pero la posibilidad de que hubiera sido envenenada impulsó el temor y la ira a través de sus venas.

–Que alguien me traiga un poco de vinagre –apremió el doctor–. O bien un poco de jabón y un vaso de agua, si no tienen vinagre.

El director se apresuró en ir a buscarlo y regresó enseguida con una botella medio llena de vinagre. Mientras el doctor hacía sus preparativos, Dare hizo salir de la sala a todos los curiosos menos a Arnold, para proporcionar un poco de intimidad a la paciente.

El doctor obligó a Julienne a beber y luego la colocó boca abajo, sobre el estómago. Con la cabeza colgando a un lado de la otomana, le dio unos golpecitos en la zona lumbar hasta que vació el contenido de su estómago en un orinal.

–Creo que está fuera de peligro –dijo el doctor en tono grave pero satisfecho.

Al cabo de un momento, le cedió el sitio a Dare, que se sentó junto a Julienne y, suavemente, le pasó un paño húmedo por el rostro y por los labios.

Por fin, ella parpadeó, abrió los ojos y se llevó la mano débilmente a la sien.

–¿Qué... ha sucedido?

Él le apartó un mechón de la húmeda frente.

–Algo que tomaste te sentó mal –explicó Dare dirigiendo una mirada de advertencia al doctor. No deseaba alarmarla–. Hablaremos más tarde, amor. Haré venir mi carruaje y te llevaré a tu residencia. Por ahora, limítate tan sólo a descansar.

Se sentía desconcertada, pero asintió confiada y cerró los ojos.

Dare la cubrió con una manta y luego acompañó a los otros dos hombres fuera de la habitación para dejar a Julienne un rato a solas.

Dare sabía que el doctor podía haberse equivocado acerca del veneno, pero no creía en las coincidencias. Más bien sospechaba que a Caliban le preocupaba que él se estuviera acercando demasiado en su investigación, y que aquél había sido un aviso para que no prosiguiera.

Apretó los labios con determinación. Desde luego, tomaría la advertencia en cuenta. Si Julienne moría porque él... No soportaba siquiera pensar en ello.

Aunque no tenía ninguna intención de abandonar su búsqueda, tendría que cambiar de táctica si quería vencer a un asesino decidido.

Dare llevó a Julienne a su casa y encargó a su patrona que la vigilara durante la noche. Para su alivio, cuando la visitó a la mañana siguiente en sus habitaciones se había recuperado lo suficiente como para sentarse en la cama e interrogarlo acerca de lo que había ocurrido.

Dare le habló de las sospechas de envenenamiento y de cómo las indagaciones del director del teatro después de la obra no habían conducido a nada. Nadie en la compañía tenía ni idea de cómo había podido llegar el veneno a su copa de vino. Nadie había visto nada sospechoso.

–¿Crees sinceramente que Caliban se proponía matarme? –preguntó Julienne.

–No –repuso Dare–. Creo que simplemente lo hizo como advertencia. Pero no voy a correr ningún riesgo. He dispuesto que un lacayo te acompañe a la ida y al retorno del teatro, así como a cualquier otro sitio adonde vayas.

–Creo que estás exagerando –protestó ella.

–Tal vez, pero no deseo tener tu muerte en mi conciencia –replicó él enfático.

Aunque lo que le preocupaba era que si Caliban deseaba realmente matar a Julienne, no habría ningún modo de detenerle.

Envió un informe a Lucian, en Devonshire, informándole del incidente y se entrevistó con Philip Barton, el ayudante de Lucian. Sin embargo, durante las dos semanas siguientes no descubrieron ninguna pista. Una vez más, el traidor Caliban había burlado todos los esfuerzos por encontrarle.

Por lo menos, durante el intervalo no se produjeron más incidentes amenazadores. Dare pensó en cancelar el viaje a Newmarket, pero decidió que llevarse a Julienne fuera de la ciudad era preferible a que se quedara en Londres. Y, además, al irse de la ciudad, podría parecer que él había abandonado la investigación, aunque no tenía ninguna intención de hacer nada por el estilo.

Sin embargo, las advertencias de Caliban le habían afectado más de lo que quería admitir. No iba a ningún lado sin mirar por encima del hombro, en busca de amenazas en las sombras. Y sabía que podía pasarse todo el tiempo en las carreras haciendo lo mismo.

Era última hora de la tarde cuando llegaron a Newmarket. Dare había insistido nuevamente a Julienne y a su amiga para que se quedaran con él en su residencia, pero Solange declinó el ofrecimiento pretextando que una cosa era disfrutar de una estancia en su casa con docenas de invitados, y otra muy distinta alojarse con un soltero de mala fama con sólo los criados a modo de carabina. Añadió, además, que cualquier loco que hubiera envenenado a Julienne en Londres seguramente no los seguiría hasta allí.

Dare accedió de mala gana. En efecto, no creía que Caliban fuera a seguirlos hasta allí, pero él tomaría la precaución añadida de encargarle al posadero que se mantuviera alerta para proteger a las damas.

Tal como Dare había previsto, todas las posadas estaban repletas, pero para el eminente lord Wolverton se resolvió la cuestión. En Harriford Arms pudieron facilitarle dos habitaciones muy elegantes para la señorita Laurent, madame Brogard y la doncella durante la semana de las carreras.

Solange dijo estar cansada tras el viaje, de unos ochenta kilómetros, pese a la silla de posta bien acondicionada de Dare, por lo que éste propuso que descansaran en la posada hasta que él les mandase el carruaje a las siete para llevarlas a su residencia a cenar con él.

Mientras las damas se instalaban en sus habitaciones y tomaban el té, su regordete anfitrión se presentó, mostrándose efusivamente amable, hablándoles de lord Wolverton y sus briosos caballos.

–Su señoría suele tener ganadores con frecuencia, y yo apuesto una gran cantidad de dinero por él esta semana. También es miembro del Club Jockey. Cuando desea habitaciones, se las cedo. Nadie un poco inteligente le negaría una petición.

–¿Qué es el Club Jockey? –preguntó Solange.

–Creo que son los que controlan la hípica británica –repuso secamente Julienne–. A Dare sin duda le complacerá satisfacer nuestra curiosidad esta noche.

Como era de esperar, la residencia alquilada por Dare resultó ser una gran mansión. Y, como de costumbre, su chef había preparado una excelente cena.

La conversación resultó asimismo satisfactoria. Julienne estaba decidida a considerar aquel viaje como unas vacaciones, a disfrutar y tratar de olvidarse del peligro que planeaba sobre sus cabezas. Puesto que nunca había asistido a unas carreras, las explicaciones de Dare sobre las competiciones de caballos pura sangre le parecían muy interesantes.

–La carrera de esta semana tiene un recorrido de un kilómetro y medio, en un hipódromo recto –dijo Dare–. Y el ganador recibirá una bolsa de dos mil guineas, de ahí su nombre.

Les explicó que, en siglos pasados, se corrían agotadoras carreras cubriendo distancias tan largas como seis kilómetros, pero que en la actualidad las carreras de competición eran más cortas y se celebraban por dinero, mientras que las carreras por placas y copas se corrían por trofeos. La carrera de las 2000 Guineas del viernes era una competición con la participación de veintitrés caballos. Dare añadió que se apostaban enormes sumas y predijo que aquel año se alcanzarían las doscientas mil libras.

–¿Tanto? –exclamó Solange.

–¿Os gustaría hacer alguna apuesta? –preguntó él.

–A mí no –repuso inmediatamente Julienne–. No tengo la menor intención de mermar mis ahorros, tan duramente ganados, en una apuesta absurda, como hacen algunos nobles extravagantes que conocemos.

Dare se limitó a reírse ante su pulla.

–Bien, entonces, si a las damas les parece bien, asistiremos al entrenamiento de la carrera, mañana por la mañana, y recorreremos el cuartel general del Club Jockey por la tarde. Mañana por la noche hay una fiesta. Newmarket presume de contar con algunos de los mejores sementales del país, pero podemos visitarlos al día siguiente.

Solange arrugó la nariz.

–*Mais non*, a mí no me interesa respirar el olor a establo; en cambio, me gustaría mucho asistir al baile.

A la mañana siguiente, se trasladaron en coches de alquiler hasta el entrenamiento en Newmarket Heath. La niebla se estaba disipando y Julienne pudo distinguir vastas extensiones de césped cubierto de bosquecillos con espléndidos hayedos. Más allá, se levantaban torres y cúpulas de infinitas granjas y establos de sementales.

Los caballos eran magníficos, con su pelaje brillando a la luz del sol y los poderosos músculos en tensión mientras daban aceleradas vueltas a medio galope.

–Posiblemente un tercio de los purasangres de Inglaterra se entrenan aquí –les dijo Dare.

Varias docenas de entrenadores y propietarios estaban junto al hipódromo, controlando tiempos y dando instrucciones a los jinetes.

No había asientos especiales para los espectadores, ni puestos de venta de alimentos ni cualquier otra comodidad. Por ese motivo, apenas había damas presentes, porque pocas integrantes del bello sexo soportarían la espartana incomodidad del hipódromo de Newmarket. Dare explicó que la mayoría de los observadores seguían los entrenamientos montados a caballo o desde encima de los techos de los carruajes.

–¡No esperarás que nosotras nos subamos al techo de un carruaje...! –protestó Solange.

Dare exhibió una divertida sonrisa y le aseguró que sus sirvientes facilitarían a sus invitadas toda clase de comodidades.

Sin embargo, pese a la falta de éstas, la excitación era contagiosa. Vieron los dos potros que Dare había presentado en la carrera y observaron su impresionante actuación mientras galopaban en un arrebato de atronadores cascos y crines ondeantes. Después, Dare les presentó a su entrenador, y habló un momento con él en privado mientras Julienne y Solange aguardaban.

–Me disculpo –dijo Dare cuando concluyó–. El individuo es temperamental como una yegua purasangre, y hay que tratarlo con cuidado. Pero es el mejor que existe en su profesión.

Tampoco aquello sorprendió a Julienne, porque sospechaba que Dare sólo contrataba lo mejor.

Almorzaron en una hostería de Newmarket y más tarde visitaron el Club Jockey de High Street, centro de cría y carreras en Inglaterra, donde se conservaba el Registro Genealógico de los caballos y se exhibía el Calendario de las Carreras.

Aquella noche, asistieron a una fiesta en casa de uno de los nobles locales, donde había cena y baile. Al parecer, Dare conocía a todo el mundo. En el momento en que entraron en la sala de baile, se vieron rodeados por conocidos que deseaban saludarlo y solicitar su opinión sobre sus caballos.

Sin embargo, Julienne y Solange tuvieron pocas oportunidades de aburrirse, porque los asistentes eran animados y agradables, y las dos damas se vieron muy solicitadas por caballeros ansiosos de bailar con ellas.

Por fin, Julienne disfrutó de un vals con Dare, y compartió la cena del bufé con él. Pero luego fueron de nuevo separados cuando su siguiente compañero la reclamó.

Próximo ya el fin de la velada, Julienne regresaba de la pista en dirección al lugar donde Solange la aguardaba, cuando de reojo distinguió una visión que la inmovilizó a medio camino: la figura alta de cabellos negros de un hombre destacando por encima de la multitud.

«Ivers.»

El hombre desapareció de su vista tan rápido como había aparecido, pero Julienne se sintió invadida por una sensación de incomodidad. Sentía la piel fría y pegajosa y tenía dificultades para respirar.

–¿Te sientes mal, *mon amie*? –le preguntó solícita Solange–. Estás muy pálida.

–Estoy bien –mintió, diciéndose a sí misma que sólo lo había imaginado. Ivers no era más que la reminiscencia de una pesadilla especialmente desagradable.

Hacía siete años que no lo veía, y había confiado en no volver a verlo nunca. Anthony Gale, conde de Ivers, había sido vecino del abuelo de Dare, un salvaje y joven petimetre que había desarrollado una rivalidad nada amistosa con Dare en el transcurso de aquel famoso verano.

Ambos eran considerados unos libertinos, y ambos eran sorprendentemente atractivos, pero Ivers era tan moreno como Dare rubio, mientras que su suave encanto siempre le había parecido demasiado estudiado para el gusto de Julienne. Sin embargo, no había comprendido cuán despreciable era Ivers... para su eterno pesar.

Con un estremecimiento, esbozó una sonrisa y saludó al último compañero de baile de Solange. Pero se alegró cuando concluyó la fiesta y regresaron al Harriford Arms en el agradable y lujosamente equipado carruaje de Dare.

Él las acompañó hasta el interior de la posada, le recordó a Julienne que la recogería a las diez de la mañana para dar una vuelta por los potreros locales y se despidió de ellas con una inclinación de cabeza.

Julienne se disponía a seguir a Solange por la escalera cuando el posadero la vio desde la taberna y se apresuró para alcanzarla. Ante la sorpresa de Julienne, le entregó una nota.

–Ve, Solange –le dijo Julienne a la francesa en tono ausente mientras trataba de distinguir la escritura a la tenue luz–. Nos veremos por la mañana para desayunar.

Incapaz de leer el mensaje, subió la escalera al cabo de un momento y avanzó por el pasillo hasta colocarse bajo un candelabro de la pared. Allí se estaba más tranquilo, lejos del ruido de la atestada taberna, tanto que pudo distinguir el golpeteo de su corazón mientras comenzaba a leer.

> Mi querida señorita Laurent:
>
> Creo que tenemos mucho de que hablar. Reúnase conmigo mañana al amanecer detrás de la posada.

Estaba firmado con un audaz garabato: «Ivers».

Julienne sintió un hormigueo en la espalda al tiempo que oía un cauteloso rumor de pisadas tras ella.

Se volvió en redondo, y vio, con el corazón en la garganta, cómo el conde de Ivers se acercaba tranquilamente hacia ella.

Se detuvo apenas a unos pasos de Julienne, que pensó en lo poco que parecía haber cambiado en los últimos siete años.

Salvo porque había más arrugas grabadas en sus nobles rasgos y sus ojos estaban algo inyectados en sangre.

–Señorita Laurent.

Su sonrisa cómplice le produjo escalofríos. No podía respirar, no podía hablar. Le bastaría gritar para conseguir ayuda, pero estaba demasiado horrorizada para ni siquiera moverse.

–¡Qué casualidad encontrarla sola! Creí que tendría que esperar hasta mañana.

–¿Qué...? –La palabra surgió como un ronquido. Tragó saliva y volvió a intentarlo–. ¿Qué hace usted aquí?

–Bueno, deseo hablar con usted.

Julienne apretó los puños y se esforzó por mantener una apariencia de compostura. Si él percibía su temor, aún sería más peligroso.

–Le escucho.

–Creo que usted puede ayudarme. En estos momentos me encuentro en circunstancias algo apuradas. Deudas de honor, ¿sabe? Las apuestas han resultado ser mi debilidad, ¡ay! Puede que tenga que huir del país si no logro reunir los fondos necesarios.

–¿Y qué tiene que ver eso conmigo?

–He estado en Londres recientemente y su nombre estaba en boca de todos. Se ha convertido en una actriz famosa. Y tiene a varios ricos mecenas a su disposición... incluido Wolverton, según tengo entendido. Parece que ha vuelto al punto de inicio, si es que vuelve a ser su amante. No le resultaría difícil arrebatarle algo de su riqueza para mí.

–Debe de estar loco si cree que voy a darle siquiera un chelín –repuso Julienne apretando los dientes.

–No loco. Simplemente desesperado. –Entornó los párpados especulando–. La Joya de Londres... ¿Cuánto tiempo duraría su fama si sus pasadas y sórdidas actividades se hicieran públicas? ¿Si se revelara que usted cometió traición?

–¡Sabe perfectamente que esas acusaciones eran falsas!

–Pero no dude de que, si me lo propongo, puedo desenterrar toda clase de pruebas contra usted.

Julienne sintió que se le formaba un nudo en el estómago. Ivers sin duda podría fabricar más mentiras, pero en esta ocasión ella no cedería.

–No tengo ninguna intención de volver a sucumbir a su chantaje.

–Sería insensato ignorar mi petición.

–Entonces sencillamente soy insensata. Mi respuesta es no.

Él avanzó un paso hacia ella.

–Veo que tendré que intentar convencerla.

Julienne miró desesperada por encima de su hombro, pero el pasillo estaba desierto. Apenas podía creer que Ivers se hubiera atrevido a abordarla en una atestada posada. Pero era un villano sin escrúpulos que seguía sólo sus propias siniestras reglas.

Cuando él la cogió por el brazo, ella se estremeció de repugnancia: su simple contacto la llenaba de terror.

No obstante, ya no era la joven inocente a la que él había atormentado hacía siete años. Ahora sabía cómo enfrentársele.

Frenética, revolvió en su bolso y asió el mango de su cuchillo. Desenfundó la hoja y blandió el afilado acero ante su rostro.

–No creo que me convenza de nada, lord Ivers –contestó en voz baja y fiera–. He aprendido a defenderme de gusanos como usted.

Él volvió a sonreír de manera torva e hiriente.

–No usará eso.

–¿No?

Julienne dominó su expresión y deslizó por su rostro su despectiva mirada, advirtiendo las tenues cicatrices que tenía en la mandíbula, exactamente bajo la oreja izquierda.

–Todavía tiene las señales que le hice, milord. Pero le aseguro que eso no será nada al lado de las que le haré ahora si se atreve a volver a tocarme.

Su sonrisa desapareció y entornó los ojos, dudoso.

–Váyase –exigió Julienne–. A menos que desee que le corte el gaznate.

Estuvo a punto de escapársele una salvaje carcajada. Tenía mucha experiencia en el teatro como para hacer tan melodramáticas declaraciones, pero ningún papel de ninguna obra le había proporcionado nunca tanta satisfacción como entonces. Y no estaba actuando. Mataría a Ivers antes que permitirle que volviera a herirla.

Él pareció tomársela en serio.

–Lamentará esto, señorita Laurent –le advirtió.

–No tanto como lamento haberle dejado con vida todos estos años. Si vuelve a amenazarme, le prometo que remediaré mi error.

Él permaneció indeciso por un momento interminable mientras a Julienne el corazón le tamborileaba en los oídos. Por fin, Ivers retrocedió, giró sobre sus talones y salió con paso airado desapareciendo por la escalera con violento estrépito.

Al ver que las rodillas se le doblaban, Julienne se recostó débilmente contra la pared. Estaba estremecida por la impresión de haber tenido que volver a enfrentarse a su Némesis.

«Por todos los cielos...»

Se le escapó un seco sollozo y se llevó una mano al estómago para tratar de aliviar una creciente náusea. Odiaba sentirse tan vulnerable, tan indefensa.

Se esforzó por respirar profunda y tranquilizadoramente, pero temblaba de tal manera al devolver el cuchillo a su vaina, que pensó que, a partir de entonces, lo llevaría atado a la muñeca.

El recuerdo de que no estaba totalmente indefensa la consoló. Se negaba a que Ivers pudiera hacerle más daño del que ya le había hecho. Luego se le ocurrió otro pensamiento que renovó su alarma. ¿Podría él hacer efectiva su amenaza y acusarla de nuevo de traidora?

Su mente se disparó. Era posible que él pudiera aportar más pruebas falsas contra ella..., pero como le había dicho, ella ya no era una muchacha indefensa. Ahora tenía recursos, poderosos amigos..., a Dare.

La invadió una tenue sensación de alivio. Tenía a Dare. Sin duda él la creería. Él la protegería de una bestia sin escrúpulos como Ivers.

Tenía que encontrar a Dare. No había ningún lugar donde pudiera sentirse a salvo más que en sus brazos...

Se volvió para ir a buscarlo... y se detuvo bruscamente. Dare estaba al final del pasillo, observándola.

–Venía a devolver los guantes que madame Brogard se ha dejado en mi carruaje –dijo él por fin–. Imagina mi sorpresa al encontrarme al conde de Ivers descendiendo la escalera.

–No es lo que piensas...

–¿No lo es?

Dare permaneció donde se encontraba, dando unos despreocupados golpecitos con los guantes contra su muslo, pero el fulgor de sus ojos era tan duro como el acero.

–En otro tiempo, fui un necio crédulo que nunca se dio cuenta de que estabas conspirando con tu amante a mis espaldas, pero no estoy dispuesto a ser engañado de nuevo, querida.

–No, Dare. Las cosas no son así.

Él la atravesó con su fría y penetrante mirada mientras avanzaba a su encuentro.

–¿No sois amantes?

La acusación pendió entre ellos como un agudo recordatorio de su amargo pasado.

–No –repitió Julienne con voz fría mientras Dare se acercaba a ella–. No es mi amante. Hacía años que no le veía.

–¿Qué estaba haciendo aquí pues? ¿Tratando de volver a llevarte a su lecho?

–No.

Dare curvó su hermosa boca en una retorcida mueca de desprecio.

–¿Y esperas que te crea?

–Sí –contestó ella–. Nunca lo tendría como amante. No lo considero mejor que a un gusano. Me pone la carne de gallina.

Pero el rostro de Dare no parecía que fuera a suavizarse.

Julienne sintió que le daba un vuelco el corazón ante la acusación que podía leer en sus encendidos ojos. Desvió la mirada sabiendo que era inútil seguir defendiéndose. Después de su traición hacía siete años, Dare nunca la creería.

Un salvaje dolor se le aferró profundamente al pecho mientras la inundaba la desolación. Aquella noche no podía enfrentarse a la condena de Dare. No era lo bastante fuerte como para soportarlo.

Dio la vuelta para marcharse, pero Dare la cogió por la muñeca. Al ver que ella retrocedía instintivamente, él la atrajo con fuerza hacia sí envolviéndola en un inflexible abrazo.

–¡No, Dare!

Pero él no le hizo caso. Intensificó su presión como si sus brazos fuesen de hierro mientras se inclinaba para besarla. El contacto de su dura boca fue discordante, enviándole a la vez calor, lujuria y desesperación, que estallaron en su cuerpo. Su beso la arrebató sin ardor; era un hombre entregado a la venganza, empeñado en reclamar lo que le pertenecía.

Julienne comenzó a luchar mientras la invadían sombríos recuerdos. Con el pánico trepando por los bordes de su mente, golpeó a su atacante con los puños.

–¡Basta! –Luchó desesperadamente por liberarse de él tratando de alejarlo de sí–. ¡No me toques!

Su grito debió de abrirse paso entre la ira de Dare, porque de pronto la soltó.

Julienne estuvo a punto de caer. Retrocedió y se desplomó contra la pared.

Durante un rato, permaneció allí, temblando, mirando fijamente sus enojados e implacables rasgos. Luego, con un sollozo, se volvió y avanzó a trompicones por el pasillo hacia su habitación.

Dare la observó marcharse, oyó un portazo y cómo corría el cerrojo mientras se encerraba, alejándose de él. Maldijo enérgicamente. Todavía estaba rabioso de celos y avergonzado por su ataque de violencia.

Había asustado a Julienne. La había sentido encogerse en sus brazos. Había visto el destello de temor en sus ojos mientras pugnaba por liberarse de él.

¡Dios!, ¿qué había hecho?

Nunca antes había tocado a una mujer que no estuviera ansiosa de ello. Pensar que Julienne lo traicionaba por segunda vez no era excusa para dar paso al animal salvaje que había en él. Y tampoco lo excusaba el hecho de que estuviera aterrado porque Ivers pudiera volver a arrebatársela. Nada lo exculpaba de haber reaccionado por puro instinto primario, con el corazón gritando para negarlo, palpitando con el angustioso temor de perderla de nuevo.

Apretó los ojos con fuerza recordando siete años de dolor. No podría soportar de nuevo aquel tormento. Se negaba a soportarlo. No permitiría que el bastardo de Ivers volviera a acercarse a Julienne.

Y Dare se juró que él personalmente se aseguraría de impedirlo.

A la mañana siguiente, Julienne estaba desayunando en la fonda con Solange cuando Dare acudió presto a recogerla. Lo miró cautelosa, preguntándose si tendría intenciones de ignorar el desagradable incidente sucedido entre ellos la noche anterior, pero su enigmática expresión no le ofreció ninguna pista.

Sin embargo, su despedida de madame Brogard fue totalmente encantadora, mientras le prometía cuidar bien de ella.

Cuando la condujo al patio de la posada, Julienne se encontró mirando por encima del hombro, buscando nerviosa a Ivers. Se alegraba de tener a Dare junto a ella, aunque él no parecía dispuesto a hablarle por el momento. Dado su silencio, supuso que no tenía intención de disculparse por su brutal beso. Por su parte, ella lo olvidaría pronto.

Cuando se instalaron en el carruaje de viaje, Julienne se recostó agradecida contra los almohadones. Había dormido mal, con Ivers dominando sus pesadillas. Se alegraba de poder distraerse visitando los excelentes establos de cría caballar de Newmarket.

Hacía poco que el carruaje se había puesto en marcha cuando advirtió que se estaban trasladando a una velocidad que tenía poco que ver con el habitual ritmo lento que tomaban cuando visitaban el campo.

Se incorporó en el asiento para mirar por la ventanilla, y comprobó que el camino que seguían parecía la carretera que habían tomado para hacer el trayecto desde Londres.

–Procura instalarte cómodamente –dijo Dare en respuesta a su implícita pregunta–. Nos espera un largo camino.

Julienne le escudriñó con la mirada. Podía leer en él una resuelta determinación, pero de momento estaba demasiado atónita para hablar.

–¿Es esto un secuestro? –preguntó finalmente.

Él no contestó de forma directa.

–Nos quedan cinco días de nuestra semana juntos. No tengo intenciones de compartir ninguno de ellos con Ivers.

–Tampoco yo. –Con fuerza de voluntad fijó una fría sonrisa en su rostro–. ¿Sabe Solange lo que has planeado?

–Se lo dije anoche. En realidad, ella me dio su bendición. Ordené que hicieran tu equipaje y que lo cargaran mientras desayunabas.

Solange había actuado de un modo extraño aquella mañana, casi disculpándose. Julienne creyó que era porque la francesa no deseaba pasar el día visitando establos.

–¿Accedió ella realmente a que me llevaras contigo?

–La convencí de que estabas en peligro, de que un loco te estaba acechando, lo cual, después de tu envenenamiento, no ha tenido dificultades en creer. Ha pensado que estarías más a salvo conmigo.

–¿Adónde me llevas?

–Tengo una casa en Berkshire. Una casa que muy pocos conocen.

–Un nido de amor para tus amantes, supongo.

–Exactamente.

Julienne apretó los labios. Debería estar furiosa ante la arbitrariedad de Dare, pero lo cierto era que se alegraba de dejar Newmarket. No podía soportar la idea de volver a encontrarse con Ivers. De modo que no formuló más protestas, y se limitó a decir:

–Das muchas cosas por supuestas.

Casi se estremeció ante la dureza de la mirada de Dare.

–Te deseo toda para mí. Sólo para mí. Y no quiero que haya ningún malentendido acerca de quién es tu amante.

La insinuación le escoció. A la defensiva, cruzó las manos sobre el pecho, protegiéndose contra sus palabras.

–No pienso hablar de Ivers contigo.

–Bien. No pretendo que lo hagas. Ni siquiera deseo que pienses en él. Durante los próximos días, me propongo conseguir que le olvides totalmente.

Julienne observó que su tono era desapasionado, pero sabía que hablaba muy en serio.

–¿Y si me niego a acompañarte? ¿Piensas retenerme prisionera?

–No creo que te niegues. Tú deseas lo mismo que yo.

Ella arqueó una ceja.

–¿Y qué es eso?

–Placer. –Su tenue sonrisa tenía un aire depredador, incluso su voz se redujo a un seductor murmullo–. Cuatro días y cuatro noches de intenso y arrebatador placer. Delicias carnales tan ardientes, tan puras y salvajes, que te harán gritar.

Involuntariamente, Julienne sintió que los músculos del interior de sus muslos se contraían ante su sensual promesa. Cuatro días de intimidad con Dare. Algo de lo que nunca habían disfrutado, ni siquiera durante el tierno verano en que fueron amantes.

Sería un tormento.

Sería el éxtasis.

–La decisión es tuya –dijo él.

Julienne pensó que no la retendría cautiva. Dare la dejaría ir si ella se lo pedía. Estaba dejando que ella decidiera.

Volvió la cabeza para mirar por la ventanilla sin responder, deseosa de no darle la satisfacción de saber cuánto deseaba aceptar su propuesta.

Fue realmente un largo trayecto. Durante las siguientes horas hablaron poco, ni siquiera cuando se detuvieron para cambiar de caballos y tomar un ligero almuerzo.

Después, Julienne se quedó dormida. Dare la observaba con una extraña mezcla de pesar y tensión. Le preocupaba verla tan retraída tras los progresos que parecían haber conseguido recientemente en su relación. Pero él no podía desviarse del camino.

Estaba decidido a arrancar el menor pensamiento de cualquier otro hombre de la mente de Julienne. Se prometía a sí mismo que, cuando hubiese acabado, ella no desearía a otro amante que no fuese él.

Le impulsaba una pasión primitiva, tan antigua como el tiempo: la necesidad de poseer a una mujer y hacerla solamente suya. Durante unos días, así sería con Julienne.

Lo invadió una poderosa satisfacción mientras escuchaba su tranquila respiración. Podía contar con los dedos de una mano el número de veces que había visto dormida a Julienne. Parecía tan increíblemente atractiva entonces..., indefensa, tan hermosa que hacía que le doliera el corazón..., con las negras pestañas abatidas sobre su tez marfileña y los rosados labios ligeramente separados.

Incapaz de resistirse, la tomó cuidadosamente en brazos. Ella se enroscó contra él con un tenue suspiro.

Lo invadió un fiero sentimiento protector que se mezcló con el deseo. Mientras la sostenía, Dare pensó que había una ventaja añadida en su decisión de llevarla a su alejada casa de placer en las colinas de Berkshire. La apartaba del peligro que suponía Caliban. Allí podría protegerla mejor porque nadie sabría dónde buscarles, ni siquiera Ivers.

La noche anterior, Dare había enviado un mensaje a Lucian pidiéndole que investigara a Ivers, pues le parecía una coincidencia demasiado extraña que su antiguo enemigo apareciera en Newmarket precisamente en un momento tan especial.

Deseaba poner a Julienne a salvo, aunque, en lo más profundo, sabía que su principal razón para aquel viaje era más egoísta que procurar su simple protección.

Cerró los ojos disfrutando de la suavidad de su cuerpo, de su fragante aroma. Pensar en tener a Julienne en exclusiva durante casi una semana le oprimía las ingles de expectación, mientras que la sensación de tenerla tan próxima le ponía los nervios de punta.

No dudaba de que en aquellos mismos momentos podría excitarla. Le bastaría con acariciar sus exuberantes senos, levantarle las faldas y deslizar los dedos en su lustroso calor, y ella cobraría vida en sus brazos.

Murmuró un silencioso juramento. Era cuanto podía hacer para fortalecer su cuerpo contra su terrible deseo y no poseerla allí mismo, mientras dormía. Pero se obligaría a esperar. No iba a comportarse como el bruto que había sido la noche anterior.

¿Y si Julienne rechazaba su oferta de loco y apasionado placer carnal?

En ese caso, él simplemente tendría que convencerla de que cambiara de idea.

Era media tarde cuando el carruaje se detuvo. Julienne se despertó con un sobresalto. Se sentía tan cálida y protegida...

Sonrojada de pronto, se levantó del regazo de Dare y se sentó en el asiento del carruaje.

Más allá de la ventanilla, podía distinguir un inmenso castillo de piedra color miel, refulgente como una joya en la lejanía, en medio de un hayedo.

Para su sorpresa, Dare no mostró ninguna intención de salir del carruaje.

–¿Es aquí donde celebras tus reuniones de la Liga del Fuego del Infierno? –preguntó ella.

–Algunas.

–Una guarida de libertinaje, sin duda.

–¿Estás dispuesta a hacer frente a la experiencia?

Clavó su brillante mirada en la de ella abrasándola con su calor.

–Tú decides, ¿nos quedamos aquí o debo devolverte a Londres?

Julienne desvió la mirada. Pensó que Ivers podía estar

planeando regresar a Londres. Pero, sin embargo, en la ciudad ella estaría a salvo de Dare, mientras que allí se encontraría a solas con él, experimentando su pasión, aunque libre de murmuraciones, de chismosos, de celosos pretendientes y de traidores mortales.

Al verla vacilar, él le tomó la mano y se la llevó a la entrepierna, presionando su palma contra el bulto de sus calzones.

–Nota cómo está mi pene y dime luego si no deseas quedarte.

Julienne sintió que la atravesaba una oleada de fuego. En realidad, no había elección posible.

Aceptó su desafío y le miró a los ojos sosegadamente.

–Me propongo quedarme, lord Wolverton. Deseo lo que me has prometido. Un placer tan puro y salvaje que me haga gritar.

Capítulo doce

Dare le dedicó una sonrisa de irresistible encanto y la ayudó a descender del carruaje.

–¿Cuántas casas de placer tienes? –le preguntó Julienne mientras subían la escalera principal.

–Varias. –El perezoso destello de sus ojos contenía un atisbo de perversión–. Al fin y al cabo, debo mantener mi reputación de libertino.

En la entrada los aguardaban un mayordomo y varios lacayos, que salieron rápidamente en busca de sus equipajes.

–¿Qué habitaciones ocuparán, milord? –quiso saber el mayordomo.

–Dejaré que escoja la dama.

Ella advirtió que Dare había evitado mencionar su nombre, pero le explicó el motivo antes de que ella pudiera preguntárselo.

–Los empleados aquí son muy discretos –murmuró mientras la acompañaba desde el vestíbulo de entrada–, sin embargo, no hay ninguna necesidad de hacer pública tu identidad.

–Parecían estar esperándonos.

–Anoche envié a un mensajero con mis órdenes.

Julienne enarcó una ceja mientras reprimía una seca sonrisa. Sin duda, Dare se había sentido muy seguro de sí mismo... y de ella. Pero no permitiría que la intimidara. Se proponía utilizar su tiempo juntos para llevar a cabo su propio plan de atrapar su corazón.

La acompañó a recorrer la casa. El mobiliario era elegante y de buen gusto, aunque algo decadente, con esculturas eróticas y pinturas de orgías y de desnudos adornando los pasillos y las principales habitaciones.

Había casi dos docenas de dormitorios cuya finalidad parecía descaradamente evidente: pura depravación. Una suite de la primera planta estaba dispuesta para que se pareciera a un harén turco, mientras que otra cámara parecía más destinada al dolor que al placer.

Julienne se sintió algo escandalizada por los instrumentos que vio allí: látigos de cuero, grilletes metálicos y siniestros artilugios que más bien parecían dispositivos de tortura medieval.

–Algunos invitados prefieren formas más peculiares de entretenimiento –le explicó Dare.

–¿Y tú?

–Yo nunca he tenido dificultades para excitarme, aunque la esclavitud puede ser interesante. –Un fulgor sensual caldeó sus ojos mientras la miraba–. Durante años, he fantaseado con tenerte en un lecho, a mi merced. Incluso ahora, la idea me resulta bastante atractiva, y no sólo con fines vengativos.

Julienne se volvió, sintiendo que se ruborizaba.

–Sinceramente –añadió Dare con un susurro provocativo mientras ella avanzaba hacia la próxima habitación–, creía que tendría que atarte para evitar que te escaparas.

–No tengo ninguna intención de escaparme.

En otra estancia, se quedó sorprendida al descubrir que cada centímetro de pared, incluso el techo, estaba cubierto de espejos.

–Creo que esta noche debemos utilizar esta singular habitación –dijo Dare.

–¿Por qué ésta?

–Para que puedas ver desde todos los ángulos quién es tu amante y no me confundas con ningún otro hombre.

Su acerba observación la hirió, pero se abstuvo de hacer ningún comentario, pues no deseaba insistir de nuevo en aquella cuestión.

Escogió para ella un dormitorio decorado en encantadoras tonalidades color melocotón, marfil y dorado de la primera planta; principalmente porque sus adornos eróticos eran menos notables.

–Te enviaré a una doncella para que te ayude –le dijo Dare–. ¿Nos encontramos en el salón de abajo, digamos dentro de una hora?

–Me parece perfecto.

–Hasta entonces, *chérie.*

Se inclinó cortésmente y le besó largamente las puntas de los dedos. Julienne sintió que se quedaba sin respiración ante el cálido contacto en las sensibles yemas, pero se prometió que más tarde ajustaría cuentas con él.

Por el momento, se sintió satisfecha de poder bañarse y cambiarse de ropa. Una prudente y discreta doncella la ayudó, y Julienne pronto se dirigió al salón. No se había molestado en arreglarse los cabellos, que se recogió en un sencillo moño, porque dudaba de que cualquier peinado estuviera a salvo mucho tiempo en compañía de Dare.

Sin embargo, en ese aspecto, él la sorprendió. La velada comenzó siendo bastante aburrida, con una copa de jerez y un rato de conversación distendida en el salón. La cena tuvo la habitual excelente calidad, servida por criados casi invisibles.

Dare pasó gran parte de la velada contándole la historia de la finca, que había sido un lugar de gran conflicto durante el sangriento reinado de Cromwell. Julienne escuchó cortésmente, pero durante todo el rato notó cómo iba surgiendo en ella una sensación de febril expectación. Si Dare estaba prolongando de manera intencionada el momento, su táctica era realmente eficaz. Cuando por fin echó su silla hacia atrás, Julienne tenía los nervios de punta.

–Si has concluido, podemos retirarnos arriba –dijo Dare.

Ella asintió, y él se levantó y rodeó la mesa para apartarle la silla.

–Adelántate tú y ve preparándote –murmuró, dándole un ligero beso en la nuca desnuda–. Te esperaré en la habitación de los espejos. ¡Ah, Joya! –añadió cuando ella se volvió–. No te desnudes todavía. Deseo disfrutar yo con ello.

Pese a la determinación de Julienne de mantener su compostura, sintió crecer su excitación.

Fue a su cuarto, utilizó su caja de esponjas y luego acudió a la habitación de espejos. Dare la estaba aguardando, como había prometido, tendido sobre los almohadones del gran lecho, su esbelto y elegante cuerpo recostado con perezosa gracia. Parecía estar desnudo, salvo por la sábana de seda roja que le cubría hasta la cintura. Varios candelabros iluminaban la estancia y las llamas se reflejaban vivamente en la miríada de espejos.

Cuando Julienne cerró la puerta a sus espaldas, Dare no se movió de donde estaba, limitándose a entrelazar las manos detrás de la cabeza.

–Ahora puedes desnudarte –dijo.

–Creí que habías dicho que deseabas hacerlo tú.

–He cambiado de idea. Puedo disfrutar de la visión igualmente desde aquí. Y, después de todo, es justo que te devuelva la jugada.

Le recordó así la última vez que habían hecho el amor, cuando ella estaba tan enfadada con él por creerla una traidora. Julienne le había ordenado que se desnudara mientras lo observaba.

Pero Dare, al parecer, tenía algo más en mente en aquellos momentos que una simple represalia.

–Desde el primer momento en que te vi en el escenario, imaginé que dabas una representación privada para mí. Hazlo lentamente, Joya. Deseo ver cada centímetro de tu hermoso cuerpo, cada exuberante y tentadora curva.

Ella podría haber protestado ante su arrogante orden, pero aquella sonrisa suya endiablada e incluso zahiriente, podía fundir la más firme resistencia. Y, además, aquélla era una orden que Julienne deseaba obedecer.

Comenzó por el vestido, desabrochando los corchetes y dejándolo caer al suelo. No llevaba corsé, sólo una camisola.

–¿Tienes los pezones duros? –le preguntó Dare mientras el tejido se le deslizaba por los hombros–. Déjame ver.

Ella se bajó la camisola de modo que sus pezones sobresalieron, duros como guijarros, y él les dirigió una perezosa sonrisa de admiración.

–Me lo imaginaba. Ahora el resto.

Cuando por fin estuvo desnuda ante él, su mirada se desplazó lentamente hacia abajo por su cuerpo desnudo y aún más lentamente de nuevo hacia arriba. Los ojos de Dare ardían de deseo, y parecían marcarla allí donde se fijaban.

–¿Y ahora qué? –murmuró Julienne en tono desafiante.

–¿Qué deseas tú?

–Deseo verte.

–Entonces te complaceré gustosamente.

Dare apartó con gesto brusco la sábana, se levantó con agilidad y se plantó ante ella, completamente excitado. Increíblemente excitado. Su falo estaba magnífico, congestionado, largo, denso y sedosamente liso. A Julienne se le secó la boca.

–Está muy grande.

–Para complacerte, dulzura.

Avanzó hacia ella hasta que estuvo lo bastante cerca como para tocarla.

–¿Deseas sentir mi pene deslizándose dentro de tu carne estremecida?

La sangre se le aceleró ante aquella pregunta. Julienne se humedeció los labios.

–Sí...

Dare la cogió ligeramente por los hombros y la obligó a andar hacia atrás, hasta que su espalda quedó contra la pared de espejos. El cristal resultaba frío contra su piel caliente, y sintió un leve escalofrío. Pero en realidad, era la mirada esmeralda de Dare la que se lo producía. Su indolente escrutinio la repasó con una intimidad que le encendió los sentidos.

–Veo ante mí a una mujer muy excitada –susurró, pasándole un dedo por la garganta hasta la clavícula.

Deliberadamente, apoyó las manos en las pálidas y altas curvas de sus senos como si fueran de su propiedad. Una sacudida plena de sensaciones invadió a Julienne.

–Deseo chuparte los pezones hasta que te corras.

Ella no dudaba de que podría hacerlo. Y es más, quería que lo hiciera.

–¿Deseas que te haga correrte? –inquirió él.

Lamentando caer tan fácilmente en la tentación, casi gimió en voz alta.

–Sí.

–Me llamo Dare. Dilo.

–Sí, Dare...

Movió las manos sobre sus senos acariciándoselos con calma al tiempo que entornaba los ojos. Mientras jugueteaba con sus tensos pezones, no dejaba de observarla. Una evidente necesidad surgía en ella a cada caricia de aquellos dedos fuertes y elegantes. Por fin, Dare inclinó la cabeza depositando suaves y juguetones besos en torno a las sonrosadas areolas. Indefensa, Julienne empujó sus doloridos senos contra sus labios, ansiando liberarse.

Entonces, la boca de él sustituyó a sus dedos capturando un tenso botón, tirando de la cresta, atrayéndola hacia la áspera y húmeda superficie de su lengua.

El suave sonido que producía al lamérselos era tan poderosamente erótico que hizo gemir a Julienne. Ésta arqueó la espalda, con las palmas contra el espejo que tenía detrás. Dare cambió de posición de modo que le introdujo la rodilla entre los muslos, empujando contra su vientre su rígida virilidad. Julienne sintió que se intensificaba el temblor entre sus piernas.

–Estás muy excitada, querida, ¿no es así?

Deslizó los dedos hacia el vértice de sus muslos, y el áspero jadeo de Julienne resonó sonoro en el silencio.

–Sí, déjame oírte. Te deseo frenética y jadeante.

Las caricias de su boca y el calor de su duro y esbelto cuerpo contra ella eran un delicioso tormento, y excitaban la ardiente necesidad de sentirlo entrar profundamente en su interior.

Dare pareció comprenderlo.

–Abre las piernas.

Su ronco susurro adquirió un tono de orden. Ella obedeció y él la gratificó frotando la henchida cabeza de su erecto miembro arriba y abajo de su húmeda hendidura.

La resistencia de Julienne se quebró por completo.

–Dare, por favor... –rogó.

–¿Me deseas?

La aterciopelada textura de su voz hizo que un escalofrío le recorriera la columna.

–¡Por todos los cielos, sí...!

Su lenta sonrisa aceleró la circulación de su sangre mientras su enorme miembro se impulsaba entre su resbaladiza carne. Ella separó aún más las piernas para permitirle que entrara, y reprimió un grito de deseo mientras él comenzaba a penetrarla.

Sus dedos rodeaban sus palpitantes senos estrechándolos ligeramente al tiempo que avanzaba hacia arriba, en su flexible calor, llenándola. Con un sollozo, Julienne se entregó a él indefensa, aturdida de placer, mientras se le cerraban los ojos.

–No, no cierres los ojos. Quiero que me mires mientras te estoy tomando.

Con un esfuerzo, Julienne enfocó su confusa visión en el espejo que tenía a la derecha. Podía ver su largo y grueso dardo deslizándose dentro de su cuerpo...

Gimió de nuevo, contrayendo los músculos interiores en torno a su dureza. Por encima del hombro de Dare veía su reflejo en el espejo de enfrente, veía sus nalgas flexionándose mientras, despacio, arremetía entre sus piernas. Era la visión más erótica que Julienne había contemplado nunca.

Comenzó a retorcerse contra él, apremiándole a acelerar su lento ritmo, pero Dare se negó a complacerla. Cada vez que se retiraba, ella se tensaba para sujetar la dulce plenitud que tenía en su interior, pero él no se lo permitía.

Deseó maldecirle. Dare sabía lo que ella necesitaba tan desesperadamente, pero de manera intencionada la mantenía en el límite, con el cuerpo latiendo y ansiando más. Era un experto en el arte de prolongar el placer, y utilizaba todo el talento que poseía para conducirla a un febril estado de deseo.

Julienne perdió la cuenta del número de veces que él la

condujo hasta el límite, para luego negarle el clímax. Era exquisito y agónico. Su respiración sonaba grave y áspera en su garganta mientras le rogaba pidiéndole la liberación.

–Ahora voy a dejar que te corras –le advirtió por fin.

–¡Sí! –exclamó ella casi sollozando. Y hundió las uñas en la carne de la espalda de Dare mientras él la acometía con fuerza originando la tormenta de fuego.

Cuando Julienne arremetió salvajemente contra él, Dare empujó de nuevo con más fuerza, casi atravesándola.

–Grita para mí, querida. Grita como sé que deseas hacerlo.

Y ella lo hizo. La brutal oleada de sensaciones que experimentó cuando alcanzó el clímax la dejó agitada y estremeciéndose. Sintió a Dare en su interior mientras alcanzaba su propia explosiva liberación, pero lo único que podía hacer era aferrarse indefensa a sus anchos hombros.

Su dardo aún seguía latiendo dulce y profundamente dentro de ella, mientras experimentaba los últimos espasmos.

Dare se desplomó al fin con un gemido. Varios segundos después, notó su sonrisa contra sus cabellos.

–Has gritado por mí –murmuró, con voz ronca y satisfecha–. Y no hemos hecho nada más que empezar. Me propongo dejarte afónica antes de que concluya la noche.

Deslizó los dedos por sus cabellos, buscando las horquillas.

–La próxima vez que te tome, deseo que estés esperándome desnuda entre las sábanas... con tu increíble cabello desparramado sobre las almohadas... Deseo tu olor en mi cuerpo, tu respiración en mi piel...

Susurró estas últimas palabras mientras le cubría la boca con los labios, y en esta ocasión, Julienne se rindió sin ninguna resistencia en absoluto.

Aquella primera noche marcó la pauta de los días que pasarían juntos. Dare la complacía implacablemente, pero Julienne demostraba ser su igual en su erótica batalla por la supremacía. Ella era apasionada, ávida, ardiente y se deleitaba con la ruda sexualidad de Dare y la suya propia.

Los espejos finalmente consiguieron lo que él se había propuesto. Desde entonces, en la mente de Julienne estaba grabada la imagen de sus cuerpos desnudos y entrelazados en un abrazo carnal. Sólo tenía que mirar a Dare para recordarlo, y el fuego entre ellos surgía al instante.

Por tácito acuerdo, nunca hablaban del peligro que los amenazaba; ambos preferían ver aquella escapada como un respiro. Sin embargo, Julienne pronto reconoció otro foco de peligro: demasiadas oportunidades de intimidad emocional y tiernos recuerdos.

El día después de su llegada, el tiempo amaneció inclemente. La lluvia caía con fuerza, trayendo consigo un fresco aire invernal que les obligó a permanecer en la casa.

Tras un tranquilo desayuno, pasearon por el invernadero peligrosamente inundado de olor a rosas. Oír la lluvia golpeando contra los cristales, le recordaba demasiado a Julienne a un atardecer que había pasado con Dare en su casa de campo, durante una tormenta de verano.

Lo miró a los ojos brevemente y comprendió que él estaba recordando el mismo momento.

–Háblame de tus años en York –le pidió Dare como si deseara cambiar de tema.

La elección del tema trajo cierto consuelo a la mente de Julienne.

Una de las cosas que más había apreciado en Dare durante los días de su noviazgo era que siempre estaba muy interesado en sus pensamientos y sentimientos. Ahora, su interés era sólo fruto del aburrimiento. Y sin embargo, Julienne se encontró recordando su vida como actriz novel. Había habido más buenos momentos que malos, tal vez porque había triunfado rápidamente.

–Y tú ¿qué has hecho con tu vida todo este tiempo? –preguntó ella a su vez–. ¿Ha sido todo libertinaje y placer?

Dare hizo una mueca.

–Gran parte sí, me temo. Hablaba en serio cuando te dije que, después de ti, perdí interés por casi todo lo demás.

Ella profirió un suspiro controlado y replicó en voz baja.

–Lo siento, Dare.

Era la primera vez que se disculpaba por haberle destrozado el corazón, pero él se encogió de hombros ante su respuesta con una sonrisa forzada.

–Olvidémonos de aquello, ¿te parece? Durante los próximos días simulemos que el pasado no existió.

Y, sin embargo, Julienne era incapaz de olvidarlo. Al contrario, cuanto más tiempo pasaba con Dare, sus recuerdos más se intensificaban.

Él dedicó todos los momentos de los siguientes días a distraerla, exhibiendo la consumada maestría de su pasión de innumerables modos. Era un hombre de ardiente sensualidad e insaciables apetitos, con un exigente erotismo que embelesaba los sentidos. Aun así, era diferente del encantador y perfecto libertino que había apostado públicamente que la convertiría en su amante. Por lo menos, en la tierna intensidad de su seducción, se parecía mucho más al Dare que en otro tiempo había cautivado tan profundamente su corazón.

Y su ternura era lo que Julienne consideraba más peligroso. La rivalidad entre ellos era más excitante que un afrodisíaco, más primaria que cualquier otro cortejo, pero la dulzura de Dare se infiltraba a través de todas las defensas de ella. Y con cada caricia, con cada beso, a cada dulce y nueva intimidad, a ella le resultaba más y más difícil protegerse.

Trató de recordar que aquello no era más que un juego, de decirse que Dare sólo estaba empeñado en ganar su apuesta y vengarse de su pasada crueldad. Pero mientras que su mente racional la advertía de que desconfiara, su corazón parecía susurrarle algo más, algo que ella deseaba con ansia desesperada.

También Dare sentía lo mismo. Para su tercera noche juntos, escogió una habitación diferente, un estudio de la planta baja convertido en refugio de caza, decorado con cornamentas de ciervos y cabezas de jabalí disecadas.

–Otra de mis fantasías –dijo, cuando Julienne vio las pieles de marta extendidas ante la chimenea.

Dare preparó un fuego crepitante, donde tostaron pan y

fundieron queso y se dieron de comer entre cálidos y lánguidos besos. Luego se desnudaron el uno al otro lentamente, tomándose su tiempo, saboreando el momento.

Dare dejó sus cabellos para el final..., le quitó las horquillas... y dejó caer la brillante cascada sobre los hombros. Hundió los dedos en aquella seda y le echó la cabeza hacia atrás para poder saborear sus cálidos labios entreabiertos, entregados a él. Luego tendió con cuidado a Julienne ante el fuego y le pasó las manos por el cuerpo, acariciando la embriagadora suavidad de su piel.

El contraste de su carne luminosa contra la lujosa piel de marta le pareció fascinante. Y cuando su olor, almizclado y seductor en la cálida habitación, impregnó su olfato, todos los músculos de su cuerpo se tensaron de deseo.

–Tendida aquí eres tan tentadora como el pecado.

Julienne pensó lo mismo de él. Sus ojos resplandecían a la cálida luz del fuego, mientras que sus cabellos brillaban como oro fundido.

Con gracioso descuido, Dare se tendió junto a ella sobre las pieles, apoyándose en un codo. La escrutó con hipnótica intensidad, su mirada tan palpable como una caricia. Sus ojos tomaban posesión de ella dondequiera que se posaran. Luego, sus cálidos dedos participaron de la exploración buscando sus puntos más sensibles, rozando su carne, tan seductores como su voz.

Julienne perdió el aliento mucho antes de que él la hiciera volverse y la obligara a ponerse estirada boca abajo sobre la piel. Le pasó un dedo por la columna haciéndole arquear la espalda. Luego, asiendo ligeramente sus caderas, se las elevó, poniéndola de rodillas, ella inclinada y él arrodillado tras ella.

Julienne se aferró con las manos a la rica piel cuando comprendió su intención. Pero anhelaba la emoción de su posesión de cualquier modo que él la desease. Estaba ardiente, dolorida interiormente, palpitante el vacío que tenía entre las piernas.

Por un momento, Dare acarició las lisas nalgas expuestas a su atención. Julienne se tensó al sentir su rígida virilidad tanteando el centro de su cuerpo mientras su corazón latía cada vez más fuerte.

–¿Dare? –murmuró.

–Tranquila –dijo él apaciguándola.

Asió su henchido dardo con la mano y deslizó la gruesa cresta por los labios de su sexo, ungiéndolo con el meloso líquido que emanaba del cuerpo de Julienne.

La respiración de ella se hizo más superficial. Sentía la presión de sus muslos, esbeltos y poderosos, forzándola a abrir las piernas. Sentía su calor abrasador mientras se inclinaba sobre ella. Unas dulces sacudidas se extendieron por su interior cuando él invadió su húmedo pasaje femenino, llenándola centímetro a centímetro con su hinchado miembro.

El deseo serpenteó en Julienne ante su profunda penetración, pero luego las caderas de Dare iniciaron una lenta ondulación, despertando en ella una abrumadora sensación de febril apetito.

Contuvo un grito cuando él asió sus senos acariciándolos, jugueteando con sus endurecidos pezones, inflamando su carne desnuda al tiempo que le susurraba ardientes y eróticas palabras de amor.

El ardor se agudizó, se intensificó cuando él cubrió con la mano su sexo palpitante. Durante todo el tiempo, él estuvo moviéndose dentro de ella, embelesándola con intensas y lentas caricias, arremetiendo y retirándose hasta convertir el acto en una exquisita tortura.

El cuerpo de Julienne ardía. Cuando se echó hacia atrás, profundizando la penetración, él aumentó su ritmo. Guiándose por sus gimoteos, Dare se impulsó cada vez más hondo, forzando con cada nueva embestida un ronco gemido en ella. Al cabo de unos momentos, Julienne sintió una acometida de delirante éxtasis y la rendición de Dare, presa del mismo fiero tumulto. Ante su gemido, el fuego estalló en las venas de Julienne, que echó la cabeza hacia atrás mientras un estremecimiento tras otro recorría su cuerpo.

El cálido y vibrante arrebato palpitó en sus sentidos aún mucho después de que se desplomara desmadejada sobre la suave piel.

Dare la siguió. Arqueó su cuerpo en torno a ella y puso la

mano por encima de su cabeza, para entrelazar sus dedos con los suyos. La marfileña piel de Julienne estaba húmeda de sudor y él presionó los labios contra su espalda.

La habitación se hallaba en silencio, salvo por el chisporroteo del fuego y sus respiraciones ásperas y agitadas. Él yacía todavía dentro de ella semiendurecido, totalmente embriagado, deseando con desesperación que le diera todavía más, con el deseo agudizado e insistente.

Deseaba.

Deseaba permanecer con Julienne de aquel modo para siempre, perdido en aquel momento. Deseaba mantenerla allí con él, donde pudiera acariciarla hasta que su corazón estuviera satisfecho. Era una necesidad primaria y elemental que provenía de lo más profundo de su alma.

Era amor, ya no le cabía ninguna duda.

Tenía el pecho destrozado por un dolor profundo y, pese a todo, alguna parte incontrolable de él seguía amando a Julienne. Siempre la había amado.

Cerró los ojos, invadido por una ansia ciega. Se había propuesto apartar a sus otros amantes de la mente de ella, pero por el propio acto de poseerla, Julienne había conseguido poseerlo a él.

La victoria era de ella.

¿Y si llegaba a darse cuenta del poder que tenía sobre él? ¿Y si decidía ejercerlo? ¿Y si volvía a traicionarlo?

Dare sintió el aguijonazo del temor. El dolor, esta vez, sería insoportable.

Esa posibilidad le hizo ser vivamente consciente de la apremiante urgencia de su tarea. Necesitaba que Julienne estuviera tan obsesionada con él como él lo estaba con ella.

Y sin embargo, Dare comprendió, con un vuelco en el corazón, que el tiempo juntos se estaba acabando.

La lluvia cesó por fin al día siguiente y el sol reapareció. Pasaron la mañana recorriendo el hayedo como dos jóvenes amantes, riendo y compartiendo besos bajo el radiante dosel de hojas primaverales que habían crecido casi de la noche a la mañana.

Dare demostró su caballerosidad buscando bancales de flores silvestres para Julienne con las que ella se hizo una corona, que colocó sobre sus cabellos sueltos de modo que parecía una diosa pagana. A Dare, aquella visión le resultó irresistible, aunque le recordaba muy dolorosamente a su verano juntos, hacía tanto tiempo.

Sin embargo, cuando le comentó su delicioso aspecto, ella agitó la cabeza con provocativa sonrisa.

–No soy una diosa, sino una reina de las hadas. Siempre he disfrutado representando a Titania en *El sueño de una noche de verano*. Pero supongo que, si permanezco en Londres, nunca volveré a tener la oportunidad de hacerlo.

Dare sabía que las leyes que regían el mundo dramático eran estrictas. Sólo dos teatros londinenses ostentaban concesiones reales que les permitían representar tragedias, el Drury Lane y el Covent Garden. De resultas de ello, se había convertido en práctica común entre los actores actuar o bien en comedias o bien en tragedias, pero nunca en ambas. Las expectativas del público impedían cambiar los papeles.

–Tú puedes interpretar a la reina Titania si me permites ser tu rey Oberón –dijo Dare levantándole los abundantes cabellos dulcemente perfumados para besarla en la nuca.

Julienne le dedicó una encantadora mirada por encima del hombro, y murmuró:

–Eso si puedes cogerme.

Y luego, con una carcajada, huyó por el bosque. Dare corrió tras ella, ansioso de capturarla.

Durante el resto del día, él mantuvo el mismo talante, y la engatusó prometiéndole una sorpresa para más tarde. Julienne pensó que su promesa se cumplía cuando llegaron a una pradera y se encontraron con una comida campestre preparada por unos sirvientes invisibles, pero Dare le dijo que la sorpresa todavía no había llegado.

Al regresar a la casa, la condujo a una habitación que ella aún no había visto, situada en la planta baja.

–¿Es ésta mi sorpresa? –preguntó Julienne mientras él abría la puerta.

–En parte.

En el interior, el ambiente era cálido y húmedo, según pudo ver Julienne, producido por el vapor que surgía de una gran piscina rectangular de coloridas baldosas.

–¿Un baño turco? –preguntó encantada mientras avanzaba hacia el interior–. He oído hablar de ellos.

–Unas tuberías caldeadas alimentan la piscina y mantienen el agua caliente.

A Julienne, que estaba acostumbrada a los fríos inviernos de York, le pareció el colmo del lujo. El colmo asimismo del libertinaje, conociendo a Dare como lo conocía.

–Éste parece un lugar ideal para una orgía –observó traviesa.

Los ojos de él brillaron perversos.

–Paciencia, querida. Ya llegaremos a eso.

A un lado de la estancia, unos ventales se abrían a un patio privado, permitiendo que entrase el dulce olor a primavera y una oleada de sol que caldeaba aún más la habitación y se derramaba sobre el exuberante montón de cojines extendidos junto a la piscina.

Cuando Dare la condujo hacia los almohadones, ella le dirigió una contrariada mirada.

–¿Qué has planeado, Dare? ¿Es que no vamos a probar el baño?

–Todo a su debido tiempo. Primero, me propongo introducirte en los placeres de un masaje. Te aseguro que no quedarás decepcionada.

Julienne vio que, junto a los cojines, había un frasco de cristal con algo parecido a aceite. Deseosa de comenzar, empezó a desnudarse, pero Dare la interrumpió besándole cada una de las puntas de los dedos.

–No. Tú no tienes que hacer nada. Limítate a relajarte y permíteme que cumpla con mi deber.

–¿Tu deber?

–Convendrás que es mi deber como anfitrión que estés debidamente atendida.

Un rayo de calor circuló por Julienne ante aquel pensamiento, un calor que no tenía nada que ver con la elevada temperatura de la habitación iluminada por el sol.

Deseando seguirle la corriente en el juego de la seducción, le permitió que la desnudara. Por primera vez, él le sujetó los cabellos en lugar de soltárselos.

–Así podré llegar a toda tu piel –le dijo a modo de explicación.

Cuando ella estuvo desnuda, Dare la dispuso según sus deseos, tumbada boca arriba sobre los cojines, con los negros cabellos levantados en una gloriosa masa.

La miró con los párpados entornados resiguiendo todas las curvas y oquedades de su cuerpo, y sintió que se le endurecía la entrepierna.

–Titania nunca estuvo tan tentadora.

Julienne sintió que se ruborizaba ante las llamas de sus ojos. No podía desviar la vista mientras Dare se sentaba junto a ella y cogía el frasco.

El aceite estaba perfumado con jazmín y la dulce fragancia llenó el aire mientras Dare vertía una pequeña cantidad en sus palmas y la calentaba entre sus manos. Cuando asió sus senos, ella profirió una suave exclamación.

–¿Lo encuentras agradable?

–Sabes que sí –repuso algo jadeante.

–A mí también me gusta. A estas alturas, ya debes de saber cuánto disfruto con tu cuerpo.

–Tú disfrutas con cualquier cuerpo femenino.

–Ya no. Me has echado a perder para cualquier otra, mi encantadora Joya.

Julienne pensó que él también la había echado a perder a ella, hacía mucho tiempo, para cualquier otro hombre.

Sin embargo, el pensamiento huyó de su mente en cuanto él empezó a recorrer todo su cuerpo con las yemas untuosas de sus dedos, con movimientos lentos y circulares, excitándola de un modo diferente a cuanto había experimentado hasta entonces. Su piel respondió con hormigueante apremio, mientras un duro dolor estallaba entre sus estremecidos muslos.

Julienne se mordió el labio inferior sin darse cuenta. Dare desvió la mirada hacia su boca, en pausado reposo, e inclinó la cabeza para besarla brevemente antes de retornar a su tarea. Sus manos erraban con intencionada lentitud por cada centímetro de ella, acariciando todas sus curvas, sus brazos, sus hombros, sus pezones, su vientre... moviéndose hacia abajo por sus piernas hasta sus pantorrillas, amasándolas suavemente. Dondequiera que la tocaba, ella parecía arder con fiero ardor.

Luego pasó lentamente las manos resbaladizas por el interior de sus muslos, acariciando y frotando. La sensación era exquisita. Julienne sentía como si se estuviera deshaciendo aun antes de que él rozara con los pulgares la negra masa de rizos que ocultaba sus pliegues femeninos.

El aliento se le quebró en la garganta, pero Dare prosiguió amasando el capullo de su sexo hasta que ella se arqueó y gimoteó por la abrasadora oleada de deseo. Luego él se inclinó sobre su cuerpo y sus labios sustituyeron a sus manos.

La inundó un punzante placer. Él la lamió profundamente mientras sus manos seguían acariciando y amasando sus palpitantes senos, llenándola de sensaciones tan vibrantes que casi le dolían.

El orgasmo que de pronto le sobrevino fue tan intenso, que a punto estuvo de desmayarse.

Su grito de éxtasis resonó por toda la estancia, disminuyendo a medida que se atenuaban las implacables contracciones de su cuerpo. Débil y desmadejada, se desplomó sobre los cojines, cerrando los ojos.

–¿No pretenderás quedarte dormida ahora? –murmuró Dare.

Su divertida pregunta logró sacarla de su estado de dulce plenitud.

–Diablos –replicó ella débilmente.

Ya no tenía voluntad para moverse. Se sentía voluptuosa, generosamente saciada por un hombre que sabía con exactitud lo que una mujer deseaba. Ella era ahora suya, estaba por completo en su poder; podía hacer con ella lo que quisiera. Y, en cierta parte de su aturdida mente, deseaba que Dare compartiera el mismo arrebato tentador, embebido también él de placer.

Se esforzó por abrir los ojos.

–Llevas demasiada ropa –le dijo Julienne.

Una sonrisa diabólica tensó la atractiva boca de Dare.

–¿Deseas acaso desnudarme?

–Sí, pero ya no tengo energías. ¿Puedes hacer tú los honores?

Él la obedeció, y al cabo de un momento se hallaba ante ella, enhiesta su espléndida y descarada erección.

–Pareces una mujer dispuesta para su amante. Tal vez debería complacerte.

Julienne separó lánguida y ampliamente las piernas, arqueándose para él.

–Sí, tal vez deberías.

Los luminosos ojos de Dare destellaron de deseo por ella.

–Pero todavía no –añadió Julienne en un tono resuelto mientras él comenzaba a arrodillarse–. Creo que me gustaría saber qué se siente al tener tu aceite en mi interior. Podrías hacer también esos honores, puesto que eres tan experto. Excítate mientras yo te miro.

Él soltó una carcajada y le hizo a Julienne un divertido guiño de complicidad.

–Como mandéis, alteza.

Mientras sus aceitadas manos se deslizaban por su duro y henchido dardo, Julienne se humedeció los resecos labios. Observaba los dedos curvados de Dare en torno a la lisa y rígida carne y deseaba poder hacer lo mismo.

–¿Te resulta agradable? –le preguntó con voz levemente ronca.

El rostro de Dare enrojeció por su esfuerzo de controlarse.

–No tanto como si fueras tú quien lo hiciera.

–Muy bien –dijo ella por fin–. Pues ahora me toca a mí.

–Creía que nunca te apiadarías.

Julienne se puso de rodillas y se echó aceite en las manos. Luego curvó los dedos en torno a su magnífica longitud.

El calor recorrió a Dare ante su erótico contacto. Instintivamente, empujó las rodillas hacia ella, mientras trataba de contener su creciente excitación.

–Si mantienes ese ritmo, estallaré sobre ti –le advirtió.

–No, no puedes –replicó Julienne suavemente–. Tienes que esperar. Creo que ahora me gustaría probar el baño.

Lo soltó, se levantó y se fue hacia la piscina.

Los músculos de Dare se contrajeron de frustración sexual. Apretó la mandíbula y observó cómo oscilaban las apetecibles caderas de Julienne mientras cruzaba la habitación hacia los peldaños embaldosados y entraba en el agua. El nivel le llegaba casi hasta el pecho, sin cubrir totalmente los blancos globos de sus senos. Lo atormentó la visión de sus tensos pezones rosados, balanceándose tan tentadores.

–¿A qué estás esperando?

Su tono apremiante penetró en sus sentidos y lo llevó aún más cerca del estallido. La siguió rápidamente a la piscina, casi gimiendo cuando el agua caliente cubrió su dolorido pene.

Para su alivio, Julienne no se alejó, sino que se quedó esperándolo, con una desafiante sonrisa en los labios.

Sus exóticos ojos brillaban negros y soñadores mientras él se acercaba hasta ella. Dare sintió una febril excitación al asirla por los hombros. El cuerpo todavía ungido de aceite era lustroso y flexible bajo sus manos, y Dare pasó un buen rato jugueteando con sus senos, moldeando y rodeando las altas y firmes protuberancias antes de asirla por las caderas y levantarla presionando entre sus muslos.

Apretó los dientes y le acarició las nalgas hasta que sintió que Julienne se deslizaba deliciosamente en torno a él. Sus bocas se encontraron mientras ella lo rodeaba con las piernas y le devolvía el beso.

Sus lenguas se entrelazaron, lo mismo que sus miembros, y ambos se balancearon en una danza erótica durante unos momentos, moviéndose y latiendo de placer en las ondulantes aguas.

Precisamente cuando Dare pensaba que no podría contenerse por más tiempo, Julienne contrajo sus músculos internos aferrándole con más fuerza, mientras deslizaba las manos sobre sus duras y apretadas nalgas.

Dare gimió jadeante, con el rostro convulsionado por una mueca de éxtasis, al tiempo que su semilla estallaba en un candente chorro. Julienne se retorció en torno a él estremeciéndose contra su cuerpo. Profirió asimismo un gemido y hundió el rostro en su cuello, arañándole el hombro con los dientes.

Dare, con la respiración entrecortada y las piernas débiles, se sumergió más profundamente en el agua y se recostó contra el borde de la piscina. Lo invadió una exquisita paz mientras las olas calientes lamían con suavidad sus cuerpos unidos.

–¿Te estás durmiendo? –oyó susurrar roncamente a Julienne al cabo de un momento.

–Hum. He tenido sueños. Sueños eróticos.

–¿Conmigo?

–¿Con quién si no?

Ella movió las caderas a modo de provocativa respuesta.

–¿Y si todavía no estoy satisfecha?

–Me temo que tendrás que aguardar, querida. No puedo moverme. Has acabado con todas mis reservas.

Julienne le arañó de nuevo la piel con los dientes.

–Todavía no puedes estar agotado. Aún nos queda otra noche juntos.

Su burlona observación hizo desaparecer de repente el agotamiento de Dare, que se echó hacia atrás para mirarla con gesto serio.

–Si tú quieres, puede quedarnos más que eso.

–Debo regresar a Londres el sábado si no quiero echar por la borda mi carrera. Pero reconozco que me tienta la idea de que esto no concluya –añadió suavemente, haciéndose eco de los pensamientos de Dare mientras volvía a apoyar la cabeza en su hombro.

Él extendió la mano para acariciar uno de sus redondeados senos.

–No tiene por qué acabar, Julienne. Puedes quedarte aquí conmigo.

–Si lo hago, perderé mi empleo.

–Tu empleo consistiría en hacerme compañía.

Ella sonrió fríamente contra su hombro.

–Te refieres a convertirme en tu amante. Pero entonces tú ganarías la apuesta.

–¿En serio?

Ella se rió de manera apagada, ocultando el melancólico giro de sus pensamientos.

Sabía que, después de ese interludio mágico con Dare, sería increíblemente difícil retornar a su vida cotidiana. Durante los últimos días, mientras el placer se sumaba al placer, se había encontrado fingiendo que nada malo había ocurrido nunca entre ellos. Peor aún, se había encontrado pensando en lo que podría haber sido, soñando en lo que podría haberles deparado el futuro.

Durante mucho tiempo se había negado a soñar. Pero abrazada por Dare de aquel modo, mezclados los latidos de sus corazones, podía dejar errar libremente su fantasía. Podía imaginarse viviendo allí con él, compartiendo aquel dulce éxtasis, siendo amantes para siempre.

Por un momento, Julienne cerró los ojos y dejó que aquella visión llenara el vacío que había en su interior. Dare era el único hombre al que había deseado, el único al que había querido. El único hombre que le había dado felicidad. Lo había amado tan profundamente...

Pero aquella felicidad se había visto truncada hacía mucho tiempo. Y aquel mágico interludio tenía que concluir.

Era insensato pensar que pudiese continuar. Era insensato esperar algo más. Tenían menos futuro juntos ahora que hacía siete años. Los obstáculos que habían existido para un destacado noble y una simple sombrerera se habían multiplicado ahora por doce. Dare nunca la haría su esposa. Era una actriz de dudosa fama, ya no era la virgen inocente de cuando se conocieron. Y después de todo lo que había sucedido entre ellos, de la amargura y el dolor...

Dare la deseaba como amante, no le cabía duda, pero ella nunca accedería a ese papel. Eso le daría a él demasiado poder sobre ella. Poder económico, e incluso aún peor, poder en el plano emocional. Siendo tan dependiente, ella se sentiría demasiado indefensa; sería demasiado fácil que volviera a enamorarse de él.

Julienne negó en silencio con la cabeza. Comprendía muy bien la locura que representaba entregar su corazón a un libertino que estaba implacablemente empeñado en destrozarlo.

Aun así, pensó melancólica mientras rozaba con los labios la piel mojada y lustrosa de Dare, aún se podía permitir el lujo de soñar.

Capítulo trece

Regresar a Londres fue como un chorro de agua fría para Julienne. De no haber sido por su carrera, podrían haberse quedado lejos mucho más tiempo. Allí, en la ciudad, le preocupaba que la determinación de Dare de proseguir la búsqueda de Caliban lo convirtiera en un objetivo y lo pusiera en grave peligro.

Por añadidura, necesitaría de toda su habilidad interpretativa para reanudar su juego público de seducción y simular que no estaba afectada por el apasionado interludio que habían compartido.

Las habladurías sobre ellos en las páginas de cotilleos se habían incrementado en los últimos días. Su desaparición de Newmarket había sido especialmente advertida, puesto que uno de los potros de Dare había ganado la carrera de las 2000 Guineas y a él no se lo había visto por ninguna parte. Enseguida empezó a circular el rumor de que se había tomado unos días de retiro con la más brillante Joya londinense.

Julienne se negaba a confirmar o desmentir esas noticias ante sus enfurruñados admiradores, pero se vio obligada a satisfacer la curiosidad de Solange cuando su amiga la visitó en su residencia, inmediatamente después de su regreso.

–¿Y bien? –inquirió la francesa instalándose en una silla en el deprimente salón–. ¿Es el Príncipe del Placer tan maravillosamente perverso como cuenta la leyenda?

Absurdamente, Julienne sintió que se ruborizaba.

–Admito que las historias sobre sus proezas no eran exageradas.

–*Tiens!* ¿Significa eso que accederás a ser su *chère amie*?

–En absoluto. No tengo ninguna intención de dejarle ganar la apuesta.

Solange frunció el ceño.

–Tal vez sea una buena idea. Wolverton es un magnífico partido. ¿Cómo dicen los *anglais*,... «si juegas bien tus cartas»...? Comienzo a preguntarme si lo que quieres es que te proponga matrimonio.

Julienne enarcó las cejas ante la simple sugerencia.

–En este mundo, un marqués jamás se casará con una simple actriz.

–Ha sucedido anteriormente. Y yo creo que un noble de su escandalosa fama no se desanimaría ante una novia con un poco de mala fama propia.

Julienne pensó en silencio que tal vez Solange tuviera razón, pero no con una novia a la que despreciara por haberlo traicionado.

–Si realmente deseara casarse contigo...

–Eso es imposible –declaró Julienne desechando tajantemente la cuestión.

Se sentía reacia a revelar a nadie, ni siquiera a su amiga, su anterior relación con Dare. Deseaba olvidar todo lo relacionado con aquel desolador verano.

Sin embargo, Julienne temía que eso estuviera fuera de su alcance, porque la pesadilla de su pasado había reaparecido en Newmarket.

Ivers. Temía incluso pensar en él. Pero sospechaba que se vería obligada a enfrentarse a él antes o después. Sabía que estaba en Londres porque lord Riddingham lo había visto en un popular garito para caballeros.

Por dondequiera que iba, Julienne vigilaba nerviosa temiendo verlo aparecer de entre las sombras, pese a su decisión de superar su temor. Llevaba su cuchillo siempre a mano, sujeto a la muñeca. Y cuando regresaba a casa desde el teatro a altas horas de la noche, siempre se aseguraba de ir acompañada, ya fuese por el lacayo que Dare le había facilitado para su protección o por alguno de sus admiradores.

Pasaba más tiempo con Riddingham en particular porque se sentía más a salvo con él. Y porque éste no tenía tendencia a formular preguntas no deseadas.

Extrañamente, se sentía aliviada de que Dare apenas se hubiera dejado ver desde su regreso de Berkshire. Por otra parte, de ninguna manera podía pedirle que la defendiera de Ivers, pues temía sus celos explosivos.

La había sorprendido saber que Dare mantenía la distancia porque lo consideraba lo más prudente. Tras su intenso interludio en su casa de placer, necesitaba decidir cuál era el mejor modo de tratar con Julienne. Durante semanas, sus sentimientos hacia ella habían asumido la sombría forma de la obsesión, y estaba luchando para poder liberarse de ella..., si es que eso era posible.

En sus momentos más lúcidos, Dare sabía bien qué camino debía tomar: tenía que renunciar a esa obsesiva fantasía de amor, a la intensa necesidad de que Julienne estuviese siempre próxima.

Sabía que amarla desafiaba toda racionalidad. El único modo de dominar su ansia por ella era ausentarse.

Estaba considerando abandonar la ciudad cuando recibió un aviso urgente de Lucian. Aunque era apenas mediodía, Dare acudió de inmediato a la residencia Wycliff, donde encontró a su amigo trabajando en su estudio.

–¿Por qué me enviaste ese críptico mensaje desde Newmarket la semana pasada interesándote por el conde de Ivers? –le preguntó Lucian al punto.

Dare se instaló en el sofá.

–Porque no le había visto desde hacía más de un año, y me resultó extraño que apareciera de repente después de que yo anunciase que estaba buscando a Caliban.

–Bien, pues parece que existe una posible relación entre Ivers y el asesino de la señorita Watson. El espía que introduje en casa de Castlereagh encontró un testigo que reconoció a Ivers como el amante con el que Alice Watson se había estado viendo en secreto. Y encontró pruebas de que Ivers había estado espiando recientemente las actividades de lady Castlereagh... pagando a los sirvientes para que le informaran.

«El alto y moreno desconocido.» Dare frunció el ceño ante lo que eso suponía.

–No creerás que Ivers pueda ser Caliban, ¿verdad? Le conozco desde que ambos éramos unos niños; su mansión familiar está apenas a veinte kilómetros de Wolverton Hall, y aunque podría ser capaz de matar, no le creo lo bastante astuto como para ser un cerebro criminal.

Lucian movió la cabeza pensativo.

–Estoy de acuerdo, aunque al parecer puede ser bastante despiadado. El año pasado, una de sus anteriores amantes quedó misteriosamente desfigurada después de haber dejado a Ivers por un nuevo protector más acaudalado que podía permitirle sus extravagancias. Y es de conocimiento común que últimamente tiene problemas económicos. No sólo está endeudado con la mitad de los comerciantes de la ciudad, sino que es incapaz de pagar sus deudas de honor. Circulan rumores de que podrían pedirle que dejara su club. Cabe la posibilidad de que trabaje para Caliban por dinero o simplemente porque esté siendo objeto de un chantaje, como tantas otras víctimas de Caliban.

–¿Y qué hay de sir Stephen Ormsby y Martin Perrine? –preguntó Dare–. ¿Has descubierto alguna pista que pudiera sugerir que alguno de ellos está implicado?

–He hecho investigar a los dos como sugeriste –repuso Lucian– y no he descubierto nada que incriminara a Ormsby. Perrine, en cambio, ahora estamos seguros, se encontraba en la ciudad en el momento de la muerte de la señorita Watson, y también en enero, cuando fue asesinado nuestro diplomático. Pero no existe ninguna prueba directa que lo vincule con ninguno de esos crímenes. Aun así, Caliban siempre ha sido extremadamente cuidadoso a la hora de borrar sus huellas. Su pauta consiste en permanecer entre bambalinas mientras sus víctimas ejecutan sus órdenes. En cualquier caso, ésta es la primera pista que hemos hallado hasta ahora... y debemos agradecértelo a ti.

Dare permaneció en silencio un momento mientras debatía cuánto revelar acerca de lo que sabía sobre el principal sospechoso. Por fin, decidió que sería más prudente informar a Lucian de todo cuanto sabía por si existía alguna relación entre los acontecimientos.

–Ivers tuvo una relación anterior con Julienne Laurent –dijo en un tono inexpresivo.

–¿Sí? –preguntó Lucian curioso.

–Fueron amantes.

Lucian enarcó una ceja.

–Deduzco que ésa fue la razón de que rompieras tu compromiso.

–Sí. De modo que sin duda tengo interés personal en la venganza. Acaso yo no sea el candidato ideal para perseguir a Ivers, puesto que mi juicio puede ser parcial; sin embargo, he estado pensando en ir a Kent a pasar unos días. No he visitado la mansión familiar desde navidades. Si te parece, podría ver qué logro descubrir sobre él.

–Es una excelente idea –comentó Lucian–. Entretanto, me propongo mantener a mis agentes sobre su pista. En estos momentos, Ivers se hospeda en el hotel Limmer, pero si llegaran a echarlo podría esconderse y resultar imposible de encontrar.

Dare salió aquella misma tarde y llegó a Kent a última hora de la noche, sorprendiendo a los sirvientes de la casa. La mansión Wolverton era una vasta finca con una grande y elegante casa solariega de ladrillo y un precioso parque rodeado de numerosas granjas arrendadas y huertos. Dare rara vez la visitaba, porque le traía recuerdos demasiado desagradables.

Aquella noche era demasiado tarde para investigar nada, pero se propuso interrogar a los sirvientes por la mañana temprano, comenzando por el anciano secretario de su abuelo. Si alguien conocía a los pares vecinos ése era Samuel Butner. Éste siempre había estado al tanto de todos los asuntos del difunto marqués y, aunque se había jubilado cuando Dare heredó el título, seguía viviendo en la casa, como había hecho durante los últimos treinta y tantos años.

Dare, demasiado cansado e inquieto para dormirse tras el largo viaje, se instaló en la acogedora biblioteca y pasó gran parte de la noche bebiendo una cantidad excesiva del excelente brandy de su difunto abuelo y recordando la última vez que él y el marqués habían estado juntos en aquella misma habitación.

Era el tercer día de su discusión sobre los planes de matrimonio de Dare. Robert North, sexto marqués de Wolverton, se había enfurecido hasta el punto de casi sufrir un ataque de apoplejía porque su nieto y heredero se negaba una vez más a romper su compromiso con la intrigante pécora francesa.

–¡Te ha embaucado, maldito y joven necio! Sólo te quiere por tu fortuna. Te chupará la sangre.

–Estás totalmente equivocado, abuelo –respondió Dare tenso, controlando con dificultad su ira por respeto a la avanzada edad del viejo y a su situación de anfitrión. Al fin y al cabo aquélla era su casa.

–No voy a tolerarlo, ¿me oyes? Antes que permitir que una gota de su sangre mancille tu estirpe, te desheredaré.

–Te he dicho más de una vez que tu amenaza de desheredarme no me causa ningún efecto –le recordó Dare.

–Esa pécora no está tan dispuesta como tú a perder tu herencia. Creo que descubrirás que su opinión sobre ti ha cambiado enormemente ahora que sabe que no obtendrá ni un penique de mi fortuna.

Dare entornó los ojos y le preguntó:

–¿Has hablado con Julienne?

Las picudas cejas de su abuelo formaron una sola línea al fruncir el ceño.

–Me he asegurado de que comprende las consecuencias de vuestro intolerable matrimonio.

Por un instante, Dare retrocedió a su última cita con Julienne y recordó su actitud reacia a huir con él. Pero ella ignoraba aún la amenaza de su abuelo de desheredarle, porque él no se lo había dicho. Negó con la cabeza.

–Ella no está interesada en tu fortuna.

–¡Desde luego que sí! –La voz del marqués se elevó de nuevo hasta convertirse en un grito–. ¡Infierno y condenación, muchacho!, ¿es que no lo ves? ¡Te has dejado dominar por el falo!

–No, abuelo. Por primera vez he dejado que gobierne mi corazón.

Un sombrío y furioso color rojo inundó las mejillas del anciano, pero hizo un visible esfuerzo por controlarse.

–Te digo que eres ciego y necio. Esa ramera de Laurent hace meses que te está engañando con su amante. Ivers compartía su lecho mucho antes de que tú comenzaras a olfatearle las faldas.

Dare se tensó con celos instintivos. Las atenciones de Ivers hacia Julienne siempre le habían hecho rechinar los dientes. Pero la idea de que ella lo engañase le resultaba inconcebible.

Ante la mirada escéptica de Dare, su abuelo agitó un dedo acusador hacia la ventana de la biblioteca, en dirección a la cercana finca del conde.

–Pregúntale a Ivers si no me crees.

Dare esbozó una glacial sonrisa.

–Tendrás que encontrar una historia mejor que ésa si esperas ponerme en contra de ella.

Lord Wolverton profirió un gruñido de pura rabia y agitó su nudoso puño.

–¿Qué te parece esta otra historia entonces? Tu pécora es una traidora a nuestro país. Me encargaré de que vaya a prisión, o algo peor, si tratas de casarte con ella.

Un repentino escalofrío recorrió a Dare. Su abuelo era lo bastante poderoso e influyente como para cumplir tal amenaza si se lo proponía.

Al ver que Dare vacilaba, los húmedos ojos del marqués se entornaron con malicia.

–El mes pasado colgaron a dos marineros ingleses en Whitstable por traición. Tu ramera era su cómplice.

–Sabes condenadamente bien que eso es mentira.

–¡Yo no sé nada! Esos malditos emigrados políticos siempre andan escasos de recursos y dispuestos a vender su lealtad en beneficio propio. Podría encontrar fácilmente pruebas de la culpabilidad de tu fulana.

Dare apretó los puños pero mantuvo la voz calmada cuando expresó su propia advertencia.

–No te aconsejo que me amenaces con causarle daño, viejo.

–Entonces ¡no me obligues a ello, muchacho! Hablo en serio. Tu compromiso no seguirá adelante. No seguirá adelante, ¿me has oído?

Ignorando los gritos del viejo noble, Dare giró bruscamente sobre sus talones y salió de la habitación con gesto airado, decidido a desahogar su rabia antes de dirigirse a la cita con Julienne.

Hasta aquella tarde, había estado absolutamente decidido a desafiar la cólera de su abuelo, pues la posibilidad de ser desheredado le parecía insignificante ante la magnitud de su futura felicidad.

Sin embargo, aquella nueva amenaza contra Julienne le hizo reflexionar. Como mínimo, le hizo plantearse la conveniencia de fugarse juntos. Deseaba a Julienne como esposa, pero no a riesgo de ponerla en peligro. Su abuelo era lo bastante poderoso para causarle una gran cantidad de problemas, tal vez incluso para dar verdadera consistencia a cualquier falso cargo de traición.

Dare decidió que tenía que tomar una decisión trascendental. No podía quedarse cruzado de brazos y permitir que Julienne saliese perjudicada. E, incluso aunque pudiera convencerla para que se fugase con él pese a las objeciones de su abuelo, todavía quedaba el problema de su madre inválida. La condesa se negaba a dejar su casa y Julienne nunca abandonaría a su madre.

De una cosa Dare sí estaba seguro. Rompería su compromiso antes que permitir que ella sufriera por las maquinaciones del viejo bastardo. Pese a sus ardientes sentimientos por Julienne –o más bien a causa de ellos–, renunciaría a ella antes que permitir que sufriese ningún mal.

Ahora, siete años más tarde, Dare recordaba qué necio

había llegado a ser. Su abuelo había tenido razón en aquella ocasión.

Se le formó un nudo en la garganta ante el amargo recuerdo. Julienne había accedido a reunirse con él en la casa de campo aquella tarde si podía aconseguir escabullirse de su tienda, pero al ver que ella no acudía, Dare se fue a Whitstable a buscarla.

Fue entonces cuando descubrió su traición; a su amante. Hasta entonces, no había creído una palabra de las acusaciones de su abuelo sobre su relación con Ivers.

Con el corazón desgarrado al recordar aquel sufrimiento, Dare se quedó mirando su copa de brandy vacía. El anciano se había salido con la suya: había logrado la disolución del compromiso. Pero Dare se había ido de Kent inmediatamente después, y nunca más había vuelto a pisar la casa de su abuelo hasta que el marqués estuvo muerto y enterrado.

Con una carcajada glacial, Dare arrojó la copa de cristal contra el hogar y contempló cómo se hacía añicos entre el fuego. Confiaba en que el sexto lord Wolverton estuviera satisfecho en su tumba. Su descendencia había permanecido limpia de la sangre de la pécora francesa, aunque en el proceso hubiera perdido a su único nieto.

Dare durmió mal, con sueños en los que se veía enredado en la malévola tela de araña de su abuelo. A la mañana siguiente, justo después de desayunar, llamó al antiguo secretario del marqués, Samuel Butner, a la biblioteca con la esperanza de descubrir algo que vinculara a Ivers con Caliban.

–¿Sería justo decir que tras vivir en este distrito durante tantos años usted, en cierto modo, conoce bastante al conde de Ivers? –comenzó Dare tras unos agradables minutos de conversación trivial.

–Sí, milord –repuso el anciano secretario respetuosamente–. Diría que le conozco tan bien como la mayoría.

–Estoy interesado en todo cuanto pueda contarme sobre él. Al parecer, ha contraído gran número de deudas de juego recientemente, y circulan rumores de que su lealtad puede haber sido comprada por los franceses. –Dare contempló al secretario con penetrante mirada–. Tal vez recordará usted el verano que pasé aquí, hace casi siete años: dos marineros de Whitstable fueron ahorcados, acusados de colaborar con bonapartistas franceses. ¿Cree usted que Ivers podría haber estado asociado con ellos o relacionado de algún modo con una traición?

Butner frunció sus angulosas cejas.

–Lord Ivers siempre ha sido un tipo raro, pero en mi opinión nunca se habría rebajado tanto como para asociarse con el enemigo. Aunque...

–¿Sí? –lo apremió Dare.

–Ya entonces iba siempre escaso de fondos. Pero estoy seguro de que aquel verano encontró un modo de poner al corriente sus cuentas. Lord Wolverton pagó todas sus deudas de juego.

–¿Cómo lo sabe?

–Porque yo mismo extendí el documento de pago, milord. Era una cantidad importante... Seis mil libras. Supongo que eso lo liberó de muchas de sus deudas.

–¿Por qué sería mi abuelo tan generoso?

–No estoy seguro, milord. Pero creo que tenía algo que ver con su... joven dama. Aquella que era propietaria de la sombrerería.

Dare sintió que el corazón le latía incontrolablemente rápido.

–Prosiga.

Butner frunció el ceño pensativo, como si tratara de recordar.

–Su señoría invitó aquí a lord Ivers una tarde y estuvo encerrado con él durante casi una hora. Siempre sospeché que aquel importante pago se debía a servicios prestados. Que su abuelo empleó a lord Ivers con alguna finalidad.

–Pero ¿no tiene ni idea de qué finalidad podía ser ésa?

El anciano secretario vaciló un momento.

–Tengo mis sospechas. ¿Puedo hablar libremente?

–Por supuesto.

–Su señoría se sintió muy complacido de que usted decidiera quedarse en Wolverton Hall aquel verano. Creo que pensó que podría prepararle para ocupar su lugar..., es decir, una vez que usted se hubiera corrido sus juergas.

Dare apretó los labios para evitar mostrar su cinismo.

–Y en lugar de ello, yo le decepcioné enormemente –dijo sosegadamente–. Nunca fui lo bastante serio para su gusto. Jamás tuve aspiraciones de sentar la cabeza y de convertirme en un terrateniente.

–No, milord, pero le hirió profundamente que usted se comprometiera con la... muchacha francesa. Ya sabe que era un hombre orgulloso...

–Era un viejo bastardo y manipulador.

–Exactamente. Pero no deseaba que bajo ningún concepto usted se casara con ella.

–Porque una endiablada francesa hubiera mancillado su impecable estirpe –comentó Dare sardónicamente.

–Sí. Y porque... sospechaba que ella era una traidora. Me dio a entender que tenía algo que ver con los espías que fueron ahorcados.

Dare se encontró apretando los dientes.

–Eso fue una mentira que él mismo inventó para obligarme a romper mi compromiso. La señorita Laurent no tenía nada que ver con traiciones ni con espías.

–Yo sospeché lo mismo. Admito que nunca me pareció bien que su abuelo interfiriera de manera tan flagrante en sus asuntos. Pero él se mostraba inflexible. Usted era su esperanza y su orgullo. No deseaba ver cómo usted se... Le ruego que me perdone milord. A veces se me escapa la lengua.

Butner se sonrojó, evidentemente incómodo.

–No, por favor... Valoro su honradez. ¿Qué estaba a punto de decir? ¿Cómo yo qué?

–Cómo usted se echaba a perder, tal como hizo su padre.

Dare hizo un esfuerzo por contener una sonrisa.

–De modo que el abuelo aplicó conmigo las mismas medidas que con mi padre.

–Lord Wolverton confiaba en obligarle a anular su compromiso.

–Lo sé. Amenazándome con desheredarme. Durante años pensé que lo había hecho.

–Nunca cambió su testamento. No tenía razones para hacerlo una vez se deshizo su compromiso. Sin embargo, en aquellos momentos estaba profundamente decidido. Decía que costara lo que costase lo pagaría satisfecho. Deseaba liberarle a usted «de las garras de una cazadora de fortunas». Éstas fueron sus palabras, si mal no recuerdo.

Armándose de valor pese a su creciente inquietud, Dare consiguió darle una tranquila respuesta.

–Deduzco pues que pretendía utilizar a Ivers para tender una trampa a la señorita Laurent.

–Posiblemente. Después de que usted se marchara prometiendo no volver nunca más, Ivers acudió a cobrar. Y dos años después, se presentó de nuevo a solicitar un préstamo. Al parecer, volvía a tener los bolsillos vacíos.

–¿Accedió mi abuelo a ello?

–No, se negó tajantemente. Yo oí por casualidad su discusión. Ivers decía que si lord Wolverton no le pagaba, iría a verlo a usted, ya que le gustaría mucho conocer la verdad.

–¿La verdad acerca de qué?

–No estoy seguro, milord. Tenía algo que ver con la señorita Laurent, porque oí mencionar su nombre.

–Pero ¿está seguro de que Ivers amenazó con chantajear a mi abuelo?

–Así me lo pareció. Su señoría estaba tan furioso que ordenó a dos lacayos que echaran al conde de la casa. Ivers nunca volvió por aquí, que yo sepa. Aunque no me sorprende que ahora haya caído bajo sospecha. Siempre pensé que no era de fiar.

–Gracias, señor Butner. Ha sido usted de gran ayuda.

Una vez se hubo marchado el anciano secretario, Dare permaneció sentado, esforzándose por vencer el temor que se cernía sobre sus pensamientos. ¿Había contratado realmente su abuelo a Ivers para acabar con su compromiso? ¿Y había sido Ivers el causante de que sobre Julienne pendiera la amenaza de ser ahorcada por traición?

Sintió que se le formaba un nudo en el estómago. ¿Había él malinterpretado aquel día la situación respecto a la relación de Julienne con Ivers? Si pudiera dejar de lado sus celos por un momento, tendría que reconocer que aun antes de la revelación que acababa de hacerle el secretario, había comenzado a cuestionarse las cosas. En Newmarket, le había parecido ver que Julienne miraba a Ivers con una enemistad rayana en el odio.

¿Era debido a que la había abandonado hacía tantos años? Entonces eran amantes, ¿verdad? Dare lo había visto con sus propios ojos, había escuchado cómo la propia Julienne lo admitía.

Con el estómago revuelto por la inquietud, Dare se levantó para pedir su carruaje. Necesitaba hablar con alguien que conociese más a Julienne y supiera mejor lo que podía haber sucedido aquel verano, hacía tanto tiempo.

Famoso por sus ostras, el pequeño puerto marítimo de Whitstable presumía de tener varias posadas excelentes, dos docenas de tiendas y un pequeño astillero. La ciudad no había cambiado mucho durante los años transcurridos desde su última visita, ni al parecer la sombrerería donde su vida había quedado tan trastornada.

Dare se apeó del carruaje y se quedó ante la puerta de la tienda, vacilando. Confiaba en encontrar a la dependienta que había sido empleada por Julienne, pero de pronto tenía la piel fría y sudorosa por lo que pudiera descubrir. Tuvo que obligarse a abrir la puerta y entrar.

Al punto, lo invadieron los recuerdos, reminiscencias de la última vez que estuvo allí...

Ese día, le había extrañado encontrar la tienda vacía y sin cerrar, y ni rastro de Julienne ni de la muchacha a la que empleaba como vendedora. Al oír voces procedentes del piso de arriba, Dare subió la escalera hacia la gran sala situada sobre la tienda y que se utilizaba como almacén, taller de costura y, ocasionalmente, zona de descanso.

Julienne estaba sentada en el catre, con los despeinados cabellos sueltos, libres de las horquillas, mientras el conde de Ivers estaba junto al lecho, de pie junto a ella. Cuando Julienne vio a Dare, se llevó una mano al corazón.

Parecía consternada de verlo, aunque no más de lo que se sentía él al encontrarla inesperadamente con su rival en tan íntimo escenario.

Sin embargo, la expresión de Ivers era fría mientras apoyaba una mano posesivamente en el hombro de ella.

–North..., me alegro de que hayas venido. Julienne desea decirte algo.

A su pesar, Dare centró su atención en el conde. Su primer impulso fue estrangular al hombre con sus propias manos por atreverse a tocar a Julienne...

–Díselo querida –la apremió Ivers.

–¿Decirme qué? –preguntó Dare, que sentía cómo su furia se elevaba.

–Que se propone romper vuestro compromiso –contestó Ivers al ver que ella permanecía silenciosa. Le puso la mano sobre el hombro–. ¿No es cierto, querida?

Por un momento, Julienne cerró los ojos. Luego, con un lento y estremecido suspiro, se irguió y levantó la vista hacia Dare.

–Sí. Ya no deseo casarme contigo, Dare.

A él, un intenso vacío le invadió las entrañas, mientras que, de repente, le pareció que tenía la boca llena de serrín.

–¿De qué diablos estás hablando?

–Yo... Nunca me dijiste que tu abuelo te desheredaría si te casabas conmigo.

Dare se quedó petrificado mirándola, tratando de comprender el sentido de sus palabras. ¿Le importaba tanto, después de todo, la fortuna de los Wolverton?

Al ver su rostro, Julienne tendió una mano temblorosa.

–Dare..., no puedo casarme contigo.

Ivers le dio unos golpecitos en el hombro, como si tratara de consolarla.

–Lamento que hayas tenido que descubrir la verdad de

este modo, North, pero es mejor que lo sepas. Julienne siempre ha sido mía. Disfrutaba de sus favores mucho antes que tú.

Con la respiración detenida en los pulmones, Dare sintió que no podía moverse. Todos los músculos de su cuerpo estaban paralizados por la impresión y la incredulidad.

–¿Julienne? –Por fin esa simple palabra escapó de su boca–. Dime que no es cierto.

Ella miró fugazmente a Ivers y luego clavó la mirada en el suelo.

–Lo siento –murmuró roncamente.

Ivers sonrió triunfante mientras la confusión se apoderaba de Dare, que se tambaleó hacia atrás estremeciéndose como si acabara de recibir un golpe. Había esperado que ella contradijese la repugnante afirmación de Ivers, no que la suscribiera.

La exultante voz de su rival quebró el tumulto de sus pensamientos.

–Me ha resultado difícil mantenerme en silencio todo este tiempo, mientras la cortejabas, North. Pero Julienne insistió en que me apartase de su camino. Por fortuna, decidió que si tú ibas a perder tu herencia, me prefería a mí.

Desconcertado, Dare miró a Ivers y observó la satisfecha expresión de su moreno rostro y el pequeño hilo de sangre que brotaba de su labio inferior partido.

Con una seca sonrisa, Ivers alzó la mano para tocarse con mucho tiento la herida.

–Como estoy seguro de que ya sabes, Julienne disfruta con juegos violentos.

Dare sintió náuseas, retrocedió bruscamente y salió tropezando de la habitación, demasiado afligido incluso para pensar en desafiar a Ivers. Sentía como si le hubiesen arrancado el corazón del pecho...

La cabeza le daba vueltas al recordar aquel día. Se llevó una mano a la sien. ¿Se había apresurado en condenar a Julienne? Desde luego, ella no había contradicho a Ivers. ¿Qué palabras había usado exactamente? «Lo siento.» Y él las había tomado como una admisión de culpabilidad...

¡Santo Dios! ¿Cómo podía haber estado tan equivocado? ¿Había sido ella en todo momento una víctima? ¿O era su memoria ahora lo que fallaba? Había sucedido hacía mucho tiempo, y su propia desolación podía haber hecho que sus recuerdos de aquel acontecimiento catastrófico cambiaran con el curso de los años...

–¿Milord Wolverton? –Una monocorde voz femenina interrumpió sus agitados pensamientos–. ¿En qué puedo servirle?

Dare levantó la mirada y se encontró con una mujer morena, de veintitantos años, en una esquina, cerca del mostrador, que añadía una pluma a un tocado. Su rostro algo regordete le pareció vagamente familiar.

–¿Me conoce? –le preguntó él frunciendo el ceño.

La expresión de la mujer permaneció imperturbable.

–Sí, milord. Usted era en otro tiempo pretendiente de mi señora. Nunca podría olvidarle.

Por un instante, Dare vio un destello de algo parecido a antipatía relampaguear en sus ojos azules. Desconcertado, se acercó más al mostrador.

–Usted era la dependienta de la señorita Laurent hace siete años.

–Sí... Rachel Grimble. Ahora soy la propietaria.

Su antipatía resultaba ahora más evidente. Su tono no reflejaba en absoluto la deferencia que una comerciante solía mostrar hacia un noble de su importancia. Más bien expresaba desprecio.

–Parece ser que le desagrado, señorita Grimble.

–Tengo buenas razones para ello, milord... A causa de lo que le hizo a la señorita Laurent. O quizá más bien de lo que no le hizo.

–Confío en que tenga la amabilidad de explicármelo.

–Permitió que los lobos la devoraran.

Dare enarcó las cejas desconcertado.

–Eso no me da muchas pistas.

–La dejó usted a merced de aquella bestia. Yo la encontré... –La dependienta inspiró profundamente–. La señorita

Laurent me había enviado a hacer una gestión, y cuando regresé... lord Ivers acababa de marcharse. –La mujer miró hacia la parte posterior de la sombrerería donde se hallaba la escalera–. La había violado, milord.

Dare apretó los dientes con fuerza; y sintió como si le hubieran clavado un cuchillo en el estómago.

Con repentina y brutal claridad recordó la sangre en los labios de Ivers, una herida que el conde había atribuido a las preferencias de Julienne por los juegos violentos.

«¡Oh, Dios!» El corazón le retumbaba mientras una oleada de horror se estrellaba contra su mente.

–Él la forzó –repitió la señorita Grimble hundiendo más profundamente el puñal–. ¿No lo sabía usted?

–No... –susurró Dare con voz áspera y grave–. Nunca lo supe. Pero quizá debería haberlo adivinado.

–Sí, creo que usted debería haberlo adivinado. Ivers se portó como una bestia, pero usted... Ella le amaba, milord, y usted la abandonó.

Dare se llevó una mano a la cabeza y se tiró de los cabellos. Darse cuenta de la verdad casi le hizo caer de rodillas; la violenta realidad de lo sucedido era paralizante.

Él había huido de Kent aquella misma tarde, demasiado obsesionado por sus propias heridas como para cuestionarse el destino de la hermosa embustera que había destrozado tan ferozmente su corazón. Se mantuvo lejos del lugar durante años, intentando bloquear hasta el menor recuerdo de Julienne.

La muchacha seguía inmóvil ante él, sin hablar, manifestando con su silencio una elocuente condena mientras Dare se esforzaba por comprender la gravedad de su error.

–¿Por qué no me lo dijo, en nombre del cielo? –exclamó al cabo de un rato.

–No lo sé, milord. Estuve a punto de acudir a usted. Pensé que de algún modo la protegería, incluso después... de lo que lord Ivers había hecho con ella. Pero Julienne no me lo permitió. Creo que debía de sentirse demasiado avergonzada. –El tono de la señorita Grimble se endureció–. Aunque eso no fue lo peor. Lord Wolverton se aseguró de que su reputación quedara irremediablemente destrozada por los rumores de traición. Ya nadie más volvió a encargarle trabajo, y el escándalo estuvo a punto de matar a su madre. La señorita Laurent se vio obligada a irse de la ciudad. Su señoría la echó de aquí. Para entonces, usted hacía mucho que se había ido.

Dare no podía hablar. No podía decir nada, no tenía ninguna disculpa que excusara su ignorancia o sus acciones.

Se volvió y ciegamente se abrió camino hacia su carruaje. El autodesprecio le obstruía la garganta, ardiente y denso, mientras se recostaba contra los almohadones del landó.

Julienne había sido asaltada, violada por aquel bastardo, y él la había abandonado.

No habían sido amantes en absoluto. Ella sólo había deseado que Dare lo creyera... Pero ¡en nombre de Dios!, ¿por qué? ¿La había amenazado Ivers? ¿La había obligado a respaldar su afirmación? La mente de Dare se rebelaba ante tal posibilidad. Julienne tenía que saber que él, Dare, habría hecho todo cuanto estuviera en su mano para mantenerla a salvo.

Sin embargo, no la había mantenido a salvo. En lugar de ello le había fallado del peor modo posible.

Apretó los ojos con fuerza. Julienne nunca le había traicionado con Ivers. Le había sido fiel en todo momento. Pero sus propios celos lo habían cegado impulsándolo a condenarla como embustera.

¿Por qué razón ella no se lo había dicho? ¿Porque tal vez había imaginado cuál sería su respuesta? ¿O acaso había pensado que él ya no la desearía como esposa después de haber sido violada? ¿O quizás había otra razón? ¿Había temido que desafiara a Ivers? ¿Que matara a aquel hombre?

Apretó los puños. Habría matado a Ivers si hubiera tenido la más ligera idea de la verdad.

La ira se apoderó con fuerza de él junto con una inmensa vergüenza. Aunque sin saberlo, había dejado que Julienne sufriera a solas las consecuencias de su pasión. La había abandonado a merced de la furia de su abuelo y de su brutal maquinación. Al parecer, el marqués había contratado a Ivers para que le hiciera romper su compromiso del modo que fuera, por vil que éste resultara.

¡Qué estúpido, ciego y condenado necio había sido! Sabía bien que su abuelo podía ser un bastardo implacable. Pero nunca se había imaginado que pudiera llegar a esos extremos.

Durante largo rato, Dare siguió allí sentado, con su alma agitada por una tempestad de emociones... pesar, viva furia, odio, desprecio hacia sí mismo. La verdad era demasiado dura y fiera como para que nada más penetrase en su aturdido estupor.

–¿Milord?

Dare oyó finalmente la voz preocupada y levantó la vista. Su cochero lo miraba con expresión ansiosa.

–¿Se siente mal, milord? ¿Debería llevarle a ver a un médico?

Profiriendo una amarga risa carente de alegría, Dare pensó que un médico nunca sanaría su enfermedad.

–No, no es necesario ningún médico.

–¿Adónde desea entonces que vayamos, milord?

Dare comprendió que el cochero aguardaba órdenes acerca de adónde debía conducirle. Tenía que regresar a Londres inmediatamente. Tenía que ver a Julienne.

Le pidió que regresaran a Wolverton Hall para poder hacer su equipaje y recoger su carruaje de viaje. Pero mientras volvía a sumirse en el devastador alboroto de sus pensamientos, una pregunta angustiosa ardía con viveza en su mente.

¿Cómo podría Julienne llegar alguna vez a perdonarle?

Capítulo catorce

Aguardó a Julienne en el desangelado salón de las habitaciones que tenía alquiladas contando los minutos que faltaban para que regresara del teatro. Cuando finalmente oyó el carruaje en la calle, Dare fue hacia la ventana y miró hacia abajo.

Sofocando a duras penas un fogonazo de celos, vio que Riddingham la había acompañado a casa. Él no tenía derecho a decir nada respecto a quién elegía como protector. Hacía mucho que había perdido ese privilegio.

Con el estómago revuelto, Dare regresó al raído sofá antes de que ella abriera la puerta con la llave. Al ver la luz de la lámpara, Julienne se detuvo bruscamente, con los ojos desorbitados por el temor y el desafío mientras escudriñaba la habitación.

Llevaba un cuchillo en la mano, y a Dare la conciencia le remordió una vez más al comprender lo que aquello significaba.

Por fin, Julienne lo reconoció y su alivio pareció sincero.

–¿Cómo has entrado aquí? –le preguntó, cerrando la puerta tras ella.

–Tu patrona me ha permitido esperarte.

–No comprendo... –comenzó, pero él la interrumpió.

–Acabo de regresar de Kent..., de Whitstable.

Julienne no dijo una palabra. Se limitó a mirarlo fijamente.

–He hablado con tu antigua dependienta sobre Ivers. Nunca fuisteis amantes.

Julienne palideció. Le temblaban los dedos mientras depositaba el cuchillo en la mesa. Luego, moviéndose como una sonámbula, se desplomó en un sillón enfrente de él.

Por un momento, Dare bajó la vista para velar la intensa emoción de sus ojos. Le dolía mirarla y saber lo que le había hecho, comprender todo el dolor que le había provocado. Le ponía enfermo comprender cuán erróneamente se había guiado sólo por las apariencias, aunque Julienne hubiera permitido que creyera la mentira. Lo que no podía llegar a comprender era por qué ella no había negado rotundamente la acusación al instante, o incluso más tarde.

–¿Por qué, Julienne?

Ella percibió el dolor en su voz mientras pronunciaba su nombre. Hizo una mueca de dolor, pero se negó a mirarle. En lugar de ello, se quedó mirándose las manos, que tenía cruzadas con fuerza en el regazo.

–Yo no te mentí –dijo, con apenas un susurro.

–Me hiciste creer que erais amantes. Nunca lo negaste.

–No tenía elección. Me amenazó con hacerle daño a mi madre.

–Yo la habría protegido..., ¿no pensaste en ello?

Ella levantó la mirada, y había tal dolor en sus ojos que Dare se sintió destrozado.

Julienne negó tenuemente con la cabeza.

–No habría importado. Sabía que nunca podría casarme contigo, Dare. No podía permitir que te sacrificaras por mí. Dar por finalizado nuestro compromiso era el único modo de evitar que tu abuelo te desheredara.

Dare sintió que el corazón se le encogía de angustia.

–¿Creías que la fortuna de mi abuelo significaba tanto para mí?

–Tal vez no entonces, pero podías haber llegado a sentirte resentido conmigo si yo hubiera sido la causa de que perdieras tu herencia.

«No podía permitir que te sacrificaras por mí.» Esas palabras lo obsesionaban. Julienne había querido evitarle sufrimiento, y por ese motivo se había sacrificado ella.

–La finca Wolverton es hereditaria –dijo Dare suavemente, con un filo de ironía–. Habría sido mía a la muerte de mi abuelo, junto con el título. Y, en cualquier caso, por entonces yo ya disponía de una considerable fortuna. Nunca habría echado de menos su riqueza.

Julienne le devolvió la mirada solemne, brillando en sus negros ojos la consternación.

–¿Por qué no me diste siquiera la oportunidad de comentarlo? –insistió Dare.

Ella apretó los dedos con más fuerza en su regazo. Se sentía herida y expuesta ante la intensidad de su mirada.

–Todo sucedió demasiado deprisa. Ivers acababa de amenazarme justo cuando tú llegaste. Dijo que tu abuelo estaba decidido a separarnos, que lord Wolverton nunca permitiría que nuestro compromiso siguiera adelante. Entonces entraste tú, e Ivers hizo aquella afirmación acerca de que era mi amante... –Julienne suspiró profundamente–. Yo deseaba que tú creyeras que éramos amantes, que te había sido infiel. Sabía que de otro modo nunca me permitirías romper nuestro compromiso.

Cerró los ojos recordando el dolor y la traición que reflejaba el rostro de Dare. Aquella expresión atormentada la había obsesionado durante años.

–Yo no deseaba mentirte –añadió en voz baja–. Odiaba que pudieras pensar tan mal de mí. Y en el fondo de mi corazón... confiaba en que tú serías capaz de ver a través de sus mentiras y comprenderías que aún te amaba. Pero luego Ivers... Yo era estúpida e ingenua.

Intentó reírse de sí misma, pero la carcajada se le quebró en la garganta; su amargura era demasiado profunda.

–No comprendía qué clase de villano pervertido era realmente Ivers. Creí que, puesto que ya había hecho lo que él me había exigido, romper nuestro compromiso, se quedaría satisfecho. Pero aquello no le bastaba. Quería asegurarse de que me había dejado totalmente fuera de juego. De que tú nunca me desearías como esposa. Tu abuelo le había pagado para ello. Cuando tú te marchaste... Traté de luchar contra él.

Le arañé el rostro hasta dejárselo ensangrentado, pero él era demasiado fuerte...

–¡Dios!

Ella abrió los ojos ante su torturado susurro. Dare había hundido la cabeza en las manos y se tiraba de los cabellos como si fuera a arrancárselos de raíz.

–Tú no podías saber lo que él iba a hacer –añadió ella quedamente.

Él gimió baja y roncamente.

–No trates de absolverme, Julienne. Nunca debería haberte dejado con aquel diablo.

–No tuviste la culpa. En todo caso, fue mía por ser tan crédula. Después, apenas podía creer lo que había sucedido. Cuando él acabó me quedé aturdida, atontada. La impresión debió de enturbiar mi mente, porque recuerdo que juré que lo mataría si volvía a tocarme o si le hacía daño a mi madre. Él debió de creerme, porque se marchó al instante. Pero comprendí que cualquier esperanza de un futuro contigo había quedado destrozada.

Dare levantó entonces la cabeza y su mirada reflejaba todo el dolor de Julienne.

–Deberías habérmelo dicho.

–¿Cómo? Si tu abuelo ya estaba antes en contra de nuestro matrimonio, lo que Ivers me había hecho era mil veces peor. Estaba acabada. Era una mercancía deteriorada. Había sido violada por otro hombre y temía que tú nunca más volvieras a desearme. O peor..., que hicieras algo noble, como insistir en casarte conmigo. Eso te habría expuesto al escándalo y al ridículo, y habría hecho que tu abuelo te desheredase después de todo. No podía permitir que eso sucediera.

Lágrimas ardientes inundaron sus ojos mientras volvía a sentirse indefensa e impotente. Volvía a sentir la inmensa tristeza de haber perdido a Dare. Había deseado tan desesperadamente contarle la verdad, hacerle comprender que habría muerto antes que traicionarle... Pero no podía asumir el riesgo.

El recuerdo de aquello la sumió en la angustia y las lágrimas comenzaron a rodar por sus mejillas.

En dos zancadas, Dare estuvo a su lado, sosteniéndola y rodeándola con sus brazos, acallando sus sollozos contra su pecho.

Julienne deseaba resistirse. Odiaba que Dare la viera tan vulnerable, tan débil. Pero ya no le quedaban fuerzas. Lloró contra él, aferrándosele estrechamente.

Dare apenas podía resistir la angustia... Parecía tan inadecuado tratar de consolarla cuando había sido él quien la había herido tan gravemente. Verla de aquel modo era insoportable. Se sentía desconsolado por ella, afligido por la imposibilidad de desterrar aquellos terribles recuerdos.

Al cabo de un momento sus sollozos se calmaron y Julienne se echó hacia atrás enjugándose enérgicamente los llorosos ojos.

–No deseo tu piedad, Dare. No la consentiré.

Él vio un manantial de dolor en aquellas negras profundidades, pero en medio de su vulnerabilidad había una infinita fortaleza.

–No –susurró él–. No es piedad lo que siento.

No era piedad lo que lo conmovía. La vergüenza lo abrasaba. Vergüenza, remordimientos y culpabilidad por la pesadilla que ella había tenido que soportar.

Podía imaginarse perfectamente a Julienne entonces; desesperada, desolada, sola. Sólo podía intuir la fuerza que debió de necesitar para soportar la violación y posteriormente el escándalo de las acusaciones de su abuelo. Para ganarse la vida en una profesión tan difícil como el teatro. Para vender su cuerpo y que así los últimos días de su madre fueran menos angustiosos.

Tenía el corazón herido, asolado por una tristeza mayor que cualquier otra que hubiera conocido nunca, incluida la que sintió al creer su amor traicionado por una encantadora traidora.

Condujo a Julienne hasta el sofá y la tendió allí junto a él, estrechándola con fuerza, con el rostro hundido en sus hermosos cabellos hasta que gradualmente se fueron tranquilizando sus temblores.

La opresión que sentía en la garganta hizo que su voz sonara temblorosa cuando por fin habló.

–Nunca podré ganarme tu perdón, Julienne. Sólo puedo decirte que habría muerto antes que permitir que alguien te hiciera daño.

Ella negó con la cabeza con un suspiro estremecido.

–Tú no eres el responsable, Dare.

–Te equivocas, lo soy. Era joven, necio, irreflexivo..., estaba decidido a desafiar a mi abuelo a toda costa sin pensar en las consecuencias. Y tú pagaste el precio de su ira.

Le retiró tiernamente los húmedos mechones de cabellos de las mejillas y le besó las lágrimas del rostro. Luego volvió a estrecharla entre sus brazos, con la cabeza de Julienne reposando en su hombro.

Su voz se hizo aún más grave, su tono más monocorde mientras recordaba aquella tarde desastrosa.

–Yo ya estaba considerando poner fin a nuestro compromiso antes de descubrirte con Ivers. Mi abuelo había amenazado con acusarte de traición y temía que realmente pudiera hacerlo. Iba a comentarlo contigo aquella tarde. Pero entonces... Cuando te vi con Ivers y él afirmó que erais amantes, me volví loco de celos. Deseaba matarlo por el simple hecho de haberte tocado.

–Sólo le creíste porque yo no lo negué.

Dare curvó la boca sarcástico.

–Y supongo que estaba predispuesto a creer en tu culpabilidad. Mi madre tuvo numerosos amantes durante su matrimonio. Ella procedía de una generación que había elevado la infidelidad a un bello arte y yo crecí creyendo que ése era el modo natural en que funcionaban las cosas. Pero debería haber sabido que tú no eras como ella. –Su tono se endureció, se hizo más sombrío–. Debería haber sospechado las maquinaciones de mi abuelo. El único estúpido fui yo por no comprender hasta qué extremos llegaría con tal de salirse con la suya. Y luego dejé que te enfrentaras sola a las consecuencias. Él destrozó tu vida, pero yo permití que sucediera. Debería haberte protegido.

–Lo habrías hecho si hubieras sabido la verdad, estoy segura de ello.

Él lanzó una amarga carcajada.

–En aquel tiempo, sólo me preocupaba sobrevivir a mis propias heridas. Lo único que deseaba era huir lo más lejos posible de ti. Si me hubiera quedado... al menos habría podido salvarte del daño que mi abuelo infligió posteriormente a tu reputación. Tu dependienta me contó que arruinó tu negocio y que prácticamente te forzó a dejar la ciudad.

–Sí. Yo no contaba con recursos para enfrentarme a él y tenía que mantener a mi madre. Además, allí no podía confiar en encontrar un empleo respetable después de que él hubiese hecho trizas mi reputación.

–De modo que decidiste convertirte en actriz.

–Eso fue lo único bueno que resultó de aquella calamidad, Dare. –Una tenue sonrisa curvó su boca–. Encontré una vocación, algo que de verdad me encantaba. Actuar se convirtió en mi salvación. Me ayudó a desterrar mis demonios.

–Pero luego te viste obligada a tomar un protector –dijo Dare con voz temblorosa.

Julienne se alegró de que la luz de la lámpara no fuera demasiado intensa, porque el rubor de sus mejillas era evidente.

–No fue... Sencillamente, era algo que tenía que hacer. Tras perderte, ya nada podía herirme. El caballero que escogí... era muy amable. Eso hizo que me fuera más fácil entregarle mi cuerpo por dinero.

Nuevas lágrimas le escocieron en los ojos al recordarlo. Había creído que moriría de pena, pero la lucha por sobrevivir le había dado una razón para seguir adelante.

Por fin había conseguido superar la oscuridad y la vergüenza que casi la habían aniquilado. Con el tiempo, incluso había sanado de la brutal experiencia. Ivers había violado su cuerpo, pero no había llegado a su alma.

Tampoco había destruido su necesidad física de pasión. Había contribuido a ello que su amable protector desterrara los últimos vestigios de su temor, pero Dare era quien le había mostrado el verdadero éxtasis. Lo que era sentirse realmente viva. Por él sabía que hacer el amor no tenía nada que ver con el acto de violencia que había sido perpetrado contra ella.

Julienne le acarició la mejilla.

–Aquel verano tuvo algunas cosas que jamás lamentaré. Me enseñaste a amar, a sentir pasión. Sin eso, nunca habría podido superar lo que vino después.

Él cerró con fuerza los ojos, como si no pudiera aceptar su perdón.

–No puedes absolverme, Julienne.

La expresión de dolor en el rostro de Dare la llenó de angustia. Deseaba rodearlo con sus brazos y ayudarle a encontrar la paz. Él la sostenía muy suavemente, como si fuese de frágil cristal, como si temiera tocarla.

Julienne levantó el rostro y apretó sus labios contra los de Dare.

–Dare..., hazme el amor.

Él se echó hacia atrás para mirarla.

–¿Cómo es posible que me desees después del daño que te he hecho?

Julienne tuvo que sonreír brevemente. Lo único que tenía claro era cuán fervientemente lo deseaba, cuánto lo necesitaba. Para exorcizar sus sombríos recuerdos. Para desterrar la terrible soledad de los últimos años.

A modo de respuesta, ella le acarició la mejilla sintiendo la barba incipiente en su rostro.

–¿Cómo podría no desearte? –preguntó, volviendo a unir sus labios con los de él.

La boca de Dare se abalanzó sobre la suya con fervor, en un beso desesperado, como si necesitase que ella salvase su alma. Con los labios aún unidos, la levantó en sus brazos y la transportó a la cámara contigua, donde la tendió en la estrecha cama.

Al resplandor del fuego la desnudó, pero su contacto era vacilante, en nada parecido al del apasionado amante que se había convertido en una leyenda. Y cuando Julienne estuvo completamente desnuda, se sentó a su lado inseguro.

–Dare..., no voy a romperme –murmuró ella impaciente.

«Tal vez no», pensó él, pero se sentía tan inexperto como un muchacho en su primera relación.

Como si le comprendiera, ella se sentó a su lado y le cogió la cara con las manos.

–No me harás daño –susurró–. Tú nunca podrías herirme.

Dare casi gimió mientras el corazón se le encogía en el pecho. Ella trataba de consolarle.

Julienne lo besó tiernamente, manteniendo su cálida boca contra la de él mientras le desataba el pañuelo y lo dejaba caer en el suelo. Él bebió de su beso, pero luego tomó el control y se quitó él mismo la chaqueta.

Mientras se desabrochaba los botones del chaleco, Julienne se levantó del lecho y fue hacia sus secreter, donde utilizó la caja de esponjas y se quitó las horquillas del cabello. La mirada de Dare se mantuvo fija en ella mientras la sedosa masa caía sobre su espalda.

Cuando regresó, acabó de desnudar a Dare arrodillándose junto al lecho para quitarle las botas y luego los calzones. Él entonces trató de tocarla, pero ella le puso las manos en los hombros y le obligó a tumbarse.

–No, deseo hacer esto.... Por favor.

Dare siguió tendido, en reposo, comprendiendo instintivamente su necesidad de llevar el control, de demostrar que no era impotente, indefensa ni vulnerable.

Julienne se acomodó en el lecho de rodillas, y posó los labios contra su pecho desnudo. Besó despacio todo su cuerpo, acariciándolo intencionadamente con los cabellos mientras se movía sobre él con lentitud.

Sus caricias eran como la seda, tan suaves sobre su piel, tan conmovedoras e increíblemente eróticas al mismo tiempo... Ya estaba intensamente excitado, pero se endureció aún más cuando Julienne paseó su lengua sobre la sensible zona del interior de sus muslos. Luego ella volvió a recorrer su cuerpo, llevando el fuego con los labios sobre su piel..., su falo, su vientre, su pecho.

Para Dare representó un esfuerzo casi hercúleo yacer totalmente inmóvil mientras ella lo lamía, lo rozaba, lo atormentaba... Se detuvo para rozar sus pezones varoniles con la lengua antes de volver a su boca, depositando un beso ligero como una pluma que a Dare le oprimió el estómago con una mezcla de ternura y deseo desquiciante.

Mientras Julienne profundizaba su beso, él hundió impotente los dedos en sus cabellos. Trataba de ser tierno, pero la creciente tensión le resultaba excesiva de soportar. Atrayéndola hacia sí para que se sentara sobre él, Dare susurró su nombre con una nota de ruego. En respuesta, Julienne se inclinó sobre él con lentitud acogiéndolo plenamente en su cuerpo.

Su unión fue celestial. A Dare se le escapó un ronco sonido ante la cegadora convulsión que sintió; el corazón le palpitaba con salvaje ritmo. Podía sentir cómo ella le necesitaba, cómo anhelaba desesperadamente convertirse en parte de él, y Dare obraba en consecuencia, entregándose totalmente.

Se reclamaban mutuamente con fiera ternura y sólo en unos momentos la tormenta de fuego les abrumó. Se movían al unísono en medio de la pasión, absorbiéndose el uno al otro, coronando en agotadoras oleadas lo que parecía ir a perdurar eternamente.

Cuando por fin ambos alcanzaron el clímax, Julienne se desplomó lánguidamente sobre Dare, temblando, y yació contra su cálido y poderoso cuerpo, percibiendo la fuerza de su tumultuoso corazón.

La inundó una serena paz. Dare conocía por fin la verdad: que ella no lo había traicionado. Podía dejar descansar al último de sus demonios. Su acto de amor había sido tan exquisito como siempre, pero había algo nuevo en él..., una dulzura intensificada, un cariño desconocido. Se habían dado consuelo mutuamente.

Exhaló un suave suspiro. Dare ya no la censuraría por el pasado, ni por lo que Ivers había hecho. Tampoco la condenaba por haberse visto forzada, por circunstancias extremas, a vender su cuerpo. En cierto modo, se sentía limpia, como si se hubiera liberado de un gran peso.

Sentía el corazón casi ligero. Apenas reconocía aquella sensación. Esperanza. Era una emoción poco familiar, algo que no se había permitido sentir desde hacía años. Por fin estaba libre del hiriente pasado.

Sin embargo, parecía que Dare no podía olvidar. Permaneció callado, mirando el techo durante largo rato.

–Cuánto has debido de odiarme –dijo al fin.

–No, a ti no –contestó ella con voz suave–. Nunca. Odiaba a Ivers. Deseaba matarle.

–Me propongo hacerlo yo –murmuró Dare sombrío.

Una repentina flecha de ansiedad se disparó en el cuerpo de Julienne, que levantó la cabeza del hombro de Dare.

–Dare, no puedes hacer eso.

–¿Por qué no?

–Porque la satisfacción no valdría las consecuencias. Si le mataras, muy probablemente tendrías que huir del país. No podría soportar que te sacrificaras así por mí.

Los verdes ojos de él destellaron de dolor mientras buscaban los de ella.

–¿No deseas siquiera la menor venganza?

–En otro tiempo, sí, pero ahora... Sólo deseo enterrar el pasado y seguir adelante con mi vida.

–¿Estás segura de que Ivers permitirá que el pasado siga enterrado? ¿Qué deseaba de ti en Newmarket?

Julienne se estremeció ante la pregunta.

–Quería dinero para pagar sus deudas. Me amenazó con airear de nuevo aquellos antiguos cargos de traición contra mí si no le pagaba.

La ira ensombreció los ojos de Dare.

–¿Y pretendes rendirte a sus amenazas?

–No, desde luego que no. Le dije que se fuese al diablo. Ya no puede seguir haciéndome daño.

–Y sin embargo llevas un cuchillo.

–Por protección, sí.

La expresión de Dare se endureció.

–No se saldrá con la suya, Julienne. Merece castigo por sus delitos.

Sabía que Dare tenía razón. No era justo que Ivers quedara sin castigo. Pero ella no podía soportar la idea de que Dare sufriera de resultas de ello.

Le dirigió una mirada suplicante.

–Dare, por favor, prométeme que no le matarás.

Él apretó la mandíbula.

–Muy bien... No le mataré de momento.

Ella se lo quedó mirando largo rato, como si no acabara de creérselo.

–Confía en mí –dijo él quedamente–. Esta vez no cometeré ninguna insensatez.

Se sintió aliviado cuando Julienne reposó por fin de nuevo la cabeza en su hombro y le permitió rodearla con sus brazos. Pero aunque disfrutaba de la sensual satisfacción de su abrazo, Dare se encontró mirando las oscilantes sombras del techo y odiando con pasión letal al vil bastardo que la había violado.

No podía permitir aquello. Ivers pagaría de un modo u otro por haber herido a Julienne. Él se aseguraría personalmente de que Ivers fuese ahorcado si es que era él el autor del asesinato de Alice Watson. Y si Ivers era cómplice de Caliban, lo demostraría y dejaría que la justicia siguiera su curso.

Aún no le había hablado a Julienne acerca de aquella probable relación, y no lo haría hasta que tuviera a Ivers cargado de cadenas. Esa cuenta debía zanjarla él solo. No deseaba implicar a Julienne ni que ella se sintiera obligada a enfrentarse a su atacante.

Al cabo de un rato, Dare percibió el sonido regular de la respiración de Julienne y sus agitados pensamientos se desplazaron de la venganza a la culpa que sentía por sus propios pecados. Debería ser desollado vivo por haberla dejado a merced de aquel diablo. Se preguntaba cuántos años pasarían antes de que pudiera recordar aquello sin sentirse enfermo hasta el alma a causa de su comportamiento.

Cerró los ojos para ocultar la oleada de emoción que lo devoraba por dentro. Nunca se había sentido tan despreciable, tan indigno. Julienne se había sacrificado por él para salvarlo de ser desheredado. Había sido un gesto noble, aunque equivocado, y a causa de ello, toda su vida se había visto destrozada.

Aspiró lentamente para introducir aire en su pecho tenso y dolorido. Daría todo cuanto poseía con tal de poder deshacer el pasado.

Le acarició los negros mechones de cabello mientras Julienne yacía dormida. De algún modo tenía que ganarse su perdón. Nunca podría compensarla por el dolor sufrido, por todos aquellos años desperdiciados, pero tenía que intentarlo.

Una ansia desesperada crecía dentro de él, un fiero anhelo de volver a ganarse su corazón. Tal vez si la suerte le acompañaba sería posible...

Prometiéndose intentarlo, Dare se deslizó de su lado con cuidado de no despertarla mientras cubría su cuerpo desnudo. Se proponía enfrentarse a Ivers. Y luego recurriría a toda la fortaleza y fuerza de voluntad que poseía para recobrar el amor de Julienne.

Capítulo quince

Julienne se despertó algo más tarde, echando de menos el calor de Dare. Su primera reacción fue de confusión mientras se preguntaba qué podía haberlo impulsado a dejar su lecho a una hora tan tardía.

Entonces sintió una aguda punzada de pánico. Ivers. ¿Habría ido Dare a enfrentarse con él?

Julienne sabía dónde se alojaba Ivers porque Riddingham se lo comentó cuando ella le dijo que el conde la estaba atormentando con sus indeseables atenciones.

Apartó bruscamente las ropas del lecho y se apresuró a vestirse.

Dare se encontraba oculto por la oscuridad en la habitación de Ivers, en el hotel, observando cómo dormía el bastardo.

El hotel Limmer era sombrío y mugriento, pero siempre contaba con buenos clientes; su taberna era la preferida por los petimetres tahúres y bebedores empedernidos. Para Dare, había sido cuestión de minutos conseguir introducirse en el dormitorio de Ivers mediante sobornos.

El conde no oía nada, aparte de sus propios ronquidos. Estaba tendido boca abajo en la cama, parcialmente vestido. Se había quitado las botas y los calzones, pero no la camisa, y la prenda apenas le cubría las blancas nalgas.

Con un nudo de rabia en el estómago, Dare rascó una cerilla y encendió una vela. El reloj de la repisa de la chimenea le indicó que eran las cuatro de la madrugada. Desenfundó el estoque de su funda y echó un jarro lleno de agua sobre la despeinada cabeza del conde.

Ivers se incorporó rápidamente, farfullando asustado al encontrarse con la punta del estoque de Dare apoyada en el hueco de su garganta.

Se quedó completamente paralizado, con los ojos desorbitados por la alarma.

–¿Wol... ver... ton, qué...? ¿Qué es lo que quieres?

Dare curvó la boca en una gélida sonrisa, enseñando los dientes.

–Espero que puedas deducirlo. Nunca fuiste amante de Julienne Laurent.

–Yo... sí, desde luego que lo fui. Si ella dice otra cosa, es que está mintiendo.

Dare tuvo que esforzarse para controlar su furia. Con la acerada punta del estoque, resiguió las cicatrices de la mejilla izquierda de Ivers, presionando lo bastante para hacerle sangre.

–¿Te importaría reconsiderar tu respuesta?

Ivers siseó dolorido mientras la hoja se clavaba en su piel.

–¿Te propones desafiarme? –Observó el estoque con gran espanto–. Tú eres un experto espadachín. Eso sería muy poco justo.

–¿Qué clase de justicia le concediste a Julienne Laurent cuando la violaste?

–Yo... lo siento... No era nada personal. Tu abuelo....

La rabia que ardía en Dare se puso al rojo vivo. Deslizó la punta de la hoja por la camisa de Ivers hacia su ingle, y le pinchó con ella en el testículo izquierdo.

Ivers gritó y se cogió sus partes con ambas manos mientras la sangre goteaba entre sus dedos.

–Te aconsejo que contengas tus gritos –le advirtió Dare con voz fría– o mi próximo objetivo será tu corazón. Tú la forzaste, ¿verdad?

Al ver que Ivers miraba cuál bestia acorralada en torno a la habitación como si buscara un modo de escaparse, Dare negó con la cabeza.

–Nadie acudirá en tu ayuda. Estás por completo a mi merced. Tú la violaste, ¿verdad?

–¡Sí! ¡Dios, no, por favor...! –gimoteó cuando la hoja retrocedió hacia su garganta–. ¡No me hagas daño!

–¿Por qué no? –preguntó Dare con voz muy suave–. Dime por qué motivo no debería matarte en este mismo instante.

Ivers comenzó a sollozar.

–Tal vez podría cortarte en pedacitos, y alimentar contigo a los peces del Támesis. Estás familiarizado con el río Támesis, ¿verdad? Mataste a la acompañante de lady Castlereagh el mes pasado.

–¡No, yo no la maté! ¡Lo juro! –Al ver que el estoque le punzaba la garganta, se dejó caer de espaldas en el lecho encogiéndose–. Pero puedo decirte quién lo hizo.

Dare retiró el estoque.

–Comienzas a despertar mi interés.

Luchando contra sus lágrimas, Ivers aspiró tembloroso.

–Juro que no maté a la muchacha. La cortejé, sí. Ella debía reunirse conmigo aquella noche. Pero cuando llegué ya estaba muerta.

–¿Quién la asesinó entonces?

–Fue Perrine... Martin Perrine.

A Dare se le tensaron los músculos del estómago.

–¿Le viste hacerlo?

–No, pero estoy seguro de que fue él.

Dare vaciló.

–¿Él es Caliban?

–No lo sé, lo juro. Perrine me transmite las órdenes de lord Caliban, y me ordenó que cortejara a la muchacha. No tenía más remedio. Perrine compró la mayor parte de mis deudas, y prometió que me exigiría el pago si no complacía a Caliban.

–¿Qué deseaba de Alice Watson?

–Descubrir el plan de lord Castlereagh..., lo que se proponía hacer con Napoleón tras la paz, adónde querían llevarlo.

–De modo que la convenciste para que robara las cartas

que lord Castlereagh había enviado a su esposa. Y cuando la muchacha murió, sobornaste a sus criados para obtener información.

–Sí.

–¿Qué estabas haciendo en Newmarket? ¿Acaso me estabas siguiendo?

–Sí. Perrine se había enterado de que estabas metiendo las narices donde no debías... en busca de Caliban. Se rió de ello, pero deseaba saber por qué. Se suponía que yo trataría de descubrir algo.

–Pero en lugar de eso, abordaste a la señorita Laurent.

Ivers profirió otro gemido.

–¡No la toqué!

–No. Sólo trataste de extorsionarla amenazándola con difundir tus falsas historias. ¿Qué castigo crees que mereces por eso?

–¡Por favor...! ¡No me mates!

–No hará falta. Cometiste traición. Sin duda te ahorcarán por ello.

–¿Y si... si tuviera información que podría salvar la vida de lord Castlereagh? Se halla en grave peligro.

–Te escucho –dijo Dare.

–Perrine estaba enfadado porque yo no había podido sonsacar más información de los sirvientes...

En ese preciso instante, Dare percibió un sonido detrás. Se volvió levemente, con el estoque listo contra una posible amenaza mientras se abría la puerta. El corazón le dio un vuelco cuando reconoció a la recién llegada.

Allí estaba Julienne, con los ojos ensombrecidos por la preocupación.

La joven entró en la habitación cerrando la puerta quedamente a sus espaldas. Cuando se adelantó más, Dare vio que asía un cuchillo. Advirtió su reacción al distinguir el corte en la mejilla de Ivers... y la sangre que empapaba el colchón, procedente de su testículo herido.

Dirigió al rostro de Dare su penetrante mirada.

–Creí que lo habías matado –murmuró.

–Te prometí que no lo despacharía de momento –replicó Dare sosegadamente–. Pero aún puedes cambiar de idea.

Julienne miró al encogido noble que estaba tendido sobre el lecho.

–Confieso que no me afligiría verlo muerto.

El pecho de Ivers palpitó con un sollozo.

Dare sonrió.

–Creo que deberías implorar a la dama por tu vida, Ivers. Ella podría perdonarte.

–Por favor –lloró como un niño–. Te ruego que me perdones.

Sus roncas súplicas eran las de un hombre derrotado.

–No le mates –dijo Julienne finalmente en un tono de menosprecio en la voz–. Es demasiado lastimoso. Y no me gustaría que te mancharas las manos con su sangre.

Dare enarcó una ceja mientras examinaba al conde.

–Eres afortunado, Ivers. Es mucho más magnánima de lo que yo lo habría sido. Y supongo que darte una muerte rápida sería ser demasiado misericordioso contigo.

Ante su indulto, Ivers apretó los ojos con fuerza.

Dare se inclinó para recoger un par de calzones tirados en el suelo y se los arrojó al conde.

–Vístete.

–¿Adónde pretendes llevarme?

Dare ya había decidido que entregaría a Ivers a Lucian.

–Hay varios caballeros en Asuntos Exteriores que estarán interesados en escuchar lo que tienes que decir acerca de Perrine y Caliban. Después de eso... no tengo ninguna duda de que serás encerrado en prisión, a la espera de ser ahorcado.

–Pero... si me encarcelan, Perrine sabrá que te lo he dicho. Sin duda me matará.

–Entonces le ahorrará a nuestro gobierno la molestia de colgarte.

–Por favor..., déjame ir. Te juro que desapareceré. Abandonaré el país.

Al ver que Julienne le dirigía una mirada inquisitiva, respondió a su implícita pregunta.

–Parece que nuestro emprendedor lord Ivers se halla metido hasta el cuello en un asunto de traición, y aun así confía en salvar su pellejo. Dice que tiene información sobre nuestro amigo Martin Perrine y los tratos de éste con Caliban.

–¡Y así es! –insistió Ivers–. Creo que Caliban se propone matar al secretario de Asuntos Exteriores.

–¿Quién es Caliban? –preguntó Julienne repentinamente–. ¿Perrine?

–No lo sé –repuso Ivers–. Es posible. Perrine dijo que Caliban ya no podía confiar en nadie más que en él mismo para esta misión. Y Perrine se fue ayer de la ciudad. –Ivers volvió a Dare su implorante mirada–. Por favor, déjame marchar. No quiero que me ahorquen.

–Dejaré esa decisión en manos de Asuntos Exteriores –repuso Dare–. Ahora, levántate.

Con un gemido de dolor, Ivers se levantó del lecho y fue cojeando hacia el hogar para vestirse. Dare vio que Julienne se volvía de espaldas y avanzaba en dirección a la puerta, posiblemente porque ya no podía soportar mirar a su agresor.

–Estoy sangrando como un maldito cerdo degollado –se quejó Ivers.

–¿Acaso esperas que llore por ti?

Ivers se inclinó, al parecer buscando a tientas sus calzones. Dare observó de reojo cómo el conde levantaba un atizador de la chimenea sobre su cabeza mientras Julienne gritaba advirtiéndole:

–¡Dare!

Ivers cargó contra él, pero Dare tuvo tiempo de defenderse. Lo esquivó rápidamente y hundió la hoja de su estoque en el estómago de Ivers.

Con una mirada de asombro, el conde se asió el costado y se desplomó en el suelo. Se hizo un ovillo, gimiendo de dolor.

–Me has matado...

–Lamentablemente, no –repuso Dare.

Encontró un pañuelo entre el descuidado montón de ropas tiradas en el suelo, se arrodilló junto a Ivers, y presionó la tela contra la sangrante herida.

–Lamentablemente, vivirás. Como has dicho, soy un experto espadachín y he procurado no infligirte una herida fatal. Pero me has planteado el problema de tener que buscar un cirujano.

La puerta se abrió bruscamente y un hombre irrumpió en la habitación blandiendo una pistola. Era un personaje de aspecto tosco, pese a ir vestido como un dandy. Inspeccionó la escena con una rápida mirada: Julienne con la mano en la garganta, Ivers herido y semidesnudo en el suelo, con la camisa manchada de rojo, y Dare con la hoja de su estoque cubierta de sangre.

–Perdón, señoría –dijo, dirigiéndose a Dare–, pero he oído un grito. Creía que se estaba cometiendo un asesinato.

–Ha estado a punto. –Dare se puso en pie–. ¿Usted es...?

–Henry Teal, empleado de lord Wycliff, señor. He estado vigilando a esta despreciable rata de alcantarilla –dirigió una mirada a Ivers– para que no se escabullera y huyese. Mi compañero ha ido a avisar a lord Wycliff. Estará aquí enseguida.

–Excelente. Wycliff es exactamente el hombre que resolverá este desorden. –Dare fue hacia la puerta–. ¿Me hará el favor de vigilar a nuestro prisionero?

–Sí, milord.

–Y lo queremos con vida, Teal. Si trata de escapar, por favor, dirija su bala a una parte no letal de su anatomía.

Teal sonrió.

–Sí, milord.

Dare cogió a Julienne del brazo, la hizo salir de la habitación y cerró la puerta a sus espaldas. Varios clientes aturdidos, en camisón, se habían reunido en el pasillo escasamente iluminado.

–Ha sido sólo un pequeño percance –los tranquilizó Dare–. No hay motivo de alarma.

Aguardó hasta que hubieron regresado a sus habitaciones antes de estrechar a Julienne entre sus brazos.

–Temía que Ivers te obligara a asesinarlo –murmuró ella contra su pecho.

–No, pero pagará por sus crímenes.

Julienne se estremeció.

–Todo ha concluido, amor –dijo Dare suavemente–. Nunca más tendrás que volver a enfrentarte a él.

–Gracias. Pero... no todo ha terminado. –Se echó atrás para escudriñar su rostro, manteniendo la voz baja y queda cuando le preguntó–. ¿Es Perrine realmente Caliban?

–Lo creo muy probable. Ciertamente, nuestro apacible invitado se ha convertido en el principal sospechoso. –Dare frunció el ceño preguntándose de pronto cómo había llegado Julienne hasta allí–. ¿Cómo sabías dónde encontrarme?

–Por Riddingham. Le pedí que velara por mí y me dijo que Ivers se alojaba en este hotel. Conseguí alquilar un coche pese a lo tarde que era, pero descubrir la habitación correcta me ha resultado más difícil. El propietario era reacio a permitirme subir. –Curvó la boca sarcástica–. Le he convencido de que tú me habías citado aquí. Sin duda me cree tu querida.

Dare volvió a cogerla del brazo.

–Vamos, te llevaré a tu casa.

Julienne negó con la cabeza.

–No me marcho, Dare. No me iré mientras la cuestión de Caliban siga sin resolverse.

–¿No te propondrás involucrarte en su captura?

–Ya estoy involucrada. Soy empleada del gobierno, ¿recuerdas?

Dare vaciló.

–Tendrás que seguir a Perrine a Francia, ¿no es así? Bien, yo soy francesa. Puedo serte útil en su búsqueda.

Al ver el gesto de disgusto de Dare, Julienne irguió la barbilla.

–No vas a conseguir que me vaya –insistió.

–Bien, pero no me propongo seguir aquí, en un pasillo público, discutiendo contigo.

En esa ocasión, la sonrisa de Julienne exhibió una débil diversión.

–Entonces, te sugiero que busques al propietario y alquiles un salón para que podamos discutirlo en privado.

Aproximadamente tres horas más tarde, lord Wycliff se reunía con ellos en el salón privado.

–Me siento honrado de conocerla por fin, señorita Laurent –dijo Lucian cuando Dare hubo hecho las presentaciones–. Mi esposa y yo hemos disfrutado mucho con sus actuaciones.

–Gracias, milord.

–Desayuna algo –le sugirió Dare– mientras nos cuentas de qué más te has enterado por Ivers.

Lucian los puso al día mientras se llenaba un plato en la alacena. Ivers había sido suturado por un cirujano, interrogado intensivamente y trasladado a Asuntos Exteriores por dos de los principales agentes de Lucian, donde volvería a ser interrogado antes de ser acusado y encarcelado por un magistrado.

–¿Y crees que Caliban y Perrine son la misma persona? –preguntó Dare cuando Lucian se hubo sentado a la mesa.

–Todos mis instintos me lo dicen así. Al ser el hijo más joven y carecer de títulos, Perrine podía haber descubierto que manipular a sus víctimas satisfacía su apetito de poder, así como su necesidad de llenarse los bolsillos. Y hace tiempo que tiene conexiones políticas. Perrine es íntimo amigo de lord Aberdeen.

–¿No fue Aberdeen nombrado embajador nuestro en Austria el año pasado?

–Sí –repuso Lucian con una pizca de desdén–. Pese a que era demasiado joven e inexperto para desempeñar ese cargo. La incompetencia de Aberdeen casi saboteó nuestros negocios con la Alianza, lo que obligó a Castlereagh a asumir sus funciones. En cuanto a la culpabilidad de Perrine..., el hombre al que tengo vigilándolo confirmó que dejó Londres ayer en dirección a Dover y que allí embarcó en un paquebote hacia Calais. Es probable que se dirija a París, donde se encuentra Castlereagh.

–¿Debo entender –intervino Julienne– que el secretario de Asuntos Exteriores se dirige a la actual conferencia?

Lucian asintió.

–Napoleón ha abdicado, pero incumbe a las potencias aliadas firmar o no la paz con la Francia borbónica. Desde hace mucho tiempo, sospechamos que alguien está ansioso por matar a Castlereagh. El mes pasado escapó por los pelos de ser envenenado. Y, aunque se halla bien protegido desde ese primer atentado, tal vez Perrine confíe en poder esquivar a sus guardianes.

–Supongo que no puedes arrestarlo sin más –reflexionó Dare en voz alta.

–Podríamos, pero no tenemos más prueba de su culpabilidad que las acusaciones de Ivers. Y si Perrine no es nuestro hombre, entonces Caliban seguirá campando a sus anchas. –Lucian tensó la boca en una línea inexorable–. No podemos arriesgarnos a volver a perder su pista. La cuestión no es solamente evitar el asesinato de Castlereagh sino atraer a Caliban y conseguir que finalmente se descubra, tanto si es Perrine como cualquier otro.

–¿Qué te propones, perseguirlo hasta Francia? –preguntó Dare.

–Sería imprudente por mi parte intentarlo. Tras la carnicería que ha causado no hay nada que desee más que poner punto final a la existencia de Caliban, pero no soy el hombre adecuado para esa misión. Me conoce demasiado bien. Nunca podría acercarme lo bastante a él.

–Además, ya te has sacrificado bastante por tu país. Y, Brynn está esperando vuestro primer hijo. No puedes dejarla e irte corriendo a Francia.

–Me propongo enviar a Philip Barton, mi mejor agente, en mi lugar. Está siguiendo la pista de Caliban desde el principio. Pero a Barton él también lo conoce.

–A mí me gustaría ir –comentó Dare–, pero Perrine conoce mi interés por Caliban.

Lucian frunció el ceño reflexionando.

–Tendríamos que ingeniar un plan para aprovechar tu trato con él...

–Tal vez simplemente tengamos que urdir una trampa –intervino quedamente Julienne.

Dare la contempló inquieto. La decidida expresión de Julienne intensificó el dolor que sentía en el pecho.

–No hay razones para que te impliques –le dijo una vez más–. Sólo conseguirás ponerte en peligro.

Ella lo miró con calma.

–Hay muchas razones. Mi nombre ha estado bajo sospecha desde hace años y ésta es mi oportunidad de limpiarlo de una vez por todas.

–¿Qué se le ha ocurrido, señorita Laurent? –preguntó Lucian.

Julienne se volvió hacia él.

–Una idea que atrapará a Perrine y le obligará a mostrar su juego.

–¿Se está ofreciendo para ser el cebo?

–No, rotundamente no –atajó Dare rotundo–. Ni hablar del asunto. Ya estuvo a punto de matarte en una ocasión.

–Me gustaría ayudar –dijo ella.

Dare respiró intensamente. Pensar en que Julienne pudiese arriesgar su vida tratando de desenmascarar a un traidor lo llenaba de temor. Amaba a Julienne, nunca había dejado de amarla. No deseaba que estuviese en peligro.

–No quiero que vayas –insistió.

–¿Por qué no? –preguntó Lucian.

Dare dirigió a su amigo una sombría mirada.

–¿Permitirías que Brynn arriesgara su vida de ese modo?

Lucian sonrió tenuemente, dulcificando la mirada mientras reflexionaba.

–No creo que pudiera detenerla si ella creyese que podía contribuir a acabar con el reinado de terror de Caliban. El pasado otoño, él sentenció a muerte a su hermano, y Gray no estará a salvo hasta que Caliban haya muerto.

–Deseo hacerlo, Dare –repitió Julienne–. Y el hecho de que yo vaya, te facilitaría un pretexto para estar allí tú también.

Él apretó los dientes, y al cabo de un momento respondió con desgana.

–¿Qué pretexto?

–Podríamos decir que ansío recuperar las fincas de mi difunto padre en el Languedoc, y que te he pedido que me ayudes si es que pretendes convertirte en mi amante.

–Eso nos lleva a Francia. ¿Qué hay de tu plan?

–Perrine está al corriente de nuestra apuesta, y sabe que yo no deseo perder, pero desconoce la razón de nuestra animosidad. Si lo encontramos en París, puedo fingir que deseo vengarme de ti por rechazarme todos estos años, y pedirle que me libere de ti.

–¿Y a cambio –preguntó Dare lentamente– le ofrecerás ayuda para liberarse de Castlereagh?

–Sí. Y si logro ganarme su confianza, tal vez pueda descubrir detalles de su plan para matar a lord Castlereagh.

–Tiene posibilidades –comentó Lucian tras meditarlo.

Dare se pasó la mano por los cabellos. Deseaba rechazar el plan de Julienne. Deseaba mantenerla a salvo y protegerla. Pero poco importaban sus propios deseos personales comparados con los intereses que había en juego.

–Muy bien –aceptó lúgubremente–. Iremos juntos a Francia. Supongo que deberíamos partir lo antes posible –le dijo a Lucian–. Perrine ya nos lleva más de un día de ventaja.

Lucian asintió.

–Nos reuniremos esta tarde con Philip Barton y trabajaremos en los detalles. Entretanto, vosotros dos deberíais leer el expediente de Perrine y preparar las maletas para viajar a París.

Capítulo dieciséis

París, mayo de 1814

Julienne no recordaba nada de París, puesto que sólo lo había visitado cuando era muy pequeña. Pero Solange Brogard, que los acompañaba, conocía bien la ciudad.

En aquellos momentos, París estaba a rebosar, no sólo por los ejércitos de ocupación sino por los monárquicos decididos a estar presentes en la restauración de la monarquía borbónica. Luis XVIII había regresado hacía varias semanas para presentar su reclamación al trono, y con él había acudido una multitud de aristócratas emigrados ansiosos de restitución y de venganza.

Gran parte de la élite londinense había ido también a París en masa para permitirse placeres largo tiempo negados: moda elegante, platos exquisitos, vinos soberbios y perversidades refinadas. Así que el grupo del marqués de Wolverton no llamaba la atención.

Alquilaron habitaciones en un lujoso hotel de la rue de Clichy, próxima al centro del remolino social. Philip Barton consideró más prudente alojarse en un hotel distinto, pero decidieron reunirse regularmente, con la esperanza de desenmarañar la mortal telaraña de intriga tejida por Caliban.

No habían sido del todo sinceros con Solange; le habían explicado simplemente que tenían algunas vagas sospechas respecto a un posible traidor al que estaban investigando. Pero Julienne había insistido en que incluyeran a la francesa en su viaje. Parecía más natural si Solange iba como su carabina, lo mismo que había hecho en viajes anteriores con Dare, y Julienne sabía que se podía confiar plenamente en su amiga.

Durante el viaje a París, Julienne se había alegrado tanto de la compañía de Solange como de la de Philip Barton, porque su presencia le facilitaba una distracción y le daba menos tiempo para pensar en su propio futuro con Dare.

Ahora que habían exorcizado los fantasmas de su pasado, tendría que considerar cómo proceder. Sus defensas contra Dare se habían vuelto peligrosamente tenues. Y fuese o no una actriz, cada vez le resultaba más difícil mantener su fachada de indiferencia. Su anhelo por él se estaba convirtiendo en una tortura.

No tenía ninguna duda de que proseguir su actual relación amorosa era un camino seguro hacia el desconsuelo. Si se permitía volver a amar a Dare, el dolor sería incluso más angustioso que antes cuando él siguiera su camino. Ella se quedaría irremediablemente perdida para siempre. Y tenía el convencimiento de que él seguiría su camino.

La verdad era que no tenían ningún futuro juntos. Al menos, no un futuro que ella pudiera aceptar. Sólo existía una relación posible entre una actriz de dudosa fama y un noble de alto rango como Dare, por muy infame que fuera su reputación.

Pero Julienne nunca accedería a convertirse en su amante cuando tal intimidad sólo podía hacer peligrar aún más su corazón. Tampoco aceptaría cualquier caridad que él se dignase a ofrecerle. Julienne sospechaba que su conciencia le obligaría a compensarla por el infortunio al que la había sometido su abuelo. Pero Dare no le debía nada, aunque él se sintiera culpable.

Sin duda, la había sorprendido verlo responder con tanta violencia al abuso sexual que ella había sufrido, que hubiese estado dispuesto incluso a matar a Ivers para vengarla. Pero no podía dar demasiada importancia a la reacción de Dare, porque éste podía estar actuando también por orgullo herido, celos masculinos o simple sentimiento de posesión.

No, Julienne sabía que cuando su búsqueda de Caliban hubiese acabado, ella tendría que desaparecer de algún modo. Sería mejor concluir su relación limpia y rápidamente. Ya se había permitido volverse en exceso vulnerable.

En realidad, tal vez había sido una insensatez acompañar a Dare a Francia pese a su ansiedad por limpiar su nombre. Era posible que él no necesitase su ayuda para descubrir a Caliban. Dare ya no seguía siendo el audaz libertino que ella había conocido. Ahora había firmeza en él. Un propósito y una determinación que suponían malos presagios para sus enemigos. Julienne no tenía dudas de que estaba dispuesto a arriesgar su vida por descubrir a un traidor mortal.

Sin embargo, no tuvieron noticias de Martin Perrine hasta su tercer día en París, cuando Philip Barton le vio en la embajada británica, donde la mayoría de los caballeros ingleses de la ciudad se reunían de vez en cuando.

–Perrine se aloja en una casa de campo con lord Aberdeen –les informó Barton.

–Tendremos que organizar un encuentro con él –repuso Dare–. Y tenemos que lograr que parezca lo más natural posible.

No tuvieron ninguna dificultad para encontrar oportunidades de reunión social. El Príncipe del Placer estaba muy solicitado, así como Solange Brogard. Desde el momento de su llegada se vieron inundados de invitaciones para una profusión de cenas, bailes, recepciones y salones.

Aunque Julienne estaba incluida en las invitaciones, sabía que para siempre estaría relegada a los márgenes de la sociedad. La elegante clase inglesa únicamente la toleraba por ser la invitada de Dare. Y la aristocracia francesa era sólo un poco más indulgente. Era la hija del difunto conde de Folmont, y en Francia eso significaba algo. Aun así, siempre se vería desdeñada por su profesión.

No vieron a lord Castlereagh durante los primeros días porque se hallaba encerrado, conferenciando con los más poderosos dirigentes europeos: el zar Alejandro de Rusia, el rey Federico Guillermo de Prusia y el canciller Metternich de

Austria, junto con el ministro de Asuntos Exteriores francés Talleyrand, negociando las condiciones de paz.

–La ausencia de Castlereagh de la vida pública –observó Dare a Julienne– es realmente afortunada, puesto que sus costumbres son bien conocidas. Normalmente, efectúa visitas diarias al Bain Chinois, donde puede echarse una siesta, según los rumores. Se dice que está tan agobiado por los asuntos que requieren su atención que por las noches no puede dormir, y por eso se pasa la mayor parte del tiempo allí adormilado. Y su paseo preferido es la galería del Palais Royal. Si Caliban pretende asesinarle, el Palais sería un sitio excelente. Ése podría ser también el lugar más probable donde encontrar a Perrine.

Según supo pronto Julienne, el Palais Royal era un gran centro de diversiones donde podían encontrarse todos los vicios y placeres. Las ofertas más aburridas comprendían jardines y galerías de tiendas, joyeros, sombrereros, modistas, así como numerosos cafés y restaurantes. También había apartamentos en alquiler. Pero eran los antros de juego y los burdeles los que hacían del Palais un centro de depravación. Según Dare, allí las diversiones nocturnas rivalizaban con las más escandalosas de Londres.

Durante su quinta tarde en París, Julienne, que paseaba por las aceras de las galerías con Dare y Solange, vio por primera vez a lord Castlereagh. El secretario de Asuntos Exteriores iba sencillamente vestido con una chaqueta azul, y en nada parecía un hombre de tan enorme poder. Su porte era solemne y fatigado, como si realmente soportara el peso del mundo en sus hombros.

Julienne advirtió que no estaba solo. Dos soldados británicos paseaban a discreta distancia por detrás de él.

–¿Son sus guardaespaldas? –le preguntó a Dare.

–Supongo que sí. Y parece que nuestras sospechas no iban desencaminadas. Nuestro amigo Perrine está sentado en el café contiguo, que ofrece una clara perspectiva sobre los jardines. ¿Vamos a ver qué se propone? –preguntó guiando a las dos damas por el brazo en dirección a Perrine.

Julienne tuvo que mirar dos veces para reconocer al individuo anodino sentado a una mesa del café, al aire libre. Con sus cabellos castaños, su constitución media y su sencillo atavío, podía fácilmente pasar inadvertido entre una multitud.

Cuando pasaban junto a la mesa de Perrine, Dare simuló no verle, pero Julienne se detuvo exhibiendo una brillante sonrisa.

–¿Cómo, señor Perrine? ¿Es usted? ¡Qué alegría verle por aquí!

Él se levantó cortésmente y se inclinó ante ella y luego ante Dare.

–Señorita Laurent, lord Wolverton....

Dirigió a Solange una mirada interrogativa.

–¿Se acuerda de madame Brogard? –dijo Julienne tranquilamente. Una vez cumplidas las formalidades, añadió–: Es tan agradable ver un rostro amigo. ¿Podemos sentarnos con usted? Querido –dijo dirigiéndose a Dare–, ¿serías tan amable de encargarme un poco de vino? Confieso que estoy sedienta.

Dare se mostró adecuadamente reacio, pero hizo lo que ella le pedía, alzando una mano para avisar a un camarero.

–¿Qué la trae a usted a París, señorita Laurent? –preguntó Perrine en tono ocioso mientras ella se instalaba en la silla de al lado.

Julienne tendió un brazo orgullosa, exhibiendo el brazalete de diamantes que Dare acababa de comprarle.

–Lord Wolverton ha sido en extremo generoso. Pero confío en que aún lo sea más. Usted ya sabe que mi padre era un noble... –Y le contó a Perrine sus intenciones de recuperar las propiedades Folmont–. Le he pedido a Dare que visite conmigo el sur de Francia, pero dice que ahora es demasiado peligroso viajar. –Julienne hizo un ligero mohín con los labios–. Le he dicho que podríamos contratar una escolta para protegernos de los bandidos.

En esos momentos, unos amigos se acercaron a Solange, y Dare se distrajo saludándolos.

–Debo hablar con usted en privado –murmuró Julienne entre dientes a Perrine–. ¿Puede reunirse conmigo?

Él enarcó las cejas sorprendido, y la examinó durante un largo instante, mostrando en los ojos un momentáneo destello de la aguda inteligencia que se atribuía al astuto Caliban. Luego le dedicó una tímida sonrisa.

–Estoy a sus órdenes, señorita Laurent, desde luego.

–Entonces venga mañana a las cuatro a tomar el té al hotel Clichy –susurró Julienne–. Dare habrá salido... Cuénteme qué le trae a París, señor Perrine –añadió al ver que Dare volvía a prestar atención.

Él se enfrascó en una historia acerca de que lord Aberdeen, embajador británico en Austria, que era íntimo amigo suyo, lo había invitado a participar en la histórica celebración de la liberación de Europa.

Entonces, Solange y Dare se unieron a la conversación dejando a Julienne poco que decir. Pero media hora más tarde, cuando se disponían a marcharse, ella le dirigió una mirada de complicidad a Martin Perrine.

–Ha sido un placer volver a verle, señor Perrine. Confío en que podamos coincidir de nuevo en breve.

–Ello me complacería infinitamente –repuso él con su habitual tono anodino.

Aquella noche, más tarde, tras un baile celebrado en la embajada británica por sir Charles Stewart, el popular embajador inglés en Francia, se reunieron con Philip Barton para comentar diversas contingencias de su plan. A Dare le desagradaba intensamente la idea de que Julienne se encontrara a solas con Perrine, pero ella le recordó que llevaba su cuchillo como protección, añadiendo que dudaba de que Perrine hiciera algo para perjudicarla precisamente entonces, puesto que era evidente que sentía curiosidad por lo que tenía que decirle.

Solange salió del hotel por la mañana para pasar el día con unos amigos. Julienne reservó un salón privado para la tarde y dispuso que sirvieran el té. Por si Perrine estuviera vigilando, Dare salió ostentosamente del hotel a primera hora de la tarde... para regresar enseguida por la entrada posterior. Philip Barton y él estarían en la habitación contigua al salón por si surgían problemas.

Martin Perrine llegó puntualmente y fue conducido al salón privado donde Julienne le aguardaba.

–Se preguntará por qué quería hablar con usted –empezó ella mientras le servía el té.

El señor Perrine le dedicó una tímida sonrisa.

–Confieso que siento una gran curiosidad, señorita Laurent.

–En realidad, creía que debía advertirle. –Se detuvo para que su observación hiciera efecto, y contempló pensativa a su invitado–. Wolverton está tratando de descubrir la identidad de un astuto traidor que actúa con el nombre de lord Caliban.

Julienne pensó que la asombrada expresión del rostro de Perrine era digna de los mejores actores que conocía.

–¿Y qué tiene eso que ver conmigo?

Ella le pasó su taza por encima de la mesa.

–Él cree que usted podría ser ese Caliban, o por lo menos que conoce su verdadera identidad.

–¿Yo un traidor? ¿Qué le ha hecho concebir tal idea?

–Hace un tiempo, estuvo usted en posesión de un anillo que se sabe que perteneció a Caliban.

–¿Ah, sí? –murmuró Perrine enarcando una ceja.

–El conde de Ivers fue arrestado la semana pasada –añadió Julienne sosegadamente–. Y lo acusó a usted.

Perrine ni siquiera parpadeó ni demostró emoción alguna que pudiera considerarse miedo.

–Estoy asombrado de que Ivers inventara tales historias. Me debe una importante suma de dinero. Tal vez crea que causándome problemas podrá librarse de saldar sus deudas. Si pone mi honor en entredicho, entonces mis posibilidades de cobrar se verán menguadas.

Julienne frunció el ceño.

–Wolverton se mostró en extremo receloso después de haberle encontrado a usted en París. Cree que es su relación con Caliban lo que puede haberle traído aquí.

–He venido –repuso Perrine tranquilamente– porque mi

buen amigo el embajador Aberdeen me invitó a participar en los festejos. No por estar implicado en ninguna traición... ni porque conozca a alguien que pueda ser un traidor. –Curvó la boca con divertida sorpresa–. Sin embargo, todo esto me hace preguntarme por qué un libertino como Wolverton estará persiguiendo a ese traidor.

Julienne asintió torciendo cínicamente la boca.

–Sé que parece absurdo, pero está actuando en nombre de un amigo suyo que fue enormemente perjudicado por Caliban.

Perrine cogió una galleta de almendras y observó en tono suave:

–Aunque yo fuera ese traidor al que usted se refiere, difícilmente accedería a desenmascararme, ¿no le parece?

Ella se inclinó hacia delante dirigiéndole una seria y penetrante mirada.

–Para mí no supone ninguna diferencia que sea usted una u otra cosa. Inglaterra no es mi patria, y la política no me importa nada.

–Parece tener usted mucho cariño por Wolverton.

Julienne negó con la cabeza, cargando su respuesta con desdén.

–Le aseguro que es simple simulación. Tengo que hacer pública exhibición de interés a causa de nuestra apuesta. Pero nunca me convertiré en su amante.

Perrine masticó pensativo largo rato.

–Y ¿por qué ha decidido «advertirme», señorita Laurent?

–Porque confiaba en que usted conociera a Caliban. –Desvió la mirada e hizo temblar su labio inferior–. No es de común conocimiento, pero tengo una... desagradable historia con Wolverton. Hace siete años, su abuelo me acusó de traición y arruinó mi vida.

–¿Y era usted culpable?

–No, en absoluto. –Inspiró profundamente.

Había decidido atenerse a la verdad por si Ivers le hubiera revelado su pasado a Perrine. Y porque la verdad le daba una buena motivación para desear herir a Dare.

–Yo podría haberme defendido de esos cargos, pero su abuelo contrató a Ivers para que... me violase. –Se mordió el labio y dejó que los ojos se le llenaran de lágrimas–. Dare no sólo no hizo nada para detenerle sino que después me abandonó... porque era una mercancía estropeada.

–¿De modo que desea venganza?

Julienne lo miró duramente, haciendo que el odio asomara a sus brillantes ojos.

–Justamente. Deseo que Wolverton pague por todo lo que me hizo. Deseo tener su corazón en una bandeja... literalmente. Me alegré al ver que Ivers entraba en prisión, y confío en que lo ahorquen por sus delitos. Le deseo la muerte por lo que me hizo. Pero eso no basta. También quiero que Wolverton también sufra.

Se enjugó los ojos e hizo un visible esfuerzo por tranquilizarse.

–Si usted supiera realmente quién es Caliban, yo creí que... Confiaba en contratarle para que se deshiciera de lord Wolverton. –Retorció los dedos en su regazo–. Nuestro viaje al sur de Francia sería una ocasión excelente. Si nuestro coche fuese asaltado por bandidos, Wolverton podría resultar mortalmente herido al tratar de defenderme.

–Pero ¿por qué no contrata usted a sus propios bandidos? –preguntó Perrine.

–Supongo que podría intentarlo. Pero no sabría por dónde empezar. Y no deseo que sobre mí recaiga ninguna sospecha. Debo ser especialmente cuidadosa, puesto que mi amiga, madame Brogard, nos acompañará.

–Creo que dijo que Wolverton se proponía comprarle las propiedades Folmont. Parecería más lógico que usted esperase a que concluya la transacción para librarse de él.

–No –repuso Julienne inflexible–. Simplemente he utilizado eso como excusa para hacer salir a Wolverton de Inglaterra y llevarle donde fuese más fácil conseguir mi objetivo. Recobrar las fincas de mi padre no es tan importante como darle por fin a Wolverton su merecido. Y, para ser totalmente franca... –le dedicó una sonrisa algo coqueta– confío en mis encantos, señor Perrine. Estoy segura de que encontraré a otro acaudalado mecenas que me compre esas propiedades.

Tendió la mano para tomar la taza de Perrine, volvió a llenársela y se la devolvió.

–Supongo que el método para asesinar a Wolverton realmente no importa. No tienen por qué ser bandidos. Podría sucederle un accidente en las calles de París.

Perrine permaneció en silencio unos momentos.

–Lo siento, señorita Laurent –dijo finalmente–. No conozco a ese Caliban al que usted se refiere.

Ella dejó caer los hombros, desalentada.

–Aun así... ¿cree que podría ayudarme? Como hombre, usted puede hacer discretas investigaciones con mucha más libertad que yo. –Le dirigió una mirada suplicante–. Comprendo que su bolsa no está tan llena como usted quisiera, señor Perrine. Yo estaría dispuesta a pagarle. Wolverton me ha regalado varias costosas joyas recientemente. Pueden ser suyas. O cualquier otra cosa que me pida.

–No soy un asesino, señorita Laurent.

–No, desde luego que no. Pero confiaba... –Lo miró alicaída–. Entonces ¿no me ayudará?

–No he dicho tal cosa. Tal vez podría ponerla en contacto con alguien que pudiera satisfacer sus necesidades. Si usted lo desea, haré algunas indagaciones.

La sonrisa de Julienne resplandeció.

–Gracias, señor Perrine. Le estaría muy agradecida.

Tras unos momentos más de intrascendente conversación, Perrine se levantó y se marchó. Julienne observó desde la ventana del salón cómo montaba en su caballo en el patio inferior. Luego fue hacia la puerta que comunicaba con la habitación contigua y dejó entrar a Philip Barton y a Dare.

–No estoy segura de haber conseguido nada –dijo Julienne tras contarles los detalles de su conversación con Perrine–. Ha negado repetidamente conocer a Caliban. Es evidente que no confía lo bastante en mí como para contarme sus secretos, pero creo que lo he convencido de que deseaba quitarte de en medio. Ha dicho que tal vez pudiese encontrar a alguien que me ayudara, y que contactaría conmigo dentro de unos días.

En la mejilla de Dare se contrajo un músculo.

–Entonces, tendremos que limitarnos a esperar –dijo poniendo freno visiblemente a su impaciencia.

Al día siguiente, se firmó el primer tratado de paz entre las potencias aliadas y Francia. Las condiciones del tratado eran excesivamente indulgentes. Las fronteras de Francia debían volver a ser las de antes de la Revolución. Y no se le exigiría a Francia restituir las vastas sumas que habían costado a los países de Europa todos los años de guerra.

La restauración de los Borbones debía comenzar la semana siguiente, el 4 de junio, con una celebración pública planeada para conmemorar el acontecimiento. Tanto Dare como Solange recibieron invitaciones para asistir a la entronización de Luis XVIII.

No tuvieron más noticias de Perrine hasta el día anterior a la celebración. Su breve nota a Julienne decía simplemente:

> He realizado las indagaciones que me pidió. Reúnase conmigo en el Palacio de las Tullerías mañana durante los festejos si desea que sigamos hablando de ello.

–Mañana es una ocasión propicia para que Caliban ataque –observó Dare durante su consulta diaria con Philip Barton–. Hasta ahora, Castlereagh ha estado cuidadosamente vigilado, pero será más vulnerable durante un acontecimiento público.

Philip estuvo de acuerdo con él.

–Caliban podría estar pensando en utilizar a la multitud y aprovechar el menor descuido. Y si Perrine es el traidor, sin duda contará con su amigo lord Aberdeen para ayudarle a conseguir acceso al círculo de Castlereagh. Tendremos que asegurarnos de que mañana el secretario de Asuntos Exteriores está protegido estrechamente.

–Y sin embargo, deseamos que Caliban descubra su juego. Lo mejor que podemos hacer es esperar para capturarle in fraganti, mientras mantenemos a Castlereagh a salvo.

–Doy fe de que su señoría está rodeado por un grupo adicional de guardianes de incógnito, los mejores para engañar a Caliban –dijo Philip.

Julienne formuló una pregunta que la había estado inquietando.

–¿Por qué supones que Perrine desea verme precisamente durante los festejos? Por fuerza sabe que te acompañaré, Dare. Si está planeando un asesinato, no debe de desear que estés presente para presenciarlo.

–No lo sé –repuso Dare–. Pero no me gusta.

–Tal vez él no sea Caliban –apuntó Philip–, y la celebración de mañana simplemente le facilite un lugar conveniente para encontrarse con la señorita Laurent.

Los tres guardaron silencio con pensamientos similares, según sospechó Julienne. Al día siguiente, a aquella hora, todo podía haber acabado. Podían haber entregado a la justicia a un cerebro criminal, o bien podían haber sido testigos del asesinato de uno de los hombres más grandes de Europa. De un modo u otro, la situación estaba llena de peligro.

Cuando Barton se hubo marchado, Dare dirigió a Julienne una cariñosa mirada.

–Esta noche acudiré a tu lado.

Ella bajó la mirada y, no obstante, asintió. No habían hecho el amor desde la noche en que Dare se había enterado de la sombría verdad sobre su pasado y se había vengado de Ivers. Pero aquélla podía ser su última oportunidad. La amenaza de Caliban era indiscutible, con el asesinato como arma principal en su astuto arsenal de recursos. Era posible que ella y Dare no sobrevivieran al día siguiente.

Julienne no deseaba irse a la tumba sin estar con Dare una vez más, sin sentir su contacto, el éxtasis de sus caricias. Sin embargo, después de eso...

Sucediera lo que sucediese, estaba decidida a que aquella noche fuese la última que pasaran juntos. Si sobrevivían, se proponía encontrar un modo de decirle adiós.

Más tarde, cuando él acudió a su habitación, Julienne estaba aguardando junto a la ventana, contemplando las calles de París iluminadas por la luna; con un enorme peso en el pecho, mezcla de pesar y de temor. Sintió que Dare avanzaba silencioso tras ella, y que deslizaba los brazos alrededor de su cintura.

Julienne se reclinó contra él. No deseaba que llegara el día siguiente. No quería enfrentarse al futuro. Cuando se separaran, se sentiría sola y con aquella terrible pena. Le sobrevino una oleada de ansia tan intensa, que le causó casi dolor.

El suave susurro de Dare le acarició el oído:

–Deseo que esta noche no acabe nunca.

También lo deseaba ella. Necesitaba aquella noche final. Acudiría a su recuerdo para que la sostuviera durante los largos y vacíos años en que tendría que vivir sin él. Ese pensamiento hizo que ardientes lágrimas acudieran a sus ojos.

Tragó saliva con dificultad, negándose a ceder a la desesperación. Aquella noche, imaginaría que volvían a ser jóvenes amantes, que el encanto de su amor nunca había terminado. Su pasión sería igual que en otro tiempo: sencilla, pura, intensa.

Como si compartiese el mismo sentimiento, Dare posó los labios sobre la descubierta curva de su cuello con calidez y ternura. No fue una de las salvajes caricias que solía hacerle para seducirla y encenderla; ésa contenía una tristeza que le llegaba directamente al corazón. Julienne se arqueó hacia atrás en muda súplica. Deseaba a Dare desesperadamente. Deseaba estar llena de él.

Dare le cogió el mentón con sus largos dedos y volvió despacio su rostro hacia él. Su cara estaba tensa por la emoción, como ella sabía que sucedía con la suya.

Julienne se impregnó de su visión, deseando aprenderse de memoria cada uno de sus rasgos. La luz de la luna iluminaba la resplandeciente elegancia de sus pómulos, doraba sus cabellos. Pensó que era un hombre muy hermoso. Contempló los aristocráticos ángulos de su rostro.

–Julienne...

Dare se disponía a hablar, pero ella oprimió los dedos contra sus sensuales labios.

–Sólo hazme el amor.

Él la obedeció al punto. Su boca se posó sobre la de Julienne con una suavidad que tensó su garganta y le arrancó un profundo suspiro. En ese momento no había ni pasado ni futuro.

Se desnudaron el uno al otro sin apresurarse, tomándose su tiempo, buscándose con las manos con silencioso apetito. El corazón de Julienne latía lenta y cadenciosamente cuando ambos se quedaron desnudos.

Entonces, Dare volvió a besarla. Bebió de su boca como si así pudiera absorberla, y el tenso nudo que Julienne tenía en el estómago le presionó el pecho y se tornó candente. Se arqueó contra él, ansiando que sus manos aliviaran la dolorida plenitud de sus senos.

Su beso embriagador y exigente prosiguió mientras el ritmo de sus manos se volvía apremiante. Ella sintió cómo la pasión crecía poderosamente desde su más profundo interior mientras él la excitaba.

–Por favor –susurró cuando la boca de él dejó la suya para seguir un ardiente sendero junto a su garganta.

Sin necesidad de más invitaciones, la cogió por la mano y la condujo al lecho. La tendió en él y Dare se tumbó a su lado, con su virilidad, rígida y llena de deseo, rozando íntimamente el núcleo de su feminidad.

Julienne vio su mirada ardiente y desenfrenada cuando él se puso sobre ella. Dare le había hecho el amor muchas veces, pero nunca con tanta solemnidad.

Atrajo su cabeza y saboreó su aliento, sintiendo cómo sus manos acariciaban su cuerpo mientras sus muslos presionaban los de ella para que se abrieran.

La penetró con una seguridad que le provocó un suave grito, pero lo acogió ansiosa, deslizando las piernas alrededor de sus caderas. De pronto, fieramente, él se retiró un segundo para sumergirse de nuevo en ella una y otra vez. Su implacable insistencia hizo que la respiración de Julienne se convirtiera en una serie de intensos jadeos, aunque ella respondía con la misma intensidad.

Sus labios se encontraron con urgencia febril mientras el cuerpo de Dare la envolvía, la cubría. Se aferraron el uno al otro al tiempo que crecía su ardiente deseo, estrechándose con tensa y silenciosa desesperación. Sus cuerpos se retorcieron unidos, entrelazados, apareándose salvajemente, esforzándose por convertirse en uno solo, luchando por negarlo todo salvo aquel momento primario.

El estallido de placer llegó sin avisar. Julienne gritó en el hueco de su clavícula mientras le recorría un estremecimiento tras otro y arrastraba a Dare con ella.

Cuando acabaron, yacieron jadeantes, tratando de recuperar el aliento mientras el sudor se enfriaba en sus cuerpos tibios. Julienne sintió cómo nuevas lágrimas escocían sus ojos. Aquélla había sido su unión más profunda, y su fuerza le desgarraba el corazón. Se preguntaba si Dare habría sentido lo mismo.

Cerró los ojos con fuerza rechazando aquel pensamiento doloroso, jurándose que no iba a llorar.

Transcurrió un largo rato hasta que Dare apartó de ella su peso y contempló el rostro de Julienne, sonrojado por la pasión. Ella yacía desnuda, resplandeciente a la luz de la luna, con los cabellos desparramados sobre la almohada como seda negra.

El deseo lo inundaba a raudales, lo llenaba. Un sentimiento tan intenso que era doloroso. Y, sin embargo, su ansia de ella estaba inundada de temor.

La cogió en sus brazos estrechándola y ella quedó perfectamente encajada en su cuerpo. Aquella noche había algo diferente en la pasión de Julienne. Él no comprendía el destello de tristeza de sus ojos, pero lo inquietaba la conciencia del peligro al que ella podía enfrentarse al día siguiente.

Dare no deseaba que Julienne arriesgara su vida por enfrentarse a Caliban. Su corazón clamaba por mantenerla a salvo, apoyarla y quererla para siempre. No podía soportar el pensamiento de perderla cuando la amaba tan fervientemente.

Amor. La emoción que había negado necesitar durante los últimos siete años lo inundó bruscamente. Qué necio había sido al pensar que podía vivir sin ella.

Sin ella Dare no había sido más que un hombre a medias, una cáscara hueca. Julienne lo completaba, ahora lo sabía. Ella llenaba el vacío que había en él. Ella había disipado los ocultos y sombríos vacíos de su corazón y le hacía sentir la plenitud. Hacerle el amor había sido como encontrar todo lo que le faltaba.

Deseaba que Julienne formase parte de él durante el resto de su vida.

La respiración de Dare se convirtió en un duro nudo que se cerró en su garganta. Lo que él deseara no importaba. Él no se había ganado el derecho a que Julienne lo amara. No la merecía... Lo sabía mejor que nadie... No era digno de ella.

Pero podía cambiar.

Y se prometió solemnemente que lo haría. Cuando todo aquello hubiera pasado, se ganaría el amor de Julienne aunque le costara su último aliento.

Capítulo diecisiete

La noche fue conmovedora y apasionada, pero la mañana llegó demasiado pronto. Julienne despertó con los nervios en tensión, una sensación que no menguó después de bañarse y vestirse para los grandes festejos que debían comenzar a mediodía en los jardines de las Tullerías.

Cuando Dare llamó a su puerta, ella le miró a los ojos, y la sombría solemnidad que vio en ellos fue reflejo de la suya.

–Solange ya se ha marchado –le dijo con voz suave.

–Lo sé. Me he despedido de ella hace poco.

Habían dispuesto que la francesa acudiera a la celebración acompañada de unos amigos para así mantenerla fuera de peligro.

–Ten –dijo Dare tendiéndole una pequeña pistola–. ¿Sabes cómo usarla?

–Sí. Después... del asalto, aprendí cómo defenderme. También llevo un cuchillo escondido en el liguero.

–Mejor, quiero que vayas convenientemente armada. Sólo así permitiré que te acerques a Caliban.

Julienne asintió y deslizó la pistola en el bolso que colgaba de su muñeca.

Dare le ofreció el brazo y la acompañó abajo, a la entrada del hotel, donde aguardaba su carruaje. Julienne pensó de manera ausente, mientras se adentraban en la luz del sol, que aquel precioso día de junio contrastaba enormemente con la tensión que sentía.

Su ansiedad creció todavía más cuando Dare se detuvo de

repente. Siguió su mirada y vio más de media docena de soldados británicos de caballería en torno a su carruaje.

Tras observarla, uno de los soldados se abrió paso y se dirigió hacia ellos.

–¿Es usted Julienne Laurent? –preguntó al instante con torva expresión.

Cuando ella asintió, él desmontó.

–Soy el capitán Pritchard y está usted arrestada.

Notó cómo se contraían los músculos del brazo de Dare, pero éste se contuvo y enarcó fríamente una ceja.

–¿De qué diablos está hablando?

–Debo arrestar a la dama por orden de lord Aberdeen.

–¿Con qué cargos?

–Intento de asesinato, milord. La señorita Laurent ha estado conspirando para asesinarle a usted. Tengo una declaración al respecto firmada por un tal Martin Perrine.

Se volvió e hizo señas a uno de sus hombres, que se adelantó con una montura sin jinete.

Dare apretó la mandíbula.

–La señorita Laurent no va a ir a ningún sitio con usted, capitán.

–Dare, no pasa nada –intervino Julienne–. Estoy segura de que se trata de un simple error.

–Por supuesto que lo es. Y no pienso quedarme tranquilo mientras te arrestan por acusaciones falsas.

–Si lo prefiere puede acompañarnos, lord Wolverton –le ofreció el capitán–. Lord Aberdeen ya nos avisó de que usted probablemente no creería los cargos.

–No –cortó Julienne apremiante–, no puedes venir, Dare. Tienes asuntos que atender en otra parte. Por favor –le rogó en voz baja–, lo más probable es que sea un complot para mantenerte distraído mientras nuestro malévolo amigo consigue su objetivo. Iré con el capitán mientras tú asistes a la celebración.

A modo de respuesta, Dare miró a su alrededor, como calibrando sus posibilidades. Julienne comprobó que el carruaje estaba rodeado y que era inútil como medio de escape.

Con una maliciosa sonrisa, Dare sacó una pistola del interior de su chaqueta y apuntó con ella a Pritchard.

–Me temo que no tenemos tiempo de solucionar este malentendido ahora mismo, capitán. Hágase a un lado.

Una expresión de indignación inundó el rostro rubicundo de Pritchard, y Julienne lo observó con aprensión mientras él decidía qué hacer. Advirtió que varios de sus soldados habían sacado los rifles de sus vainas.

–También le sugiero que si desea evitar su inmediata defunción ordene a sus hombres que enfunden sus armas –le aconsejó Dare amablemente.

Maldiciendo por lo bajo, Pritchard ordenó a sus hombres que obedecieran.

Luego, ante los asombrados ojos del capitán, Dare asió las riendas del caballo sin jinete y saltó en la montura. Cogió a Julienne y la puso tras él.

La estrechez de sus faldas le dificultaba la maniobra, pero consiguió rodear con los brazos la cintura de Dare. Con el corazón latiendo desbocado, Julienne se cogió con firmeza mientras él espoleaba el caballo para dejar atrás a los soldados, entre el concurrido bulevar en dirección al jardín de las Tullerías.

Oyó gritos detrás y miró por encima del hombro; vio que el capitán Pritchard había montado a caballo y los perseguía con sus hombres. Dare debió de comprender el peligro, porque se inclinó y apremió al caballo a correr a mayor velocidad entre el denso tráfico.

–¡Agárrate! –le advirtió a Julienne mientras pasaban con gran estrépito sobre los adoquines.

Ella confiaba en que Pritchard no se arriesgase a disparar por temor a errar el tiro y darle a la multitud de carruajes y jinetes que los rodeaban. Y Dare parecía estar alejándose...

Cuando su loca carrera concluyó ante los espectaculares jardines, la respiración de Julienne era entrecortada. Dare tuvo que retardar su paso mientras se introducía entre la multitud congregada en las elegantes explanadas.

La vasta extensión de las Tullerías contenía amplios senderos pavimentados flanqueados por exuberantes macizos de flores y arbustos pulcramente recortados. Numerosas fuentes, esculturas y altos y tupidos árboles completaban el paisaje, salpicado de pabellones artísticamente erigidos aquí y allá.

Había menos gente de lo que Julienne esperaba, tal vez porque el pueblo francés había aceptado el retorno de los Borbones sin entusiasmo. Pero la muchedumbre se iba haciendo cada vez más densa a medida que se aproximaban a la parada militar que se desplegaba frente a palacio. El nuevo régimen se exhibía mediante los uniformes de las tropas de caballería y en los caballos, en cuyas bridas lucían blancas escarapelas borbónicas.

Dare y Julienne fueron objeto de numerosas miradas mientras esquivaban al gentío en su camino hacia la entrada principal, pero cuando atravesaron las columnas del desfile, se vieron inundados de enojados insultos e increpaciones.

En un momento dado ya no pudieron seguir a caballo. Dare pasó entonces la pierna derecha sobre la perilla de la montura, saltó al suelo y luego cogió a Julienne por la cintura y la dejó en el suelo. Le tomó la mano, se abrió paso rápidamente entre la multitud y subió un tramo curvado de peldaños de mármol, confiando en lograr fácil acceso a la residencia real.

El pulso de Julienne era acelerado mientras Dare la llevaba de la mano, sin que ella pudiese apenas vislumbrar el famoso palacio. El edificio era grande y bastante aparatoso, con largas y estrechas alas, altos techos y numerosas ventanas arqueadas. Allí, Luis XVI y su reina María Antonieta habían permanecido arrestados durante casi tres años, hasta que una multitud hostil irrumpió en el edificio, asesinó a más de mil guardianes y llevó a los soberanos a la prisión del Temple, donde vivirían hasta ser ejecutados.

Sin embargo, el hecho de que los actuales guardianes estuvieran equipados con mosquetes, trabucos y sables, sugería que el nuevo rey prefería no correr el riesgo de que sus súbditos se volvieran tan revoltosos como los de su difunto hermano.

Las tropas del rey se negaron a dejarlos entrar hasta que

Dare mostró su invitación. Julienne vio que lo habían conseguido justo a tiempo, porque el capitán Pritchard llegó entonces a los peldaños, pisándoles los talones.

–¡Alto, señorita Laurent! ¡Le digo que está arrestada!

Los guardianes les bloquearon la entrada mientras Julienne preguntaba rápidamente en francés dónde podían encontrar a lord Castlereagh.

Fueron guiados por el palacio hasta la cámara de audiencia real. Julienne sabía que tal vez era demasiado tarde y sentía un intenso temor en su interior mientras Dare y ella se abrían camino por las grandes y largas salas. Pasaron por un interminable número de arcos y entre macizas columnas de piedra hasta llegar a una gran estancia de tres pisos de altura, con elevados y abovedados techos y galerías con barandillas.

Julienne se detuvo desalentada al ver la enorme multitud allí congregada. En aquella cámara atestada, un asesino podía actuar libremente y desvanecerse sin ser detectado.

–¿Qué deberíamos hacer ahora? –preguntó Julienne a Dare elevando la voz para que la oyese entre aquel tumulto de risas y charlas de los invitados.

–Seguir mi plan original –repuso él–. Localizar a Perrine sin ser vistos. Por ahora, él probablemente cree que se ha deshecho de nosotros, que tú has sido arrestada y que yo estoy yendo de aquí para allá tratando de que te suelten. ¿Tienes la pistola que te di?

–Sí –dijo Julienne tras mirar en su bolso, que sorprendentemente seguía enlazado en su muñeca.

–Debemos separarnos. –Dare observó con la mirada la galería superior–. Estarás más a salvo allí y puedes localizar mejor a Perrine.

–Mi seguridad no es mi principal preocupación.

Él le acarició con suavidad la mejilla.

–Lo sé, pero sí es la mía. Debo estar cerca de Castlereagh en el caso de que Perrine actúe.

–Por favor, ve con cuidado –le rogó Julienne.

–También tú.

Le asió el rostro y le dio un intenso beso en la boca, luego la dejó en la cámara de audiencia. Por un momento ella le vio sortear a la multitud antes de desaparecer entre aquel mar de cuerpos.

Julienne se volvió y desanduvo sus pasos hasta que localizó una amplia escalinata que conducía a los pisos superiores. Escogió la galería occidental puesto que era la única que permanecía en sombras, y se situó detrás de una columna para poder observar sin ser vista a la multitud que se congregaba abajo.

La perspectiva era mucho mejor desde allí. El rey se exhibía como un pavo real, con su magnífico atavío. Luis XVIII, que Julienne había oído describir como afectado de gota y torpe, así como cortés y genial, sonreía radiante mientras se mezclaba con sus distinguidos invitados: Alejandro, Metternich, Federico y, a un lado, lord Castlereagh.

Con el corazón latiéndole apresuradamente, Julienne buscó a Martin Perrine. No se veía ni rastro de él, pero sí distinguió a Dare, en parte oculto tras una columna, con los rubios cabellos brillando mientras conversaba con diversos miembros de la aristocracia francesa. Entonces se dio cuenta de que había perdido su alto sombrero de castor en la salvaje cabalgada. Dare estaba situado en un lugar desde donde tenía una clara visión de Castlereagh, que se hallaba próximo a la mesa del bufé.

Ésta estaba repleta de exquisiteces. Incluso desde la distancia, Julienne podía distinguir empanadas de cangrejo, uvas azucaradas y pastelillos escarchados entre las esculturas de hielo talladas en forma de bustos con una gran pieza central del rey Luis.

Un grupo de lacayos se movía con dificultad por la sala, ofreciendo copas de vino y de champán. Y situados a frecuentes intervalos, había soldados franceses y británicos, todos ellos armados.

Sin embargo, no vio ni rastro del hombre que temían que fuera un despiadado asesino. Cuando Dare levantó la vista brevemente y se encontró con sus ojos, Julienne hizo un ligero movimiento de cabeza para comunicarle su fracaso.

Deslizó la mano en su bolso, cerró los dedos en torno a la culata de la pistola y se dispuso a esperar.

Casi una hora después, Julienne había comenzado a cansarse y tenía los nervios de punta. Acababa de encoger sus rígidos hombros para aliviar la tensión cuando vio que un hombre se abría paso abajo, entre la multitud. Tenía los cabellos castaños, pero su constitución era demasiado ligera para tratarse de Perrine.

Llevaba una chaqueta azul oscuro muy arrugada, como si hubiera dormido con ella, e iba tropezando como si estuviera ebrio.

Julienne frunció el ceño, incapaz de liberarse de la sensación de que las acciones de aquel hombre tenían un aire siniestro. Por añadidura, llevaba algo en la mano. ¿Una pistola?

El corazón le dio un vuelco cuando comprendió que se dirigía hacia Castlereagh.

Trató de gritar con el fin de advertir a Dare, pero no logró hacerse oír entre la babel del gentío. Agitó la mano, frenética, intentando captar la mirada de Dare, pero fue en vano. De modo que hizo lo único que se le ocurrió: sacó su pistola y disparó al aire.

El tiro resonó por la vasta cámara y arrancó un fragmento de yeso del techo que hizo caer una lluvia de polvo y pedacitos. Por un instante, se hizo el silencio. Luego, con gritos asustados, algunos de los invitados emprendieron una alocada carrera hacia las puertas mientras otros caían al suelo cubriéndose las cabezas.

Pero Julienne vio que por fin había conseguido atraer la atención de Dare. Y él la entendió cuando le señaló enérgicamente al hombre de la chaqueta azul.

El individuo había levantado la pistola y apuntaba, al tiempo que se dirigía hacia Castlereagh con la resuelta determinación de un general entrando en combate.

Dare saltó hacia delante, apartando a la gente de su camino, y atacó ágilmente al asaltante derribándolo justo en el momento en que disparaba su pistola. Una escultura de hielo saltó hecha añicos a medio metro de la cabeza de lord Castlereagh, mientras el estallido del disparo producía gritos y exclamaciones de «¡Asesino!» y «¡Criminal!», y los invitados se diseminaban como corderos asustados.

Durante unos segundos, Julienne mantuvo la mirada fija en el caos de abajo. Sin embargo, una vez comprobó que el secretario de Asuntos Exteriores se hallaba a salvo, barrió con la mirada la reunión de asombrados espectadores en busca de Martin Perrine.

Hasta que no se asomó a la barandilla no lo vio. Estaba casi directamente debajo de ella, oculto entre las sombras.

Con los puños apretados, observaba cómo Dare arrastraba al asesino. Entonces, Perrine levantó la mirada buscando en las galerías, con los ojos entornados.

Cuando su mirada se cruzó con la de Julienne, ella distinguió su furia. Su rabiosa reacción le confirmó sin ninguna duda que era él quien había contratado al asesino y que estaba irritado por su fracaso.

Dare estaba zarandeando al individuo de la chaqueta azul, sin duda sometiéndolo a un duro interrogatorio. Perrine lanzó una última mirada fulminante a Dare y luego giró sobre sus talones y desapareció entre el gentío de invitados que huían.

Julienne pensó que Perrine pretendía marcharse por si el hombre de la chaqueta azul lo denunciaba. Pero si se escapaba, el mundo nunca estaría a salvo.

Con el cerebro aturdido, se esforzó por pensar en las distintas y aterradoras posibilidades, dio media vuelta y corrió escaleras abajo, consciente de que tendría que moverse con rapidez si quería tener alguna esperanza de no perder de vista a Perrine. Casi había llegado al pie de la escalera cuando de pronto una figura surgió de entre las sombras y fue a detenerse directamente delante de ella. Julienne tropezó y se detuvo bruscamente.

Alzó la pistola en actitud defensiva, aunque sabía que estaba vacía y que era inútil. Su fútil gesto le ganó una despectiva mirada.

Martin Perrine le dedicó una mortal sonrisa mientras le apuntaba con su propia pistola.

–¿Acaso me está buscando, señorita Laurent?

Dare descubrió rápidamente que el asesino era un noble francés de menor categoría, un barón. Aunque apenas logró comprender nada más, porque se expresaba sollozando en una mezcla de francés y entrecortado inglés.

–*Ma fille, ma pauvre fille*[1], perdóname.

Su historia surgió precipitadamente: su hija había sido secuestrada hacía dos días y a él lo habían sometido a chantaje para devolvérsela. Si quería volver a ver a su hija viva, debía matar a aquel hombre, y señaló a lord Castlereagh. Se había bebido tres botellas de vino para lograr reunir el valor necesario para hacerlo, pero había fracasado y su hija ahora probablemente moriría.

–*Je suis coupable*[2] –gimió, dejándose caer débilmente de rodillas.

–Puede haber una posibilidad de salvar a su hija –le dijo Dare animoso.

El barón profirió un suspiro estrangulado y asió las manos de Dare, su suplicante mirada expresaba desesperación.

–¿Puede usted ayudarme, *monsieur*? Se lo ruego...

–¿Quién es el hombre que dice que le obligó?

–*Il s'appelle Caliban*[3].

–¿Podría usted identificarle? Es de vital importancia.

–*Oui.*

–¿Cabellos castaños, ojos castaños, altura media?

–*Oui. Il est un monstre*[4].

–Yo también lo creo –murmuró Dare, coincidiendo en que Caliban era un monstruo.

–Yo no deseaba matar a nadie –gimoteó el barón. Miró a lord Castlereagh con ojos llorosos–. Perdóneme, por favor, perdóneme. *Je suis desolé...*[5] –De pronto, su rostro se con-

1. Mi hija, mi pobre hija. *(N. del T.)*
2. Soy culpable. *(N. del T.)*
3. Se llama Caliban. *(N. del T.)*
4. Sí. Es un monstruo. *(N. del T.)*
5. Lo lamento mucho. *(N. del T.)*

trajo angustiado–. *Je sais...*[1] que usted no puede salvar a mi hija.

Inclinó la cabeza y comenzó a llorar entrecortadamente, con desespero, cubriéndose el rostro con las manos.

Castlereagh se llevó a Dare aparte para preguntarle qué había sucedido.

–Sospecho que Caliban envió a este desgraciado en su lugar porque sabía que lo estábamos observando –repuso Dare.

–¿Cree usted que se trata de Perrine?

–Sin duda. Pero aún debemos demostrarlo.

Castlereagh frunció el cejo ante el hombre sollozante.

–Pobre individuo. No tenía ninguna posibilidad contra Caliban. Imagino que su hija debe de estar ya muerta.

Dare asintió sombríamente, pero ya había dirigido su mente hacia Julienne. Miró hacia arriba y escudriñó la galería superior esperando verla. Tal vez se estaba dirigiendo a la planta baja. Aun así...

Un sombrío presentimiento lo invadió. ¿Era posible que Perrine temiera ser descubierto y de algún modo se la hubiera llevado como rehén? ¡Dios mío!

Tenía que encontrar a Julienne enseguida. Su interrogatorio no había durado más de dos minutos...

Mascullando una áspera orden le dijo a Castlereagh que se encargase del barón.

–Manténgalo a salvo. Él puede identificar a Caliban.

Sin aguardar respuesta, Dare arrebató un mosquete de manos del soldado británico más próximo.

–Necesito esto prestado, por favor.

Giró sobre sus talones y salió prácticamente corriendo de la estancia.

A su izquierda, había una escalera que subía a la galería. Estaba vacía, salvo por un objeto caído cerca del pie de un escalón.

Sintió punzadas de pánico en el pecho al reconocer la pis-

1. Yo sé... *(N. del T.)*

tola que le había dado a Julienne. Pensar que ella se encontraba en las garras de Caliban lo enloquecía de terror.

Frenético, paseó la mirada por la sala. Dudaba de que Perrine siguiera en palacio y podían haber tomado cualquiera de la docena de salidas del edificio. Con repentina decisión, Dare echó a correr dirigiéndose hacia la puerta más próxima en dirección sur.

Caído sobre el suelo de mármol vio otro objeto. Era el bolso de Julienne. Ahora Dare estaba seguro de que habían seguido aquel camino. En realidad, ella debió de dejarlo caer intencionadamente para darle alguna pista a seguir.

Irrumpió por la puerta haciendo una mueca ante la brillante luz del sol y estuvo a punto de tropezar con dos cuerpos.

Eran soldados del rey.

Yacían en un charco de sangre.

Ambos habían sido degollados.

El temor que dominaba a Dare estaba mezclado con furia y fiera autorrecriminación. Maldiciéndose, sin cesar, por haberse dejado embaucar por Caliban y permitir que Julienne se expusiera a un peligro tan letal, saltó por el césped a través de los jardines.

La multitud era menos densa en aquella parte del palacio. Frente a él se encontraba el río Sena y uno de sus múltiples puentes de arcos, el Pont Royal. Más allá del muelle de piedra podía distinguir barcazas alegremente decoradas navegando por el río junto con varios barquitos de vela.

Dare pensó que si él fuera Perrine, habría dispuesto algún plan de huida, tal vez más de uno. Podía haber cruzado el puente y desaparecido en un carruaje cerrado. O bien podía haber planeado marcharse por el río, pensando que nadie sospecharía de ese modo de transporte.

Corrió hacia su derecha, a lo largo del nivel superior del muelle, tal vez hasta cien metros más allá del puente, sin advertir nada sospechoso en la gente que deambulaba por allí, ni tampoco en el nivel inferior. Desandando sus pasos, recorrió otros cien metros hacia el otro lado del puente, y allí vio exactamente lo que tanto temía.

Veinte metros adelante, junto a una barcaza amarrada al muelle, un hombre y una mujer se enfrentaban.

Esa visión congeló el corazón de Dare. Perrine apuntaba con una pistola a la cabeza de Julienne mientras ella se resistía a subir a la pequeña embarcación y el barquero los contemplaba inseguro.

Dare se detuvo y cogió su mosquete, momentáneamente indeciso entre volver a los peldaños de piedra que acababa de pasar o saltar los tres metros que lo separaban del nivel inferior. Era muy difícil disparar desde allí sin arriesgarse a alcanzar a Julienne.

Sin embargo, sus dudas dejaron de tener sentido cuando Perrine alzó la cabeza y lo vio.

–¡Ya está bastante cerca, Wolverton! –exclamó arrastrando a Julienne frente a él a modo de escudo.

–Déjala ir, Perrine –gritó Dare a modo de respuesta.

Distinguió el tono desesperado de su propia voz y se maldijo por ello; era necio revelar al enemigo cuánto le importaba Julienne.

Apuntando con el mosquete, Dare se aproximó más hasta que estuvo casi directamente encima de ellos y repitió su petición más tranquilamente.

–Te he dicho que la sueltes.

–No creo que lo haga. Es mi única protección.

–Tienes que comprender que has perdido, Perrine. No has logrado matar a lord Castlereagh y has dejado vivo a un testigo que puede identificarte como Caliban.

Perrine agitó la cabeza tristemente.

–¡Ay!, sí, eso es lamentable. Y mi carrera puede estar acabada. Sin embargo, tengo una fortuna que me durará toda una vida, y me propongo desaparecer. Te lo advierto, Wolverton, si tratas de seguirme, la mataré. Sabes de qué soy capaz.

Dare le dirigió una helada sonrisa.

–Pero no tienes idea de lo que yo soy capaz. Si le haces daño, no estarás a salvo en ningún lugar, te lo prometo. Te encontraré dondequiera que te escondas, aunque sea en el fin del mundo.

–Puedes intentarlo. Mientras tanto, yo soy quien domina aquí la situación. Suelta el arma o le volaré los sesos.

–¡No le escuches, Dare! –exclamó Julienne.

Dare apretó los dientes y flexionó el dedo sobre el gatillo de su mosquete. Sin embargo, sabía que no podía arriesgarse a que Perrine hiciera efectiva su amenaza de matar a Julienne. De mala gana, desvió el cañón, pero se adelantó un paso más, confiando en atraer el fuego de Perrine.

El truco funcionó. Éste cambió de objetivo y apuntó con su pistola directamente al corazón de Dare.

En ese instante, Julienne giró en redondo y atacó a su captor agitando los brazos y tratando de arañarle los ojos, distrayendo su atención.

Dare aprovechó la oportunidad. Saltó los tres metros que lo separaban del muelle inferior mientras Perrine golpeaba con saña a Julienne. Dare vio que ella caía de espaldas mientras él mismo aterrizaba con un sonido sordo flexionando las rodillas. De reojo, observó cómo Julienne se levantaba las faldas y buscaba a tientas su cuchillo. Perrine levantó una vez más la pistola hacia él.

Dare se apartó de donde estaba moviéndose a toda velocidad.

Pero Julienne se encontraba delante de él. Empuñando el cuchillo, arremetió contra Perrine. Ambos chocaron con un impacto y él cayó derribado en el muelle, con ella encima.

A Dare se le detuvo el corazón al ver que ninguno de los dos se movía.

Llegó junto a ellos y asió a Julienne por el hombro mientras ella profería un suspiro agitado. Al ver que trataba de levantarse, la ayudó a ponerse en pie y la apartó de allí. Perrine en cambio yacía completamente inmóvil.

Dare hizo rodar prudentemente con el pie al hombre tendido boca abajo. Perrine contemplaba el cielo con ojos inanimados. El cuchillo de Julienne sobresalía de sus costillas, pero era la sangre que rezumaba de su frente la que sugería la causa de su muerte: se había abierto la cabeza contra el pavimento de piedra en su caída.

Dare se inclinó y tanteó con los dedos el cuello de su enemigo.

–Está muerto –dijo muy suavemente.

Julienne se estremeció. Cuando Dare se levantó y fue hacia ella, se arrojó en sus brazos. Reprimiendo un sollozo, hundió el rostro en su pecho y se aferró a él mientras Dare la abrazaba con fuerza.

Ambos estaban muy conmocionados. Julienne sentía el corazón de Dare latir apresuradamente mientras le daba besos ligeros y desesperados en los cabellos.

La apartó lo suficiente como para besarla con intensidad en la boca y después volvió a estrecharla con fuerza entre sus brazos, como si temiera dejarla ir.

–¿Estás bien?

–No –susurró ella con voz temblorosa–. Estaba aterrada. Creía que iba a matarte.

–¿Por eso estabas aterrada? –Su tono era incrédulo–. Ese diablo te apuntaba a la cabeza con un arma ¿y temías por mí?

–Sí.

–No podías estar más aterrada de lo que lo estaba yo.

Durante largo rato siguieron abrazados, celebrando que todo ya hubiera acabado. Aún transcurrió un tiempo hasta que Julienne comenzó a sentir que sus temblores empezaban a menguar.

Suspiró y acarició el círculo protector de los brazos de Dare.

–Me alegro de que por fin se haya acabado.

Dare profirió un ferviente sonido de acuerdo.

–Me alegro de que no necesitaras que te rescatase. No creo que hubiera llegado a tiempo hasta aquí. –Levantó la cabeza y la miró a los ojos–. Te envidio, ángel.

–¿Por qué?

–Nos has salvado a los dos y has tenido la satisfacción de matar a este bastardo. –Una tensa pero divertida sonrisa curvó los labios de Dare–. ¿Te das cuenta del golpe que significa para mi autoestima? Podrías haberme permitido representar el papel de héroe.

Ella soltó una risa temblorosa ante su intento de aligerar el horror que estaba sintiendo al haberle quitado la vida a un hombre.

–He tenido que representar bastantes luchas en el escenario durante mi carrera artística como para conocer algunos trucos.

–Bien, sólo habría deseado no sentir tanto miedo. Durante los últimos diez minutos, he perdido diez años de mi vida.

De pronto, su mirada se hizo solemne mientras escudriñaba su rostro.

–Tú y yo hemos perdido demasiados años, Julienne.

Ella se estremeció al recordarlo. Luego sintió que le daba un vuelco el corazón al pensar en la promesa que se había hecho a sí misma. No habría más años juntos. Tendría que dejar a Dare entonces.

La invadió un dolor lacerante al pensar en ello.

Pero comprendió que tendría que dejar a un lado la desolación al menos durante un rato, pues al levantar la vista distinguió una multitud reunida sobre ellos, en el nivel superior.

–Ahora no es el momento de hablar de eso, Dare.

Vio cómo lord Castlereagh descendía los peldaños de piedra hacia ellos, seguido de cerca por sus guardaespaldas. Julienne retrocedió unos pasos, desprendiéndose del abrazo de Dare.

Castlereagh se hizo cargo de la situación con una mirada.

–Creo que tengo que agradecer que me salvara la vida, Wolverton.

Dare negó con la cabeza.

–No a mí. Es la señorita Laurent quien merece su reconocimiento. Ella no sólo evitó su asesinato sino que consiguió acabar con el responsable.

El secretario de Asuntos Exteriores contempló el cuerpo de Perrine.

–¿De modo que éste es Caliban? ¿El villano que lleva meses asesinando y chantajeando por más de media Europa?

–No tengo ninguna duda –repuso Dare.

Castlereagh alzó la mirada y sonrió a Julienne.

–Nuestros compatriotas tienen una enorme deuda con usted, señorita Laurent. Igual que yo. Será un gran alivio para mí no tener que seguir temiendo por mi vida. Confío en que me diga cómo puedo recompensarla.

Julienne deseaba responder con una cortés objeción, pero de pronto sintió las piernas tan débiles como gelatina.

–Creo que tal vez debería sentarme, milord.

–Desde luego. Ha pasado por una experiencia terrible que pondría histéricas a la mayoría de las damas. ¿Me permite acompañarla al palacio? –Castlereagh le ofreció su brazo–. Estoy seguro de que al rey de Francia le agradará expresarle su gratitud. Y estará encantado de escuchar el relato de cómo ha derrotado usted a un villano asesino...

Viéndolos marcharse, Dare se estremeció ante el recuerdo de la imagen de Perrine apuntando con una pistola a la cabeza de Julienne, sabiendo que eso lo obsesionaría durante mucho tiempo. Exhaló un profundo suspiro al comprender lo cerca que había estado de perderla.

Sabía que ya no podría seguir adelante sin ella. Julienne era la dueña de su corazón, de su alma.

Sintió un intenso dolor en el pecho mientras veía su figura alejándose. Ella había encendido un ardiente fuego en lo más profundo de su corazón... pero él debía encender el mismo fuego en el corazón de Julienne, pensó.

Y no sería fácil. Acababa de sentir su retirada, la resistencia emocional que había percibido la noche anterior cuando la tenía en sus brazos: su desesperación.

Sintió que apretaba los puños. No tenía intenciones de perder a Julienne. Al principio, la había perseguido por la apuesta, con el fin de conseguir descubrir sus secretos, pero en esa ocasión lo haría completamente en serio.

Encontraría un modo de ganarse realmente su amor y de unirla a él para siempre.

Capítulo dieciocho

Londres, junio de 1814

Si ya antes Julienne había sido motivo de habladurías, a su retorno a Londres se convirtió en una auténtica celebridad.

En sus despachos, lord Castlereagh había elogiado generosamente su papel al derrotar a un cerebro criminal y los periódicos embellecieron la historia hasta convertirla en una heroína. Según las últimas noticias, Dare y ella habían derribado sin ayuda a uno de los principales mercenarios de Napoleón.

Julienne descubrió que era extremadamente famosa entre las clases populares de Londres e incluso entre muchos miembros de la alta burguesía. Las localidades para ver sus actuaciones en el teatro se agotaban cada noche –lo que provocaba ataques de celos en el temperamental Edmund Kean–, y un tropel de jóvenes petimetres la rodeaban después de las representaciones. Riddingham la elogiaba por haber ayudado a acabar con Caliban.

Su fama aumentó aún más cuando el príncipe regente les concedió a Dare y a ella distinciones públicas. Prinny era uno de los amigos íntimos de Dare, pero fue un gran honor para una simple actriz ser invitada a cenar en Carleton House con los pares de lord Wellington, el mariscal Blucher y otros muchos dignatarios, realeza y aristocracia que celebraban la liberación de Europa.

Solange estaba encantada con ella.

–*Enfin*, estás recibiendo el reconocimiento y aceptación que mereces.

Julienne no pudo reprimir una carcajada.

–No voy a permitir que los elogios se me suban a la cabeza. La semana que viene, sin duda habrán olvidado mi nombre.

Ella sabía muy bien cuán voluble podía ser la sociedad. Ahora era solicitada porque era una novedad y porque había sido condecorada por la corona. Pero una vez se acabara el lustre de sus temporales elogios, la nobleza, por lo menos, volvería a dejarla de lado.

–¿Y qué tiene que decir lord Wolverton a esto? –preguntó Solange astutamente.

Julienne respondió con un encogimiento de hombros.

–Apenas he conseguido hablar con él desde nuestro regreso de París.

Excepto en las escasas ocasiones en que ambos habían estado juntos, como en las celebraciones en Carleton House, Julienne apenas había visto a Dare. Y no habían tenido ninguna ocasión de verse a solas.

Él había declarado que Julienne debía disfrutar de su momento de gloria, pero a ella le sorprendió que no intentara compartir su lecho. Tampoco se lo había encontrado entre su camarilla de admiradores en el teatro. Al menos por el momento, él no estaba haciendo la menor insinuación acerca de su apuesta. La persecución pública de la que le había hecho objeto parecía haber sido abandonada.

Julienne pensó que tal vez él supusiera que había obtenido la victoria. Podía ser que estuviese tan seguro de que se convertiría en su amante que ya no necesitara esforzarse por cortejarla.

O tal vez se había desplazado ya hacia otro desafío. Su tarea de descubrir a un peligroso espía había concluido. Julienne comprendía que Dare ya no la necesitaba.

O podía ser que hubiese encontrado otro interés amoroso. Trataba desesperadamente de no darle vueltas a esa posibilidad. No podía soportar la idea de que Dare pasara sus noches recreándose en los encantos de otra mujer... aunque ella misma pretendía romper en breve todos los lazos que la unían a él.

Tampoco había sabido nada más acerca de su trabajo.

Lord Wycliff seguía en el campo, porque su esposa había traído al mundo a un hijo la segunda semana de junio, mientras Dare y ella aún estaban en Francia.

La primera noticia de que lord y lady Wycliff habían regresado a Londres la tuvo durante los ensayos de *Hamlet*, cuando Julienne estaba representando su papel de Ofelia.

A mitad del acto tercero fue convocada por el director, Samuel Arnold, a su despacho, donde una mujer sorprendentemente hermosa, de rojos cabellos llameantes, la aguardaba. Arnold le presentó a lady Wycliff y luego se retiró para procurarles intimidad.

–Me disculpo por interrumpir sus ensayos, señorita Laurent –dijo lady Wycliff cuando se hubieron sentado–, pero deseaba invitarla a una pequeña cena que estoy preparando y necesitaba primero asegurarme de su disponibilidad. Sólo la organizaré si usted puede asistir.

Julienne enarcó una ceja, sorprendida.

–Estaré libre el próximo martes y el miércoles, porque se va a representar una comedia.

–¿Quedamos entonces el martes?

–Estaré encantada de asistir –aceptó Julienne aún sorprendida.

Interpretando su interrogativa mirada, lady Wycliff le dedicó una divertida sonrisa.

–Será un éxito social contar con usted, desde luego, considerando su actual fama, pero eso no tiene nada que ver con el hecho de que me sienta ansiosa por contar con su presencia. A Lucian y a mí nos gustaría que fuese nuestra invitada de honor. Será una reunión íntima, sólo con nuestros amigos más cercanos.

–No estoy segura de comprenderla, milady.

–Por favor, ¿quiere llamarme Brynn? Los títulos son demasiado formales y tengo la esperanza de que podamos llegar a ser amigas.

–Muy bien... Pero ¿por qué quiere que sea su invitada de honor?

La sonrisa de Brynn esta vez mostraba una gran calidez.

–Porque me gustaría expresarle mi gratitud en la medida que me sea posible. Le debo muchísimo, señorita Laurent. Es la primera vez en siete meses que he podido disfrutar de cierta intimidad, sin numerosos guardaespaldas acosándome para protegerme de Caliban. Y también tengo que agradecerle que haya liberado a mi hermano Grayson. Gray se vio obligado a ocultarse el año pasado para escapar de Caliban, pero ahora que la amenaza ha desaparecido, podrá regresar a casa.

Julienne sonrió.

–Me temo que mi pequeño papel en la desaparición de Caliban ha sido exagerado por la gente.

–No lo creo así. Dare me contó todo lo que sucedió en Francia, cómo arriesgó usted su vida y cómo había contribuido anteriormente en la investigación. De no haber sido por usted, nunca se habría dado con Caliban. Es realmente una heroína.

Julienne sintió que se le subían los colores ante los efusivos elogios de Brynn.

–Dare ha tenido mucho más que ver en la derrota de Caliban que yo.

–Bien, me gustaría agradecérselo a los dos. No puede imaginar cuán aliviada estaré de volver a tener a mi hermano a salvo. Gray ha estado en Escocia todo este tiempo, desde que... se vio involucrado en una operación de contrabando de oro con Caliban el pasado otoño. Gray fue malherido, a duras penas escapó con vida y tuvo que fingir que estaba muerto para proteger a su familia. Se refugió en el castillo de Lucian, en los Highlands de Escocia. Philip Barton ha ido allí a recogerle, por lo que confío en verlo ya en cualquier momento. Tal vez a tiempo para mi cena, donde podrá agradecérselo a usted en persona.

–Sinceramente, no son necesarios los agradecimientos, lady Wycliff.

–Brynn, por favor. ¿Y yo puedo llamarla Julienne?

–Sí, si así lo desea.

–Así es. Me gustaría muchísimo que nos conociéramos mejor. Dare habla maravillas de usted. Debo confesar que lo ha beneficiado usted mucho.

Julienne la miró con curiosidad.

–¿A qué se refiere?

–Ahora parece más concentrado, más serio, como si por fin hubiera encontrado un propósito en su vida. Es un hombre muy especial. Lucian y yo le tenemos en muy alta estima. Me dolería mucho que le hicieran daño... –Brynn se interrumpió con un ligero movimiento de cabeza–. Desde luego, no es asunto mío.

–Ciertamente no tengo intención de herirle –le aseguró Julienne.

–Pero ¿y la apuesta? –Sus cálidos ojos escudriñaron el rostro de Julienne–. Tengo entendido que usted anunció públicamente que pondría de rodillas al Príncipe del Placer.

–Nuestra apuesta era una treta ideada por Dare para poder proseguir su investigación sobre Caliban –mintió Julienne.

–Entonces, ¿Dare le importa por lo menos un poco?

–Sí –repuso ella en voz baja–. Me importa.

Brynn sonrió de una manera pausada y radiante.

–Yo estaba desesperada por que encontrara a una mujer que pudiera hacerle feliz..., pero ya la he distraído bastante de sus ensayos. Le enviaré un carruaje el próximo martes a las siete y media, si le parece bien. Lucian conoce su dirección. Es su obligación saber esas cosas. –Le tendió la mano y estrechó la de Julienne–. Y si puedo serle útil de cualquier otro modo, por favor, sólo tiene que hacérmelo saber. Nunca podré compensarla lo bastante.

Cuando la visita se hubo marchado, Julienne siguió sentada largo rato, sorprendida de haber admitido que Dare le importaba.

Sí le importaba, y profundamente. Aún seguía vivamente enamorada de él, incluso más de lo que lo había estado hacía siete años. Que Dios la ayudara.

Se había estado engañando durante semanas tratando de convencerse de que podía salir de aquello ilesa, indemne.

Pero cuando Caliban había dirigido aquella pistola contra Dare con intenciones de matarle, supo que no podía negar lo que sentía en su corazón. Amaba a Dare... tanto que le dolía.

Julienne profirió un profundo suspiro. Se había demorado demasiado. Tenía que concluir su relación con él por completo o su desdicha aún empeoraría. No podía soportar permanecer cerca de Dare amándole tanto cuando su amor no era correspondido.

¿Y si él pudiera llegar a amarla? ¿Sería su devoción lo bastante fuerte como para que le fuera fiel en el transcurso de los años?

Imaginaba un sombrío futuro. Dare le compraría una casa en las inmediaciones de St. John's Wood, tal vez... El principal distrito londinense donde los caballeros solían alojar a sus amantes. Ella le aguardaría junto a la ventana, ansiando que él le concediera unas migajas de afecto. Dare la visitaría regularmente durante un tiempo, hasta que se cansara. Hasta que encontrara a otra que ocupara su lugar.

Julienne pensó en sus muchas amantes y se encogió avergonzada. Se le partiría el corazón si él se interesase por otra mujer. Y un libertino como Dare no era probable que permaneciera constante sin que un amor ardiente le obligara a ello.

¿Y qué había del matrimonio?, le preguntó en su interior una vocecita. Desde luego, sería imposible. Un marqués no podía casarse con una actriz de dudosa fama. Pero ¿y si por alguna remota posibilidad Dare pedía su mano?

Ella sabía que tal propuesta sería fruto de la culpabilidad o de la piedad; porque él se sintiera responsable de los sufrimientos que ella había soportado. No podía permitirle que llevase a cabo tal sacrificio. Dare pronto llegaría a sentirse resentido con ella, y eso aún sería más insoportable.

No, ella le liberaría de cualquier obligación.

Cerró los ojos, sabiendo que no podía posponer por más tiempo lo inevitable. Y, sin embargo, su insensato corazón temblaba ante el pensamiento de dejar a Dare. No podía imaginar un futuro sin verle, sin la exquisita sensación de su contacto, sin la alegría de su conversación o la delicia de una pugna de ingenio con él...

La perspectiva abría un vasto vacío ante sus ojos. Pero tenía que decidirse.

Se pasaría el resto de la vida esforzándose por encontrar algo de paz sin él... si eso era posible.

Un dolor estremeció a Julienne en lo más profundo de su interior.

Nunca olvidaría a Dare. Nunca. No podía. Estaba grabado en su alma.

Dare ya se hallaba presente cuando Julienne fue presentada en el salón de los Wycliff la tarde del martes. Al encontrarse sus ojos, sintió que le daba un vuelco el corazón ante la abrasadora intensidad de su mirada.

Él se adelantó para saludarla y Julienne no pudo dejar de advertir cómo su entallada chaqueta color carbón realzaba su alta, ágil y elegante figura. Tampoco pudo ignorar el chisporroteo de sexualidad que siempre constituía la piedra angular de su relación; en el instante en que él tocó su mano enguantada, la llama se encendió entre ellos.

Dare curvó su sensual boca al reconocer esa sensación, pero se limitó a decir:

–Ven, deseo que conozcas a mis mejores amigos.

La condujo a la sala para presentarla a los invitados, que se habían levantado con entusiasmo ante su entrada.

Era realmente una reunión reducida. Además de Brynn y Lucian, sólo estaba presente otra pareja, Vanessa, lady Sinclair, y Damien, el barón Sinclair.

Julienne había oído hablar del sorprendentemente atractivo barón que en otro tiempo había sido el principal dirigente de la Liga del Fuego del Infierno. Su perversidad y tendencias libertinas le habían hecho ganarse la denominación de lord Sin[1].

Su físico era realmente llamativo, con sus cabellos negros, penetrantes ojos grises y rasgos bien cincelados. Sin embargo,

1. Lord Pecado. *(N. del T.)*

su encantadora esposa parecía un perfecto contraste a su severa belleza masculina. La dama tenía brillantes ojos negros y cabellos del color del vino de jerez, en los que destacaban reflejos dorados y rojizos, pero había en ella una amabilidad y serenidad que inmediatamente hizo sentirse cómoda a Julienne.

–Me siento honrada de conocerla, señorita Laurent –dijo lady Sinclair estrechando cálidamente la mano de Julienne–. Sus excelentes actuaciones nos han proporcionado un inmenso placer esta temporada. Y Dare nos ha contado sus sorprendentes heroicidades.

Julienne dedicó a Dare una contenida mirada al tiempo que se sonrojaba.

–Me temo que lord Wolverton tiende a embellecer la verdad, milady.

–Por favor, mi nombre es Vanessa y éste es mi marido, Damien.

Lord Sinclair se adelantó hacia ella.

–Es verdaderamente un placer conocerla. Soy consciente de la tendencia de Dare a exagerar, pero en este caso, creo que usted se merece los laureles. El hecho de que Castlereagh le respalde concede un peso significativo a cualquier manifestación que este frívolo individuo pueda hacer. –Y le dio a Dare un golpecito en la espalda.

Él sonrió con tristeza.

–Te aseguro que estoy siendo injustamente difamado. Olvidas, Sin, que tengo una nueva medalla para demostrar cuán poco frívolo puedo ser.

–Desde luego que sí –convino Damien con una risita–. Lo que pasa es que envidio condenadamente tus hazañas. Sólo sirven para añadir lustre a tu legendario halo y hacerte aún más atractivo a los ojos de las damas.

Lucian fue a la alacena para servirle a Julienne una copa de jerez, mientras Brynn la conducía a un sofá y la invitaba a sentarse.

–Le dije que seríamos muy informales –le comentó Brynn–. Lamentablemente, falta otra pareja de amigos íntimos que no han podido asistir. Raven y Kell embarcaron hacia el Caribe hace tres meses. Me habría gustado que los conociera. Sé que Raven le habría encantado. Ella me ayudó a presentarme en sociedad el año pasado, cuando me casé con Lucian y tuve que enfrentarme a todos sus altivos parientes.

Cuando Lucian regresó con el vino de jerez, propuso un brindis por los invitados de honor –Julienne y Dare– que fue aprobado por todos. Una vez concluyeron los aplausos, Dare levantó su copa.

–Creo que debemos hacer otro brindis –dijo con perversa sonrisa–. Por el último miembro incorporado a la Liga. Que no tenga problemas en seguir las huellas de su padre.

Brynn agitó la cabeza enérgicamente.

–¡Ése es un brindis horrible, Dare! ¡Retráctate! Nuestro hijo apenas tiene dos semanas –le explicó Brynn a Julienne– y Dare ya está maquinando que continúe la afiliación de Lucian a la Liga del Fuego del Infierno. –Dirigió a Dare una burlona mirada–. Tendrás que pasar sobre mi cadáver.

–Dare sólo bromeaba –dijo Lucian divertido–. Sabe que las filas de la Liga estarán diezmadas durante algún tiempo. Lo que me recuerda... Me gustaría agradecer a mi encantadora esposa –dijo suavemente– que me haya dado el hijo que siempre he deseado.

Intercambió una intensa mirada con Brynn, tan tierna e íntima que a Julienne le dolió el corazón.

–Nosotros de momento no tenemos que preocuparnos por eso –murmuró Vanessa a Julienne–, puesto que tenemos una hija. Nuestras dificultades probablemente serán de diferente índole. Catherine sólo cuenta tres años, pero tiene a su padre totalmente embelesado, lo mismo que a cualquier otro varón.

–Pero el próximo podría ser un niño –dijo Damien, dirigiendo a su mujer la misma clase de cálida y cariñosa mirada que Lucian había dedicado a Brynn, con los ojos encendidos de amor.

Con secreta sonrisa, Vanessa apoyó una mano en su abdomen.

–Por fortuna, estoy esperando otro hijo.

Julienne tuvo que desviar la mirada mientras una ansia agridulce la atravesaba. Ella probablemente nunca tendría hijos. En cualquier caso, no de Dare, que era lo que más deseaba.

Lo miró y descubrió que él tenía la vista fija en ella. Julienne se esforzó por sonreír y formular una pregunta inocua sobre si pensaban asistir a los festejos públicos por la paz, lo que, por fortuna, sirvió para cambiar de tema.

Durante un rato, disfrutó. La conversación tenía una cordialidad amistosa y los amigos de Dare la trataban con una cortesía que nunca habría esperado recibir de miembros de la nobleza británica. Los hombres parecían hermanos: las bromas burlonas y las palmaditas entre ellos mostraban un afecto recíproco que Julienne sospechaba que no debía de darse con frecuencia.

En breve, anunciaron la cena y se dirigieron hacia lo que Brynn calificó de pequeño comedor, lo que les proporcionaría un entorno más íntimo que el salón formal que los Wycliff solían usar para recibir a sus invitados. Durante una cena riquísima, Julienne descubrió más sobre Dare de lo que había averiguado en los tres meses en que se había vuelto a encontrar con él.

Cuando uno de los invitados se le dirigió como Wolverton, Vanessa momentáneamente se quedó en blanco y después agitó la cabeza y se confió a Julienne en voz baja.

–A veces tengo dificultades para recordar el nuevo título de Dare. Cuando lo conocí, hace varios años, era el conde de Clune, y en aquel entonces produjo un gran cambio en mi vida. En realidad, él fue quien precipitó la propuesta de matrimonio de Damien. Dare fingió mi secuestro para que Damien se viera obligado a reconocer cuánto le importaba.

–¿Y fue así? –preguntó Julienne curiosa.

–Sí –intervino Lucian–. Pero Damien lo desafió en duelo y resultó herido de un disparo.

–Yo habría querido dispararles a los dos por su obstinación infantil –reconoció Vanessa con seca exasperación.

–Dare me dio casi por accidente –explicó Damien–. Tuve suerte de que su puntería nunca haya sido muy buena.

Dare exhibió una sonrisa imperturbable.

–Desde entonces, me he propuesto mejorar mis habilidades. Nunca he tenido tu puntería, Sin, pero me defiendo bastante bien con una pistola y soy muy experto con el estoque. Nunca se sabe cuándo se puede presentar un duelo. O cuándo va a tener uno que enfrentarse a un despiadado espía. –Su sonrisa desapareció–. Mis habilidades resultaron valiosísimas hace algunas semanas, pero ahora me estoy retirando de los asuntos de espionaje. En adelante, basta ya de fisgonear o descubrir maquinaciones.

–¿Y usted, Julienne? –preguntó Lucian.

Dare respondió por ella en tono inflexible.

–Ella también se retira.

–Sin duda habrá facciones que se negarán a aceptar la derrota e intentarán devolver el poder a Napoleón.

–Pues habrá que buscar a otras personas –insistió Dare.

Julienne podía haber objetado algo, pero se sentía realmente tan aliviada de haber acabado con aquello como Dare.

Damien curvó la boca en divertida expresión.

–Es difícil imaginarte como espía, Dare, y aún más como miembro del Parlamento. –Al ver que Julienne enarcaba una ceja se explicó–. Dare se propone ocupar su escaño en la Cámara de los Lores.

Julienne fijó en Dare su sorprendida mirada. Advirtió que él la estaba observando como si calibrara sus reacciones.

–Esta última semana he estado trabajando en mi discurso inaugural.

Julienne sintió que le daba un vuelco el corazón. ¿Dare estaba planeando una carrera en política? Ella ni siquiera había sospechado que se propusiera realizar tan inmenso cambio en su vida. No le había mencionado ni una palabra. Pero eso era sin duda lo que le había mantenido ocupado el tiempo últimamente. Y si un noble podía ser menospreciado por casarse con una humilde actriz, ¿cuánto más lo sería un político?

–¿Qué cuestiones te propones tratar? –le preguntó curioso Lucian.

–Existen innumerables problemas a los que se enfrenta el futuro de nuestro país ahora que por fin ha concluido la guerra –respondió Dare–. El más inmediato es el precio de los productos de primera necesidad y la grave situación de nuestros soldados al volver a casa. Pero estoy descubriendo que necesito un estudio más a fondo antes de poder proponer cualquier solución.

–Sería mejor que te centraras en algo que te interesara profundamente.

Dare asintió.

–Por lo menos, tendré el apoyo de Castlereagh. Él desea un aliado en el Parlamento.

–Cuando pronuncies tu discurso, iremos a verte desde la galería de los espectadores –dijo Vanessa.

Damien aún agitaba la cabeza escéptico.

–¿No me crees capaz de hacer un buen papel en política? –le preguntó Dare.

–Estoy seguro de que no pasarás inadvertido. Puedes ser tan encantador y persuasivo como el propio diablo. Pero te he conocido tanto tiempo como libertino que me pregunto por qué deseas asumir tan serias responsabilidades.

–Todos debemos dejar a un lado nuestra juventud en algún momento –repuso Dare ligeramente.

Clavó su mirada en Julienne, pero no pudo interpretar su expresión. Aunque ella era una actriz, una experta en ocultar sus sentimientos...

Confiaba en que se alegrara por él. Deseó que estuvieran solos para poder sondear su reacción. Pero eso tendría que esperar.

Poco después, las damas se retiraron al salón y dejaron a los hombres con su oporto. Dare se encontró con que sus dos amigos lo miraban inquisitivamente, como si fuera un extraño ejemplar de la Reserva Real de animales.

Sabía que deseaban explicaciones de por qué quería tan desesperadamente cambiar sus hábitos.

Pero era fácil de entender por qué se sentía impulsado a ello. Porque necesitaba convertirse en un hombre mejor con el fin de ser digno de Julienne.

Estaba francamente avergonzado del superficial libertino que había sido. Hasta entonces, había hecho muy poco con su vida. Había sido un inmoral la mayor parte de sus treinta y tres años, dedicado a placeres vacíos. No había tenido ninguna visión de su existencia más allá de la gratificación del momento. Era autoindulgente, egocéntrico, incluso egoísta en ocasiones...

Pero había acabado con sus días de calavera, con su depravación. Desde el fondo de su alma de libertino, se proponía cambiar.

Podía redimirse si se esforzaba lo bastante. Podía demostrarle a Julienne que la merecía.

–Supongo –dijo Damien por fin, comenzando el duro interrogatorio– que existe una razón para este notable nuevo rumbo que estás tomando. ¿Podría tener algo que ver la señorita Laurent?

–Completamente –repuso Dare en un tono suave–. Caminaría sobre fuego por ella.

–Es una mujer excepcional –convino Lucian–. Demuestra ser especialmente impresionante.

–Tiene más valor que la mayoría de los hombres que conozco –declaró Dare.

Más valor, más fortaleza, más honor, más espíritu, más inteligencia... Sería casi imposible hacerse digno de ella.

–Así que por fin has sucumbido –constató Damien con un brillo cómplice en la mirada–. Me parece recordar que te reíste de mí cuando me enamoré de Vanessa.

–No, nunca me reí de ti. –Dare fijó la mirada en los ojos de su amigo con toda seriedad–. Temía por ti, Sin. Temía que fueras herido tal como yo lo fui una vez. Pero estoy dispuesto a reconocer que estaba equivocado. Tú no tenías más elección que amar a Vanessa, así como yo no tengo más remedio que amar a Julienne.

–Deduzco entonces que estás rindiéndote en tu apuesta.

–Del todo.

Dare pensó que era Julienne quien había ganado su apuesta. Ella lo había hecho ponerse de rodillas... y se sentía inmensamente feliz por ello.

–¿Quién dirigirá la Liga si tú renuncias?

–Hay varios candidatos cualificados. Pero para ser sincero, ahora no me preocupa lo que suceda con la Liga. Ya ha servido a su propósito.

Damien agitó la cabeza divertido.

–Nunca creí ver llegar el día en que renunciaras a la Liga.

–Pues ya no la necesito.

Durante todo aquel tiempo, había estado tratando de ahogar su dolor en placeres carnales. Había contado con la gratificación sexual para distraerse de su vida vacía, llenando las largas horas con sofisticados juegos y depravación. Había utilizado y descartado amantes tal como algunos hombres hacen con sus botas.

Pero desde que había vuelto a encontrarse con Julienne, había llegado a una profunda conclusión: el verdadero placer de hacer el amor era amar.

–He aprendido una lección crucial durante estos últimos meses –dijo Dare quedamente, en un tono cargado de convicción–. El placer es vano sin amor.

–Yo te lo podría haber dicho –repuso Damien con mirada divertida–. Pero nunca me habrías creído. Tenías que descubrirlo por ti mismo.

–Estamos enormemente complacidos –intervino Lucian alegre–. ¿Cuándo podemos felicitarte?

–No estoy seguro. Aún no se lo he propuesto. No he encontrado el momento oportuno.

–¿Te preocupa que ella pueda rechazarte?

Dare no podía mentir. Era el miedo el que lo hacía demorarse. Estaba mortalmente temeroso de que sus legendarias habilidades de persuasión pudieran fallar. Que Julienne no aceptara su oferta de matrimonio. Que no pudiera perdonarle por lo que él había permitido que le sucediera. Que no le amara, que no pudiera amarle nunca...

Había sentido una intensa intimidad entre ellos aquellos pocos días en París, antes de que Julienne pareciera alejarse de él, pero sabía que su proximidad había sido propiciada en gran parte por el peligro.

Tragó saliva dificultosamente cuando el familiar temor se anudó en su estómago. Su vida podía ser insoportable sin Julienne. Sólo ella podía hacerle sentirse completo. Sólo ella podía llenar aquel vacío que tenía en su interior, podía suavizar su dolorosa necesidad.

Julienne había llegado a los rincones más íntimos de su alma. Sin ella tendría que enfrentarse a la profundidad de su vacío.

Lucian interrumpió sus sombríos pensamientos.

–No estés tan lúgubre, amigo mío. Tengo absoluta confianza de que conseguirás ganarte a tu dama.

Dare deseaba poder creer lo mismo. Durante las dos últimas semanas, había adoptado un planteamiento que iba en contra de sus instintos primarios. No sólo deseaba que Julienne disfrutase de los galardones que se merecía sin distraerla de su fama, sino que pretendía prescindir de su público ritual de seducción. Poner fin a su flamante cortejo. Concluir lo que Julienne había calificado como sus gamberradas juveniles.

Había acabado con sus juegos. Tenía que demostrarle que podía ser serio, que podía embarcarse en algunos propósitos dignos. Pretendía cortejarla de un modo profundo y sincero, con el corazón.

Podía pensar en varias maneras de seducirla que no le recordaran a su infame apuesta. Asistir a sus actuaciones teatrales o llevarla a casa a medianoche tenían demasiado que ver con sus recientes tácticas, como asimismo enviarle obsequios costosos.

Pese a su viva impaciencia, deseaba hacer un nuevo cortejo totalmente distinto del de los últimos meses.

Y estaba aguardando noticias de su agente en Francia con vistas a la compra de las fincas Folmont. No quería que Julienne creyera que estaba tratando de comprar su amor, aunque él se habría rebajado incluso a eso si hubiera creído que tal cosa podía ayudar. Pero con la restauración de su derecho de nacimiento, ella sería lo bastante rica como para escoger su futuro, al margen de ningún hombre, de ningún protector.

En cuanto a su oferta de matrimonio, creía que sería mejor recrear el romántico escenario de su verano juntos. Se proponía invitar a Julienne a una merienda campestre, donde repetiría su propuesta de hacía siete años.

Entretanto, había estado centrándose en su nueva carrera política, donde podría ocuparse de los asuntos de su país y el bienestar de los demás, de modo que pudiese hacer algo realmente bueno. Se proponía demostrarle a Julienne que podía cambiar.

Con aquello en mente, había organizado aquella cena, para que ella pudiera conocer a sus queridos amigos... y para demostrarle que incluso los libertinos de mala fama podían reformarse cuando los inspiraba el verdadero amor.

Como si fuese capaz de leer su mente, Lucian volvió a levantar su copa.

–Por nuestra nueva liga. Hemos creado una mucho mejor que la que teníamos. Una liga de libertinos reformados. –Buscó la mirada de Dare con una sonrisa fraternal, llena de picardía y afecto–. Bienvenido.

Dare participó gustosamente de aquel brindis, rogando poder incorporarse a la selecta afiliación de que hablaba Lucian. Hasta entonces, nunca había sentido envidia de sus amigos, pero deseaba lo que tenían Damien y Lucian: amor, calor, hijos, risas.

Pero lo más desesperado de todo, deseaba a Julienne.

Y, por primera vez en su vida, no tenía ninguna seguridad de poder conseguirla.

Capítulo diecinueve

Decidida a concluir su relación con Dare irrevocablemente, Julienne puso su plan en marcha cuatro días después.

Desde luego, sabía que requeriría de circunstancias especiales que Dare admitiera la derrota en su apuesta. Por ello, se proponía rechazarlo frente a testigos. Cuando lo hubiera hecho, su repudio sería de público conocimiento. Toda la buena sociedad sabría que ella había despreciado inequívocamente sus propuestas de convertirse en su amante.

Y si desempeñaba bien su papel, su despiadada orquestación le demostraría a él cuán poco le importaba, mientras que su evidente humillación lo enfurecería lo bastante como para permitirle a ella una huida limpia y cortar su relación para siempre.

Avisó en el Drury Lane de que se iba, contándole al director una historia acerca de un pariente enfermo. Arnold prometió ocultar la noticia de su inminente marcha hasta el último momento, puesto que no deseaba afligir a su legión de admiradores antes de que fuera absolutamente necesario.

Para su última representación, Julienne apeló a todas las habilidades que poseía y consiguió que fuera una de las mejores, pese a su dolorosa desesperación. Pero cuando se inclinó ante los atronadores aplausos, el mar de rostros se confundió en su borrosa visión y apenas pudo tragarse las lágrimas mientras dejaba el teatro por última vez.

A la mañana siguiente, abandonó su residencia con sólo una pequeña maleta, habiendo dispuesto que sus baúles se quedaran allí hasta que enviara a por ellos una vez encontrara nuevas habitaciones en York.

El coche de alquiler hizo una sola parada, para poder despedirse de Solange.

–¿Estás segura de que no hay ninguna esperanza? –le preguntó tristemente su amiga.

–Sí, estoy segura –repuso Julienne en voz baja, dándole a Solange un fuerte abrazo.

–Te echaré de menos, *mon amie*.

–También yo a ti.

Cuando regresó al carruaje, Julienne pensó que aún echaría más de menos a Dare. Perderlo a él ya era una herida sangrante en su interior.

Dirigió el coche hacia una elegante casita de St. John's Wood que le había alquilado a otra actriz para aquel día. Había invitado a Dare a reunirse con ella allí a mediodía, pero se proponía llegar más de dos horas antes. Necesitaba el intervalo, no sólo para disponerlo todo, sino para prepararse emocionalmente para la representación de su vida.

Dare subió saltando los peldaños de la parte delantera de la encantadora casita de campo, todo su ser agitado con la febril ansiedad de un muchacho. La invitación de Julienne lo había sorprendido extraordinariamente. No podía imaginarse por qué ella lo había citado allí, a menos que se propusiera rendirse en la apuesta y deseara utilizar aquel escenario para negociar las condiciones de su acuerdo.

De ser así, él tendría que desengañarla rápidamente de esa idea. No deseaba a Julienne como su amante. La deseaba para tenerla a su cuidado permanentemente, para siempre. Y así se lo diría aquella misma tarde. Había decidido arriesgarse a poner su corazón en juego y proponerle matrimonio.

Lo recibió una sirvienta, que se inclinó ante él.

–La señorita Laurent le aguarda en su gabinete –le informó la doncella con abierta sonrisa.

Dare la siguió y fue conducido a un lujoso dormitorio tapizado de seda. Las cortinas habían sido corridas, facilitando así un aura de romántico aislamiento.

Comprendió que el escenario estaba dispuesto para la seducción y se le aceleró el pulso.

Mientras la puerta se cerraba tras él, Dare distinguió a Julienne. Estaba reclinada en una otomana, más ancha que un diván normal y lo bastante grande como para acomodar fácilmente a dos amantes. Ante su sorpresa, ella estaba vestida con un traje de muselina de color rosa, y la mesita que tenía a su lado estaba repleta de fruta, queso y vino.

Julienne tomó un sorbo de su copa y lo miró por encima del borde, con los negros ojos semientornados, sensual y atractiva.

–Bienvenido –dijo con una voz ronca que acarició todos sus nervios–. Te he echado de menos, Dare.

–También yo a ti... como el mismísimo diablo.

Sus apetitosos labios formaron un mohín.

–No lo parece. Más bien diría que últimamente no has pensado nada en mí.

Él sonrió de un modo encantador mientras se adentraba en la habitación.

–Mis disculpas, amor.

Le cogió la mano y le besó los dedos con ternura.

–He estado aguardando el momento oportuno para hablarte en privado.

–Ahora mismo no tengo interés en hablar.

Unas llamitas caldeaban las profundidades de sus ojos mientras le pasaba un dedo desde el pecho hasta los calzones.

–Creo que deberías quitarte la ropa –murmuró, con una voz que era líquida tentación.

Dare no necesitó una segunda petición. Obediente, se deshizo de su chaqueta y chaleco y luego de su pañuelo y camisa. Se sentó junto a ella en la otomana y se quitó los calzones y los calzoncillos.

Cuando estuvo desnudo ante ella, la mirada de Julienne efectuó un lento recorrido de su cuerpo. Dare se sintió endurecer ante la lujuria de sus ojos. Con una mirada de invitación, Julienne sonrió lánguidamente y le tendió los brazos, invitándolo a tumbarse con ella en la otomana. Él se tendió ansioso a su lado y la atrajo hacia sí.

Su beso fue intenso y apasionado y, cuando Julienne se apartó bruscamente, ella parecía estar tan sin aliento como él. Dare podía haber protestado, pero ella le dirigió otra lenta y seductora sonrisa y lo empujó hacia atrás. Luego, estiró la mano para coger un pañuelo de seda.

Cuando ella enlazó el pañuelo en la muñeca izquierda de él, Dare le dirigió una sonrisa que era en parte interrogativa y en parte diabólica.

–¿Qué te propones exactamente, *chérie*?

–Creo que puedes imaginarlo.

Él pudo imaginarlo, en efecto, cuando ella aseguró su muñeca izquierda y luego se arrodilló para atar sendos pañuelos en torno a sus dos tobillos.

–Una vez me dijiste que tenías una fantasía sobre esclavitud –murmuró ella inclinándose sobre él–. Bien, ahora estoy satisfaciendo mi propia fantasía. Te deseo totalmente a mi merced.

–Me siento más que encantado de complacerte, cariño –repuso él roncamente.

Contuvo el aliento mientras ella posaba ligeramente los labios en su pecho y deslizaba los dedos por su piel, concluyendo en un ligero y circular toque juguetón sobre su abdomen.

Dare sintió el deseo enroscándose, llameando, retorciéndose en su interior ante la perversa sensación de sus dedos.

Entonces advirtió que ella llevaba otro pañuelo en la mano. Aspiró aguda e involuntariamente mientras Julienne se lo pasaba por el cuerpo. Al cabo de un momento, ella estaba acariciando su rígida erección con la sensual seda, enroscando el pañuelo por su henchido dardo y tocándolo con sus labios.

Era una de las sensaciones más eróticas que había experimentado jamás. Julienne lo hacía estremecer, hacía latir su corazón descontrolado. Dare arqueó las caderas con el cuerpo al rojo vivo de deseo mientras Julienne proseguía sus provocativas manipulaciones y él apretaba los dientes ante el ardor que sentía.

Luego, de repente, ella se detuvo. Dejó el pañuelo sobre su erección, formando una tienda de campaña y se levantó del lecho. Él pensó que se disponía a desnudarse, pero en lugar de eso, Julienne recogió las ropas que él había dejado en una silla y retrocedió.

Su rostro, que había sido tan ardientemente seductor hacía unos momentos, era ahora impasible, casi inexpresivo.

–¿Julienne?

Su triste sonrisa le atravesó el corazón. Sin darle respuesta, fue hacia la puerta y la abrió.

–Deseo que no haya ninguna duda acerca de que has perdido nuestra apuesta, Dare, y para eso necesitaba testigos. Tus amigos Riddingham y sir Stephen Ormsby pronto estarán aquí para rescatarte, junto con varios de tus colegas de la Liga del Fuego. Les prometí un delicioso espectáculo.

Dare la miró conmocionado mientras ella se volvía, dispuesta a marcharse.

–Adiós, Dare –dijo Julienne con un susurro quedo y tembloroso.

Luego, sin apenas una fugaz mirada hacia atrás, se escabulló de la habitación, cerrando firmemente la puerta tras de sí.

El coche que Julienne tenía esperándola la llevó a una casa de postas, desde donde tomó la última diligencia que se dirigía a York. El interior estaba atestado de pasajeros, varios de los cuales la reconocieron.

Agradeciendo sus elogios con una débil sonrisa, Julienne consiguió ocultarse en un rincón y volvió su rostro hacia la ventanilla. Sin embargo, no vio nada del paisaje rural por donde pasaban. La aguda sensación de pérdida era como la herida de un cuchillo en su interior; y esa sensación de desgarro nunca la abandonaría.

Echaba de menos a Dare a cada respiración, a cada empujón y sacudida del traqueteante carruaje. Pensar en él era insoportable. Pero no lloraría. Había agotado sus lágrimas hacía mucho tiempo.

Entonces cometió el error de buscar un pañuelo en su bolso. Encontró el que se había quedado como recuerdo, sacado de las ropas de Dare, y cuando se lo llevó al rostro, pudo oler en el tejido el tenue aroma de su colonia.

La desesperación creció hacia su garganta y le nubló la visión. Hizo todo lo posible para contener las ardientes lágrimas.

De algún modo tenía que olvidar sus angustiosos pensamientos sobre Dare. De algún modo tenía que encontrar el valor para continuar.

Dos horas después, Dare pensó que tenía que controlar el estallido de pánico que sentía en su interior. Julienne había desaparecido, y ninguno de los libertinos a los que había invitado a ser testigos de su derrota sabían adónde había ido.

Si el riesgo no fuera tan alto y si su propia implicación fuera menos personal, tal vez Dare habría sentido un chispazo de admiración por su audacia. Era una travesura digna de sus tiempos de libertino: desnudarle, robarle las ropas y atarlo al lecho mientras ella se escapaba dejándolo indefenso para que lo descubrieran sus amigos. Pero él no encontraba nada divertido en aquella situación.

La experiencia había sido en extremo embarazosa. Sus colegas de la Liga del Fuego la consideraron genial: tras tantos años de atormentarlos con jugarretas, el Príncipe del Placer por fin había recibido su merecido. Peor aún, todos acudieron a caballo, por lo que se vio obligado a conseguir un coche de alquiler e irse de allí cubierto sólo con una sábana.

Consiguió convencer al conductor de que era realmente el marqués de Wolverton para que lo devolviera a su casa de Mayfair, pero Dare se pasó todo el viaje apretando los dientes y prometiendo un grave castigo cuando pillara a Julienne. La ira contribuyó a potenciar su firme temor de haberla perdido una vez más sin ni siquiera poder expresarle su amor hacia ella.

Sus sirvientes estaban demasiado bien educados como para mostrar sorpresa cuando él llegó con desgana, ataviado como un senador romano. Se sintió mejor cuando volvió a estar vestido con sus ropas exquisitamente confeccionadas, pero mientras pedía su carruaje, Dare no pudo liberarse de la enfermiza sensación que le estrujaba el corazón. Tenía plena intención de seguir a Julienne. Y había por lo menos dos buenos lugares para iniciar su búsqueda: su amiga Solange y el teatro Drury Lane.

Sin embargo, lo que lo llenaba de temor no era no saber adónde había ido Julienne, sino lo que haría una vez la encontrara.

Julienne llegó a York la tarde siguiente, con el cuerpo cansado por la falta de sueño y en el corazón un inmenso y vacío dolor. Pese a su fatiga, fue directamente al teatro, donde fue recibida con entusiasmo por su anterior compañía.

Ante su sorpresa, todos habían oído hablar de su hazaña de derrotar a un peligroso traidor y habían seguido ávidamente su carrera en Londres. Deseando capitalizar su éxito, el director le dio un papel en la representación nocturna de una comedia de Molière e incluso imprimió un folleto especial anunciando su regreso.

Aquella noche, el pequeño teatro estaba atestado porque la noticia de su aparición se había extendido rápidamente. Julienne no podía recordar un público más entregado. Aunque recitó su papel con desgana, el público rió a carcajadas incluso ante sus menores bromas, extendiendo su buena voluntad a toda la compañía.

La obra se encontraba quizás a la mitad de su representación cuando percibió una conmoción entre bastidores. Julienne salió lo suficiente de su ensimismamiento como para preguntarse qué estaba sucediendo. Miró hacia los laterales y vio al director gesticulando airadamente, al parecer en medio de una discusión con un hombre alto y fornido que vestía gabán y sombrero tricornio.

Al cabo de unos momentos, el hombre fornido salió al escenario y se identificó como el sheriff de York.

El hombre fijó sus ojos entornados sobre Julienne.

–¿Es usted la señorita Laurent?

Al reconocer Julienne que sí lo era, añadió bruscamente:

–Queda usted arrestada.

Ella lo miró desconcertada. Aquello le recordaba demasiado a su intento de arresto en París.

–¿De qué se me acusa?

–De robo.

–Debe de haber un error, sheriff.

–No. Usted robó propiedades pertenecientes al marqués de Wolverton, y debe acompañarme.

El corazón se le subió a la garganta al oír el título de Dare. Hizo una mueca de dolor cuando el sheriff la sacó del escenario no con muy buenos modos, entre un coro de abucheos y silbidos del disgustado público, junto con una serie de tomates podridos.

Ante su consternación, el sheriff la condujo por la fuerza hasta la habitación de recepción y la echó de un empujón en la tumbona, junto a un caballero que ya estaba sentado allí.

Se irguió rápidamente apenas oyó despedirse al sheriff y cerrar la puerta tras él. Entonces se quedó petrificada y sorprendida al encontrarse con la mirada color esmeralda de Dare.

La viva ira de aquellos ojos impresionantes era inconfundible, y sin embargo también captó un indicio de inseguridad.

–¿Te propones en serio hacerme arrestar por robo? –le preguntó, tomando la ofensiva–. Yo no he robado nada.

–Lo hiciste –repuso Dare en un tono entrecortado.

–Supongo que te refieres a tus ropas...

–Eso no fue todo lo que te llevaste... pero dejemos por el momento esa cuestión. Deseo saber por qué me dejaste de aquel modo. ¿Querías humillarme? ¿Era ése tu modo de ponerme de rodillas?

Un sonrojo frío a la vez que ardiente se extendió por las mejillas de Julienne ante su abrasadora mirada.

–En parte. Confiaba en poner fin públicamente a nuestra apuesta.

–¿Por qué?

–Porque quería acabar con los juegos. No tiene sentido mantener la farsa. Puesto que Caliban está muerto, ya no me necesitas, salvo tal vez físicamente.

El tormentoso matiz de los ojos de Dare se suavizó.

–No puedes estar más equivocada, Julienne.

Ella desvió la mirada al sentir el escozor de renovadas lágrimas.

–No podría soportar ser tu amante, Dare.

–Me parece estupendo, porque no te deseo como amante. Te quiero como esposa.

A Julienne se le cortó la respiración, y su mirada voló hacia él.

Al ver que se quedaba sin palabras, Dare le pasó una mano toscamente por los cabellos.

–Sé que habría tenido que decírtelo antes, pero no sabía cómo. Estaba aterrado ante la posibilidad de que rechazaras mi propuesta. He estado tratando de reunir el valor necesario para pedírtelo desde que regresamos de París.

Julienne lo miró con fijeza y vio vulnerabilidad y temor en sus ojos. Su aprehensión le desgarró el corazón, pero negó gravemente con la cabeza.

–No, Dare, no voy a permitir que te sacrifiques por mí por culpabilidad.

–Casarme contigo no será un sacrificio. ¿Por qué diablos lo crees así?

–Sé que te sientes culpable por lo que hizo Ivers y lo que hizo tu abuelo.

–Mis sentimientos no tienen nada que ver en absoluto con culpabilidad. Deseo casarme contigo porque no puedo vivir sin ti. Es tan sencillo como eso. –Se adelantó a tomarle la mano–. Te amo, Julienne. Seguramente a estas alturas ya te habrás dado cuenta. Nunca he dejado de amarte.

Ante su asombrado silencio, él curvó la boca en una triste sonrisa.

–¿Qué se supone que voy a hacer sin ti si me dejas? ¡Dímelo! ¿Cómo seguiré adelante? He pasado los últimos siete años deseándote ardientemente. Me echaste a perder para cualquier otra mujer, Joya. Después de ti, nunca me permití amar a nadie más, ni intimar con nadie. No me atrevería a arriesgarme a la clase de dolor que sentí al perderte. Me protegí para no resultar herido al final. Pero mi caso ya no tiene remedio desde que volví a encontrarte. –Su voz, ya baja y entrecortada, adquirió un tono desolado–: No podría soportar volver a perderte. ¿Te propones de verdad condenarme a la agonía para el resto de mi vida?

El anhelo oprimió el pecho de Julienne, pero se esforzó por alejarlo.

–No puedo ser tu esposa, Dare. Soy una actriz. Nunca podré moverme en los mismos círculos que tú. Quedarás terriblemente en ridículo si te casas conmigo. No sólo la sociedad se negaría a aceptarme, sino que tú te verías condenado por haber desafiado las normas.

–¿Crees que me importa un bledo lo que piense la sociedad? –Estrechó los dedos de ella con gesto suplicante–. Y no estoy tan seguro de que se negaran a aceptarte. En estos momentos, eres una heroína. Todo Londres está cantando tus alabanzas. Y tienes el apoyo de Prinny.

–Eso apenas me hace respetable. Tampoco me dota de una inmaculada reputación.

–Pero puede influir enormemente en la opinión pública. Aparte de eso, título y riqueza es lo único que realmente importa cuando se trata de ser aceptado, y tú tendrás ambas cosas cuando seas mi esposa.

–Pero Dare... Te expliqué que había tenido otros amantes.

–Me importa muy poco cuántos hombres hayas llevado a tu lecho hasta ahora mientras yo sea el último. Mientras yo sea tu marido.

Julienne no podía creer en el futuro que Dare estaba pintando. No podía desechar el temor que siempre sentía de ganarse su resentimiento por haberse atado a ella.

Con el corazón confuso escudriñó su rostro.

–¿Cómo puedes estar seguro de que me amas de verdad, Dare? Creo que es mucho más probable que hayas confundido tus sentimientos. Finalmente, tal vez dentro de unos pocos meses, recobrarás el juicio y comprenderás que sólo me deseas para tu gratificación carnal.

–No. –Él mantuvo su mirada con ojos sorprendentemente brillantes–. Sé mejor que nadie lo que es la gratificación carnal, Julienne. Es básica, egoísta lujuria de la carne. Tiene que ver con el cuerpo. No tiene nada que ver con la mente ni con el corazón. Lo que yo siento por ti va más allá, mucho más allá de lo carnal.

Al ver que ella no respondía, se le acercó más, con la sinceridad de sus ojos aún más intensa.

–Sé que no merezco tu amor, pero me propongo cambiar. Pretendo hacer algo para llegar a demostrar algún día que soy digno de ti.

–¿Digno de mí? –preguntó ella frunciendo el ceño.

–¡Sí, por todos los demonios! –Torció la boca en tenue sonrisa–. ¿Por qué diablos crees que estoy aceptando mi escaño en el Parlamento? Para poder demostrarte que no soy el despreciable frívolo que siempre has creído que era.

Julienne miró fijamente a Dare. La dejaba atónita comprender su sinceridad y que él se considerase indigno de ella.

–Dare, nunca he creído que fueras frívolo. Ciertamente, no desde que he vuelto a encontrarte.

–Entonces, ¿me darás una oportunidad?

–Dare...

Al ver que no respondía enseguida a su pregunta, se levantó bruscamente y la hizo ponerse en pie, luego salió del salón arrastrando a Julienne detrás de él.

–¿Adónde me llevas? –preguntó ella sin aliento.

–Al escenario.

Ante su profunda sorpresa, la arrastró hasta las tablas interrumpiendo la obra y apartando a los demás actores. La situó en el centro exacto de las candilejas, se puso de rodillas ante ella y le tomó la mano, la viva imagen de un anhelante pretendiente. El estruendo de sorpresa del público se silenció, de modo que los espectadores pudieron oír todas sus palabras.

–Hace varios meses hicimos una apuesta en Londres, señorita Laurent. Usted prometió que se adueñaría de mi corazón y me haría ponerme de rodillas. Bien, estoy de rodillas ante usted. Declaro que es usted la vencedora. Has ganado, Joya. Total y completamente. Mi corazón es tuyo. Tienes absoluto poder para romperlo si así lo deseas.

Ante su pública declaración, Julienne deseó reír y llorar al mismo tiempo. Dare estaba demostrando a la gente que la amaba: estaba demostrándole a ella que la amaba.

Dare le apretó la mano con fuerza.

–Julienne –su voz se había vuelto tensa y dolorosa–, dime que no me amas, que nunca podrás amarme, y te dejaré marchar. Probablemente eso me matará, pero deseo que seas dichosa.

Ella no podía soportar la desesperada súplica de sus ojos.

–¡Oh, Dare, desde luego que te amo! Siempre te he amado.

Con un ronco sonido, él se puso en pie y la estrechó entre sus brazos. Su beso fue fiero, ferviente. Hundió la mano en sus cabellos y la mantuvo inmóvil mientras la besaba ávidamente en la boca.

Julienne apenas podía oír los salvajes vítores del público, tan sólo escuchaba los latidos de su corazón.

Cuando por fin Dare la soltó, fue sólo para envolverla en un sofocante abrazo.

–Haces que me vuelva loco, ¿lo sabes? –le dijo entrecortadamente.

–Puedo decir lo mismo de ti.

Él la estrechó aún más, absorbiendo su suspiro en su pecho. Deseaba hablarle de su profundo alivio, de cuán profundamente solo había estado sin ella. De cómo sufría por la intensa necesidad que tenía de sumergirse en ella. Pero aquello podía esperar. Por el momento, sólo deseaba que le prometiera que se casaría con él.

–Tienes que casarte conmigo ahora –murmuró entre sus cabellos–. No te permitiré ninguna otra elección. Me robaste el corazón, Julienne, y tu única esperanza de evitar la prisión es casarte conmigo.

Pudo sentir su sorpresa, percibir su sonrisa.

–¿Es por eso por lo que has traído al sheriff? ¿Por lo que me has acusado de robo? ¿Para poder intimidarme y que yo te aceptara? No, no necesitas responder –dijo con una risa exasperada impregnando su voz–. Es exactamente la clase de extravagante intriga que sólo se te podía ocurrir a ti.

–Era el único modo de asegurarme de que me escucharías. Pero ahora que lo has hecho... nunca te permitiré marchar, Julienne. Tengo intención de que te unas a mí de todos los modos posibles.

Ella se echó hacia atrás con la inseguridad cubriendo sus hermosos rasgos.

–Puedes cansarte de mí algún día.

–No, nunca. Nunca. –Dare le cogió el rostro entre las manos.

Nunca se cansaría de ella. Su sensualidad e inteligencia lo mantendrían para siempre atormentado. No podía de ningún modo sentir eso por ninguna otra mujer. No podía desear a nadie más como la deseaba a ella.

Acarició con los pulgares sus mejillas y sus labios.

–¿Serás mi esposa, mi preciosa Joya?

Del público llegaron gritos de estímulo.

–¡Di que sí! ¡Cásate con ese hombre!

Y Julienne contestó claramente sobre el estrépito.

–Sí, Dare, lo haré.

La euforia, fiera como fuego, lo invadió. Con una ferviente plegaria de gracias, la cogió en sus brazos y se la llevó hacia los bastidores, entre el atronador sonido de los aplausos, lejos de miradas curiosas.

En las sombras de las bambalinas la depositó en el suelo y volvió a abrazarla con el rostro hundido en sus cabellos.

–Sólo confío que no tengas nunca que lamentar esto –murmuró ella.

–Mi único pesar son los años que hemos perdido. Pero tenemos mucho tiempo para compensarlo, Julienne. Sólo puedo tratar de reparar el dolor que sufriste. Y te juro que me esforzaré al máximo. Y te demostraré que puedo ser un hombre diferente, que puedo ser mejor.

–No deseo que seas diferente, Dare. Te amo exactamente como eres.

Él levantó sus manos entrelazadas para besarle los dedos ardientemente.

–Dilo de nuevo..., dime que me amas.

–Te amo, Dare. Siempre te he amado.

–Nunca me cansaré de oír eso. Y te juro por mi vida que nunca más te daré motivos para dudar de cuánto te amo.

Cerró los ojos y atrajo de nuevo a Julienne hacia sí, estrechándola con fuerza contra su corazón. Ella estaba equivocada: Dare no erraba en sus sentimientos. Comprendía plenamente el significado del verdadero amor.

El verdadero amor era Julienne. Ella era su corazón, su vida, sus esperanzas, todos sus sueños.

Ella era su precioso amor. Se pasaría el resto de su vida demostrándoselo.

Y ahora que había vuelto a encontrarla, nunca, nunca más la dejaría irse.

Epílogo

Kent, Inglaterra, julio de 1814

La casa de campo donde habían tenido sus citas de amantes hacía siete años había cambiado poco en aquel tiempo. La propiedad había sido cuidadosamente conservada, los jardines atentamente cuidados y hechos florecer. Ahora se amontonaba en ellos una profusión de aromáticas rosas que perfumaban el cálido atardecer mientras Dare atravesaba el umbral llevando en brazos a su esposa.

Dejó a Julienne en el suelo y la besó con intensidad, deseando sumirse tan profundamente en ella como si nunca más fueran a separarse.

Se habían casado con una licencia especial, porque Dare se había negado a aguardar las tres semanas necesarias para las amonestaciones. Salieron de Londres por la mañana, en dirección a Kent, y viajaron directamente a Wolverton Hall, donde Dare le concedió a su nueva esposa sólo unos momentos para cambiarse el traje de viaje antes de conducirla rápidamente hacia la casa de campo.

–Por fin –murmuró roncamente cuando le permitió a Julienne recobrar el aliento–. Éste ha sido mi sueño durante una eternidad. Volver aquí contigo.

La sonrisa de Julienne era mágica, y le aceleró el pulso, lo que naturalmente dictó que él volviera a reclamar su boca. Ella respondió con entusiasmo y enredó los dedos en sus cabellos mientras su beso llegaba profundamente al interior de Dare, enroscándose en su corazón.

Cuando por fin él se apartó, tenía la sangre como hirviendo a fuego lento; la deseaba con tal intensidad que esa necesidad era como un incendio en su interior.

Pero se recordó que no había ninguna prisa. Tenían el tiempo a su favor. Toda una vida juntos... y él deseaba saborear cada instante.

–Deseo hacerte el amor en el jardín de rosas –dijo Dare en voz baja, quitándole las horquillas del cabello.

–Creí que nunca me lo pedirías.

Asió a su mujer de la mano y la condujo fuera, a la parte posterior de la casa. La luz del sol de última hora de la tarde proyectaba una dorada calidez sobre la amurallada rosaleda envolviéndolos en un capullo de intimidad. En un rincón, bajo un cerezo, los aguardaba una manta junto con una cesta que Dare había ordenado que llevaran allí.

–Lo tenías todo planeado, ¿verdad? –le preguntó Julienne encantada mientras él cortaba una rosa roja y se la ponía en el cabello.

–Hasta el último detalle. Te he dicho que llevaba una eternidad esperando este momento.

Dare se puso de rodillas en la manta y buscó en la cesta. Mientras Julienne lo observaba, sacó un cubo con champán helado, una copa de cristal, un inmenso cuenco de fresas maduras y otro de nata cuajada y, por fin, un paquetito envuelto en vitela y atado con cintas rojas.

Cuando levantó la mirada y la vio de pie delante de él no pudo evitar reírse.

–¿Ves?, has vuelto a ganar nuestra condenada apuesta. Estoy de rodillas ante ti de nuevo.

–¿Son éstas mis ganancias? –preguntó ella curiosa cuando él le tendió el paquete.

–No. Es mi regalo de boda.

Hizo que Julienne se sentara junto a él y se recostó contra el tronco del árbol, con la cabeza de Julienne apoyada sobre su brazo.

–¡Ábrelo!

Dentro, había una escritura junto con varios otros documentos certificados. Vio cómo a Julienne se le humedecían los ojos al leer la escritura. Había comprado su mansión familiar, el castillo Folmont, en el Languedoc.

Su trémula sonrisa le hizo comprender claramente que la había complacido.

–Gracias –dijo a Dare con un ferviente susurro–. Esto significa mucho para mí. Y sé que mi madre habría estado encantada.

–Te llevaré algún día. Tal vez el año próximo.

–No hay prisa, ¿verdad?

–En absoluto –repuso él, sospechando que sus recuerdos de la horrible experiencia en Francia todavía eran demasiado recientes como para que Julienne deseara regresar precisamente entonces–. Pero todavía has de decidir adónde deseas ir en nuestra luna de miel.

Habían comentado comenzar en Italia y posiblemente aventurarse incluso hasta Rusia. Dare deseaba enseñarle a Julienne el mundo. También habían considerado la oferta de Lucian de su castillo de los Highlands de Escocia, puesto que durante los meses de verano las Islas Británicas serían mucho más frescas que el resto de Europa. Además, Grayson, el hermano de Brynn, parecía haber desaparecido y ésta comenzaba a preocuparse.

Dare podía haberse ofrecido para buscarlo, pero consideraba que, por el momento, ya había cumplido con su deber. Y tenía asuntos más importantes que atender precisamente entonces, a saber, su nueva esposa.

–Reconozco que Italia suena encantador –dijo Julienne envolviendo el paquete y devolviéndolo a la cesta para mayor seguridad.

–Es casi tan encantadora como mi esposa. –Le rozó la oreja–. Te mostraré todas las bellezas de Venecia, Florencia y Roma.

Dare interrumpió entonces sus atenciones y sirvió una copa de champán, que ambos se turnaron para beber mientras él le iba dando fresas recubiertas de nata.

–Tendremos que regresar hacia el otoño –le recordó Julienne entre bocados y sus mordisqueantes besos.

–En septiembre –convino Dare.

Aquel otoño estaría ocupado con más carreras de caballos. Se habían perdido el Derby de Epsom Downs, a principios de junio, mientras estaban en Francia, aunque ninguno de los caballos de Dare había ganado.

–El St. Ledger se celebra en septiembre. Y el Parlamento se convoca de nuevo en noviembre.

–Y Arnold espera que yo comience los ensayos a finales de octubre.

El contrato de Julienne en el Drury Lane había sido renovado con su promesa de actuar estelarmente en dos representaciones mensuales. Ella no deseaba dejar de actuar totalmente y, ante su alivio, Dare tampoco había esperado que lo hiciera.

–Me alegro de que no insistieras en que renunciara a mi carrera simplemente porque sea una marquesa –reconoció.

El humor bailó en los ojos de Dare.

–Valoro mi pellejo demasiado como para arriesgarme a decepcionar a tu legión de admiradores. Y sería una lástima privar al mundo de tu tremendo talento.

–¿Lo dices sinceramente? –le preguntó Julienne, agradeciendo su elogio.

–Absolutamente. Siento el mayor respeto por tu arte interpretativo. Tu genio fue el que derribó a un traidor. –Dare mordió una fresa recubierta de nata y luego le ofreció a ella la otra mitad mientras masticaba pensativo–. Aunque... puedes considerar retirarte una vez que tengamos hijos.

Julienne volvió hacia él solemnemente la mirada. Nunca habían comentado aquella cuestión.

–¿Deseas tener hijos?

La mirada de Dare era seria y endiablada al mismo tiempo.

–No sólo deseo tener hijos, querida, sino que anhelo el sublime placer de engendrarlos contigo.

–¿Podemos comenzar pronto?

Su lenta y perezosa sonrisa fue absolutamente irresistible.

–Creí que nunca me lo pedirías –repuso él recorriéndola con una abrasadora mirada.

Se desnudaron mutuamente sin apresurarse, deteniéndose para saborear la textura y sensación de sus cuerpos..., la piel caldeada por el sol, los pulsos palpitantes, las curvas y huecos de sus cuerpos.

Julienne se estremeció cuando los labios de Dare lamieron el seno que acababa de desnudar.

–Conozco algunos métodos bastante ingeniosos de utilizar la nata –murmuró–, pero precisamente ahora sólo deseo saborearte a ti. Ven aquí, amor.

Él yacía sobre la manta, imagen de la fortaleza viril, y le tendía los brazos, invitándola.

Sin embargo, Julienne vacilaba, deseando atesorar aquel momento. Apenas podía creer que no estuviera soñando. Por fin Dare era realmente su marido.

Sin aliento por la admiración, deslizó la mirada por el cuerpo de Dare absorbiendo su increíble belleza masculina..., su ágil elegancia, su esbelta dureza, su erótica sonrisa, sus ojos color esmeralda que ardían de calor en aquellos momentos.

Todas las partes de él le eran queridas. Lo amaba con la profunda certeza de saber que él era parte de ella.

Era su corazón, su pasión, su alegría. Era su destino. Siempre había sido así. No obstante, aquel momento había tardado mucho en llegar.

Un deseo arrebatador la invadió mientras se inclinaba sobre él. Le pasó las manos por el cuerpo, extendiendo los dedos por sus músculos, flexibles y ondeantes bajo su piel ardiente. Oyó su entrecortado gemido cuando sus labios se encontraron con los suyos en un intenso beso...

Pero, al parecer, Dare no estaba dispuesto a permitir que ella controlara aquel momento. Cambió de posición impaciente, de modo que ella quedó debajo de él, a su merced.

Sus caricias eran exquisitas y abrasadoramente sensuales, sus ojos brillaban ardientes mientras la tocaba con sus hábiles y largos dedos. Le hacía el amor tal como lo había hecho hacía tantos años, tierno pero exigente. La acariciaba con la boca, con las manos y con el cuerpo, excitándola hasta un punto candente.

Cuando por fin entró en ella, Julienne suspiró de profunda dicha ante su suave poder y dureza.

Envolvió las piernas en torno a él y se movió con Dare en perfecta armonía, arqueándose contra su cuerpo, gritando su nombre mientras él la reclamaba, la llenaba, la poseía. Y cuando llegó la terrible explosión, se fundieron juntos, dos corazones que por fin habían llegado al hogar, convertidos en uno por interminables caricias de fuego.

Después, yacieron juntos lánguidamente, mezclando sus alientos, disfrutando de la dichosa sensación de entrelazarse. Dare abrazaba a Julienne y sentía como una rica satisfacción vibraba en su alma.

Él pensó que aquello era el placer. La clase de placer sincero que procedía del verdadero amor. Aquello era alegría. La clase de preciosa alegría que hacía cantar su corazón.

Casi como si pudiera leer su mente, Julienne rozó su hombro con los labios y con voz débil susurró:

–Puedo comprender perfectamente cómo te ganaste tu apodo de Príncipe del Placer... Pero confieso que no me importa decepcionar a tu legión de admiradoras..., a todas las incontables damiselas que tendrán el corazón destrozado porque te retiras de las listas.

Haciendo acopio de fuerzas, Dare se incorporó sobre un codo para mirar su hermoso rostro.

–No me retiro –la contradijo, ofreciéndole su demoledora sonrisa–. Simplemente, concentro todos mis esfuerzos en una damisela en particular.

Se inclinó y rozó sus labios mientras reducía la voz a un áspero susurro.

–Deseo complacerte hasta el fondo de tu alma, mi querida Joya.

Julienne se aproximó para cubrir con sus labios la seductora boca de Dare.

–Siempre lo consigues –murmuró, entregándose de nuevo a sus encantadoras caricias.

Título de la edición original: *The prince of pleasure*
Traducción del inglés: J. G. Monforte,
cedida por Editorial Planeta, S. A.
Diseño: Xavier Sangenís
Foto de solapa cedida por la autora

Círculo de Lectores, S. A. (Sociedad Unipersonal)
Travessera de Gràcia, 47-49, 08021 Barcelona
www.circulo.es
1 3 5 7 9 9 0 1 2 8 6 4 2

Licencia editorial para Círculo de Lectores
por cortesía de Editorial Planeta, S. A.

Este libro ha sido impreso en papel Supersnowbright
suministrado por Hellefoss AS, de Noruega

Depósito legal: B. 43726-2009
Fotocomposición: Víctor Igual, S. L., Barcelona
Impresión y encuadernación: Printer industria gráfica
N. II, Cuatro caminos s/n, 08620 Sant Vicenç dels Horts
Barcelona, 2009. Impreso en España
ISBN 978-84-672-3580-7
N.º 04903